麒麟
戰爭之王
—浴血南珈
桔子樹◎著

生長在和平年代的人恐怕永遠不能夠想像什麼叫戰火，什麼叫窮困，什麼叫漫無止境的絕望……

夏明朗聽到身後的腳步聲，輕聲嘆道：「我怎麼都想不通，怎麼有人會隨隨便便就要打起來。」

「很簡單，因為他們不知道現實是什麼樣子，因為他們不關心人應該怎麼活著。」

夏明朗轉身看過去，明烈的陽光照亮了陸臻年輕的臉龐，他更黑了，卻襯得眼睛更亮。那是一種意氣風發的帥，目光專注，帶著隱約溫柔的笑意。微微敞開的領口露出汗濕的脖頸和鎖骨，一條暗銀色的鏈子貼在皮膚上，泛著細膩的光芒。

夏明朗伸手挑出那條銀鏈子，把兩塊金屬牌捏到掌心細細摩挲，然後解下了其中一塊，換上自己的。

現在這兩個名字又貼在了一起，他的，和他的！

第一章 救援行動

海狼號那件事一完，返航的日子也就可以扳著手指算了，據說前來接班的編隊已經在離港特訓了。這次事件明裡暗裡最開心的當然是聶卓聶老闆，國人辦事一向以成敗論英雄，這十台機子如果真是丟了，沒人會去計算全球海運在印度洋的被劫持率。而現在既然漂漂亮亮地拿回來了，眨眼間壞事就辦成了好事，可以發嘉獎給功勳。

聶卓雖然一向詬病這種工作作風，可是這回得利的是他自己，也就自然忘了抱怨。雖然這麼一來引起了相關媒體的注意，貨物接收入境的過程會曲折麻煩些，可是總是要比在索馬利亞境內走漏消息把東西暴露給全世界看，要好上太多太多了。

所以聶老闆對夏明朗很滿意，盛讚此人機智勇敢，將帥之才。最後，在他的強烈要求下夏明朗才賞了一個三等功，聶卓對此很遺憾。夏明朗只能安慰他，你看，如果我缺手斷了腳，那可能就是特等功了，一個特等一個手，算算值嗎？

聶卓啞然失笑。

除了明面上的大贏家聶老闆，還有個隱藏的小人物也正樂得翻倒，那就是柳三變。柳三變這輩子第一次出實戰就趕上了這種國際性的大任務，而且任務過程有驚無險異常順利，既練到了兵還沒傷亡，更神奇的是：耗彈量為零！

最後，集體二等功！

柳三變覺著，這種任務要是一個月來一個那有多好啊！

柳三同志本來就仰慕夏明朗，如今更是直接拜倒在夏隊長的作訓褲下，有事沒事蹭到祁連山號來學習工作，追問行動時的種種細節，比如說：你怎麼就，敢於……那麼多槍啊，你就那麼蹦出來了？

夏明朗被他纏得沒辦法，只能犧牲最後一支雪茄菸給他嚐了一口，說：「味兒不錯吧？」

柳三變皺著眉頭說：「還真不錯。」

「你說一個男人，生在亂世，有這樣的菸抽，有一群小弟，家裡藏著一流的好酒，床上等著漂亮姑娘，你說，這種人他怎麼可能捨得死呢？」

柳三變恍然大悟。

其實沒什麼，不過是一點點感同身受的理解力，一份洞徹的觀察力和一份膽量。

的確沒什麼，夏明朗此刻更關心的是這雪茄菸已經是最後一支了，以後想抽自己是買不起了。

早知道應該再多偷一些的……夏明朗無比惆悵地想著。

夏明朗結束這次海狼號的任務後就藉口自己偶感風寒有點頭疼，從馬漢手裡賴下了那個單間房。至於為什麼一大老爺們可以在赤道附近偶感風寒，而為什麼風寒了沒咳嗽發燒只是頭疼，正直的馬政委半點沒懷疑過，倒是關照梁一冰對夏明朗多多關照。而梁一冰是誰？人家可是身後有一朵解語花的姑娘，自然關照得非常到位。

返航在即，全員上下都激動萬分。水兵們想念軍港的夜晚，海陸們想念新鮮的蔬菜和蟹粥，麒麟們想起基地的柳條兒，春近了……不知道有沒有發芽。他們想起食堂的老貓，操場上的發財，草長鶯飛，萬物逢春。如果有人告訴你，說他熱愛大海，為了祖國寧願一輩子漂泊在海上……千萬不要相信他，除非他是海上鋼琴師。

大家熱情地討論著這次遠航的休養地應該在北戴河還是三亞，海軍的兄弟們強烈地鄙視了三亞，然後強烈地期待北戴河。方進興沖沖地問夏明朗，咱們也能去休養不？夏明朗陰沉沉地看著他說能啊。方進大喜，問到哪裡？夏明朗說中南海……

在這船上耗這麼久，體能都泡軟了，回家拉練（拉去訓練）去吧！夏明朗惡毒地想。

這世界很大，總有人在歡喜，總有人在悲傷，不過那種千里之外的新聞船上人多半不太注意，只有陸臻這全球化操心的命會不時爆點猛料：某某地局勢不穩，某某地員警暴動，某某地的示威人群衝破了總統府。搞得大家每天早上醒來都要面對全球又少了幾十個人的悲慘現實。

夏明朗有時候覺得，你看人家那小腦袋瓜兒長得，多不容易啊，那麼小的體積，那麼大的容量。趕明兒約賈伯斯要給蘋果換廣告，別的啥都不用，就只要把這小子的一寸標準照往那兒一放，就齊活兒（完美）了。

那天晚飯，陸臻一如既往地在晚飯時聽廣播同聲傳譯天下大事，忽然他眉頭一鎖，靜了下來。

夏明朗伸手戳戳他：「哪兒啊？」

「喀蘇尼亞。」

「哦。」夏明朗心頭放寬，還以為中國哪裡又地震了呢。

「這下麻煩了，喀蘇尼亞南部省出現騷動。」

「這跟咱有什麼關係？」方進不解。

「有關係啊，咱們是喀蘇的最大貿易國，聯合國會馬上向中國施壓……」陸臻苦笑。

中國身為喀蘇最大的貿易夥伴，佔了接近一半的進出口額，對喀蘇政府的確具有很大的影響力。這個國家所有的通訊體系都由中資公司建立，中國石油控制著最好的油田，大街上跑著一半的中國車。在這種情況下，聯合國自然會暗示中國對喀蘇未來有可能發生的人道主義危機行使一個大國的責任感。

「那咱們就派兵去平叛吧！」方進沒心沒肺地開著玩笑。

陸臻鄙夷地看了他一眼，真讓你去，你就該哭了，那鬼地方。

可惜，方進那張烏鴉嘴一向好的不靈壞的靈。幾乎是當天晚上，從國內國際一起傳出消息，喀蘇尼亞部分武裝員警系統在首都和北方三大城市集體暴動，副總統和外交部長成了人質。而中油國際在喀蘇尼亞的各路老大當時正聚在首都開會，毫無抵抗力地被人包了餃子（包圍），從油田到煉化到銷售……一個BOSS都沒逃掉。

情況由此急轉直下，中國以親身出演的方式向全世界證明了：他絕不會置身事外。

一時間輿論大嘩，那個名不見經傳的非洲小國就此紅遍大江南北，引得國內群情激昂，上至國防部下到小賣部人人口誅筆伐。外交部的照會像雪片那樣一輪接著一輪飛出去，敦促喀國政府儘快營救我國公民。

兩天後，喀國總統在逃亡中發表聲明，首先他對現實感到遺憾，其次他對現實感到憤怒，最後他對現實感到無奈……囉唆了一堆，翻譯成大白話就是：老子現在平叛都人手不足，你們自己人的事，能不能自己出點力？

噫！有活兒幹？

頓時，護航艦隊裡愛管閒事的、不愛管閒事的全管上了這個事，蘇彤藉職務之便監聽全球各大廣播電臺，隨時發佈第一手資料。夏明朗再一次收縮了特戰隊員的出勤率，展開戰前體能儲備，他有隱約的直覺，這次不用回家拉練了。

這是塊勢在必行一定要啃掉的硬骨頭，喀蘇的政府軍眼看著就不頂事（沒有用，沒有成效），靠他們去救人十之八九就得雞飛蛋打玉石俱焚。可是超遠距離的戰力投送，陌生的環境，再加上超高的媒體關注度讓這個任務的難度飆到了頂點。

戴著鐐銬跳舞，你跳得好是應該，跳錯一步就是政治失敗！

中央似乎還在猶豫，是勇敢地攬下這個事，還是把問題推給維和部隊。然而，歷史的車輪一旦啟動，那也就留不下多少空地供人徘徊。

很快，喀蘇的反對派們開始利用手中的各種人質向喀蘇尼亞流亡政府施壓，要求他們釋放戰俘與政治犯，並且驅逐所有外國石油公司。他們公開發表聲明歷數政府的罪行，爭取自己的支持者。自然，執政政府是腐敗的、無能的，外國勢力是貪婪的、掠奪的，他們必須為老百姓的貧窮與苦痛負全責。

一向很有被害感的國人遇上了更具被害感的喀蘇，夏明朗默默地修改起自己的備訓方案，因為他知道快了。果然，就在反政府武裝發出聲明的當天下午，陸臻就笑著向夏明朗報告了一個內幕消息，活兒拿下了，我們的。

這個任務來得不易，據說是夏明朗之前在索馬利亞的出色表現讓總參信心十足，而原本精兵一脈的少壯派軍事高層也都在聯手遊說，這才終於讓中央下定了決心。不過瘦田無人耕，墾開有人爭。調子定下後，公安部也開始搶這筆風頭，畢竟從理論上來說，城市反恐反劫持是特警的主戰場。

就這樣，高層會議開了一整夜，具體的方案在北京時間天明時正式確定：亞丁灣原本的護航工作暫時停止，護航艦隊全員戰備，全速開往喀蘇尼亞東北端的勒多港，介入營救人質與接僑的工作。

聶卓被任命為本次行動的軍方最高指揮官，雖然他從沒有過指揮部隊作戰的經驗。可是這次是公開的海外任務，國際關注壓力巨大。這種經驗誰都沒有，與其找個指揮出身的將軍心癢手癢，恨不能自己提槍上陣，還不如派個幹軍情出身的，可以更精準地把握國際大勢，畢竟這才是此次任務的最高指揮官最應該關心的。

而夏明朗則被任命為陸地軍事行動總指揮；同時，公安部派出四名精英特警攜帶相關裝備，借道巴基斯坦趕來會合。消息傳來，方進很有那麼一點憤憤不平，夏明朗只是淡淡地問了一句：「領頭的是什麼頭銜？」

陸臻笑了：「是位一級警司。」

夏明朗非常滿意地笑了，他的確不喜歡被束手束腳，但一名一級警司是沒權利對他指手畫腳的。

傍晚時分，護航艦隊迎著西沉的落日餘暉入港。

勒多是喀蘇尼亞的北部第一大港，因為首都奈薩拉暴亂，所有的飛機航班被迫取消，港區聚集了好幾百名急著回國的中國人，岸邊滿是黑壓壓的人頭，使館的工作人員在碼頭上走來走去，忙著安撫情緒生怕出事。也不知是誰起的頭，人們高聲大喊「祖國萬歲」，把周劍平激動得老淚縱橫。

能讓你在他鄉有難時殷殷期盼著的，大概也只有家了。

夏明朗微微有些動容，他看著底下激動的人群，那些祈盼的眼神，只希望自己能不負此望。

不一會兒，中國駐喀蘇大使梁雲山跑上船來與艦隊軍官一一握手，陸臻匆匆一瞥，只記得是個清瘦的中年人，卻沒有留下任何印象。在那個時候，陸臻還不知道自己將來會與他打那麼多的交道。

雖然手下不給力，但喀蘇總統為表誠意，還是派了個懂中文的專員領了人過來協助行動，夏明朗認命地把那群民兵給養了起來，只留下兩個消息靈通的地頭蛇當嚮導，協助嚴炎和常濱先行一步，從陸路潛入首都進行前期情報偵察。好在沒了人和還有地利，那幫石油巨頭們被關押的招待所居然是中油自己派人建的。全套圖紙都在公司存檔裡擱著，幾分鐘就調到了陸臻手上，把夏明朗感動得不行。

兵貴神速，夏明朗一秒鐘都不肯耽誤，催著當地專員在勒多港找了個差不多的樓，參考圖紙剔除多餘的房間，進入模擬實境演練。而此時，甚至只是祁連山號進入勒多港的第一天午夜。

然而就在這天晚上的小組會議上，夏明朗遇到了他此役的第一個難題——人手不足！

麒麟這次是奔著護航出來的，配了大量的狙擊手，22名隊員裡不算夏明朗有8名狙擊手，而算上夏明朗也只不過11個突擊手。

就這11人裡還包括了更擅長遠端重火力壓制的沈鑫與張俊傑，更擅長叢林偵察的常濱與幾乎沒經歷過什麼高烈度戰鬥的宗澤，剩下真正可以做到電光火石間神擋殺神佛擋殺佛的突擊高手不過7名。他們必須被平均分配到各個小組，也就是說，他最多只能分出三個組。可是那家賓館雖然建築結構簡單，樓上樓下卻全是獨立的小房間，要一個個檢查過來，用四個組來控制都很吃力，更別說只有三組人。

柳三變沒有要求把水鬼們打散充實進去，此行非同尋常，他不想也不敢貿然打亂夏明朗的佈局。而且按照之前的計畫，水鬼營要封鎖街區負責整個周邊安全，考慮到首都目前還在動亂中，他肩上的擔子也不輕。畢竟政府軍還沒有徹底控制局面，那也算是個一線戰場，隨時都會冒出一批莫名其妙的敵人來。

夏明朗手裡握了一大把姓名牌，眼睛死死地盯著建築圖紙，短暫的沉默後，陸臻輕咳了一聲：「電磁環境不複雜，阿泰、小順，三哥你再給兩個人，應該能把資訊這塊撐起來，我跟你們進去。我近身還是可以的，說不定比默爺還好一點。」

方進頗為鄙視地瞪著他，陳默倒只是淡淡地轉頭看了看，陸臻微微一笑坦然生受。

夏明朗扔下兩塊姓名牌：「跟陳默比，你也不怕閃了舌頭。不過你總比小嚴好一點，你跟著我。」

夏明朗把地圖抹平，開始排兵佈陣。

整體資訊支援由馮啟泰負責，加上郝小順和柳三變那裡的兩位通訊員，足可以完成所有的資訊保障工作，這個資訊小組的安全則交給嚴炎與柳三變麾下的幾員精兵。因為夏明朗算是僅次於方進的牛人（厲害之人），不得不親身進入，所以戰鬥開始後，前線一指由柳三變負責。柳三深感肩上的擔子巨大，臉色沉重如鍋底。

把陸臻勉強算成個尖兵，夏明朗還是咬牙分出了四個組，Ａ組由他領隊，除了陸臻還有徐知著與另一名狙擊手武千雲，方進領軍的Ｂ組有陳默與宗澤……

柳三變畢竟是第一次經大事，上次的任務雖然也難，可是核心部分他沒參與，完全聽命行事，負責的也是比較低烈度的部分。而這次直接參與戰前策劃，眼睜睜著看夏明朗猶豫不決舉棋難定，他那個心啊，跳得忽上忽下的。一忽兒想到從軍多年但求一戰，如今硝煙在望；一忽兒又想到家中嬌妻，懷孕不久，你說萬一有個萬一，那不是連兒子的面都來不及見？

柳三變心思太重，散會後竟怎麼也睡不著，翻來翻去的。勒多港氣候悶熱，屋裡幾乎不能待人，夏明朗他們隨便找了塊清靜地方，連睡袋都用不著，大夥拿背包當枕頭倒頭就睡。

柳三變怕吵醒了人，只能偷偷爬起來溜達。

勒多素來就是貧瘠之地，被動亂卷過更是如此，放眼望去一無所有，只餘下浩瀚星空。柳三變順便查著崗一路走出去，卻聽到宗澤和夏明朗蹲在一叢灌木旁邊小聲討論著什麼。

宗澤根本沒打算把夏明朗招過來，因為他不敢。他雖然心裡知道夏明朗不是什麼兇神惡煞，也一直希望能像陸臻和方進那樣跟夏明朗打成一片，可是他還是跟夏明朗親近不起來，心裡有事也寧願向鄭楷說；他在夏明朗跟前根本都放不開，只要一見著人就會不自覺把自己繃得很緊，生怕夏老大臨時抽到什麼項目自己練得不好，被一腳踢出去跑圈兒（跑步）。

哦，當然的，其實他也不怕跑圈兒。

唐起說這是青春期暴力陰影，他建議宗澤要求夏明朗補償精神損失。

然而這次鄭老大沒跟出來，而且機密任務斷絕一切外界聯絡，宗澤就活生生被逼成了一頭困獸。困獸的眼神終究與常人有別，尤其是遇上大戰在即心細如髮的夏明朗，結果宗澤便灰溜溜地被夏明朗拎了出來。

護航熬到盡頭，香菸就成了緊俏物，夏明朗還是慷慨地給宗澤點上了一支，在煙霧中溫和地詢問道：「怎麼了？」

宗澤想了又想只想找藉口混過去，可是鼓了半天的勇氣，在夏明朗面前終於還是只敢說實話：「我有點怕。」

「怕殺人還是怕死？」

宗澤的臉刷的一下血紅，低下頭不說話。

夏明朗拍著他的肩膀說：「都這樣，你當我不怕嗎？我也怕啊！憑良心跟你小子說，老子現在不知道活得多開心。我現在混多好啊！有兄弟們跟著，有嚴頭兒賞識我，還……」夏明朗頓了頓，「對吧？你說我怎麼可能不怕死呢？那我當然更討厭殺人，你說誰閒著沒事去崩兩個人玩？血淋淋的多噁心啊，咱又不是神經。」

宗澤有些驚愕地看著夏明朗，他的確沒聽過這樣的夏氏奇談，畢竟他幾乎沒跟著夏明朗出過這種需要奇談怪論的任務，而即使是從來不說假大空話的鄭楷也不會把戰前動員說得如此……宗澤簡直不知道要怎麼形容這些話，因為它不是虛假的，可是……它似乎總也是不對頭。

「都是趕上了，沒辦法。如果這次人手還足，我也想把你放在周邊先練練，可是，沒說的，得拜託兄弟你硬撐了。你手上有多少貨我是有底的，我讓方進帶著你，我相信你能挺住。」

夏明朗是用並不太正式的語氣說這些話的，可是宗澤卻站起來立正，抬手向夏明朗敬了一個軍禮。夏明朗把宗澤抱進懷裡，輕輕拍了拍他的後背：「如果到時候心裡實在撐不住的話，我告訴你一個訣竅：拿槍的都得死，別當他們是人。」

宗澤臉上一僵，咬牙說道：「明白。」

「回去睡！」夏明朗笑著踹了他一腳。

柳三變沒想躲，因為夏明朗說不定已經發現他了，鬼鬼祟祟就瞧著難看了，所以他索性往前走，宗澤看到他似乎也沒有很吃驚，互相打了聲招呼就匆匆離去。

夏明朗看著他過去，又點上了一支菸：「你不會也怕了吧？」

柳三變啞然失笑，他剛剛零星聽到幾句怕與不怕的，難道真是某位英明神武的神獸同志也膽怯了，三更半夜求撫摸，他頓覺心頭大慰。當下也不答話，湊過去藉著夏明朗嘴上的火給自己也點上，深深地吸入一口輕嘆：「你說，萬一要是兄弟我光榮了，阿梅可怎麼辦啊！」

「放心兄弟！」夏明朗叼著菸頭，牢牢地握住柳三變的手，「你要是光榮了，你老婆就是我老婆，你兒子就是我兒子，你爹媽……嗯，咱不認識。」

「那我不是虧大了？」柳三變笑得直咳嗽，慢慢平復呼吸，卻不再開口。

夏明朗知道這不是一位需要聽狠話的主，他也懶得再說什麼。夜風輕拂，像溫熱的水澆在身上，全身濕熱，可到底也算是起風了，夏明朗很快就會了周公。柳三變聽到夏明朗有節奏的輕鼾聲，禁不住哭笑不得，沒過多久也倒頭睡了過去。

2

第二天早上，太陽不過剛剛露了個臉，夏明朗的皮膚已經有灼烤感，他坐起身四下看看，柳三變躲在樹叢的陰影裡睡得正香。遠處的地平線上有零星的人影，那是習慣在凌晨與深夜出來活動的本地人。夏明朗一腳把柳三變踹醒，必須得儘早把隊伍拉出去，據說陽光下的勒多港是人間地獄。

因為任務週期長，他們已經開始逐步混合飲用當地的水源，所幸還沒人出現水土不服的症狀，小夥子們一個個鬥志昂揚，讓夏明朗很滿意。洗漱，進食，集合，不過十幾分鐘隊伍已經集結待命，按昨天晚上確定的名單開始人員分組，宗澤發現自己果然與方進一組，心中大喜，看著夏明朗嘿嘿傻樂。

分組完成後，突擊隊迅速進入實境演練，無論是組內配合、組間配合，各組的分管區塊、進軍路線都得在這裡熟練起來。柳三變在空地上畫白線模擬院牆和花壇，分隊攻守。

然而還不到十一點，勒多港的室外溫度就已經達到了41度，勒多地處海邊，潮濕的海風滋養了樹木，卻讓天氣越發的濕悶。陽光就像烈火一樣從天空中流淌下來，所有裸露在外的皮膚都像架在火上烤，純黑色的作戰服加上沉重的防彈背心簡直就是個噩夢。戰士們的體表溫度急升，尤其是周邊作戰的陸戰隊員們，在陽光直射下穿梭，很快就出現了大面積的脫水症狀，已經有人輕微中暑。

柳三變急得要命，本來以為咱們的戰士足夠能吃苦，一切都能抗，沒想到人力終究有極限。按理說海陸的訓練地在海南，也算是中國部隊裡相當耐熱的一支了，可是這鬼地方實在太過邪門。

夏明朗無奈地暫時中止訓練，把演練時段調整到太陽落山後，白天找地方避暑。戰士們七手八腳地忙著脫裝備，學著當地人的樣子披上那種寬鬆的大白袍。

總統專員介紹說首都的氣溫比這裡還高，這時節白天可能得有45度，但是濕度要比這裡低一些，所以說不定會舒服點。45度，夏明朗哭笑不得，他眨巴眨巴眼睛仰望天空，覺得自己就像坐在一個烤箱裡，都能聞見肉香了。

不過，事情若是已經壞到了極點，那再往下也總能出點好消息，總統大人的部隊提前控制住了首都的一個軍用機場，從勒多到首都的兵力投送問題就此解決。公安部表示他們的人可以直接從巴基斯坦直飛喀蘇首都，在機場與夏明朗會合。

昨夜裡睡得好，大白天沒事幹，夏明朗領著一堆人又開始琢磨戰術。中油這間私家小賓館造得不算複雜，橫平豎直的，四層主樓帶兩邊附樓，就是空間大，還有圍牆和花壇，很難做到瞬間發難控制全局。

陸臻瞅著主樓平坦坦的大屋頂說：「要是有直升機就好了。」

方進不屑地瞪著他，心想祁連山上那倆直升機的身板和噪音都那麼大，三里路外面就知道他們要來，還偷襲個雞毛，還不如給你安倆葉子，你飛去。

總統專員遲疑不決地問道：「小……小鳥行嗎？」

「你們有小鳥？美國特種空勤大隊的那種？AH-6？」陸臻驚訝得差點嚷起來。

「我我，我也不清楚，他們是這麼叫的，圓的，像個蛋殼一樣的飛機。」專員大人被他這麼熱情一嚇又瑟縮了。

陸臻與夏明朗對視一眼，那就是AH-6了，乖乖，還真是沒想到，這麼個窮家破院還藏著如此利器。不過AH-6屬於輕型直升機，機動靈活，裝甲單薄，火力強大，還便宜。在喀蘇尼亞這種防空主要靠AK加RPG的地方用真是再適合也不過，總統大人懂行啊！陸臻不期然都生出一點敬意。

「是的，我們需要！」夏明朗看住專員，鄭重其事地說道。

專員先生撥電話打申請，半晌，樂呵呵地告訴夏明朗晚上就能到。夏明朗大喜，看著專員先生那黑油油的臉蛋也覺得俊俏了三分。

這任務會難嗎？夏明朗看著曬得發白的土地和藍得發灰的天空，輕輕撫摸袖口的盾型徽標。

……我們是麒麟，我們無所不能！

眾所期待的AH-6在下午太陽還熱著時就紮了過來，把夏明朗和陸臻感動得不行，連忙跑過去迎接。駕駛員把自己包得像個阿拉伯女人那樣只露出兩隻大眼睛，飛機剛剛著陸就興沖沖地撲向夏明朗一個熊抱，轉頭看到陸臻又是一抱，甩頭做出個自以為特別帥的Pose，用一種軟綿綿近乎發嗲的中文說道：「我叫查理。」

又一個查理，陸臻心想，真是個菜市場名字。

「我姓陳，耳東陳。」

「中國人？」陸臻瞧著那雙碧碧藍的眼珠子發愣。

「是啊，我的爺爺是中國人！不過我奶奶是俄羅斯人。」查理．陳興奮地，「他們現在住臺灣。」

陸臻眼前一黑，他終於明白這位的口音是怎麼回事了。

陸臻一向覺得自己很話癆（話很多），遇到查理兄才知道什麼叫正宗話癆，這小子一頭紮進人堆裡，瞬間稱兄道弟，勾肩搭背拍胸踏腳，作風極豪邁，聲音極娘們。陸臻這才知道這架小鳥是由AH-6的民用型MD530改裝的，可以掛裝加特林機槍和特種運輸擱板，另外這架飛機也不是總統大人的，這是查理兄自己的，不過總統大人會為中國政府支付全部費用，所以，隨便使用。

查理．陳直到日落西山才拆了他的阿拉伯包頭，陸臻細看他的臉，挺鼻薄唇，棕發藍眼，輪廓瘦削，只在細處才能認出幾分東方味道，當然他要是自己不說，大概也沒人會往那上面想。查理兄是美國人，之前在特種飛行大隊裡幹過，沒多久因為犯錯誤被踢出軍隊，實在手癢自己買了一架MD530繼續玩。

徐知著聽著咋舌，這樣也行？神奇的美國人！

查理．陳看著不太靠譜，戰術素養卻相當可以，而且悟性好交流方便，夏明朗也就是對著地圖一比劃，馬上心領神會。夏明朗樂得直誇他，查理得意洋洋地說那種顛三倒四狗屁不通的命令我都能聽明白，您這說得太好太精妙了，傻瓜都能聽懂啊。

那天晚上，合部配合一遍一遍地走場……柳三變滿頭的大汗卻越來越重：總是這樣，越是深入地準備，越是誠惶誠恐。

抬頭看過去，夏明朗一臉肅穆地站在月光下，黑漆漆的大樓像一隻怪獸，蹲踞著，好像隨時都會撲出去。過了一會兒，夏明朗邁著大步走向他：「就這麼著吧，天亮就出發。」

「啊！」柳三變額頭的汗更重了。

「再練也就這樣了，一鼓作氣吧！」

「嗯！」柳三變面沉似水。

命令傳下去，所有人的心臟都被抓了起來，只有查理兄還樂呵呵地跟人打招呼，吆喝著找人幫他加油。

夏明朗高速的戰前準備讓特警們差點措手不及，一番協調後，飛行方案變成了這樣：他們從巴基斯坦起飛降落在勒多港，順路捎上夏明朗他們，加滿油後轉飛喀蘇首都。

22名麒麟隊員，40位陸戰隊員，再加上查理的「小鳥」和四位特警把一架Y-8塞得滿滿。

夏明朗與特警頭子的初次交流當然也就放在了機艙裡，一照面才知道居然是老相識，去年十月剛剛湊在一起幹過國慶安保，彼此都有些面善。特警組長馬小傑風格沉穩，北京體育大學畢業，從警前是散打全國冠軍。要不是方進被麒麟截下，十之八九能跟他當上同學。

方進硬擠過來跟他們的狙擊手衛禮煌打招呼，他們曾經在一個屋子裡潛伏過，交情也算不淺，連陳默都遠遠地點了個頭，讓小衛頓感受寵若驚。

特警小組不光帶來了專業的破窗炸藥，還給麒麟多備了份厚禮，16支使用9毫米空尖手槍彈的CF05微聲衝鋒槍，加裝50發超大容量供彈筒，讓夏明朗非常驚喜。

室內戰、巷戰、野戰、叢林戰……雖然聽起來都是戰，可是在戰術與武器要求上都有很大分別。室內作戰目標近在咫尺，如果對方還沒有防彈衣的話，使用5.8毫米口徑的95步槍是相當吃虧的，穿透性太好了，一槍對穿，除非運氣很好直接擊中要害，否則五六槍都撂不倒一個人。而那些貫穿而過的子彈還會帶著剩餘的強大動能在牆面和地面上反射，蹦來跳去，成為讓人頭疼無法控制的跳彈。

可是9毫米的低速重彈就能確保一槍命中就徹底瓦解戰鬥力，而且它們個頭很大，會在人體中翻滾造成巨大的空腔，然後停留在那裡不再穿出。有時候在戰場上，你也就只有那麼開一槍的機會。沒有人會希望一槍打出去，還看到目標在逃竄，而你老人家只能抱著槍琢磨自己到底擊中了沒，那太痛苦，夏明朗對此深有體會。

因著這些槍的緣故，夏明朗對這組特警也充滿了好感，原本沒打算讓對方真正參與什麼，現在也動腦筋想要委以重任。

他們抵達喀蘇首都時，滾圓火熱的大太陽已經爬到了天頂正中，地面上塵土飛揚，熱力穿過靴底燒烤著腳掌，熱空氣上升時的紊流糾結在半空中，像一鍋燒開的透明的粥。

飛機停穩後，後艙大門洞開，熱浪撲面而來，馬小傑猝不及防甚至下意識地屏住了呼吸。陸臻把腕錶拎在手裡甩了甩。

「46度3。」陸臻笑眯眯的，運氣真好，居然比常溫還要熱。

「不錯不錯。」夏明朗哈哈大笑。

不遠處一枚迫擊炮彈從天下落下來，發出震天動地的大響，所有人條件反射式地臥倒，衝擊波的尾聲捲起塵土帶著硝煙味從他們背上飄過去。夏明朗站起來拍了拍衣角發現炮手的準頭相當破爛，連毛都沒沾上一根。後來他們發現這個倒楣的炮手似乎隔一陣就要操上一炮，方進甚至開盤賭起了下一個十分鐘裡這破炮彈會落在東南角還是東北角。

在零星的炮火中，柳三變領著一群人在烈日下卸裝備；查理披著寬闊的白袍大聲嚷嚷著，吆喝兄弟們別碰了他心愛的「小鳥」；先期潛入偵察的常濱忙著向夏明朗報告情況；四位特警則忙著管理自己的裝備，他們在陽光下跑來跑去，熱得面面相覷，用目光無聲地交流著痛苦。這不能怨他們，貿貿然從三月料峭春寒的北京飛到46度酷暑的喀蘇尼亞，那的確不是一般的體驗。

二級警司安勝亮莫名其妙地想起他電腦裡的單機遊戲還剩下最後一個BOSS沒有打完，這塊陌生而雜亂的非洲土地讓他有些心慌，炫目的陽光令他頭腦發脹，他敲了敲腦袋強迫自己更專注。

根據嚴炎帶來的情報，解救行動定在黃昏入夜時分開始，因為氣候的緣故喀蘇尼亞的生活習慣和別處不同，絕大多數人都是十點以後才出門活動，黃昏是相對比較放鬆的時段。屆時麒麟為主攻部隊，進入樓區解救人質；水鬼營將會被分成五個小隊，分別鎮守花園的四角與大門口，他們要確保在麒麟動手的時候沒有任何人可以進入這個區域。

夏明朗大聲吼叫著命令機場的主管給他的士兵找一個陰涼通風的地方睡一覺，依靠柴油機發電的中央空調勉強運轉了沒多久又再度身亡，熱烘烘的風從機場的跑道上湧進來，帶著乾燥的土腥味，陸臻閉上眼睛靜氣凝神，強迫自己快點睡著。

陸臻醒過來的時候是下午，一天裡溫度最高的時候，幾乎所有人都在這時候被熱醒了。空氣裡充斥著汗水的酸味，後背的T恤全濕透了，在地面上留下濕漉漉的人形。備用水已經全部消耗完了，當地的水入口時滿是藥片的怪味，到尾調還會一絲絲地回出土腥氣。但陸臻還是大口大口地往下灌，在這樣灼熱的空氣裡呼吸讓他的喉嚨乾燥得像砂紙一樣。

已經醒來的麒麟們三三兩兩地坐在一起給自己整理裝備，他們從最細微的地方開始，一邊小聲地聊著天為彼此做檢查，一遍一遍地背誦裝備口訣，同時從常規裝備裡扔出那些他們認為用不到的東西。他們扔掉那些已經化成泥漿的巧克力食品，扔掉絕大部分的藥品，只留下一些止血彈力繃帶和救命針劑。他們甚至扔掉了整個行攜背囊，在自己的戰術背心裡裝滿了彈藥，CF05圓桶裝的彈夾和各種閃光彈煙幕彈把它撐得鼓鼓囊囊的。他們被允許自己選擇出擊的裝備，也必須為自己的裝備負責！

方進抽出了防彈衣背部的陶瓷擋板，在自己的腿袋和後腰處綁上了各式各樣的冷兵器，這會讓他的行動更靈活一些，也更具無聲的殺傷力，而做為小組的尖刀，他的後背可以交給陳默保管。一些陸戰隊員們偷偷地觀察著他的動作，然後滿腹狐疑地打量著自己的行裝。這對於陸戰隊員來說是個新鮮事，他們曾經一起訓練過，可這是他們第一次同時出擊。

柳三變發現他的部隊正深陷於一種矛盾的興奮中，一方面，他們恐懼，而另一方面，他們期待。

是的，期待戰鬥！

他們被選拔，他們被訓練，他們所有的時間所有的精力都只指向一個目的：戰鬥！

這些戰士們，這些孩子們，他們就像一個唸了八年臨床醫學終於可以有機會拿起手術刀的外科醫生那樣狂熱地期待著一場戰鬥，那種微妙的心理是異常複雜的。那是一種渴望，讓你心跳過速，腎上腺素超常分泌，讓你忽略所有潛在的危險只想儘快給自己一個答案：我是不是合格的，我是否出色？

夏明朗沒有直接帶過生手打實戰，在麒麟，所有第一次開槍見血的任務都是很低烈度的，有足夠的空間讓你去驚慌失措動作變形。可是現在，他沒有。從某種意義上來說，他對馬小傑的信任可能更甚於柳三變。他曾經用一種非常巧妙的辦法讓柳三變與他的士兵繞過了一次流血的征途，而這一次，他不相信還有同樣的好運氣。

他發現柳三變現在臉色青黑，醬仔領著一群人蹲在陸臻身邊小聲地說著什麼，夏明朗認出其中一個叫郝宇鵬，不足兩年期的新兵，長得很漂亮，高大健壯像個初生的小牛犢，而另一個綽號叫菜頭的不知道為什麼已經漲紅了脖子。

整個陸戰隊沉浸在一種慌亂浮躁的氣息裡。夏明朗感覺自己應該說點什麼，雖然他不知道是不是會有用。

他站到機庫中間，清了清嗓子，大聲喊道：「嘿，小夥子們。」

大家安靜了下來，抬頭看向他。

「暫時，忘記你們之前學過的各種條例，記住三點！第一，搶先開槍，老天爺保佑最先開火的人。第二，有武器的都得死，不留俘虜。第三，不要打單發。正常情況下，交火前三分鐘，你會嚇得要屁滾尿流不知道怎麼辦才好，不要慌，找隱蔽。三分鐘後，你會被子彈激怒發了瘋地還擊，請記住，這時候別把你們的頭抬得太高。十分鐘之後如果你還活著的話，我希望你冷靜，忘記他媽的所有的一切，專注在你眼前的戰場……和你的兄弟。」

柳三變目瞪口呆，心口怦怦地跳，他忽然覺得他是不是把問題估計得太簡單了。他把夏明朗拉到旁邊結結巴巴地問道：「這麼說會不會犯錯誤？」

「我剛才什麼都沒有說。」夏明朗意味深長地看著他，「我只是想讓你的兵少死幾個，人得先活著才能犯錯誤。」

你們不可慌亂也不能遲鈍，你們不可輕敵也不能恐懼，唯有冷靜，而那是最難的！

3

黃昏時的喀蘇尼亞仍然熱得讓人發狂，夕陽像烤箱裡燒紅的石英管，而他們就像掛著醬油的叉燒。

陸臻穿著全套裝備，身上不停地流著汗。喀蘇尼亞政府在奈薩拉的最高軍事長官柯索將軍，給了他們六輛越野車和五輛軍用重型卡車，這些車看起來還都比較結實，馬力強大，即使車胎漏氣也可以繼續前進，不過車身並沒有加裝過硬的裝甲。

陸臻在機場與方進他們揮手道別，方進的B組將由查理用「小鳥」直接空降到招待所主樓的樓頂上，所以他們還能再休息一會兒。

路上很安靜，如果太陽不是沉沒在西方，你幾乎會以為這是個清晨。街道上空空蕩蕩的幾乎沒有一個人，而轉角處卻堆滿了各種垃圾與燒焦的汽車的殘骸，有些店鋪的大門洞開著，裡面黑洞洞的。

放眼望去，整個城市就像得了痲瘋病一樣破敗不堪，星羅棋佈的傷口流淌著骯髒的膿水。

陸臻來之前看過照片，他記得這裡應該是個漂亮的城市，有闊而淺的河流與綠樹，人們用黃土與石塊堆砌出富於阿拉伯風情的建築。建設一個城市可能需要十年，而毀滅它只需要三天。

開車的喀蘇尼亞小夥子固執地沉默著，帶領著他們穿過一條又一條看起來毫無差別的小路，這裡不是索馬利亞，他們還沒有習慣笑著面對這一切。

陸臻看著夏明朗的側臉終於忍不住問道：「你為什麼要這麼說？你的那些原則簡直……」

「粗糙？」夏明朗道。

「太簡單，太粗暴，你會給他們建立錯誤的觀念。」

「但是很適合他們這次任務，你面前的全是敵人。不同人種，用膚色就能判斷敵我。對方沒有防彈衣，而你身上的彈藥充足，可一個勁兒，把最後一發子彈打完再回家。」

陸臻失笑：「也就這次了，換個地頭……」

夏明朗轉過頭看著他：「我就是想讓他們還能有命換下個地頭，還有機會用真正的經歷來否定我。而且，你看過聽過他們那種訓話的，太虛太浮，把人都教假了，會很危險。我怕萬一遇上強手，剛交火就出傷亡，他們會炸營，那是一整隊的新兵，一整隊，沒有一個上過實戰，什麼事都能發生。」

「在索馬利亞你好像沒那麼害怕。」

「在索馬利亞我有帶一個新兵上陸地嗎？」

陸臻一愣。

夏明朗微笑著點了點頭。

徐知著安安靜靜地聽著他們的對話，然後腦子裡莫名其妙地冒出稀奇古怪的畫面。他在想像有人傲然衝出去喊「繳槍不殺，我們優待俘虜」，然後被乾脆地一槍爆頭，三分鐘後掛了三個，於是柳三變激動地喊道，同志們跟我衝……結果一個衝鋒，折損三成。徐知著知道這事萬一要成真就太不好笑了，可是他還是忍不住樂了。

天色漸漸地暗下去，整個城市在街燈下昏暗曖昧。車隊在一個路口一分為二，繞過一個路口又一分為二。

街上開始有零星的行人，陸臻看見黑洞洞的窗子後面閃爍著戒備窺視的眼睛。

中油的這個小賓館座落在一條小河邊的三角地帶，那裡建築稀疏，沿河蓋著一些漂亮的小別墅和小賓館。這在相對繁華的奈薩拉算是一塊鬧中取靜的富人區，河對岸就是市中心商業金融區，而另一邊，向著城外的方向輻射開來的是大片雜亂的居民區和集市，這裡居住著奈薩拉最普通的中下層居民。

這個繁華區塊的建築物普通不高，最近的高樓離開它也差不多有三個街區，而那已經是附近最好的制高點了，嚴炎正潛伏在這個六層樓的樓頂等待著他們。車隊在一個路口停下，幾條人影迅速地閃了出去，阿泰給小嚴帶上了陳默的巴雷特重狙，讓嚴炎非常驚喜。

夏明朗命令查理起飛，方進、陳默、宗澤和歐陽坐上飛天小板凳升到半空中，雖然之前已經演練過兩次，宗澤還是不自覺地攥緊了自己的帶扣。方進把手繞到他的背後用力推了他一把，宗澤往前一栽，心跳都漏了一拍，反手一肘砸向方進的喉骨，方進抬手格住哈哈大笑。查理找到了樂子，猛地一個側轉，宗澤心頭一凜，感覺自己的上半身已經快跟地面平行了。

過山車、跳樓機什麼的……真是如煙花細雨一般地溫柔啊。

因為沒有證據表明賓館原有的監控系統已經癱瘓，夏明朗在左右權衡之後還是決定強攻，因為招待所花園的設計非常防盜，光溜溜的圍牆下面連半根草都沒有，四角裝上幾台紅外監控連個蒼蠅都飛不進去。更要命的是根據衛星照片顯示，現在那些圍牆下面四處駐紮著圓木做的小帳篷，似乎那些反政府武裝已經把這裡當成了一個方便安全的據點。

天邊隱隱地傳來「小鳥」螺旋槳的轟鳴聲，夏明朗問過總統專員，確定在這個時段用直升機巡邏的行為並不罕見，果然，阿泰也報告說紅外圖像顯示園子裡並沒有大的動靜。夏明朗慢慢地吐出一口氣，在喉間彈了三下，各小組逐一報告已經進入出擊位點。喀方的司機從駕駛座上溜下來，躲到路邊。夏明朗飛快地跑過橫街，在招待所的圍牆上留下三條手指粗的黑線。

柳三變的預備目標是正門，就在兩個街區之外，大門口設著一個威風凜凜的機槍巢。他的車是很普通的舊式越野車，司機壓著車速，在經過路口時忽然打轉，做出打滑剎不住車的樣子直衝出去。門口的哨兵被驚動了，好奇地看過來，柳三變估計著距離大聲喊道：「行動！」

街角處應聲飛出一發火箭彈，拖著長長的尾跡飛入機槍巢，爆炸聲連成一體，機槍手撲倒在掩體上，碎磚塊崩得到處都是，機槍副手像一個大布口袋那樣被掀飛出來。

而與此同時，夏明朗腳踩油門按下手中的遙控器，前方的圍牆發出沉悶的聲響，像拍餅子那樣砸下去一段，炸出一個4米多寬的整整齊齊的漂亮豁口。爆炸時產生的衝擊波捲著塵土與碎石迎面撲來，越野車的輪胎高速轉動，與地面摩擦發出刺耳的尖叫，夏明朗把油門踩到底，駕車撞進那團厚重的煙霧。

這時候假如有人可以站在空中往下看，他會看到這個長方形圍牆的另外兩面也同時炸開了口子，墨綠色的越野車像炮彈一樣穿過充滿了碎石與塵土的洞穴，陸臻聽到車頂上劈裡啪啦的像下雹子一樣熱鬧。

直升機呼嘯著飛入這硝煙四起的戰場。

夏明朗在濃重的煙塵中撞塌了一個帳篷，驚慌失措的尖叫與咒罵聲四起，陸臻感覺到車子在劇烈地顛簸，可能是壓到炸碎的圍牆，當然……也可能是別的什麼。忽然，身邊的玻璃窗轟然碎裂，陸臻連忙伏下身去，流彈把車頂打穿了一個小孔。那些受驚過度的武器分子們開始盲目反擊，子彈橫七豎八地從空中劃過，在紅外夜視鏡的螢幕中留下一道道淺綠色的焰跡。然而這個院子裡的人不歸他們管，他們的目標是主樓。

夏明朗一直在加速，他對線路非常地熟悉，幾乎閉著眼睛繞過花壇，車子在剎車中緊急甩尾，車尾轉過180度停在附樓的牆邊。陸臻在車還沒停穩時就跳下了車，徐知著比他更快一步，他爬上車頂蹲好馬步，雙手交握放到自己的身前，陸臻借力一踏，縱身跳上一層附樓的樓頂。

寬闊的大平頂上空蕩蕩的，陸臻背著槍飛奔到主樓牆邊，解開背袋組裝開窗炸藥，他的隊友很快就到了。武千雲與夏明朗搭出了一個人梯，徐知著解下龍爪鉤，估計放繩的長短。

陸臻把組裝好的開窗炸藥交給夏明朗，一秒鐘之後，隨著一聲脆響，整扇窗連著框架向內炸得四分五裂。徐知著隨之甩鉤，不銹鋼的爪齒牢牢地咬住了光禿禿的窗臺……

方進打開「小鳥」側艙座上的安全扣隨時準備落地離機，查理是那種典型的美軍飛行員，他們熱愛在黑暗中飛行，依靠夜視儀器甚至可以飛得比白天還要穩當。查理控制「小鳥」接近屋頂，強勁的螺旋槳捲起狂風，腳下湧動的塵暴讓方進看不清地面在哪裡。

查理大吼了一聲：「跳！」

方進鬆開把手撲向地面，這是他最快的一次機降，離開地面還不到半米，方進為他對查理技術的懷疑付出了一點小代價，他往前栽了一步，陳默已經從他身邊跑出去。

查理臨走時用一輪機槍掃射轟掉了配電房，燈火寂滅，黑暗瞬間控制了大地。

繩索是在空中就準備好的，陳默甩下抓鉤扣住圍欄，發力猛拽了一下發現確實扣死了以後，握住長繩一躍而下。接下來是一連串的精密而危險的動作，陳默需要滑降2米，用手槍打碎窗戶的玻璃，扔進一枚閃光震撼彈，然後馬上閉上眼睛蹬離窗戶，強烈的閃光仍然會在他眼前留下光感，他應該側身或者低頭躲避，並利用返回的慣性破窗而入。

陳默落地站穩，將槍口的白光照明燈打開到最暗，移開了夜視鏡。房間裡已經亂成了一團，幾個人影像沒頭蒼蠅一樣地尖叫亂轉或者蹲在角落。據可靠的情報顯示，招待所沒有雇傭任何外籍人士，這給人質辨認工作帶來了很大的便利。淡淡的白光迅速掃過整個房間，而後驟然寂滅，沒有人質。

風聲過耳，方進已經落在他的身後，陳默握拳晃了晃，示意方進無有效目標，扔下兩枚手雷（手榴彈）閃出了門外，方進連忙跟上他。極少有人能在瞬間致盲致聾的同時保持清醒，在最初的十幾秒鐘這個世界都會離開你很遠，或者有人會感覺到死神掠過了身邊，又或者沒有。幾秒鐘後，從敞開的房門口噴出大團火焰，在走廊對面的牆上留下大片黑色的焦痕。

宗澤被衝擊波推著踉蹌了一步，不自覺回頭看，他和歐陽朔成是從另一個房間進來的，而那個房間是空的。喀蘇尼亞糟糕的氣候讓馮啟泰的紅外夜視儀在對室內掃描時幾乎完全罷工，遠端引導指望不上，他們目前只能使用最原始的辦法——逐間掃屋。他們對這幢大樓的內部結構早已了然於心，在跑動中體現出高超的戰鬥素養，無論怎樣變動走位，四條槍引出的彈道線絕不重合。

一個冒冒失失的武裝份子因為爆炸聲衝進走廊，方進搶先開槍，三發點射將他的胸口撕成一團破布，宗澤看著那個人連吭都沒來得吭一聲就一頭栽倒，方進從他身上跳過去，把一枚閃光彈扔進他身後的房門裡。

如果宗澤沒有記錯的話，這裡應該是經理辦公室。方進在強光寂滅後閃入門內，陳默跟在他身後，宗澤與歐陽朔成站在門外，分別守住兩邊。

每一名麒麟隊員都很瞭解怎樣讓人在瞬間臣服，一枚閃光彈，一枚震撼彈……然後，他們像天神一樣拿著槍衝出來，漆黑的制服看不出具體的輪廓，防彈背心和彈夾讓最瘦削的身體都看起來強壯無比。他們大聲吼叫著「趴下」「放下武器」……向所有的反抗者開槍，讓子彈帶著尖嘯的利風劃過他們的頭頂。

在這種情況下任何人都會不知所措，在最初的十幾秒你可以為所欲為，把他們按到地上，踢開武器……而十幾秒鐘以後有些人會清醒過來，當他們明白到底發生了什麼的時候，他們就會開始反抗，而事情就會變得棘手。

樓外槍炮連天，宗澤隔著一條走廊也可以看到窗戶的底部隱隱地染著火光，耳塞和耳機把他的耳朵眼兒塞得滿滿的，這保證了他不會被自己的武器給「震撼」，不過這麼一來也讓他聽什麼東西都像是隔了很遠。

宗澤感覺到身後有個很重的東西從房間裡跌出來，他猛然轉身，胸口就像被一柄大鐵錘狠狠地砸中，眼前頓時一片漆黑。他被子彈強大的動能衝擊得仰面翻倒，而他的槍口卻向前，三發子彈無聲無息地竄了出去。這是個下意識的反應，甚至不需要大腦的直接指令，身體就自覺這麼操作了，當然這一切流暢的動作源於曾經千萬次的倒射訓練。宗澤感覺到地面隨之震動了一下，他知道自己擊中了，掙扎著移動身體讓自己靠到牆邊，這樣至少能保證他後背的安全。

撐過最初的那陣暈眩，宗澤很快恢復了視力，他看到幾個人影從他面前跑過，他知道這是他的隊友，不過他們不會停下來照顧他。這也是訓練的一部分，前進，不斷地前進，無論遇上什麼，無論倒下什麼，絕不停留。他們需要透過大量的訓練讓自己獲得這種冷靜，學會在戰鬥中「拋棄」自己的隊友，而不是一個拖一個最後顧不上真正的目標。當然，假如宗澤徹底支撐不住的話，他可以呼叫醫療巡邏組來救他回去，不過在他們到來之前，他得自己保護自己。

宗澤不會允許自己呼叫救援，因為這次的巡邏組是馬小傑那隊特警，宗澤忍不住陰謀論地猜想夏明朗大概是故意的。

「你怎麼樣？」陳默問道。

「應該還好。」宗澤摸索胸口的彈孔，防彈衣被撕開了一個口子，手指是乾燥的，沒有血。他深呼吸試探肋骨是否有折斷，慢慢回過神來驚嘆自己的好運氣，他媽的他居然遇上了一支手槍而不是步槍。這傢伙多半還是個頭兒，所以那混蛋本事很大地挨了一槍還能從方進手下摔出門來。

宗澤試圖讓自己站起來，但胸口非常疼，這讓他呼吸困難。走廊的盡頭傳來像炒豆子一樣混亂的槍聲，各種款式的槍口吞吐著火焰。他的戰友在與人交火，那裡子彈橫飛，生與死的界河只剩下細細一線，而他獨自躺在這裡，這個安靜的地方，心中卻油然升起恐懼，那種彷彿墜落的恐懼感。

離開……好像他正被什麼東西拉出這個世界，被某種力量吞噬掉。

這種恐懼感讓他不能繼續堅持下去，他要站起來，往前走。站到他的戰友身邊去，站到他的隊伍裡，站在他本應該存在的那個戰位上。然後，他就會像一棵樹那樣重新長出枝葉與別人連在一起；然後，他就會感覺安心了。

前方走廊裡忽然爆炸出耀眼的火球，宗澤連忙閉上眼睛，他被灼熱的氣浪掀翻，又一次摔倒在地。他聽到耳機裡傳出方進一連串的咒罵和歐陽的悶哼，對方在做最後的反擊，雖然很盲目。

宗澤懷疑他們可能一下子把身上所有的手榴彈都扔出來了，否則不會炸得這麼驚天動地。在爆炸產生的炙焰中子彈像暴雨一樣向彼此傾瀉著，走廊裡現在熱得要命，牆腳燃燒著火焰，炙熱的煙塵無孔不入地在他的鼻子和嘴巴裡留下火藥的酸味和血液黏膩的腥味。

宗澤把自己藏進樓梯拐角以躲避流彈，在這個地方他沒有角度做準確射擊，只能試著把槍口探出去，打出一發點射。

「盲目火力支持。」他說。

「左還是右？」方進大吼。

「右！」

「1.5米高平射。」

宗澤扶住槍，均勻地打出三連發，壓制對方的火力。

對方的槍聲很快稀疏下去，在一聲炸響後歸於平靜，後來他才知道那是歐陽從窗戶爬出去，利用攀緣繩爬到會議室的北窗，抄了他們的後路。

宗澤深吸了一口氣，舉槍從拐角閃出來，他強迫自己跑起來，往前跑。然而當他讓全身肌肉又再一次動起來，胸口的悶痛神奇地好了一些，他說服自己他的肋骨一定還好好的，完整無缺，結實得像合金鋼。他知道那是頂層的最後一個房間，在走廊的盡頭，是一個很大的會議室，他們本來預計這裡面會藏有人質，可是現在看來沒有，否則他們會把人質推出來，而不是一堆手雷。

宗澤跑過燃燒的地板，他看到方進坐在一個房間裡背靠東邊牆壁，大腿邊流了一攤血，正咬牙切齒地給自己包紮。

當那堆手雷落地時他們閃進了離各自最近的房間，並且避開大門口直射的角度。但是方進很不走運，一枚彈片穿透了木質的大門，擊中門邊的保險櫃又反彈回來，釘進了他的大腿外側，這讓方進很憤怒。當然對於手雷來說，可能它們更有理由憤怒，畢竟上百枚彈片四射橫飛，最後只得到這麼一點曲折的戰果。

陳默在冷靜地向夏明朗報告：「頂樓清場，沒有人質。」

會議室裡還有零星的子彈射出來，不過，可能在陳默看來都已經不算活人了。

沒有人質！

夏明朗在通話時讓開了一步，讓陸臻頂上自己的戰位，他聽完陳默的報告，忍不住皺起眉，頂層清場，三層也清場，二層看結構也沒什麼好地方，一層在右邊附樓裡發現了一批人質，可是查問下來全是服務員和保安。雖說人命沒有貴賤之分，可是那些有名有姓的能源巨頭們如果集體有個閃失……

「啊……報……有情況！」柳三變猛然低呼了一聲。

「嗯？」夏明朗心頭又是一凜。為了保證有效的通訊，不讓一個頻道有太多聲音，夏明朗把麒麟與陸戰隊的頻道做了分割處理，只保留了他和柳三變之間的互相監聽。

「我這裡有人出事了。」柳三變在激烈的槍聲中大聲喊道。

「嚴重嗎？」夏明朗感覺到柳三似乎需要一點力量，他聽到背景裡亂糟糟的。

「犧牲了。」

「你怎麼能確定……」夏明朗想說你又不是醫務兵。

「被機槍掃到了。」柳三變說。

於是靜默。

被機槍掃到有兩種情況，一種是在人身邊掃了過去，一種是在人身上掃了過去，顯然現在是後一種。夏明朗不會去想像那種情景，但是喉嚨口莫名其妙地灌滿了血腥味。他感覺到陸臻的步伐一變，他條件反射地抬槍補上那個空位，視野裡出現兩個人影，一個人，拿著手槍，指著另一個人的腦袋……

人質！

夏明朗真覺得自己眼前一亮，可能只有一秒鐘的停頓，甚至在他扣下扳機以後，持槍者絕望的咆哮才傳到他耳朵裡。然而微光一閃，三發子彈已經從歹徒咆哮時張大的嘴裡穿過去，擊穿上顎，從後腦穿出。這是瞬間致死的角度，神經中樞瞬間崩潰，他不會有機會在臨死前做任何掙扎，連吭都沒吭一聲就被子彈的衝擊力帶著後退一步，癱軟在門邊。

陸臻衝上前把已經嚇傻的人質甩到自己身後，夏明朗接住人質往後倒手，緊跟在陸臻身後闖進去。房間裡的情況與他們想像的完全不一樣，一群神色呆滯的中國人擠在角落裡，幾個慌張絕望的小夥子胡亂地開著槍，甚至有人試圖從窗戶跳出去。不過詫異並不會影響夏明朗他們的臨敵反應，三個槍口同時激射出子彈，從三個方向捲過房間，幾秒鐘而已，危險已經全部解除。

陸臻拿出戰術手電筒，把光旋成發散的柔光，夏明朗知道安撫可憐人這種事交給陸臻最好，他和徐知著馬上退出清理下一間。徐知著在退出門口時不小心碰到了屍體，那具還流著血的軀體從門邊撲倒，砸在地板上，鮮血四濺，腦袋像一個破碎的西瓜。

其實挾持人質時有一點非常重要，那就是：把自己的腦袋藏好！

那種隨便拿把槍指著一個人，就會有人停下來聽你說話的情況，其實只有電視裡會出現。

夏明朗和徐知著踢開最後兩扇房門：空的。

這時候陸臻那裡傳來消息，人找到了。

後來夏明朗才明白過來，他們的預先估計出了個小錯誤，這些人不是通常意義上的劫持者，他們並不會把人質放在最牢靠的地方派最精銳最有戰鬥力的士兵來看守他們，因為他們畢竟不是靠這個吃飯的，抓點人在手上也就算個多種經營。而且人質已經到手十來天，光看打雷不見雨，這些軍頭們早就疲了，準備好了要長期存在。所以頭兒們、牛B的精兵們都待在有空調的好地方。而倒楣的人質則被小弟守著，隨便塞在哪個大屋子裡。

夏明朗的瞬間立體式攻擊從一開始就把各個樓層徹底分割開，讓上面的精兵強將們徹底傻眼，鞭長莫及。結果頂層和三層都遇到了較強抵抗，而最讓他們膽顫心驚的部分卻拿得不痛不癢。

大勢在握，夏明朗深呼吸轉了轉脖子，告訴柳三變：「人質齊了，你那裡怎麼樣？」

柳三變明顯也鬆了口氣，馬上說：「還可以，」他又頓了頓，吼道，「閒著就來支援我！」

夏明朗失笑，逐一查問各組當前的情況。

陳默和歐陽正在完成最後清場檢查，方進氣哼哼地衝夏明朗喊道：「老子大腿破了，火沒上房先等我五分鐘止血，小宗挨了一槍，沒穿，估計肋骨斷了，人瓷了，最好別砸他。陳默和歐陽全員。」

陳默臨時接進頻道說道：「我帶了槍，讓柳營長放螢光標記。」

夏明朗微微一愣才反應過來，陳默是指他還帶了把狙。夜戰時常常會用到螢光標記來分辨敵我，否則綠熒熒的一團，夜視鏡終究不比大白天看得清楚。

夏明朗忙著疏散人質，便讓陳默直接聯繫柳三變，命令目前所有還在交火中的陸戰隊員在頭盔上放螢光標記。轉身看到徐知著，心念一動問了一句：「你帶狙了嗎？」

徐知著點點頭說：「帶了。」

夏明朗心想這群小子還真是，挺沉的也不怕累，他索性開了群通道讓樓裡所有帶了狙擊槍的狙擊手統一聽陳默指揮。

冷不丁有了多處精確打擊的支援，柳三變的壓力頓時小了很多，馬上分出一批人守住主樓大堂，集中保護人質。不多時，所有還像點樣子的抵抗都已經被撲滅，陸戰隊拉出散兵隊形一步一步地梳理戰場，建立新的警戒線。

說是不留俘虜，柳三變那邊還是抓了不少俘虜，畢竟如果有人舉著槍直挺挺地向你跪下來投降，就憑海陸那些經驗全無的士兵是很難衝著他橫掃一梭子的。結果一個人投降成功了，就像會傳染，任何革命事業都免不了有些立場不堅定的，柳三變被迫綁了一堆俘虜，只能跟夏明朗商量是不是一起帶回去交給喀蘇政府處理。

夏明朗心想都這份上了還有什麼辦法，總不能坑殺了，好在也就七八個人，捆嚴實了應該也翻不了天。當然，在那時候，他們還不知道自己很快就會為這個決定後悔不迭。

可是這會他們還顧不上這個，這當口有太多事兒千頭萬緒亂蓬蓬堆在鼻子底下要處理。夏明朗看到了那個不幸犧牲的年輕戰士的遺體，大口徑的機槍子彈直接把他撕成了兩截，幾個同伴跪在他身邊痛哭，試圖用繃帶把他破碎的內臟填回到腹腔裡。

一人犧牲，一個重傷，還有兩個被打穿了手臂，幾個骨折的，大小輕傷不計。

柳三變在行動前給自己做過很強的心理準備，無論如何，幾十個人面對幾十個人的持槍交火，就算對面站著的是土匪也不可能真的零傷零亡。可是現實還是讓他發了愣住，畢竟平時隨便遇上個骨折也夠他寫半天報告的。

醬仔領著人去地下室找到備用發電機給一樓的線路通上電，燈火輝煌的門庭裡擠滿了人，像一個奢華的地獄。有人在呻吟有人在哭泣。血腥的氣味、燒焦的人體的味道、塵土與鐵器的腥味從大門外湧進來，光滑的淺色大理石地板上到處都是鮮血，如果不小心跌倒了，簡直會滑出三米遠。

方進走來走去地忙著給人接骨，陸臻領著幾個面善的小戰士在照顧人質。醫療兵忙著給重傷患輸血，一枚7.62毫米的子彈從他的大腿根部穿入，擊穿了盆骨穿出，在他屁股上留下一個可怕的開放型傷口。夏明朗感覺這倆醫務兵一直在哆嗦，都快哭了。

柳三變和夏明朗現在每個頭都有三倍大，他們大聲吼叫著，迅速地下著命令，讓人們各司其職。他們把大堂分割成幾塊區域，沒受傷的趕緊去警戒，受傷的自行包紮，重傷患需要一個相對乾淨的地方做應急手術止血，人質們看起來隨時都會崩潰。

柳三變真希望自己是在拍電視，鏡頭可以堂而皇之地定格在偉大的人民解放軍勝利營救出人質的高潮處，然後一個黑幕閃過，所有亂七八糟的掃尾工作就全在不言中了。

陸臻臉色陰沉地拉著夏明朗走開，說：「有壞消息。」

夏明朗馬上盯住他。

「中油國際的那個總經理死了，今天早上斷氣的，聽說屍體已經被處理掉了。」

夏明朗眉頭皺起，頭疼。中油國際在這裡握著好幾個油田，那是幾十億美金的資產，雖說企業是國家的，可是能爬上這個位置的爺也不會是等閒之輩。

「聽說本來年紀大了身體就不太好，那些人闖進來的時候還受了傷，這幾天連傷帶嚇，又缺吃少喝的一下子就沒挺住……」陸臻很有些沮喪，「真可惜，就差那麼一點點，剛剛有兩個人還抱著我哭，說你們怎麼就不早一點。」

「你去跟柳三再說一下情況，讓他回家別忙著寫報告，大家先商量商量統一口徑。」夏明朗苦笑，估計得重點解釋一下他們的出擊時間了。

陸臻一愣，半晌明白過來點了點頭，夏明朗連忙趕去審問俘虜，看能不能把那位總經理先生的遺體給找回來。

晚上九時左右，一個車隊緩緩駛出了硝煙散盡的戰場，回頭看過去，賓館的大模樣並沒有什麼改變，只是有些窗戶黑洞洞的……小花壇裡精心佈局的花草樹木已經不存在了，一些還沒有清理乾淨的血液浸漬在泥土裡，像大地的污漬。

其實行動很快速，只是清理掃尾的工作拖了些時間。

那位不幸陣亡的戰士此刻睡在大卡車中間，幾個親近的戰友扶住了他，讓他不會在車廂裡移動。剛才，他們哭著要求夏明朗一定要把他帶走，夏明朗說我當然要帶走他。

此時，夏明朗坐在隊伍前段的第二輛車裡，心情有些糟糕。他沒能找回總經理先生的遺體，因為俘虜們說已經被燒掉了，化成了灰，不知道扔在了哪裡，永遠也別想找見。

他們此行一共解救出來23名人質，其中有9名石油公司的工作人員、12名服務員和2名保安。所有大人物的名頭倒是齊全了，可是服務員和保安的人數卻嚴重核對不上。據倖存者說，當時那些人衝進來的時候就擊斃了不少反抗的保安人員，而很多賓館的工作人員也在那時候逃散了。陸臻與大使館方面溝通良久，仍然有一個不小的缺口無法補上，但是夏明朗把整棟樓又徹底地清查了一遍，確定真的沒了遺漏，只能先行返回。

即使是在夏明朗的履歷裡，今天晚上也算是個大陣仗，這讓他對結果有些摸不著底。他很少參與這種需要公告天下的任務，但是經驗告訴他這一類的任務定性起來總是很複雜，不是你盡心盡力無愧於心就有用，你必須打起十二萬分的精神並祈禱自己會有個好運氣。夏明朗很不喜歡為這些事情煩心，可是這些事總是很煩心。

「我總覺得不太對。」陸臻嘀咕著，他一直盯著窗外，他們已經離開了那片建築物看起來相對奢華現代的地方，進入人口密集的地帶。如果陸臻沒有記錯的話，附近應該還有幾個傳統的集市，不遠處的天幕上隱約可以看見清真寺尖頂的輪廓。

「嗯？」夏明朗抬起眉毛。

「說不好，總覺得不太對。」陸臻皺著臉，看起來像一隻可愛的苦瓜。

夏明朗忍不住笑了。

從窗子裡看出去，夜幕降臨後的奈薩拉要比白天看起來更舒服些，這個城市裡還有電，各種各樣亂七八糟的電線拉得到處都是，一些小攤販在路燈下賣著看不清內容的食品。街口漸漸地站了一些人，他們在看著這個車隊，臉上冷冰冰的，似乎有些敵意。夏明朗感覺手指發癢，有些不好的預感，他在想我們得快點離開這裡。

陸臻在向總統先生的專員和大使館的聯絡官解釋他們到達的大概時間，以及他們需要做什麼樣的醫療準備。和不專業的人交道永遠都是痛苦的，陸臻跟他們費了半天勁，口乾舌燥地掛了電話，往自己嘴裡灌了一大口水。他眼角的餘光掠過街邊的行人，一個疑問在腦海裡閃出來。

「你們這裡阿拉伯人和黑人的比例原來應該是多少？」陸臻問司機。

「一半對一半吧，你知道，阿拉伯人做生意，他們喜歡待在城裡。」

夏明朗心底一驚。

「可是我看到大街上全是黑人。」陸臻問道。

「是的，最近這個區進來很多南方人，他們暗殺阿拉伯人，很多人逃出去了，或者躲在家裡不出來。將軍在想辦法，可是你知道的，你很難分辨他們，而我們現在的人手很不足。」司機小夥子愁眉苦臉地解釋著。

「目前的交火帶不是在金融區嗎？」

「是啊，所以我們沒有人手，我們沒有辦法，而且他們目前只是在暗殺一些……」

「但是沒人跟我說過這個！」夏明朗喝道。

「啊……」司機受了一驚，惶恐不安地看著夏明朗，「我我……我不知道，可能，可是這很重要嗎？」

所以……夏明朗和陸臻對視了一眼，彼此的臉色都難看到極點。所以他們不願自己去營救人質不僅僅是因為那個樓本身很危險，而是因為這一整區都很危險。所以他們沒有派人把賓館包圍起來，而只是派人監視，其實不僅僅是害怕打草驚蛇激怒了誰，而是他們根本也沒有能力長期包圍在那裡。

所以那些人得手之後根本不用轉移什麼的，因為這裡已經是個不錯的地方，政府在艱難地維持著他們的治安，都來不及顧上他們。當然或者還有更深層的考慮，畢竟由政府出面營救貪婪的外國石油商人，這太刺激民心了，這對於目前風雨飄搖的喀蘇政府來說真不是一個好主意……

「方進，開快一點！」夏明朗馬上下令頭車加速。

「為什麼？街上很亂，會撞到人。」方進莫名其妙。

「全隊警戒，聽我的命令，全隊警戒！加速前進，不要對街上的任何人，做出任何挑釁動作。加速前進！」夏明朗打開群通，讓自己的聲音可以清晰地傳到每一個人的耳朵裡，夏明朗還特別關照了馬小傑一定要提高警惕，特警四人組目前在最後押車，擔子很重。

「怎麼了，夏隊？」柳三變知道厲害，開單線過來問。

「這個地方很危險，大家都要小心。對了，讓你的人和麒麟換槍，把傷患的槍彈都換出來，給我湊兩台機槍兩個副機槍手。」

「這麼嚴重？」柳三變大吃一驚。

「小心駛得萬年船。」

夏明朗把命令交代下去，一拳打在車窗框上：「我操，他們看了我的行動計畫，沒有人質疑它，沒有人提醒我這裡的真實情況……一個都沒有，大使館的人只會催我快點行動。」

「我懷疑他們是不是有人能看懂你那個計畫。」

「是我的錯……我應該想到的……」夏明朗緊張地盯著窗外，現在街道兩邊的每一個窗戶看起來都像狙擊陣地。

陸臻按住夏明朗的肩膀，給他一點無聲的支持。當你來到一個陌生的地方，你只能選擇相信你的同事，相信他們會告訴你重要的事。可是萬一他們不知道什麼才是重要的，又或者他們故意隱瞞某件重要的事情，那是神仙都沒有辦法的。

柳三變很快就準備好了供調換的槍支，夏明朗下令停車，所有麒麟隊員下車沿車隊跑步警戒，同時和卡車上的陸戰隊員換槍換彈藥。這時，一名雙手背縛的俘虜忽然從車上滾下來，撒腿狂奔，在車尾警戒的戰士條件反射地抬手就是一記短點，三發子彈從他的胸口穿出帶著一蓬鮮血砸向地面……

「誰他媽開的槍！」夏明朗怒吼。

「有個俘虜逃跑，剛剛被擊斃。」柳三變說道。

「媽的，你讓他跑去啊，開什麼槍！」夏明朗只覺得全身都是涼意，不對頭，要壞事了。

「呃？」柳三變莫名其妙，「那屍體呢？不，不管啦？」

「把屍體扔上車，趕緊走他娘的。」

夏明朗跳上越野車，催著司機快開，一邊吩咐陸臻：「跟柯索將軍說我們遇到伏擊了，讓他派步戰車來接應我們。」

「我聯絡過了，他們說將軍在睡覺。」

「我操？！」

「我已經讓我們的聯絡官去找政務參贊，讓政務參贊去找大使，然後讓大使親自出馬向將軍要車，他們現在告訴我這個連環正在啟動中……」陸臻故作輕鬆地笑了笑。

夏明朗第二句「我操」剛剛滾到舌尖，就看見右前方街口的深處有一團火光迎面衝來。

「火箭彈！」夏明朗大喊。

全車人幾乎是下意識地跳車滾了出去，所幸這時高度戰備，除了司機誰都沒敢關車門。一枚RPG火箭彈正中車底，把這輛薄皮大餡的四方形大車兜底掀翻，重重地砸在地上，摔成一堆糾結的金屬碎片。

夏明朗飛快地從地上爬起來拼命往外圈跑，身後的火堆很快再一次爆炸，這次是油箱。濃濃的黑煙捲起衝天火柱，爆炸產生了炙熱的衝擊波把夏明朗捲起來摔到路邊。

「陸臻？」夏明朗聲嘶力竭地大喊。

「我沒事！」陸臻連忙回應他。

夏明朗深吸一口氣，心中略定。

狼煙滾滾，燃燒的越野車切斷了道路，幾乎燒到街邊的店鋪，空氣裡充斥著輪胎燒焦時的刺鼻的氣味。油箱爆炸時產生的衝擊波把後面三輛車的車窗全部震碎，一些沒有即時下車的戰士臉上被劃得鮮血淋漓。

夏明朗聽到身後的剎車聲，那是方進那輛頭車在爆炸後調頭回趕。第一撥槍聲像潮水一樣潑出來，從街邊小店裡跑出幾個槍手舉著槍跑過大街。夏明朗聽那炒豆子似的槍響就知道是全自動擋盲目射擊，這不是職業軍人的風格。他開始同情起柯索，的確，這地方的確不好治理，這些人抬槍射擊時就是叛軍，放下槍口就是順民，這他媽的是……不過這種程度的火力齊射仍然是可怕的，越野車在街道中央打轉，車身上瞬間就佈滿了子彈孔，一條條黑影從車裡滾出來，依託路邊的障礙物還擊。

夏明朗顧不上幫忙，他急著要衝過火障去指揮後面的大部隊，那裡的情況更讓人揪心。被爆炸逼到街邊的本地人驚慌地躲閃，夏明朗從行人中穿過，一個穿著黃色T恤的青年人忽然向他抬起了槍……

夏明朗比他更早地扣動了扳機，但是……子彈居然卡住了，那支95步槍在連番的爆炸中被磕壞了槍機。夏明朗全身的血都在往頭頂湧，但是他並不打算避讓，有時候速度與衝擊是你最好的武器。他猛然跳起把步槍甩到身前，握住槍口斜劈下去，槍脊砸到那人的頸側，把他的頸骨打折，變成一個尖銳的角度。

然而這位飛身讓開的同志卻為他身後的哥們讓出一個絕佳的射擊角度，夏明朗驚訝地發現一個黑洞洞的槍口幾乎已經戳到了他的鼻子，那是一把沒有槍托的AK47，黑乎乎的，散發出機油味。

執槍的手消失在一團黑衣裡，那個人站在鐵棚底下，光明與黑暗之交。火光照亮了他的半張臉和滿口白牙，夏明朗看到他眼睛在暗處閃閃發亮，映出火焰，像在燃燒一樣。

夏明朗全身的肌肉在這一刻脫離大腦中樞的指令開始獨立思考。

如果我們有一個魔幻的鏡頭可以貼身拍攝，就會發現他的上半身猛然彎折下去，他閃電般的右手像鐵鉗一樣握住槍口把它推向了另一面。

突突突……槍口連續地吐出火舌，尖叫聲四起。

熾熱的鐵管在掌心裡彈跳，夏明朗不知道這股禍水被他引向了哪個倒楣蛋，但是他左手指尖摸到了藏在腰間的輕薄刀刃，在下一秒，他讓那玩意在空中飛出條短暫的直線，終止在對方的脖子上。

夏明朗拿走了他的槍，雖然是把破槍，可也聊勝於無。

火牆後面柳三變和陸臻正在忙著指揮車隊調頭走另一條街，馬小傑押隊的車現在成了頭車，四名特警實在覺得車裡太危險，索性下車突前開路，在戰鬥中，只有運動的才是最安全的。

跑動，找掩護，警戒……再跑動，找掩護，警戒……週而復始。這樣會安全些，可是這樣會慢，而緩慢會帶來新的不安全，所以現實就是這麼的無奈，根本就不存在什麼最好的選擇。

「你受傷了！」夏明朗看到陸臻的右臂上有血。

「有嗎？」陸臻低頭查看。

夏明朗一把拽過他的胳膊，撕開作戰衣，一枚尖銳的玻璃深嵌在皮肉裡。

「我都沒發現。」陸臻驚訝地。

光滑的玻璃表面沾滿了血，夏明朗用手試了一下沒捏住，低頭用牙咬緊拔了出來。鮮血隨之湧出，夏明朗下意識地吐出玻璃碴子，用舌頭壓住傷口。陸臻把撕開的小卷繃帶遞給他，來不及清理了，簡單止血吧。夏明朗找到有消炎藥的那一面按上去，乾脆俐落地纏了兩道，這種獨立密封的繃帶有一定的彈力和自黏性，就像個大號的創可貼，很容易處理。

「我們需要坦克！」夏明朗吐出一口血，滿口都是濃鬱的血腥味。

「我已經要了。」陸臻冷靜地。

「那將軍大人睡醒了嗎？」

「聽說大使先生已經睡醒了。」陸臻試圖開句玩笑。

夏明朗笑了起來，他很想給現實找一句夠力的髒話，後來發現這有點困難。這個世界上最噁心的事情就是讓一群裝腔作勢的男人坐下來扯皮，那種咬文嚼字的模樣會讓你懷疑他們是不是這輩子都沒有得到過高潮。

方進他們很快撤了回來，沒人追擊，大約是全掛了。方進手上拎著他們全身癱軟的司機，他很幸運地沒有被流彈打中，並且在他驚慌失措滿地亂竄的時候被方進一把揪住了領子。不過方進本人就沒有那麼好的運氣了，一枚流彈穿透車門打中了他的屁股。

夏明朗一個閃念想到他們的司機小夥，那個阿拉伯男孩長著黑漆漆像小鹿一樣睫毛濃長的大眼睛，他已經在爆炸的越野車裡化成了灰燼。方進把那縮成一團兒的司機扔上卡車，捂著他流血的屁股齜牙咧嘴地跑過夏明朗身邊，他很嚴肅控訴說：「隊長，我覺得我們需要裝備防彈內褲。」

夏明朗差點笑出了聲。

車隊慢慢地前進，他們換了一個方向，喀蘇政府派給他們的司機們有些已經嚇得不知道怎麼開車。而剩下的則在內部吵成了一團，每個人都堅持認定自己的路線可能會更安全，他們說東道西誰都不知道對方在說什麼。夏明朗只能讓車隊跟著頭車開，否則誰也不能在這時候讓他們統一出一條最佳路線來。

當然，這種情況是相當危險的，按照標準程式司機應該是最冷靜的那批人，而且整個車隊裡的每輛車都應該知道目標地的方向和路線。這樣才能保證沒有誰會掉隊，即使在頭車轉錯彎的時候後面的車隊也能找到正確的方向。可是夏明朗現在已經顧不上了，他必須信任這些司機，因為他根本就不認識路。一天時間只夠戰士們熟悉那間賓館大樓和城裡的主幹道，奈薩拉密如蛛網莫名其妙的小路沒有人能在兩三天內靠地圖摸清楚。

那些雙車道甚至單車道的小路看起來簡直一模一樣，街燈歪歪扭扭地倒著，路面上飛揚著塵土髒亂不堪，到處都是垃圾碎片，街角處長著叫不出名來的矮樹和仙人掌，在黑暗中模糊成幢幢鬼影，金屬路牌被人毀得七零八落，根本無法指示方向。

夏明朗一直擔心他們的司機會迷路，以致於他每過一個路口都會看一下指南針，估算在大方向上他們是不是距離安全越來越近。

交火還在繼續，甚至越來越激烈，全部的麒麟隊員與一部分陸戰精銳下車開路，他們用機槍在人群前方掃射，用逐段封街的方式維持車隊的安全。車上的高音喇叭用各種語言聲嘶力竭地吼叫著：放下武器！離開這裡！

戰士們開始向所有攜帶武器並正視他們的人開槍，所有的對外交鋒時後發制人的原則都已經被徹底拋到腦後，沒有人願意用生命去試探對方是否有敵意。

可是真正讓夏明朗感到驚慌的是，街道兩邊的人群居然越擠越多，好像半個城市的人都在往這裡趕。他們站在街邊或者躲在某些不起眼的破巷子裡，他們在黑暗中用各種各樣的表情審視著他們，他們之間的絕大多數看起來是無害的，然後莫名其妙地，突然有個人變出一把破槍來掃上一梭子。那些人開槍的樣子甚至很可笑，他們拼命地把槍口往前舉，卻把脖子往後轉，閉上眼睛打光彈夾裡所有的子彈轉身就跑。

夏明朗感覺這簡直匪夷所思，在緬甸在老撾在柬埔寨，只要在哪裡響起槍聲，十里路之內的老老少少都會望風而逃，拖家帶口跑得無影無蹤。可是在這裡，那些人好像趕集一樣飛奔而來，他們從人堆裡擠出來，興奮地打出幾發子彈，就像在天橋看把式，扔下幾塊銅板，然後心滿意足地跑開。當然，如果還能跑開的話。

整個地區就像是陷入了狂歡，大家在進行一種有關射擊的遊樂活動，他們在跟上帝賭骰子，賭是讓對面穿著迷彩服的士兵倒下，還是自己……

夏明朗和很多人討論過這個問題，和陸臻，在索馬利亞時，甚至和槍機與海默都討論過。大家最後的共識是，總有一些人對生命缺乏敬畏和眷戀。或者是這塊土地上的生活太過貧瘠讓人無法熱愛，或者是部落文化流傳千年的戰鬥榮譽感讓他們勇於拼命，又或者是伊斯蘭文化對聖戰的迷戀……

總而言之，在這裡有那麼一群人，他們非常勇敢也非常殘忍，他們砍死一個人就像砍倒一棵樹，他們看待死亡就像回家吃飯。他們會用可怕的效率殺死敵人或者殺死自己，隨隨便便幾個月就能用大砍刀讓全國人口少掉三成。

夏明朗第一次慶幸自己生活在一個懦弱惜命的民族。

與許多外人想像得不一樣，夏明朗不是一個喜歡打硬仗的人，甚至，他非常厭惡這個，因為老天爺總是站在有更多人和更多槍的那一邊。所謂的迎難而上，勇於犧牲，擅啃硬骨頭，以少勝多，在他看來那都是二流部隊的水準。他喜歡不斷地迂迴、隱蔽、潛伏、深藏不露、確保在小範圍內的絕對優勢，然後一擊即中。他很擅長等待，善於捕捉各種微妙的變化，他是那麼的敏銳那麼會抓準機會。

真正出色的戰術不是突出重圍以弱勝強，而是永遠也別把自己陷進去。夏明朗是很少受傷的戰士，即使在他還年輕衝動的時候都是如此，他天生有獵豹的基因，他喜歡控制局勢欺負人而不是被人欺負。然而現在他們就這樣站在大街上，像一個活動的靶子，他們在明而敵人在暗，夏明朗所有的優勢蕩然無存，這不是他習慣的戰鬥方式，這讓他感覺到恐懼。

車隊還在前進，可是問題似乎變得更加嚴重，夏明朗發現攻擊他們的人數雖然沒有變得更多一些，可是能夠準確射擊的比例卻在提高。似乎有一些更專業的人在加入進來，那些在南方打過仗的游擊隊甚至是鄰國的職業軍人。他們在路口設置路障，逼迫車隊停下來清除十字路口的交叉火力，這樣他們就得到了更多的時間去下一個路口設置路障，而車隊每一次的停頓都意味著更猛烈集中的交火與更多的傷亡。

夏明朗懷疑他們可能中了頭彩，情況說不定比所有人能想像到的更嚴重，這個地區沒準兒已經聚集起了足夠引發下一次暴動的能量。他們只是在等待著，等待一個好時機或者一根導火線。而他，夏明朗上校，像一個傻瓜那樣領著人一頭撞進來，充當了那根槍藥引子。

卡車裡塞滿了傷患和人質，柳三變在一個路口釋放了那些俘虜，他已經徹底顧不上他們。

據說有一個詞叫「戰鬥迷霧」，就是說無論你以為自己已經準備得多麼充分，你被訓練得有多好，當戰鬥開始第一發子彈離開槍膛，未來就會變成一團迷霧。你將看不清對與錯，不知道前和後，你只能在迷霧中摸索，祈禱自己正在做著正確的事。

柳三變無比沉重地告訴夏明朗，他們又多了兩個重傷患，有一名士兵被子彈打穿了肺部，他需要儘快被送進醫院，否則很快就會完蛋。

夏明朗得到這個消息的時候，正冒著亂槍把一個陸戰隊員從路口拖回來。他很勇敢，攻擊很有力，但是很多地方都做錯，他把自己的側面暴露了出來，而那個方向隨時都會有人放冷槍。

夏明朗發現現在他即使是大聲吼叫著都很難把自己的命令迅速傳達下去，這讓他不得不跑前跑後地進行面對面指揮，當然柳三變應該也一樣。這裡太吵了，到處都是槍聲和子彈掠過空氣的尖嘯聲，讓人根本聽不清別的東西。每個小隊都覺得自己的戰位很危險，小隊長們急著瞭解情況，也急著報告，他們常常緊張得開錯頻道，電臺裡充斥著各種各樣亂七八糟的句子，這讓戰士們很難迅速聽清來自夏明朗的命令。

他知道這不能怪柳三變和他的部隊，他們的確訓練有素，但是他們沒有被訓練過習慣身邊戰友的流血、呻吟、慘叫……甚至死亡，他們也沒機會習慣手臂骨折或者食指齊根削斷之後還怎麼堅持戰鬥。

此時此刻他們仍然能保持良好的隊形，沒有崩潰沒有退卻，仍然在有效還擊，仍然鬥志高昂，這已經說明了他們的確是精銳。

可是，這不夠！

夏明朗痛苦地發現如果他想要把更多的人完整無缺地帶回家，那還不夠，他希望他們更冷靜，更專注，心無旁騖得就像一塊石頭，而同時又像一隻耗子那樣敏感多疑小心謹慎，留心任何一點點風吹草動。

相對而言，馬小傑那一組特警的狀態要比陸戰隊好一些，他們的射擊更精準，他們更擅長觀察戰場，為自己尋找依託，他們有良好的巷戰訓練，也更懂得怎麼保持通訊頻道的清潔。可是他們也有自己的缺陷，他們被無處不在的敵人搞得手足無措，老是琢磨著要怎麼去消滅那些人。顯然他們更習慣的戰術是包圍↓集中火力↓殲滅，而不是逃跑。

「坦克呢！」夏明朗衝著陸臻大吼。

陸臻做了一個手勢表示，聽說它們在加油。

真操蛋！夏明朗心想。

在戰鬥中，假如情況在變壞，那它總會變得更壞。

5

郝宇鵬用力抓住防彈衣肩部的連接帶把一個昏迷的戰士拉上車，他現在是這輛卡車上唯一沒有受傷的士兵了。醫療兵杜起程是他的老鄉，戰鬥開始沒多久，他跟郝宇鵬說你上車來幫我吧。郝宇鵬見班長沒有反對，就跳上了車，有一些戰士骨折很嚴重，搬運他們很是需要一點技巧和力氣，郝宇鵬心想老杜是的確需要一個幫手。

郝宇鵬十九歲半，他是軍官們非常喜歡的那種士兵，身材高大，陽光開朗，乖巧聽話，訓練勤奮刻苦。他高中畢業後參軍，因為出色的身體素質被選入海軍陸戰隊，一年後他來到兩棲偵察營，他是目前營裡最年輕的戰士。老兵常常欺負他，讓他打水買菸整理內務。可是他們也非常照顧他，逼著他看書考軍校，在演習時分給他更安全的工作，讓他能少挨槍子兒少翻白牌，這樣成績會更漂亮。郝宇鵬打算在這個夏天考軍校，過年的時候和家裡通話，媽媽說要好好幹，要有出息。

杜起程找了一圈沒找到剛剛那個昏迷的戰士身上的傷口，他探頭出去吼道：「他媽的，雷獻那小子怎麼了？」

沒有人回答他，大家都在忙。

杜起程氣急敗壞地把頭縮回來，指著郝宇鵬說：「看著他。」

郝宇鵬連忙讓車內坐著的那些大叔們讓一讓，他好把雷獻移到裡面去坐著，卡車中間得留出一塊空地來給杜起程做應急手術用。他剛剛把雷獻扶起來坐好，左邊那位大叔突然尖叫著把雷獻往外推，揮舞著雙手說死了死了死了……

郝宇鵬被他嚇了一大跳，他連忙把這鬧事的傢伙給按住，心頭積聚的火氣卻止不住地冒了上來，讓他很想一巴掌把這人拍暈。可是他又記得營長說過那十幾個人質都是非常要緊的，一定要保護好他們的安全，但是……

「他可能精神崩潰了，你，你能讓他安靜下來嗎？」郝宇鵬聽到旁邊有一個聲音在衝他喊。黑暗中看不清那人的面目，可是他發現那人幫他把雷獻扶住了，這讓郝宇鵬對他產生了好感，這似乎是位比較冷靜的大叔。

「可是我……」郝宇鵬喊道，他不知道怎麼讓人安靜下來。

杜起程走過來幫他們解決了這個問題，他給那人推了一針鎮靜劑。

「我覺得他可能是中暑了。」冷靜大叔把雷獻推過來。

杜起程猛地一拍腦門說：「我操！」

他的確是忙暈了，從突擊開始到現在，他的神經幾乎沒有放鬆過一秒鐘，他這一生能想像到的不能想像到的傷情像火山一樣集中爆發。他的副手王興淵本來應該跟他搭伴合作，但是那不可能，人手太不足了，王興淵必須去負責另一台車。

期間，一個小個子的麒麟狙擊手跳上車幫了他一陣，那個人處理傷口的方式非常暴力，不過也非常快，他在頭燈模糊的光線下準確地避開大血管，用手術刀挑出彈片和子彈，杜起程簡直懷疑這傢伙的眼睛是不是有夜視功能。

後來，藥品不足了，再後來連繃帶都不足了，小個子無奈地衝著他攤了攤手，拿起他的長槍又跳下了車。

似乎每一分鐘都在有人受傷，受各種傷，一會兒傷了胳膊一會兒傷了腿，而還有一些，是他完全無法處理的。

杜起程有點想哭，他真的不知道要怎麼辦才好，在這樣晃動的車輛裡，這樣的黯淡的光線，他只能眼睜睜看著大團的血從胸腔裡湧出來，而他束手無策，他甚至痛恨自己為什麼不是一個真正的外科醫生。其實，在這種時候，一個真正的醫生也不一定能比他做得更多。

沒多久，他們這輛車的司機也讓人送上來了，流彈打穿了他的大腿，所幸沒有傷到大血管。杜起程手上已經沒什麼繃帶了，他只能分了一塊止血繃帶給司機，讓他自己用手按住傷口。

車子現在換了一名麒麟軍官在開，這人的駕駛技術非常高超，他可以一邊開車一邊用左手操作步槍射擊。郝宇鵬記得他有一個歷史書上名將的名字，但平時看起來卻並不是很起眼。

郝宇鵬發現他班上所有的戰友現在都已經掛上彩了，這讓他感覺非常愧疚，他跳下車想充實到防線裡去，可是副班長拿走了他三個彈夾，又把他趕了回來。班長回頭看了看他，仍然沒說什麼。郝宇鵬沮喪地坐在車裡，他現在明白杜起程為什麼要讓他上車了，他忽然覺得其實他當年應該給那些老兵們買更多菸的。

冷靜大叔在大聲叫喊著他的名字，讓他過去看看，說有人昏迷了，郝宇鵬連忙拿了藥品走過去。雖然車棚已經被撕開了很多口子，可是車裡仍然非常熱，很容易脫水中暑或者犯迷糊暈過去，杜起程給他車上的６名人質編了號，托冷靜大叔幫他留心著。

郝宇鵬一手抓住鐵質的欄杆，費勁地蹲下去檢查情況……

子彈穿透金屬的撞擊聲突然在他耳邊密集地爆發，他下意識地撲上去，把面前能碰到的人都壓到自己身下，後背上好像有七八個鐵錘同時砸下來，然後眼前一黑，什麼都不知道了。

漏網之魚！

夏明朗無比憤怒地盯著街邊三樓視窗那個正在噴火的黑管，這是個上佳的機槍陣地，易守難攻，角度完美。夏明朗懷疑他們可能給窗臺加裝了鋼板，他們在他噴火的瞬間就向那裡潑散了大量的子彈，可是那杆槍還在叫囂著。

一枚榴彈打到了窗邊的牆上，爆炸了。

夏明朗順手奪過身邊最近的加裝了榴彈發射器的95步槍，把一發槍榴彈打進窗口，那個惡毒的黑管終於啞火了。夏明朗把槍交到右手遞回去，那個戰士做了一個手勢，表示他不要了，這槍在你手上可以殺更多敵人。

夏明朗這才發現他還在使用那把沒有槍托的破AK，他一直像個救火隊員那樣跑來跑去地控制著車隊，都沒什麼機會開槍。夏明朗搖了搖頭，把95硬塞了回去。他真想說，老子根本不想多殺什麼狗屁敵人，老子只想把你們更多地帶回去。

宗澤從冒著煙的駕駛室裡跳出來，子彈從副駕駛座上削了過去，點燃了汽車坐墊，他很幸運地毫髮無傷。不斷地有人從車裡往外爬，宗澤剛剛把車尾的擋板放下來，鮮血就漫了出來。

杜起程當時正低頭縫合一個傷口，一發子彈打進了他的後腦，穿過腦幹，穿出時撕裂了他的頸動脈，讓他的死亡沒有任何一點迴旋的餘地。

郝宇鵬在被人抬下車的時候就已經醒了，他揮舞著雙手喊道，為什麼我看不見了，誰把頭盔扣在我臉上？其實沒有，一發子彈擊中了他的頭盔，但幸運的是角度很巧，子彈被彈開了沒有擊穿，不過強大的衝擊力還是讓他暫時失明。

這一次，他強健的身體和聽話乖順救了他的命，或者應該這麼說，他的聽話讓他屈服於班排長的意志，背了全隊最厚重的一套防彈衣，而他的強健讓他穿著這身笨重的東西也沒覺得有多麼不方便。有三發子彈打中了他的背，把防彈陶瓷板打得粉碎，而防彈背心的第二層凱夫拉材料擋住了所有的破片和彈頭，當然子彈剩餘的動能還是震碎了他的肩胛骨。

可是他還活著，多麼神奇，一個人被四發機槍彈同時打中，可是他仍然活得好好的。

在這次護航行動出發前，柳三變接收了這批全旅最好的防彈衣，有幾款甚至是軍研所的特製品。當然，這些玩意穿起來又熱又笨重，讓戰士們怨聲載道。可是……從今往後，大概就再也不會有人捨得脫下它了。

夏明朗發現柳三變的表情已經變得非常凝重，那種凝重簡直像個面具一樣扣在他臉上，讓人幾乎看不出他的任何情緒，甚至有些空茫茫的。夏明朗卻覺得放心了很多，他其實更怕看到一個狂怒的柳三變，如果那樣的話，年輕的戰士們會跟著他們英勇的營長衝鋒陷陣殺敵無算，然後一個一個地死掉。

還好沒有。

當然，現在的情況也不見得好，很多戰士已經進入了一種……好像上緊了發條的狀態，他們開始不知道疲倦不知道喝水。強烈的恐懼感與興奮甚至會讓他們變得不知疼痛，他們中的有些人甚至會帶著一個胳膊上的穿透傷繼續戰鬥，直到視野開始模糊時才發現自己已經失血過多。

陳默已經在提醒他：有些士兵過熱了。

醫療兵的血袋已經用完了，他們原本背得很不情願，以為這些血袋怎麼背來的還會怎麼背回去，他們老是惦記著多背一些彈夾，可是現在他們發現血液比子彈更能救人的命。

「他們說派了一個裝甲排過來。」陸臻跑過來告訴他這個好消息。

「但是？」夏明朗很奇怪為什麼陸臻臉上沒什麼開心的表情。

「他們會在西北面４公里以外建立防線接應我們，他們說街道太窄了，裝甲車開不進來，柯索說他不能把自己的城市轟掉一半接我們出來，而派幾隊輕裝陸軍支援對我們也沒什麼幫助。」

「４公里！」夏明朗摸了摸下巴。

他們花了半個多小時，從賓館到這裡差不多走了有10公里，他們越走越慢，越走越沉重。現在那些人告訴他，你還需要再走４公里。是的，他們說我兌現承諾來接你了，但是你首先得自己蹚出這鍋沸騰的粥。

「誰說輕裝陸軍對我們沒有用？」夏明朗露出譏諷的笑意。

「他不想讓自己的人替我們死，他們的裝備更差，水準更爛，想要保護我們讓我們少死一個，他們得填上七八條命。而且這麼一來，叛軍就更有話說了，政府軍是外國石油吸血鬼的打手什麼的。」陸臻冷靜地回答他。

這是個亂世，在亂世中，你手中的武器與士兵是你最大的財富。夏明朗想，如果他是柯索，他也不會那麼偉大地破壞自己的城市，用自己的兄弟的生命來拯救他們。

還有４公里，夏明朗的視線穿透黑夜與重重迷霧，這有可能成為他最嘔血的一次戰鬥。

在夏明朗視野的終點驀然闖入幾個血紅的光點，在最初的那個千分之一秒，夏明朗希望自己看錯了，可是他馬上拋棄了這種不切實際的幻想，大聲咆哮著：「火箭彈，棄車！」

有人比他更早地發現了這批人，徐知著在突前掃蕩時首先發現了他們，他根本來不及報告什麼，馬上幹掉了兩個發射手，一發RPG（Rocket Propelled Grenade）傾斜著飛上了天空，另一發撞在他身後的樓房上，削碎了一個房間，無數的磚石從天上砸下來。徐知著在碎磚塊的暴雨中又堅持幹掉了一個發射手，但這時候有兩發火箭彈已經跑出去了，正確的方向正確的角度，倖存的射手與幫忙的夥計們抱頭逃竄。情況再也不是他可以挽回的了，徐知著馬上收起槍飛快地逃跑，躲開那些致命的大塊混凝土。

夏明朗在那個瞬間感覺到肌肉的僵硬，他最擔心的事情終於發生了，他們遇上了一群RPG，是一群，而不是一個。兩個耀眼的火球拖著長長的尾煙呼嘯著穿過黑夜，一前一後擊中了同一輛車。

那輛龐大沉重的軍用卡車像一個紙盒子那樣被爆炸掀飛，衝擊波震碎了這條窄街上所有的玻璃和燈，火光沖天。到處都散落著卡車的碎片、引擎蓋、正在燃燒著的篷布……夏明朗嚴厲地下令班排長們清點自己的士兵，避免有人在混亂中受傷掉隊被遺忘，他命令所有的麒麟隊員回防協助陸戰隊員一對一地保護人質與重傷患的安全。

夏明朗明白前方可能會有更多的RPG在等待他，到了必須要放棄車輛的時候了。他給陳默下命令，讓他領著幾個人去佔領一條街上的那幢高樓，那是個制高點。他得馬上找個像樣的地方把隊伍穩定下來，分配好任務重新編隊，而不是在大街上狂奔當個活靶子，同時讓隊伍七零八落。他知道在這種時候給自己時間也就是給對手時間，可是他必須得這麼幹，他有信心暫時守住一幢樓，但沒有信心在這個混亂的城市裡找回受傷迷路的士兵。

卡車還在燃燒著，熱浪滾滾而來，令人窒息。可是夏明朗驚訝地發現柳三變居然一動不動地站在火邊，他連忙跑過去，卻發現在柳三腳下躺著半具屍體，死亡名額又增加了兩例，而那位肺部受傷的戰士不再著急回去做手術了。

有戰士過來收集屍體，他們不想把任何一點戰友的碎片留下，因為他們知道那就意味著再也找不回來了。

柳三變忽然轉身飛奔，夏明朗看到他狂怒的眼睛裡燃燒著火光，他連忙追上去，一拳把柳三變打進一條漆黑的小巷裡。

「你幹什麼？你要幹什麼？」柳三變咆哮著。

「你幹什麼？你要幹什麼？？」夏明朗牢牢地把他按在牆上，「我們是幹嘛來的？我們不是幫人平叛來的，我們救到了人，我們現在要離開，我們要離開，所有人，離開！」

「我操他媽的十八代祖宗……」柳三變憤怒地咒罵著，眼眶裡浸透了淚水。

「我們要離開，明白嗎？安全地，更安全地，帶上所有人，明白嗎？」

柳三變緊緊咬住嘴唇，他痛苦地閉上了眼睛，淚水從他的眼角流下來，與塵土和鮮血混在一起。

「冷靜點，對，冷靜點。我的人幫你開路，你的人保護好他們，然後我們一起走，好嗎？我們好好合作，就像剛才那樣。」夏明朗抱住柳三的腦袋，希望能看清他的眼神。

「好，好……」柳三變輕輕點著頭，用手背粗魯地擦著臉，沙礫弄疼了他的眼角，但他沒有讓更多的眼淚流下來。

夏明朗終於放心了一些，然而在濃黑中他始終看不清柳三變的眼神，這總讓他有種不踏實的感覺，他甚至閃念想到老子的夜視儀呢……

夜視儀？

夏明朗猛然僵住，他推開柳三變，轉身看進巷子深處，這是一個非常窄小的地方，這甚至不是一個巷子，那只是兩個房子間的空隙，這裡非常黑，沒有一點燈火。夏明朗臉上露出孩子一般純粹的歡喜，他拍著自己的腦門說：「對，夜視儀。」

柳三變莫名其妙。

夏明朗調出麒麟的專門頻道，大聲吼道：「狙擊手，打開你們能看到的所有的燈！」

黑暗，純粹的黑暗像病毒一樣擴散開來，深刻領會了夏明朗意圖的狙擊手們瘋狂地絞殺著目之所及的光明。如果不是擔心走得太遠會迷路，徐知著和嚴炎他們簡直想把整個城市都弄黑。

驟然間失去了具體目標的喀蘇尼亞人聚集到夏明朗他們藏身的樓房周圍，開始盲目射擊。夏明朗很慶幸喀蘇尼亞人的好習慣，在這裡，好一點檔次的房子都是用石塊壘的牆基，面對機槍子彈表示壓力不大。

不過夏明朗也不敢在這鬼地方久待，他記得那些人是有炮的，萬一真有人調炮來轟，那他就會死得非常可笑了。夏明朗讓陸臻要求柯索給全城斷電，柯索很詫異這個離奇的鬼主意，但這主意很好辦，也不用他付出什麼代價，所以他很爽快地答應了。

柳三變迅速完成了整個隊伍的整編工作，無論他的心情有多悲痛，他的情緒有多麼的不穩定，當他面對自己的士兵時他仍然是個出色的營長。他記得所有人的名字，記得他們擅長些什麼，知道讓什麼人守在最周邊，讓誰去帶領一個小隊，讓誰去拉住人質的手，說跟著我走，不許亂跑。

他們要進行一個詭異的計畫，這個計畫源於夏明朗的眼前一黑，可是讓所有人心裡一亮，大家都不得不承認，這是目前看起來最好的主意。

他們將被分成三組，人質被保護在最中間，所有人收起發聲武器，分散在周邊的突擊兵會用微聲衝鋒槍和刀子讓他們沿途遇上的所有人閉嘴，他們試圖在黑暗中悄無聲息地走出這個城市，所以他們必須選擇最窄小的巷子，最偏的路。好在他們的司機都是這城市的土生客，他們從小生活在那些小胡同裡，對這土地很熟悉。

夏明朗讓司機嚮導們在整個路程上確定三個落腳點，兩點之間大約相隔一公里。他們將分散行動，在每個落腳點分批集結，清點人數，然後走向下一個點，保證最大限度地能把所有人都帶出去。

現在是晚上十點左右，這是喀蘇尼亞人最興奮的時候，尤其是在一場槍戰之後，每個人用腳趾都能想到這個城市現在有多癲狂。夏明朗感覺自己就像荒漠中的一群羔羊，沿途路過的每一隻狼都想上來啃兩口。他甚至感覺到那些人其實並不指望能消滅他們，就是想來沾點血腥味，就像是在發洩某種怨氣與暴虐的慾望。

此刻，在門外，在街道的對面圍著一大圈這樣的人，街道上密集的彈道像網一樣封鎖著，夏明朗知道他計畫要實現，第一步就得先衝出去，而且要無聲無息地衝出去，讓那些野狼徹底失去目標。

夏明朗呼叫查理讓他過來幫忙。查理誇張地尖叫著表示抗議，他說你們在交戰，你們在交火，你居然讓我一架飛機出去執行攻擊任務，我甚至沒有後繼保護！夏明朗破口大罵，他說我他娘的又有什麼後繼保護，老子還不是在這裡死撐，你他媽的從天上飛下來幹一票，能怎麼了？你開著個武裝直升機難道是當計程車用的嗎？那麼大把槍掛在下面，會不會射？不會射等老子回去砸了他娘的！

查理被他罵得差點沒一口氣背過去，他無奈地抱怨著說，好吧，我試試……

再過上一會兒，他在螺旋槳的轟鳴聲中幽幽地抗議說你真色情。

夏明朗錯愕地看向陸臻問道，我很色情？陸臻想了想，溫和地笑了，他在這兵荒馬亂中輕輕擁抱了一下夏明朗，在他耳邊說，那又怎麼樣，我喜歡。

夏明朗眨巴了一下眼睛，心裡變得很濕，好像正在爆發的火山口裡忽然湧出清泉。他記起從他們意外遇襲到現在，陸臻一直這樣安靜而堅定地站在他身後，沒有多說過一句話，沒有一點多餘的情緒，配合著他的每一步。

在這樣炎熱的地方，在這種電子儀器幾乎都要罷工的環境裡頑強地保持著全隊的通訊。陸臻在無聲無息地維持著那種看不見的保障，而那至關重要。只要戰士們的耳機裡還能聽到命令，無論他們正在遭遇著什麼，他們都會覺得是自己還是集體的一部分，他們是有依靠的。

夏明朗用力拍著陸臻的後背說：「我們會沒事的。」

「那當然。」陸臻說。

「為什麼？」夏明朗驚訝於他的篤定。

「因為，你說的。」

查理要求夏明朗給他們棲身的大樓一個標誌，否則烏漆抹黑，他擔心打到自己人的窗子裡去。歐陽朔成認命地爬到樓頂去做標誌，他把螢光粉灑到樓頂的四角，甚至還在中間畫了個十字標記。奈薩拉乾旱少雨，幾乎所有的房頂都很平坦，查理威風凜凜地飛過來，冷不丁看到一個十字叉，樂呵呵地跟夏明朗開玩笑著說我簡直想降落。

夏明朗愣了一愣，猛然吼了起來：「你快點降落。」

查理被嚇得一下拉升，大聲嚷嚷著：「怎麼了？有危險嗎？」

夏明朗不屑地撇撇嘴說：「你先下來把重傷患帶走。」

查理不滿地抱怨：「你老是恐嚇我。」

「小鳥」是非常小的一種直升機，它的空重甚至不足1噸，後艙非常窄小，兩個成年人坐在裡面可能都伸不開手。王興淵看著這小飛機犯傻，不知道怎麼把兩名重傷患、一名嚴重中暑的人質和他自己塞進去。查理熟門熟路地把人差遣起來，上扣子上帶子綁，因為「小鳥」的尺寸實在嬌小，最後擔架床還是留了一截在外面，傷患的腿就這麼暴露在機艙外。中暑的那位則由王興淵抱著擠在後艙深處。

「這樣能行嗎？」醬仔非常憂慮他的兵。

「這有什麼？」查理沒心沒肺地發動引擎，「以前我在阿富汗的時候，有個哥們自己抱著大腿坐在隔板上，我一起飛，天上就在下血。」

「真勇敢。」醬仔目瞪口呆。

「不！」查理非常嚴肅地從機艙裡探出頭，學著夏明朗腔調的普通話說道，「這都他娘的是逼出來的。」

查理帶著他的小飛機升空而起，聞風而動的各式槍口緊跟著掃過去，查理平靜地告訴夏明朗：「我中彈了。」

夏明朗惡狠狠地威脅他：「你必須得回來，否則我砸了你下面的『槍』。」

查理沉默了一會兒感慨道：「我一直以為你們大陸人都是很含蓄的。」

當喀蘇尼亞人將槍口轉向空中，幾條黑影閃進槍林彈雨中，他們是整個計畫的一部分，將要穿過街道和喀蘇人的火線，找回他們剛剛放棄的車子。並配合查理的高空掃射駕車狂奔，把武裝分子引去另一個方向。從某種意義上來，這是一個敢死隊。夏明朗抽調了他手頭行動時最迅捷隱秘的隊員執行這個任務，陳默、徐知著、嚴炎、歐陽朔成還有突擊手刑搏。

方進強烈要求參與他們，他反覆強調他的屁股上只是被子彈穿了一個小洞，那枚子彈跋山涉水來到他的車前，鉚足了勁兒地穿透車門，最後嵌到他的屁股蛋子裡時已經是強弩之末。嚴炎揚了揚眉毛告訴夏明朗那個小洞起碼可以插進他的食指，雖然角度還算走運，沒有徹底撕開肌肉，但如果連跑帶跳的話，不用20分鐘他半個屁股都會撕裂，同時扯斷血管，流血不止……

夏明朗只能攔下了方進，告訴他，你還有更重要的任務。方進馬上閉了嘴。

所謂更重要的那個任務，夏明朗稱之為清掃者，他們在隊伍的最周邊遊蕩，負責讓所有將會遭遇這支隊伍的人失去聲音。夏明朗交代完任務要求，和方進等人一起脫掉防彈衣，重新整理自己的作戰背心。他們將在10米以內與人發生衝突，在這個距離，任何防彈衣都擋不住AK的子彈，甚至會讓損傷更嚴重，而且脫去沉重的防彈背心會讓他們的動作更敏捷。

在查理返航途中，奈薩拉整個東區全城斷電，無數的廣播和電臺在黑暗中聲情並茂地呼喊著我們要和平，我們要冷靜，我們要克制……當然，這把嗓子已經吼了很久了，誰也不會真的去理睬他。

查理和他的小飛機帶齊彈藥箱威風凜凜地折返，他發出一個信號給陳默，告訴他：兄弟們，開工啦……

「小鳥」身下掛裝的兩杆M134型加特林重機槍同時吐出半米長的火舌。這種六管機槍最高速時每分鐘可以射出6000發子彈，7.62×51毫米的北約標準彈彙集成無堅不摧的牆，排山倒海一般地壓過去，將地面和樓房打得碎石橫飛。所過之處，血肉成泥，沒有任何生物可以倖存。

兩發RPG火箭彈拖著長長的尾跡升入天際，在空中完成一個拋物線，又一頭撞回到地面上。

「有RPG！」查理向夏明朗報告。

「都是沒裝雷管引爆的，炸不到你。」夏明朗正忙著。

「那黑鷹是怎麼在索馬利亞掉下去的？」查理漫不經心地說道。

很顯然這是個無法無天的小子，在他的生命中不存在什麼忌諱。

「呃……」夏明朗被梗了一下。

陸臻說道：「當時他們用的彈頭是改過的，而且滿天都是RPG，都打成焰火了，才撞上的。」

「有道理，看來我得請他們的安拉……」查理的後半句話消失在子彈的轟鳴中。

夏明朗看著陸臻點了點頭，說道：「走吧！」

與此同時，徐知著已經用四枚閃光震撼彈驅散了人群，鑽入一輛卡車的駕駛座，將油門踩到底；方進在黑暗中將一名持槍張望的男人拖入小巷，峨眉刺方而銳的尖端準確地刺穿了他的心臟；宗澤把一個提著一菜籃彈夾的婦女打暈，用膠帶封嘴，抽出塑膠鎖銬，把她的四肢捆綁到一起……

柳三變帶著第一隊人馬，靜悄悄地逃出硝煙彌漫的戰場。

這場在後來被稱為「穿越奈薩拉」的逃亡行動，因為它迷霧重重的尾聲被猜測討論了很久。從當地時間22點23分反政府武裝冒險進入中國員警們最後據守的房屋卻發現裡面已經空無一人，到次日11點45分他們奇蹟般地出現在喀蘇尼亞裝甲防線的後方，這一段空白時間在各式各樣的討論中被反覆強調，好事者最終將它命名為——消失的東方時間。

全世界人民都愛陰謀論，正是這個頗具神秘色彩的東方懸念，讓這場在全世界範圍內看來並不出彩的城市巷戰，在很多軍事愛好者的腦海裡留下了一個小小的位置。自然，這樣純粹的軍事討論那都是很久之後發生的了，在當時可沒有人顧得上它，畢竟比起單純的戰鬥來，有太多附加的口水可以供人發揮。

那天晚上，夏明朗與陸臻他們幾個頭頭是在差不多第二天的下午才得到徹底休整的。第一批被安置好的是重傷患，查理把他們送去機場後，那架等待著的Y-8就帶著他們飛去了多勒港。那裡目前正停靠著太湖號綜合補給艦，艦上有設施完備的外科手術室，梁一冰雖然看了三個多月的小毛小病，但這並不影響她的醫術手法，這是個受過良好的戰鬥傷培訓的正宗軍醫。

起初陸臻很詫異，Y-8怎麼會忽然變了性子，不打申請，不等命令，為這麼兩個重傷就直接飛了一趟。後來才知道是王興淵不相信喀方提供的醫療條件，拿槍指著機長的腦門，號稱你不飛，我就崩了你，然後自崩。當然，想來那位機長大人應該也不至於就真的怕了誰，或者他也覺得既然都這麼個情況了，那將來就算是上面怪罪下來，罪名也扣不到他頭上，所以放心大膽地飛了這麼一遭。

可是正因為王興淵這麼一鬧，夏明朗這一行人就被直接送去了醫院，而彼此之間的氣氛也變得有些微妙了。

柳三變此時自然是悲痛欲絕，一身的火焰，神擋殺神，佛擋殺佛。而夏明朗夏隊長縱橫了半輩子，自問還從沒打過這麼憋屈（委屈）的仗，也從來沒讓人這麼傻子似去跳過這麼旺的火坑，所以自打他一進門，看到那些使館和喀方的聯絡官們眼珠子都是紅的，血淋淋的狂怒。

不過，這些恩怨暫且不提，眼下最要緊的是傷患。

現代武器威力巨大，那種一槍擊中一個血點子，前面多大洞後面就多大洞的情景純粹都是沒挨過槍子兒的導演們的美好想像。超高動能，空腔效應，翻滾作用……隨便拎一個有關槍傷的名詞解釋都能讓普通人嚇得頭皮發麻，人類在研究怎麼傷害自己的問題上，永遠是不遺餘力的。

雖說此刻生命垂危的兩位重傷患是被送走了，可是剩下的也不容樂觀，有被子彈震壞了小腿骨的，有彈片打進腹腔的，還有被火焰燒傷了半邊身子的……雖然大家都在努力自救，可是傷患還是太多了一點，一時間手術刀與血漿齊飛，紗布繃帶共一色。

跟這些傷比起來，麒麟隊員雖然個個掛彩，卻也不能算重。

倒是方進同志的傷勢還比較麻煩，清掃者的工作雖然跑動並不厲害，可是臀大肌畢竟是所有下肢運動的起點。方進再怎麼一隻腳踮著跳，屁股上那可以捅進兩節食指的洞眼，目前也已經被撕開成了一個比較大的口子。臀部肌肉的縫合處理特別，嚴炎信不過當地醫生親自操刀上陣，搗鼓了半天最後給方進找了個乾淨點的床位讓他趴著晾屁屁，順便掛上一瓶抗生素慢慢打點滴。

至於宗澤同志則幸運得多，脫去作訓服只看到胸口半邊青紫，X光照下來裂了一條肋骨，好在並沒有徹底斷裂，要不然這一番激鬥下來，心肺非得被戳出幾個洞眼不可。

陸臻剛剛把自己胳膊上的傷口處理好，就聽著旁邊房間裡柳三變咆哮似的怒吼著：「你敢！」

他心中一震，連忙推開身前的護士跑出去，就看到柳三平時那麼溫文圓潤的一個人，此時半身浴血，橫眉立目的樣子跟巡海夜叉沒什麼兩樣。

「怎麼了三哥？」陸臻趕緊走到柳三變和醫生中間去。

「他說要截肢，這庸醫說要給他截肢，媽的，就斷了條脛骨他們就要截肢？怎麼當醫生的？草菅人命嗎？」柳三變越說越火大，眼看著就要揮拳頭，陸臻連忙按住他，轉頭瞪著旁邊的翻譯問道：「怎麼回事？」

可憐這小翻譯哪裡見過這種陣仗，嚇得臉都白了，結結巴巴地解釋說這位士兵是粉碎性骨折，醫生說醫不好，骨頭全斷了，接不起來了，只能截肢了……

奈薩拉這地方既然不太平，這家醫院自然也是見過世面的，可是世面見了太多也有不好，每天都死傷那麼多，小小的截肢已經算是小手術。

陸臻皺起眉頭，視線掠過傷口。那位受傷的戰士大概生怕陸臻被說動，他這條腿就算保不住了，嚇得眼淚汪汪地看著柳三變叫營長。柳三變這時候心疼得都成渣了，哪裡經得一點激，當場淚流滿面。

「真沒辦法了嗎？」陸臻試探著問醫生。

醫生畏懼地看了柳三變一眼，沒敢吭聲，輕輕點了點頭。

「怎麼可能！」柳三變吼了起來，「大前年，有個戰士走火，95的子彈，貫穿傷，那麼近的距離，兩條小腿骨全斷，送去醫院人根本沒當回事，什麼截肢，現在那人好好的，照樣走路！」

陸臻凝起長眉，那是軍區總院，全國重點，傾全院之力救一個人，而現在……

眼下讓柳三變退一步，那是絕對不可能的了，而且那是一條腿，那是一個人的一生。可是醫院方面……陸臻在心裡輕輕放過，他很懂得技術這種東西不是用槍能逼出來的，威脅醫生的後果不堪想像。

陸臻垂頭想了一會兒，輕輕一擊掌說：「行，那這樣吧。」

躺在床上的戰士猛然抬起頭，祈盼的眼神閃閃發亮。陸臻在心中生出暖意，無論如何，怎麼可以辜負你！

陸臻的想法其實很簡單，既然已經事急從權了一次，那就不妨再來一回，而且他不是王興淵，他是手裡拽著線，隨時可以通天的人。陸臻馬上打衛星電話聯繫聶卓，先是把喀蘇尼亞軍方在整個任務中的不做為煽風點火式地挑撥了一遍，把隊員們的傷勢添油加醋地誇張了一番，再把當地的醫療條件一個勁兒地貶低了一輪。

聶卓通宵守著消息一直沒敢合過眼，這會兒正是清晨時分最疲憊不堪的時候，被陸臻這一句一句像刀子似的扎上心尖去，當場發怒，拍案而起，直接放話說把人拉回來，自己的兵不能讓別人糟蹋。

陸臻要的就是這麼一句話，聶老闆這話放下去，各路人馬立刻散開聯絡四方。最後達成共識，Y-8帶上剛剛做完預處理的兩位重傷患，連同太湖號上所有醫護人員先飛回奈薩拉，接上這邊醫院有難度的傷兵，直飛巴基斯坦，落地加滿油後，直飛廣東。在那裡，軍區總院會空出最好的床位與醫生隨時待命。

這些事聽起來簡單，可是很多表面簡單的工作其實背後程式繁瑣，不知道得用多少人去折騰。當然，這些就不是陸臻和柳三變會去關心的了，他們只是立馬行動起來，趕著醫生給傷患做手術前的預處理，該切開減壓的切開，要清洗的清洗……

柳三變這會也像王興淵一般無二的敏感，看外人一個信不過，四處盯得緊緊的，生怕他們做出多餘的手腳，其實院方不知道多希望儘快送走這批神。

好不容易一陣兵荒馬亂把幾名傷患安全送上飛機，陸臻陪著柳三變又馬不停蹄地往醫院趕，剛一進門就感覺氣氛大不對。大廳裡站著幾名使館的工作人員和翻譯，一個個臉色發黑，神情不善，大有興師問罪的架勢。陸臻知道這會兒的柳三變一點就炸，連忙哄著他去照顧戰士們，自己打點起精神去問情況。

一個看起來三十出頭戴眼鏡的文員憤激萬分地衝陸臻大喝：「你們怎麼回事？你們那個上校把我們參贊打了。」

夏明……朗？陸臻一下都傻住了，這個怎麼可能？他連忙端正神色問道：「你是？」

「我叫尚文凱，是大使館的二等書記官。」

陸臻注意到他使用了「書記官」這個詞，而不是更常見的「幾等秘書」，似乎是生怕自己不瞭解外交官體系，會誤把他這個「秘書」當成跟班。

「哦，我一直以為只有日本的外交省才用書記官這種名稱。」陸臻做出微微詫異的樣子。

尚文凱明顯愣住。

陸臻不等他開口，馬上追問道：「那參贊先生現在哪裡？」

這要真是夏明朗下的手，陸臻倒是很擔心參贊先生此刻的性命問題。

尚文凱見陸臻還算客氣也鬆了口氣，他轉身帶路，一邊憤怒地抱怨著：「怎麼搞的，好好的就吵了起來，忽然就動了手，誰都沒看清，怎麼回事，你們有傷亡也不是我們造成的……」

陸臻顧不上理他，到地方徑直推開門，只見一個中年男人正仰著臉接受處理，額頭上一塊青紅，或者還滲著血。可能在一般人看來傷得是挺重了，可這在陸臻眼中簡直不值一提，他立馬放下心來，轉頭盯住眼鏡文員：「那位上校主要打到哪兒了？」

尚文凱被他盯得一愣，下意識地指了指身邊，陸臻這才發現房門上一個毛毛拉拉的大洞，徹底貫穿，透亮透亮的。陸臻頓時就樂了，他笑著搖了搖頭，轉身想走。

對方馬上攔住他：「你這……」

陸臻笑了笑，伸手按到他的胸口緩慢而堅定地往前推：「別這樣，今天晚上發生了太多事，誰的心情都不會好，讓我們都先冷靜冷靜再討論將來。同時，我想你也看出來了，我的隊長並不打算傷害誰。」

尚文凱張口結舌，只覺得有一股強大的威勢在壓著自己往後退，他的腿忽然不聽話。一個踉蹌，陸臻已經把他撥到身後，大步流星地走開了。尚文凱站穩身體迷惑地回憶著剛才，倒是有些明白了為什麼他那位素來嚴厲的上司居然就這麼平白被人揍了一頓，也沒敢追出去報仇。

夏明朗把自己關在一個房間裡，他對站在門口的徐知著說，誰進來就斃了誰。所以徐知著抿起嘴角微笑著，並起食指和中指遠遠地瞄準陸臻。陸臻按住胸口，誇張地搖晃了一下，做出受傷倒地的樣子，側身繞開他閃進門裡。

這是一間處置室，窗戶下面放著高高的診療床，牆邊有一排溜的矮櫃。夏明朗垂著頭一聲不吭地坐在床上，軍靴和作戰背心甩了一地，他曲起右腿抱在胸前，雙手鬆垮垮地擱著，疲憊不堪的模樣。

陸臻安安靜靜地走過去在他面前蹲下，仰起臉看著他。

夏明朗抬起眼皮瞅了瞅，忽而笑開：「沒糖賞你。」

陸臻把右手放進夏明朗的掌心，拇指輕輕摩挲著他的手背：「怎麼會吵起來的？」

「他問我為什麼不提前一天行動，我解釋半天他都不認。老子問他那城裡跟火藥桶似的，怎麼就沒人向我吱一聲，結果他跟我說……」夏明朗頓了頓，彷彿在回味似的，笑道，「他說，他怎麼會知道。」

「所以你就揍了他？」

「不是我揍的。我那一拳砸門上的，擦著他耳朵過去了，結果他回頭自個磕門框上了。」

陸臻沒忍住，笑得前俯後仰，差點坐地上去，夏明朗手上施力拉住他，臉上的笑容慢慢又淡了。

「別這樣。」陸臻道。

「別怎麼樣啊？」夏明朗懶洋洋地挑起眉毛，「別蹲著了，都說了沒糖賞你。」

「那就賞點別的吧！」陸臻笑呵呵的。

哦……夏明朗心中發軟，眼角的餘光掠過房間上那一方小小的玻璃窗，從這個角度看過去，剛好能看到徐知著一個黑乎乎的後腦勺。

夏明朗伸出手握住陸臻修長的脖頸，輕輕地，一點一點地彎曲手臂，將他拉向自己，陸臻控制不住平衡，悄悄放下一邊膝蓋。他們慢慢地接近，彼此凝視，直到距離讓視野模糊，近到看不清彼此臉上半凝結的血口與傷痕。

夏明朗最後看了一眼門外，閉上眼睛，吻住陸臻的雙唇。

寧靜的吻，廝磨著，雙唇溫柔地擠壓在一起，舌尖輕觸，呼吸平緩，卻不願放開。

「別這樣！」陸臻摩挲著夏明朗臉側，「你已經做得很好了。」

夏明朗自嘲地笑著：「現在說什麼好不好。」

「真的！」

「我就是有點難受，一次四個，可能還不止，還有那麼多傷的殘的，我沒見過大世面，第一次，有點受不了，你讓我待會兒，就好了。」

「那也不全是你的錯。」

「其實不應該是這樣的，可以更好，不用搞成這樣的。」

「總是有人會犯錯，這麼大的事，牽扯這麼多方面，總會有人犯著錯，不可能沒有失誤，現實怎麼可能沒有失誤……」

夏明朗沉默下來，看著陸臻的眼睛，過了一會兒，他微笑起來：「沒想到，反而是你比我們都冷靜。」

陸臻微微一愣。

「你好像一點都不生氣。」夏明朗的眸光微微地顫動著，有些迷惑，又似乎是神往的。

陸臻也有些詫異起來，是啊，好像從頭到尾，剛剛發生那麼多事，那麼多可以氣憤發火、拍桌子罵娘的事，他為什麼一點也不激動。那甚至不是被刻意控制出來的平靜，表面上不動聲色而內心澎湃；不是的，他不是這樣，他真的就是那麼理所當然地接受著目前全部所有千瘡百孔的現實。

為什麼呢？

陸臻陷入思考。

「別想了，你這樣挺好的，這時候也幸虧有你在。」夏明朗把陸臻拉起來，心裡被某種飽脹的柔軟的感覺所充滿。

「你怎麼什麼都覺得挺好的？」

「你怎樣我都會覺得挺好的。」夏明朗有些放鬆地笑了，彎腰拍了拍陸臻腿上其實已經不可能被拍乾淨的塵土。

「我在想，可能是我早就預料會這樣。」陸臻攤著手掌，「所以目前發生的所有的事我都不覺得意外，我對他們沒有過期待，所以不覺得被冒犯，也不會生氣……」

「是啊，反正你所有的火兒都衝我發光了。」

陸臻不好意思地撓了撓頭：「那是因為我對你有太多的期待。」

「真的啊？為什麼？你那會兒都不認識我。」夏明朗詫異了。

「我對你一見鍾情！」陸臻一本正經地。

「我真榮幸。」夏明朗點了點頭，難得像個紳士的樣子。

夏明朗重新整理了自己，穿著最簡單的T恤和長褲，擦乾淨了臉上和身上的血跡，把浸透了鮮血和汗水的作戰服提在手裡，他現在看起來神情安定，眉目疏朗，那種從容不迫的味道再一次回到他身上，在每一個微小的細節中流動著。

他看著陸臻說道：「走吧，帶大夥兒找個地頭睡覺，都擠在這兒，房都快給拆了。」

陸臻只覺得欣慰無比，他就知道，他的夏明朗會永遠站立著。

7

一時半會兒回不了勒多港，不過按照慣例夏明朗必須要接受柯索的監管，並由他們解決一切食宿問題。夏明朗向柯索提出兩個要求，第一要有空調，第二乾淨點。就這麼簡單的兩個要求在此時的奈薩拉居然還成了個難題，最後柯索派人清空了軍用機場旁邊的一個接待所，把夏明朗這一行人給安置了進去。

剛剛在醫院因為醫療安全的需要有軍方管制，閒雜人等一時半會兒鑽不進來，這會兒到了駐地各路人馬紛至遝來。

然而柳三變是處理庶務的能人，陸臻是應付交際的好手，夏明朗於是理直氣壯地當起了大爺，目不斜視地從人群中走過，把自己關在了房門之內。

一場大戰讓戰士們彼此間的感情昇華，同生共死血肉難離，所以但凡是還能動彈的都不樂意待在醫院裡，哭著喊著要一起走，柳三變自然心軟。最後除去幾個必須要留院的戰士，小傷小病的全領走，只是從醫院要了幾個醫生護士帶上藥品跟著。

而陸臻那方面，大使館、武官處、喀蘇尼亞軍政各方再加上各國記者差點把他直接給淹了。陸臻換了身衣服出來禮貌地敷衍著，等他脫身回屋，已經是太陽升起又落下，又一天的日落西沉去。

陸臻從餐廳帶了一份食物回房，進門才發現夏明朗一直沒有睡，房間裡菸味濃烈得好像失了火。夏明朗神色肅穆地坐在桌前，失陷那片沉鬱的金紅色晚霞中。

「怎麼了？」陸臻詫異道。

夏明朗指了指桌上：「剛剛寫的，看一下。」

陸臻喚醒軍用電腦，草草掃了一眼開頭，笑道：「難得見你這麼積極地寫報告。」

「難得的確有得寫。」夏明朗疲憊地按著眉心，他很累但是睡不著。

陸臻把吃的塞到夏明朗手上，推著他去洗澡，將報告拉到第一行聚精會神地看下去，慢慢地，變了臉色。

夏明朗洗完澡出來，默默地啃著陸臻帶上來的麵包和火腿，這裡的廚子做什麼都不地道，好在夏明朗也不在乎。陸臻看完報告沉吟了半晌，房間裡漸漸暗下去，只剩下液晶螢幕的幽幽白光。

「你說了很多實話啊！」陸臻嘆氣。

「不好嗎？」

陸臻搓著臉頰：「喬武官派了的一個中校過來協調工作，叫楊忠俊，他告訴我下午在醫院那個參贊是主管商務那一塊的，聽說跟死掉那位私交很不錯。」

「我知道啊。」

「他一直是管商業口，的確不知道城裡的情況。」

「所以我沒揍他。」

「他們說，的確不知道那裡會這樣子，那地方一向都算太平，也一直沒有大規模打起來過。」

「所以我們點背。」夏明朗自嘲式地笑了。

陸臻轉過臉去看夏明朗，在昏沉的光線中那雙眼睛仍然灼灼生輝，眼白裡佈滿了血絲，那樣糾纏著痛楚著，仍然帶著烈火與血液的餘燼。陸臻伸出手去觸碰他，夏明朗鬢邊潮濕的水跡打濕了他的手指，那種濕意從他的指尖傳遞到心底。

陸臻安靜地看著他，眼淚無聲無息地從眼眶裡湧出來。

「怎麼了？」夏明朗吃了一驚，走過去抱住他。

「沒什麼。」陸臻搖了搖頭，捂住臉深深地吸了一口氣，「我只是覺得很無力。」

「無力？」夏明朗懷疑地看著他。

「行，我沒什麼可改的，你就這麼交吧。」陸臻指著電腦。

「那柳三關於俘虜的處理……」

「你寫的全是事實，事實不需要更改。」陸臻堅定地說。

「那關於我的失誤？」夏明朗遲疑的。

「我看不出來。」陸臻誠懇地，「假如我能看出來，我當時就會提醒你。所以，就讓我們把全部的事實寫出來，交給別人去評判。」

「好！」夏明朗點點頭，疲憊的雙眼裡流露出一絲釋然。

陸臻低下頭，眼中充滿了憂慮。他預感到未來會有一些東西讓夏明朗失望，也讓他失望，然而他們誰都無力阻攔，就像面對海嘯，被大潮捲走，毫無辦法。在遠方，在萬里之外，在陸臻與夏明朗都看不到的地方，那份血淋淋的真相隨著電波傳遞，送到聶卓等人的手上，面對茫然的未來。

這一天累到極處，可是陸臻合上眼睛全是夢，他睡到半夜醒來，睜開眼看到灰藍色的天幕上滿是星辰。夏明朗就睡在他邊，側身臥著，呼吸勻淨。火熱的軀體像沉寂的大山，每一個線條的起伏、每一塊肌肉都讓陸臻感覺到力量，那麼的清晰有力，彷彿就握在他的掌心。

夏明朗模糊醒來，微微睜開眼，陸臻俯身抱住他，把臉埋進夏明朗的頸窩，他的心底悲涼，卻居然感覺到滿足。

那是無可形容的感覺，彷彿在沙漠中跋涉，舉目四野茫茫，頭頂烈日如火……

還好有你！

「怎麼了？」夏明朗輕輕地撫摸著陸臻的脖頸。

陸臻搖了搖頭，終於沉沉睡去。

陸臻做好了全套心理準備，等待夏明朗那一紙報告將會帶來的腥風血雨，可是第二天大早他就被國內各大媒體洶湧澎湃的正面積極報導給驚呆了。在那些文字飛揚的報導中，這次行動是非常成功的，計畫是周密完全的，領導是非常關注的，指揮是鎮定從容的，戰士是威武雄壯的，敵人是殘忍狡猾的，被救人質們的情緒是無比穩定的……

總而言之，這是勝利，我們的堂堂正義之師在半個城市的圍攻下英勇頑強，奮戰到底，殺出一條血路，從容退入安全地帶。他們捨生忘死、可歌可泣，最後用微小的代價換取了巨大的勝利。這是國家之光，這是民族之光。

陸臻甚至看到有些報導把敵方估計傷亡人數約為三百而我方僅僅犧牲四人云云……如此具有煽動性的數字直接寫成了白紙黑字。陸臻一篇篇地掃下去，只覺全身的血都在往頭頂湧，眼前一陣陣地發黑，無比震驚地招呼夏明朗過來看新聞。

夏明朗從他身後彎下腰，隨便看了幾個標題就笑了：「看來調子都定好了。大功一件！咱們昨天折騰的東西不會有人看了，多敗興啊！」

「有人要倒楣了。」陸臻怒極反笑。

「不會的，怎麼可能？你什麼時候看到一個事還沒爛透就有人要負責的。」夏明朗冷笑著從身後抱住他，他彎下腰，臉頰緊貼著陸臻的，明亮的黑眼睛裡流露出憤怒的嘲諷味道，「發水了，失火了，礦難了……死掉兩三個，那是他們命不好，能活下一批就是功勞，營救即時，懂嗎？什麼叫事實？誰他娘的關心。什麼功過賞罰……見鬼去吧！」

「是啊！總是這樣，莫名其妙地不肯面對真相，明明忠於真相就是最好的，卻偏偏不肯誠實一點，一定要造假，一定要虛偽。一定要把好好的事，活生生地整噁心了。」陸臻皺起眉頭，他想告訴自己這種時候應該冷笑最好，卻沒有成功，胸中那一捧熱血讓他的眼眶濕潤。

「看開點。」夏明朗側過臉親吻陸臻的額角，用力揉了揉他的短髮。

「看不開，這事得糟。」陸臻冷靜地轉地臉去看夏明朗，目光犀利，「看看這些報導，我們在幹什麼？一個大國的精銳武裝力量，職業特種軍人，為了保護一群貪婪的石油商人的利益，為了維護現在這個獨裁政府的統治，為了維護自己的石油利益，向這個城市裡執不同政見的老百姓開槍。我們很從容，我們完全控制著局面，所以我們在冷靜地屠殺。我們屠殺平民，我們罪孽深重。」

夏明朗或者有時候看得不夠高遠，但那不代表他真的會不懂，他漸漸變了臉色，露出若有所思的表情。

「現在整個歐美都喜歡炒非洲話題，一群人閒吃蘿蔔淡操心，只要扯上非洲反獨裁就跟打了雞血似的激動。本來昨天那個事CNN和BBC就得往這個方向引，現在好了，他們什麼都不用操心了，直接引用國內報導就成了，太有力了，這可是我們自己家裡爆出來的直接證據啊！我真是受不了，二十一世紀了，我們還在用七十年代的方式說話。美軍把伊拉克都快拆碎了，都從來不敢說一句勝利，我們還什麼都沒幹呢，偏偏要枉擔這虛名……」

「做點什麼！」夏明朗打斷陸臻越來越憤怒的指責。

陸臻一愣。

「做點什麼，快點，動起來，想想看我們做點什麼！」夏明朗按住陸臻的肩膀，「你現在去找梁雲山，讓他出面。不管怎麼說我們在這裡，你和他……你們兩個人才是事情的源頭，只有你們才可以發言說點什麼，找個理由把之前所有的那東西全推翻。這裡的事交給我，反正小夥子們本來就不用見媒體，只要大概教教他們怎麼說話，只有柳三變麻煩一點，不過他這個人靠得住，是個顧大局的。」

陸臻握住拳，他聽到心臟清晰的跳動，他是真的有點緊張，因為事關重大。

「不，我們首先要聯繫聶老闆。」陸臻說道。

「他……能想通嗎？」夏明朗有些懷疑。

「我覺得能，說不定他們只是被絆住手了，或者已經在動了。你想啊，就昨天這麼點小陣仗唬人半點不算數。現在這麼搞，就是讓行家看笑話，讓普通老百姓看著恨，平白無故落個威脅論的口實，何必呢？聶卓他也不是傻的，他幹了一輩子軍情了，應該知道輿論對一支部隊來說還是重要的。」

「是啊！」夏明朗點頭苦笑，「這年頭當婊子的還要立牌坊，我們倒好，小姐還沒出閣，就把倆破鞋頂頭上走……」

饒是如此緊張的時刻，陸臻還是被逗樂了。

梁雲山目前還在勒多港，從奈薩拉到勒多山高路遠，坐車當然不是個好選擇。陸臻試探著打電話問機場調度，沒想到查理老兄因為寶貝小飛機中了彈，還留在奈薩拉準備修補飛機底部的蒙皮，陸臻當然大喜過望。

清早，奈薩拉的太陽雖然剛剛出生不久，可是已經露出了它熾熱的獰笑。陸臻估摸著按查理兄的個性鐵定要跟他耍個賴，拖到晚上再出發。他自問沒有夏明朗那種聲色俱厲的本事，出門時順手拉上陳默壯膽，反正先禮後兵，讓陳默「兵」起來可比夏明朗更威風，不怕那嗲兮兮的傻大個子不聽話。

沒想到他威風凜凜地一把推開查理兄的大門，剛剛簡明扼要地強調說有急事。查理就從床上跳下來，手忙腳亂地穿著衣服說行啊，行啊，沒問題，走吧！

就這樣，一行人直奔停機坪，時候太早也沒什麼幫手，三個人自力更生好一陣忙活，查理最後加完油把飛機仔細檢查了一番，終於拍拍手說成了，可以飛了。陳默見差不多沒他的事了，向陸臻簡單點了個頭，轉身離開。

查理直愣愣地望著那個背影望了半天，方恍然大悟似的嚷起來：「怎麼，他不去啊？」

「是啊，怎麼了？」陸臻正忙著給自己扣安全帶。

查理轉過身，眨巴眨巴眼睛，歪起腦袋可憐巴巴地看向陸臻。陸臻全身一個激靈，直覺這他媽的就是撒嬌前的徵兆啊，他連忙拔槍指著查理說：「你別給我搞，老子現在火燒眉毛，我什麼事都幹得出來……」

查理轉身又看看陳默。

「我真的什麼事都幹得出來哦！」陸臻心裡那個悲憤，你說這人跟人怎麼就能差那麼多呢，陳默在的時候連正眼都不用給一個，就唬得那小子乖順乖順的，到我這兒怎麼就這樣了！拿槍頂著都沒用。

查理躊躇半天，終於長長嘆氣說：「好吧，那我們走吧。」

自然，天氣就是熱的，「小鳥」拔地而起，幾乎是奔著太陽在飛。熱乎啦啦的風從敞開的機艙門裡灌進來，撞在臉上，皮膚馬上就像烤乾的薄餅那樣緊緊地繃了起來，好像隨時會裂開。

陸臻顧不上安慰查理老兄受傷的小心肝，就忙著利用機載衛星電話向梁雲山那邊聯繫。結果再一次陷入了那種一個秘書轉另一個秘書，一個工作人員轉另一個工作人員的連環套中。每個人都要向他強調一遍梁大使現在很忙，你有話可以跟我說，每個人都試圖告訴他，你真的不是最倒楣最著急的，比你倒楣著急的多了去了，你理所當然地要體諒政府，配合我們的工作云云……

平心而論，喀蘇尼亞現在這種情勢，梁雲山身為大使自然是忙的，那種忙碌甚至會讓他覺得這樣一個營救人質的事件也算不上頂級大事。畢竟他目前需要操心的還有那麼多油田的安危，那麼多大筆投資的工廠礦山，以及成千上萬中國僑民的生存與未來，的確，那些事的每一件看起來似乎都比陸臻現在惦念著的這個更重要……

可是陸臻還是在這一圈倒手中爆發了，他嚴厲地命令加威脅，扯出各種大旗來嚇唬人，最後終於敲定了中午一個20分鐘的見面時段。

「Shit!!!!」陸臻掛了電話，對著空氣憤怒地揮舞著拳頭。

「Fucking damn bureaucracy!（幹死這幫混蛋官僚！）都他娘的應該去死！」查理憤憤不平地咒罵著。

此時此刻，這句話還真是紅心正中，直接說到陸臻的心坎兒裡，回頭再看向查理的眼神都不一樣了，簡直就是看親人的眼神，他瞪大眼睛用力點頭說：「是啊，就他媽的……都去死了算了。」

「就是，幹死他們……Goddamn fucking wankers, yep! Fuck them!（髒話）」查理激動地抬起手。

「不行不行，誰樂意幹他們呀，太便宜他們了！」陸臻正兒八經地表示反對。

查理愣了一愣，鄭重點頭表示同意，想了一會兒一本正經地說道：「我……詛咒他們，Those wankers only have dicks the size of peanuts. No orgasm, never!（他們的JJ（雞雞：男性生殖器）只有花生米那麼大，永遠都硬不了！）」

陸臻終於繃不住，樂得翻倒。還別說，有些人天生喜感，只要有他們待在身邊，天塌下來都能抓緊時間笑一笑再被砸扁。陸臻被查理這麼糊里糊塗地一打岔，心情好了很多，樂呵呵地跟查理聊起了天。

查理兄剛好被眼下這話題扯起生平恨事，立馬逮著陸臻大肆哭訴美軍的官僚主義作風，陸臻和他聊了一路，終於明白為什麼像查理這種一等一的好手也會被「夜空巡遊」給一腳踢出來。

原來查理．陳居然也是書香門第，老爹在MIT當教授，老媽是個平面小模特。當然這事乍一聽真他媽的讓人羨慕，可是如果老爹心無旁騖成天搞研究，老媽再跟人跑了……那生活就很「茶几」（註1）了。所以查理小朋友從小是被他老爹的學生拉扯大的，餓了就去實驗室討幾口吃的，生病了就隨便賴上個人照顧著。

陸臻聯想到自己的童年，頓時對查理兄肅然起敬，看來這位爺活得這麼沒心沒肺也是生活的必然，就這麼個成長環境，但凡有一點心肺的也得抑鬱了。

可是世間總有偶然，查理兄就這麼吃百家飯一路長來，居然也長得活蹦亂跳。再大一點，順順利利考進MIT研究飛機，唸著唸著覺得研究不給力，畢業後就直奔了特種飛行團。

陸臻聽到這裡簡直熱淚盈眶，心想神馬（什麼）叫勵志，這他媽的就是勵志啊，這娃把自己活成這樣真是不容易。

註1：茶几是一種網路用語，茶几是用來承載杯具的。因「杯具」與悲劇同音，所以茶几的意思是「承載悲劇的環境」。

查理因為真心熱愛飛行事業，自然訓練勤奮，技術過硬，重點培養備受關注……陸臻疑惑地眨巴著眼睛，一直提著心坎兒等他那句但是，查理像是剛剛想起來似的一拍腦門問道：「忘記問了，你不介意我說些有關Homosexual（同性戀）的話題吧？」

陸臻心裡一驚，條件反射似的搖了搖頭說：「我不介意。」

查理讚許地點頭：「很好，你知道，你們大陸人有些很介意這個。」

「你們美國人有些也介意。」陸臻脫口而出，說完才驚覺自己真沒風度。

沒想到查理不但沒反駁，反而咬牙切齒恨恨點頭道：「Fuck! You're goddamn right!」

就此，話癆陳囉唆了半天終於切入到正題，拉著陸臻遙想當年。話說那會兒他在飛行團正混得風生水起，同機組來了個華裔機槍手。查理・陳花了千兒八百字竭力渲染這位小哥的挺拔身姿，冷峻氣質，不苟言笑，彬彬有禮……

陸臻越聽越寒，試探著提問說：「難道你霸王硬上冰山美人，被人打上了軍紀隊？」

「No…No…No…」查理小朋友手搖得像把扇子，「我怎麼會幹那種事呢，他是我的Love，你懂不懂，Love！」他捲起舌頭誇張地發出那個單詞，十分鄙視地看著陸臻說：「你們這種異性戀男人就知道用性征服女人，根本不懂我們的愛情！我們就算是找個伴兒Sex也是要大家都同意的，怎麼會去強迫Love？！我連他手都沒有碰過！」

陸臻只覺得滿頭青煙繚繞，尷尬地點頭訕笑：「那後來呢？」

「後來……」查理無比悵惘地說，「後來他向隊長投訴說我騷擾他。」

「啊，這人怎麼這樣啊！」陸臻憤憤不平。

查理那個感動，眼眶都紅了，藍幽幽的大眼睛水汪汪地眨巴著：知己啊！

「太不仗義了！你怎麼了他了，他就把你給告了？」陸臻在那雙藍眼睛的鼓勵下越發地悲憤。

查理無比委屈哀怨地嘆息著：「我只是把他當成了我的X（性）幻想對象，然後把這件事情告訴了朋友們，不過，後來好像大家都知道了……」

呃……陸臻的滿腔悲憤霎時間石化在胸口，上下不得，把自己噎個半死。

查理這會兒說High了正興起，完全沒有注意到陸臻已然天雷劫渡臉色發青，兀自劈裡啪啦地繼續控訴著。

當然，區區捕風捉影性的X騷擾事件，在妖孽盡出的米帝軍營還算不上大事，大隊長小示懲戒，給查理小朋友換了一個機組，一併打包發配阿富汗。

新機組既然是特別配的，內涵自然深刻，湊齊了全隊求騷擾而不得的Sex愛好者，查理因禍得福，在這個機組混得如魚得水。大家訓練之餘合夥探討一下Sex運動的奧林匹克精神，共同交流交流彼此的X幻想對象，在阿富汗那個逼得人要發瘋的鬼地方，小日子過得也還精彩。

只可惜好景不長，後來趕上某一次大任務，查理家的小飛機在半路上出了故障，查理兄費盡了九牛二虎之力迫降成功，同機組三人或多或少地都掛了彩。

阿富汗的夜晚啊，那可是非常非常的冷。查理們抱成一團開始呼叫救援，資訊組那位聲音永遠沒有高潮的大叔音說40分鐘以後會有人來救你們。

40分鐘過去。大叔說，1小時以後會有人來救你們。

1小時後。說，兩小時後會有人救你們。

……

查理們無比悲涼地咒罵著那些應該被Fucking到死的混蛋官僚們，罵了一小時又一個小時。查理的副駕駛終於撐不住絕望痛哭說我們要死了。查理於是萬念俱灰，抱著大傢伙說，反正都要死了，不如我們最後High一下吧……

於是High之……當然，因為大家早就在崩潰邊緣了，所以High完一水兒全暈了。當然沒有收拾，而且為什麼要收拾呢，哪有吃完最後的晚餐還要洗碗的？

查理用一種特別誠懇的眼神看向陸臻，試圖讓他明白，他當時提出這個建議是非常悲痛的，非常無奈而且令人心酸的，就像……死刑犯臨死的時候，要求吃頓飽飯一樣。

陸臻這會兒腦子基本已經雷焦了，他僵硬地點了點頭表示理解。查理眼中湧上感動的小淚花兒，非常沉痛地說道，後來救援隊來了，然後他們得救了，結果他們被開除了，罪名是在戰場上聚眾淫亂。

陸臻嘴角一絲一絲地抽搐著，他真心覺得那些救援隊的哥們兒也很不容易。

查理收到這種判罰當然不服，一路抗議告上了軍事法庭，最後被判敗訴，開除軍籍，收拾包袱滾蛋。查理老兄悲憤地揮舞著拳頭向陸臻控訴：「為什麼，你說為什麼，這實在太不公平了。法律允許士兵絕望、痛哭……甚至投降，所以我憑什麼不能在臨死的時候High一下，給自己一個最後的高潮？」

陸臻目瞪口呆，雖然他著實被雷得不輕，但是他堅挺的理智型CPU告訴他，嗯……似乎，他鄭重地斟酌用詞說：「有道理。」

查理的藍眼睛頓時閃閃發亮。

如果不是在空中不能大撒把（豁出去），陸臻相信查理一定會撲上來狠狠地啃他一口，以表達理解萬歲的感激之情。不過，查理老弟壓抑的激情在中途加油時醞釀出了更強的爆發。

只見他一邊給自己的小飛機加著油，一邊滿懷期待地詢問陸臻有沒有嘗試過同性Sex。陸臻這會兒已經讓他雷麻木了，條件反射地搖著頭。查理．陳馬上發出邀請說我覺得你的身材很棒很Sexy，所以你有沒有興趣跟我搞一搞。他在陸臻呆愣的注視中拍著胸口保證說我技術真的很不錯，絕對比Girl更刺激，一定能讓你有非凡的體驗。

陸臻眨巴著已經瞪累的眼睛，走神去幻想了一番「假如夏明朗當前在場，查理小弟弟會有個神馬下場」等等生動有趣的假設。

「呃……這個……」陸臻醞釀用詞。

查理臉上充滿了期待，深邃雙眸中閃爍著火光幽幽。

「就我個人而言，我不想和普通朋友發生性行為。」陸臻為了加強語氣，還重重點了記頭。

「唔……」查理失望地聳了聳肩說，「OK……你有權，嗯，對，你的生活。不過，如果將來你改主意了，你知道……」他按住胸口很為陸臻遺憾似的：「我真的很不錯。」

「嗯，我相信，但，你也知道，那不是你行不行的問題。」陸臻只能盡量真誠地微笑。

查理搖晃著腦袋，以一種非常惋惜的態度爬上駕駛座。

陸臻這會兒身心俱焦，整個人呈現出天雷劫渡已然飛升的狀態。他就像一個植物學工作者忽然發現了一個新品豬籠草那樣不斷地偷瞄查理，試圖理清此人行事的基本價值觀和內部邏輯關係，在又飛了一百公里之後陸臻終於鼓起勇氣問道：「你，常常這樣，向人發出你的邀請嗎？」

「Oh！No！當然不。」查理斷然否認，「你知道，很多人很糟糕，身材或者腦子，他們很……Shit。不像你，你很聰明，而且身材很棒，我喜歡。」

「哦，我真榮幸。」陸臻苦笑。

查理一臉的得意。

陸臻被雷劈焦的CPU慢慢緩過來，越想越覺得有意思，簡直有點拍案叫絕的衝動，幾乎認為一個人如果真心實意地活成這樣，你還真沒法去說他什麼。

陸臻興致勃勃地打聽起查理目前的生活方式，這下可不得了，又拉開了另一個話匣子。查理兄此番孤身犯境打前站，也沒能隨身帶個伴兒什麼的，偏偏此地奉行伊斯蘭教，就算他樂意把燈一關顛倒黑白，也沒有男人會跟他上那個床。活生生把一個SEX動物憋成了清教徒，終日在五指山上跋涉，生活沒滋沒味。

陸臻笑得前俯後仰。

查理小朋友異常幽怨地看過來：「我會二十八種自慰的方式，你要不要跟我學？」

陸臻大笑著搖頭，差點從飛機上掉下去。

「為什麼？你連這個都不行？」查理驚異地瞪圓了藍眼睛，那表情簡直就像在看火星人，「Jesus！我真是不懂你們。」

陸臻樂不可支，他一邊抓牢把手一邊仔細評估著，如果他膽敢和查理深入探討五指山問題，即使是純口頭學術性交流，夏明朗抽死他的機率會有多大。而查理震驚的表情已經慢慢轉為同情，陸臻深深地感覺到，他目前在查理心裡已經約等於X冷淡了。

陸臻和查理聊了一路，下飛機時心情神清氣爽，一掃前夜的無力與傷感。他深深地感覺到這個世界如此地奇妙，是啊，這世界既然如此奇妙，我們也只能接受現實，並盡力去理解。

8

勒多這邊諸事繁忙，陸臻本以為梁雲山能派輛專車來接他已經很夠意思，沒想到遠遠地居然迎面走過來一個穿青草綠常服襯衫的軍官。陸臻只覺得奇怪，要知道使館裡可沒有打雜的軍職，一個蘿蔔一個坑都是有點份量的。等他再走近一些看清了面目，陸臻驚訝地失聲喊道：「秦若陽？」

「還真擔心你認不出來了。」秦若陽微笑著伸出手。

「怎麼可能？」陸臻兩隻手用力握上去，「你就是不應該扔我一正臉兒，你要是背對著我，我一下飛機就能認出你。哎呀，不錯啊，少校了啊！」

秦若陽是陸臻當年那個校園樂隊的第一任主唱，他們一個節奏吉他一個打鼓合作了一年多，要不是後來秦若陽面臨畢業又和隊友陷入狗血的三角關係，也輪不上陸臻披掛上陣。

「我看他們拍的照片覺得像，托人查了一下還真是。」秦若陽感覺到那種直率的熱情，心中溫暖，近身給陸臻一個紮紮實實的擁抱。

「哎，你怎麼來這兒了呢？」陸臻一時欷歔，他鄉亂世遇故知，的確讓人感慨。

「我來這兒不是專業對口嗎，倒是你……怎麼，怎麼會去了那種地方，我一直以為你會留校的。」秦若陽發動車子，敞開門降溫。

「一言難盡。」陸臻呵呵笑著。

秦若陽知道有些事可能不太方便說，也就沒再多問，過了一會兒，車內溫度勉強能坐人了，秦若陽帶上陸臻駛出機場。

天還熱著，日正當頭，道路上並不擁擠，放眼看去只有稀稀落落的幾輛小車，但是秦若陽開得並不快。陸臻心裡明白，秦若陽能在這兵荒馬亂的時節專程跑一趟，應該就不會僅僅為了敘個舊，所以乖乖地等著。

秦若陽似乎在猶豫要從哪裡說起，沉默了好一會兒方才問道：「聽說你們隊長打了孫參贊？」

「沒有，他們怎麼說的？」陸臻笑了。

「孫參贊是沒說什麼，就是看著頭上一個大包，他們那邊人都很生氣。」

「這樣。」陸臻其實心裡很感動，他知道秦若陽是想提醒他一些事，這也是為他好。雖然他們倆曾經言深，可是畢竟交情斷了很多年，現在貿然遇上還有這份情誼在，也讓他著實感念。陸臻輕輕敲了敲秦若陽的車門：「大切諾基？」

「嗯？」

「這麼說吧，就你這車門，我們隊長一拳上去能砸一坑兒，如果他真心想打誰，那位孫先生現在都不用進醫院的。當時的事其實是有點誤會，大家心裡都有火，男人嘛，吵起來免不了拉拉扯扯……」陸臻皺了皺眉頭，「你覺得怎麼處理好呢？要不然我過去解釋一下？」

陸臻這話說完，自己都想拜自己，這也太他媽的淡定從容，不焦不躁了。

「別了別了，事情都過去了就別再提了，再提就真成個事了。你心裡有數就行了，其實孫參贊人還是很好的，他就是真的急了，那一票綁的都是他老熟人啊。前幾天還一桌吃飯，說沒就沒了，你想這事誰受得了？」

「是啊！」陸臻語調平和地，「一分鐘前還在說你小心點，一分鐘後人就沒了，你想這事誰受得了！」

秦若陽不自覺轉頭看了看窗外，又是一陣沉默。

「我知道你們心裡有火。」秦若陽艱難地開口，聲音也有些乾巴巴地，「但是真的，我們真的盡力了，沒有人想害你們，這怎麼可能，我們怎麼會害自己人。」

「是的，我相信。」陸臻淡然道，他莫名其妙地想起查理，跟那傢伙聊天真是樂事，若不是一路這樣歡樂地飛過來，陸臻還真不敢相信自己現在可以如此平靜地說出這種話。

可是，永遠都不會只有一個真相不是嗎？

也永遠都不會只有一個在說真相的人。

如果不瞭解那個人而只是從宗卷上查看案例的話，可能他也會覺得查理的案子太過駭人聽聞，何止是開除軍籍，簡直不殺不足以正軍紀，可是……如果站在查理身邊看這個故事，還真不能說他就犯了多大的錯。

秦若陽忍不住停下車，盯住陸臻的眼睛，彷彿心裡有個極大的謎題想從那裡找到端倪。陸臻坦然與他對視，過了一會兒，秦若陽有些困惑地說道：「我今天，剛剛看到你們交上去的那份東西了……」

陸臻驚訝地皺起眉頭，無論如何，無論是從哪個程式來走的，都不可能這麼快啊！

「陸臻啊，這麼多年，我也不知道你走到哪兒了。我就不知道這些話該不該講，我只能說這是我看到的我想的，我姑且說之，你也姑且聽之……」

「哥，幹嘛跟我這麼客氣，我是什麼人你還不瞭解嗎？才幾年哪，江山都沒改，我的本性更難移啊！」陸臻微笑著。

「那份東西，應該是你們聶將軍直接交到我們三部的宋部長手上的，宋將軍把東西傳給了我們喬頭，喬武官再拿給我看。我估摸著到現在為止，全中國看過這份資料的人也就這麼幾個。宋將軍是希望我們能拿一個合理的解釋出來，可是情報這個東西怎麼說呢，沒出事都是好的，一出事全是壞的，是不會有能讓上面感覺合理的解釋的，也說不清什麼盡不盡力的話。」

「可是現在出了問題，總是不足，有則改之無則加勉，這次記住教訓，以後加強不行嗎？」陸臻道。

「原來你是這麼想的。」秦若陽苦笑，「我不知道你對聶將軍這人是怎麼看的，當然他是很有能力，世勳之家，辦事也非常有魄力，而且他還年輕，路還長，所以他得做事。這次就是他極力主戰的，你應該知道為什麼，主戰就是你們出馬，那就是他的功勞；主和就是我們的份內活。」

陸臻臉色絲毫不改，彷彿世間的一切都了然於心，其實在這之前，他根本沒去想過這一層。可是秦若陽大概是礙於立場，看問題到底看得偏激，之前劫持人質要的是錢，可以用錢贖買，而現在那些人要的是政治聲名，就只能靠軍人拿命贖，這並非意味著聶卓此舉只為爭功。

「陸臻，你能不能跟我說句實話，那份報告是你們自己主動交的嗎？」秦若陽試探地。

陸臻微微點頭。

秦若陽從心底鬆下了那根要命的弦兒。

「那份報告的確寫得措辭嚴厲，可是你知道，我們是第一線的軍人，」陸臻不自覺握住自己的手指，「直接面對戰友的鮮血，當時的心情很激動。在，尤其在我們單位，戰士犧牲是非常嚴重的事情，一次犧牲四人……」

「五個！」秦若陽打斷了陸臻。

「啊……」陸臻心裡一空，幾乎茫然。

「我剛剛出來的時候得到消息，重傷患有一位不治身亡了，你繼續。」

「哦。」陸臻定了定神，深深地吸了口氣，「五個，對，一次犧牲五位戰友，這是近幾年來都沒有的事。所以，我們當時很氣憤，回頭去想，總覺得很多地方是可以更好的，很多不足。我們當時就是想最快最真實地把那種不足、漏洞說出來，我們更是希望以後會更好，我們甚至沒有去迴避自己的失誤，我們就是希望能有一次深刻的反省，讓血不會白流。」

「你的想法是很好的。」秦若陽似乎也有些動容，「但，事情是不會像你想的那麼發展的。聶將軍把這份東西直接給我們看，沒交出去，也就是說……我想你能明白他是什麼意思。」

陸臻彎起嘴角，微微笑了笑。

他在想回家要怎麼安撫夏明朗，不過，這就是生活，這他媽就是現實。生活總是在你感覺已經噁心透頂的時候峰迴路轉，然後你會發現曾經那麼點噁心算什麼啊，真是小意思的小意思……開始還以為在這片歌功頌德的喧囂中，他們的鮮血換不回應有的教訓就已經是最糟糕的了。現在才知道不是的，那遠不是最壞的，更噁心的情況是他們的悲傷會被利用，成為一種武器，用來教訓一部分人，而那種教訓並不是為了真相。

「其實我覺得你們一線作戰真的不容易，上面那麼亂……你聽我一句，別跟著摻和。」秦若陽再一次踩下油門。

「秦哥，說起來，那份報告喬武官就只給你看了嗎？」陸臻若無其事地看向窗外，那是無盡的曠野，東邊的地平線上影影綽綽地顯出一些建築物的影子，在被熱力扭曲的空氣中浮動著，好像海市蜃樓。

「嗯。」秦若陽有些困惑。

「我倒有點糊塗啊，你們這兒編制人還挺多的，在奈薩拉那邊跟我們接觸的還是位中校，你們喬武官到底有幾個副手啊？」

「是比一般的小使館多，不過你也看我們這兒亂的……我們這攤子事和荷蘭、瑞典什麼的那邊，完全不能比啊……」秦若陽話到一半，不期然卻收到陸臻平淡而意味深長的眼神，他抑不住心頭狂跳，掌心滲出汗水。

陸臻有些悵悵，他的眼神看起來高深莫測盡在掌握，其實心底有一塊地方在悶悶地疼。他還記得當年的秦若陽在操場上約人決鬥，兩個熱血少年為了心愛的姑娘大打出手。秦若陽贏到了勝利卻輸掉了姑娘，一怒之下慷慨激昂地自絕於人民：誰都別來理我，誰理我，跟誰急！

如果那時候有人告訴他，有一天秦若陽也可以城府深重，繞著彎跟他說這麼多話，一臉真誠地說著我是為了你好，實則為自己的安危探路摸底。陸臻一定以為這人腦殘無極限，看人只用狗眼。

那時候是多麼年輕啊！

那麼直接，那麼純粹，一語相交就是兄弟，一言不和就可以抄板凳，那個熱血到愣頭青的年華，在我們不曾發覺的時候已經遠遠溜走，一去不回頭了。

「放心，我們不是針對你。」陸臻伸手拍拍秦若陽的肩，「所以看這意思，情報這口現在歸你管？」

秦若陽尷尬萬分：「我……也不是成心想瞞你。」

「我知道，我一開始沒問嘛。」陸臻笑了笑，「放心，我對你沒有私怨。」

「真能放過我？」秦若陽解開領口的扣子。

「你太抬舉了。」陸臻的臉色微變，他終究不習慣與秦若陽這樣對話。

秦若陽是聰明人，看得出眼色，說到這一步已經犯忌，馬上換了一副表情：「我跟你交個底吧，這地兒亂得你根本想不到，就那麼點人手，線人也不足，你讓我通天都沒轍。我知道你們心裡有火，得找地方撒氣，但我真勸你一句，等下看到梁大使也客氣一點，他也挺不容易的。你們剛來看什麼問題都很嚴重，總覺得是別人都慢怠了。可說真的，就那麼個規模的綁架案在我們這兒，還真不算個大事，隔上幾個月就得來一次。就在年前，南部七區剛剛綁走一票，21個人，當場被斃了7個，我親自陪著去贖的人，贖回來9個。現場十幾把槍對著我，我能怎麼辦？一個不小心我就得交代在這兒，然後呢？也就是給評個烈士，海外版發條豆腐乾大的新聞。這次也就是趕上暴動，全世界的記者都在，又綁了一票有錢有勢的老百姓都關心……我看國內鬧這麼凶都覺得新鮮。就這種案子我隨口能給你報一串，哪個不比這次死的人多？」

「我不是過來找人發火的。」陸臻無奈，「今天國內的新聞看了嗎？」

「出來的時候掃了一眼，怎麼了？」

「歌功頌德，我軍威武。」陸臻冷笑，「根本搞不清狀況，我們昨天是跟誰打啊？一夥亂軍，根本份不清是匪是民……」

「你們是不是讓人拍到什麼了？」秦若陽臉色一變，「完了完了，那群人手上器材很全的。你們有沒有誤傷……」

陸臻苦笑道：「你說呢？」

「也對，子彈一飛誰他媽分得清楚。」秦若陽按住額頭，「還好是晚上，希望沒拍到什麼。」

「所以我要找梁大使想個辦法。」

「還有什麼辦法呀，等著吵架唄，口水官司慢慢打。」秦若陽也上火了，「這事現在鬧這麼大，封口都封不下去了。而且上面給的調子就是往上拔的，你能讓他們自己抽回去嗎？再說了，三十年了，公開對外無一戰。你覺得這規模不上臺面，可是國內不這麼看啊！你現在再要往後縮，別說國內民意那關你過不了，就連咱們部隊的也不答應啊，我不說遠的，就說你們聶將軍，他能樂意嗎？」

「這世上不是不裝大爺就得裝孫子，總有更多的路可走，想想辦法，能挽回一點是一點。」

「真好啊，小夥子，」秦若陽伸手拍拍陸臻的肩膀，「你可以試試，但別把結果放在心上，這反正也不是你的份內事。那群大爺們的想法你沒接觸過，要擱我說，就倆字兒——傲慢！總是抱著老本子吃飯，憑自己的習慣辦事，還愣是抱怨怎麼全天下就不能配合我，聽不得歹話也死不肯改。你跟他說國際形勢，他跟你說民族尊嚴；你跟他說民族尊嚴，他跟你說國際形勢……」

陸臻哈哈大笑，他忽然有些欣慰，他終於在眼前的秦若陽臉上看到了些許當年的影子。

「別笑，就這樣，都這樣。」

「梁大使也傲慢嗎？」

「他是個好人，而且肯辦事，不過……」秦若陽飽含深意地一笑，「反正你跟他們打交道就不能太激進，要給他們留餘地。」

「明白了。」陸臻點點頭，感慨萬端地，「真走運啊，在這兒碰到你。」

「是我走運才對。說真的今天早上看到你們那份東西，當時心都涼了，你們要是愣想討個說法，這事十之八九就得砸在我身上，我大概就得脫軍裝走人了。後來發現是你老弟領的頭我都快傻了，上輩子大概燒香了。」秦若陽煞有介事地。

「我們不光是想討個說法兒。」陸臻有些黯然。

「我知道。」

秦若陽將油門往下踩，車子終於恢復了它應有的速度，飛快地駛入港區。

梁雲山打開車門，勒多熾熱流火的空氣迎面而來，他不自覺皺了皺眉頭，無論在這個地方待了多久，他都無法習慣這種酷熱，燎人的陽光會讓他有種快要被烤乾的錯覺，讓他思維遲鈍。

他的助手成岩打著遮陽傘站在車外，一團人工的陰影移過來罩住了他。

「人到了嗎？」梁雲山走向辦公大樓。

「已經到了，在休息室裡等著，秦副官親自給接來的，聽說還是老同學，真是巧。您還有二十分鐘準備，或者您要不要提前見他？」成岩跟在梁雲山身後。

「不了，我先回辦公室。老孫那邊怎麼樣了？救回來的同志們都安全送回國了嗎？」

「傷重的第一批就跟著部隊走了，剩下的也都安全送回去了，只有煉化總廠的蘇廠長回廠部了。」

「他啊……」梁雲山苦笑，「要給他加大保安力度。」

「那是一定的。」成岩道，「不過，我剛剛在休息室外遇到尚秘書，看著挺生氣的樣子，我在想……」

梁雲山在門廳裡站住，直視成岩的雙眼：「你去跟老孫說，現在這時候不適合動意氣，尤其是我們內部不能先亂起來，部隊的兄弟們不懂事，我們要體諒他們，畢竟這次行動這麼艱難，他們那邊有傷有亡，是人都有個情緒。」

「是是，我明白。」成岩連忙點頭，盡量收斂起憤憤不平的眼神，可還是忍不住嘀咕了一句，「不過那些當兵也太橫了，昨天剛剛打了孫參贊，今天居然還直接找上門來，我是擔心您……要不要我找幾個警衛站在門口……」

梁雲山苦笑著揮了揮手，示意他酌情去辦。

梁雲山一個人坐在臨時辦公室裡，他並沒有處理任何公務，只是半合著眼休息，把等會兒要向陸臻說明的事件在腦子裡一樁樁理順。

人如果太過忙碌，往往會出現兩種極端反應，一種是太把自己的情緒當回事，一種是完全不把自己的情緒當回事，梁雲山目前是後者。自從喀蘇尼亞南方那鍋粥沸到任何人都按不住，終於震驚全球，梁雲山就再沒有一個小時真正安穩過，層出不窮的事件，層出不窮的麻煩，世如迷局，盤根錯節。

秘書輕輕敲門，梁雲山睜開眼睛拿起桌上準備好的資料。

臨時找來的辦公樓，一切設施都又老又舊，休息室的門軸生硬，秘書費力地把門推開，梁雲山第一眼看到陸臻時便微微一驚。

太年輕了！

梁雲山雖然不是軍人出身，但是部隊建制大概是什麼情況還是知道的。這麼年輕卻得到這種軍銜，還是在這類一線作戰部門，他明白那並不是件容易的事。

「你好！」陸臻臉帶微笑地伸出手。

「好，你好！」梁雲山心裡又是一詫，眼前這青年的眼神平和堅定，看不到一絲暴戾憤怒的陰影，與他之前的想像完全不一樣。

「真是不好意思，太忙了，讓你久等了。今天凌晨從第七區過來的輸油管線被人毀了一段，施工人員搶修的時候遇到路邊炸彈……」梁雲山略過心底的疑惑匆匆入座，一邊說出早已想好的解釋。

陸臻的眼神馬上銳利起來。

「我們犧牲了三位工程人員，還有一些喀方的士兵，我剛剛從那邊過來……」梁雲山不自覺停下，眼前閃過方才血肉模糊、斷肢殘臂的畫面。

「我沒聽到消息。」陸臻有些意外。

「壓下來了。」梁雲山道，「已經夠亂了。」

陸臻微微點頭，他知道梁雲山是故意把這個消息說給他聽，讓他明白誰也沒閒著，在這鍋沸水中誰都在奮力地掙扎救生，你們不是最慘的，不是最倒楣的，所以別覺得全世界都欠了你們的，別自己拿自己當大爺。這層意思如果說給昨天晚上的陸臻聽，他可能會據理力爭，可能會雄辯滔滔，然而現在的陸臻已經顧不上執著這些是非對錯了，在他心裡有了更重要的事。

「嗯，忠俊在你們那邊，相處還可以吧？」梁雲山淡淡挑起話題。

「還不錯。」陸臻禮貌地微笑著。

這份疏離的態度讓梁雲山心底的疑惑越來越重，他嘆了一口氣感慨道：「楊忠俊這孩子還是嫩了點，昨天要是老喬能盯在現場就好了，他和柯索的關係還是不錯的，比我說話要管用得多。你也知道，當時那種情況，站在柯索的立場，讓他出兵救你們，他也要算算的。可惜南面的問題太複雜，隨時都可能會出大事，我們的維和醫療隊也一直被人盯著，老喬現在也不敢動。」

「為什麼不把醫療隊撤回來？」陸臻說道。

「撤回來，就是向全世界說明，我們已經控制不住形勢了。」梁雲山意味深長地看向陸臻。

陸臻心領神會，再一次點頭。

梁雲山終於有些疑惑了，陸臻過分平靜的眼神讓他心裡沒了底。他猶豫了一會兒，終於把之前準備好的種種理由都暫時擱到一邊，試探著問道：「你看，光說我這邊的事了，你今天這麼急過來找我，是有什麼……」

「梁大使，我其實今天不是過來興師問罪的。」

「哦？」梁雲山笑得斯文而有分寸，非常官方的模樣。

陸臻試著讓嘴角帶上一些弧度，令自己看起來更加誠懇：「現在這時候，討論誰對誰錯，誰有沒有盡力都太早了一些。」

「是啊。」梁雲山微微點頭，卻更加疑惑。

「您看過國內媒體對這次營救的新聞嗎？」陸臻終於逼視梁雲山。

「早上看過一些標題。」梁雲山謹慎的。

「我希望您能仔細看一下。」

梁雲山皺起眉頭，招手請門外的保安去會議室拿報紙。

陸臻相信梁雲山必然是聰明的，否則他也不可能在喀蘇尼亞這樣的地方活下來。梁雲山飛快地瀏覽著報上的內容，神色凝重，半晌，他合上報紙看向陸臻：「你覺得有問題？」

「您不覺得這樣的報導太高調了嗎？中國的人權問題與專制偏好一向都是外媒喜歡拿來攻擊的對象。」

「你是這麼想的？」梁雲山脫口而出，眼神中充滿驚異。

「我不是來打架的。」陸臻微笑著看了一眼門外的保安。

梁雲山失笑，有些尷尬，他伸長手拍了拍成岩的肩膀：「聽見了沒有？瞧瞧別人是什麼覺悟，人家是軍人，軍人是幹什麼的？打仗的。我們是幹什麼的？幹外交的。軍人打完仗，我們這些人就得去平衡局勢，建立國際形象。可是現在呢？你會打仗嗎？去跟老孫說一聲，把中午空出來我們吃個飯。」他轉頭看向陸臻，「也沒什麼好吃的，艱苦一下。」

陸臻輕輕點頭：「可是我們現在應該怎麼辦？」

陸臻這會兒根本不關心那位姓孫的參贊。

「沒關係，第一炮打這麼響，後面就不會再加碼了，就這幾天國際風向就能出來，到時候調子會再收一收，基本就差不多了。」

「就這樣？」陸臻頓時大失所望，「您明明看得出來，這種報導會招來怎樣的攻擊。」

「我會把你的意思向上面反映的。不過，小夥子，你能主動去關心和配合這一塊的工作我很感動，真的。」梁雲山常年看不出任何情緒的臉上第一次流露出些許柔軟，「我的確能看得出來，我相信還有很多人能看出來，因為我們都是有理智的人。可是你不能期待我們的整個國家都是這樣理智的人，有時候老百姓需要這樣的報導，揚我國威。列強環伺，他們已經習慣了這樣的報導。而同時，你也得承認，在部隊裡像你這樣有高度視野的年輕軍官真的太少了，我認識的很多人，他們從來只嫌自己得到的關注還不夠多。」

「對，我承認您說的是事實，可是，或者也有一些老百姓已經開始不習慣了，這是個資訊發達的世界。」

「或者吧，可是你讓誰首先來做這個調整呢？如果無論怎麼做都會有人不滿，那麼沿襲傳統常規是絕大部分人的選擇，你明白的。」梁雲山語調和緩，帶著欣賞與憐惜的意味。

陸臻深吸了一口氣，卻一直沒出聲，幾分鐘後，他緩緩吐出這口濁氣，輕聲道：「讓我們做點什麼！或多或少……」

梁雲山一愣，看向陸臻的眼神再度起了變化，變得有些柔軟，他笑著說：「那行，你先寫個資料，我們研究一下。」這是最老到的太平拳，四平八穩舉重若輕，大事化小小事化了。

陸臻心裡發沉，彷彿有一滴冰涼的水從頭頂滑下，流過脊背。

梁雲山似乎是看透了陸臻的心思，隨即語聲親切地說道：「還沒吃飯吧？我們先去吃點東西，我這一上午就喝過兩瓶水，人老了，比不上你們這些小夥子能抗。」

陸臻垂頭苦笑，卻乾淨俐落地站起身，舉手投足間那種鋒利的味道逼人睫宇，讓梁雲山伸出的手又不落痕跡地收了回去。

老梁在心底嘆了口氣，從開始到現在，他努力親切努力友好，毫不吝惜自己的讚賞，就是為了化解這個年輕軍官對他的防備與抗拒，為彼此之間建立起可靠的信任感，可是終究還是差了那麼一點點。不過還好，所幸這是一個有理智的年輕人，這讓老梁放心了不少。

午餐的確簡單，卻是地道的中餐，有菜有飯還有個湯，在喀蘇尼亞已經算上等美味，陸臻雖然吃得很快，心情卻越來越沉重。

很明顯，梁雲山並不關心他的憂慮，陸臻幾次試圖引導話題都沒有成功。梁雲山不落痕跡地迴避著，帶著善意的同情與某種居高臨下的憐憫，彷彿在暗示：別沮喪，別激動，小夥子，這件事太大，需要從上到下的轉變，這不是你的能力與地位足以插手的問題。

談話的重心最後鎖定在奈薩拉的局勢上，梁雲山頗有深意地建議他們儘快撤回勒多，他說柯索這個人不可不信也不可全信。陸臻知道這的確是重要的忠告，然而此時在他心裡已經空下一塊，如此悵惘，近乎迷茫。

陸臻感覺自己就像一個傻乎乎的登山者，自以為通曉了某條世人從不知道的路徑，帶著崇高的使命感，焦慮而興奮地衝向心目中的高峰。這時候才發現那條所謂正確的「道路」其實大家都懂，他並不比別人更通透一些，所以他也並不能比別人做得更多一點。很多時候你看得到通天的坦途，卻找不到腳下的路。

站在迷宮外面指點江山總是容易的，所以年輕人總以為自己可以改變世界。

抬起頭看見雪頂總是清晰的，那條通向聖境的道路如此明白暢達，有時候甚至會讓你疑心前行者的能力。那麼簡單，看起來那麼簡單的事，為什麼你們都做不到？

可是當你真正走進去，真正觸及那些洶湧的暗潮，才明白原來前進的每一步都是如此艱難。四處都是無形的屏障，透明的，沒有厚度，讓你看得到卻無法透過，

這是最現實的困境，不是艱險，而是泥沼，無從下手，舉步維艱。

陸臻生平第一次，開始渴望說一不二的權利與威勢，渴望大刀闊斧、肆意揮灑的空間。

沒多久，孫建勝帶了人過來陪忝末席，彼此寒暄幾句，就像什麼事情都沒有發生過一樣，客套而又疏離。

梁雲山似乎對這事更為上心，看著桌上氣氛和諧，軍政一家親，臉上終於露出了滿意的笑容。

也對，陸臻心想，國內的輿論自有中宣部去頭疼，國際上的指責自有外交部發言人去面對，說到底，干他梁雲山何事？而此時此地大使館與軍方的關係，算起來才是梁雲山正兒八經的份內事，他管得太有道理。

氣氛與話題都不可挽回地被轉移了，陸臻沮喪地發現他連這桌上的幾個人都說服不了，也引導不了。一大早乘風而來時的壯志雄心在這一刻如雲煙散去，陸臻有些感慨，他記起他來時夏明朗說的：做點什麼。

是的，做「點」什麼！

似乎從一開始，夏明朗就明白他們改變不了這個世界，只能被推著改變自己，所以他說做點什麼吧，什麼都好。

陸臻心想：我其實不用回去安慰他了，可能他什麼都懂，說不定他在寫報告的時候就已經明白最後會這樣，所以他抽菸抽得一屋子煙火連天。而那一篇嘔心瀝血的總結可能也並不是什麼憤怒的控訴，而只是……他夏明朗決定要做的那一「點」什麼。

還能做點什麼呢？

陸臻開始從頭審視自己。

一頓便飯而已，其實支撐不了太多的話題，如果不是陸臻多添了兩碗飯，其實應該結束得更早一點。似乎是已經預見到了此行將無功而返，陸臻的心情反而輕鬆了起來。回頭想想四個小時前的自己，他輕輕笑了笑，仍然覺得很不錯，那畢竟是他青春裡的一束煙花，很美麗，很閃耀。

陸臻從不是一個害怕丟臉的人，他從來只害怕自己失去生活的熱情。

這樣平和輕悅的心情從他的心底擴散出來，傳遞到臉上，他看見秦若陽肘下夾著筆記本出現在餐廳門外，陸臻下意識地揚起嘴角，送給他一個明朗如五月清風的微笑。

秦若陽很明顯地愣了一下，然後，他垂在身側的左手飛快地做出一個動作。

陸臻疑惑地瞇起了眼睛。

這是一個古老的指令，確切地說這是一個開關。在十年前，當秦若陽做完這個動作，陸臻會把他的鼓槌十字相交，敲擊三次，而後，音樂起……好戲開場。

「梁大使，您看一下這個。」秦若陽神色凝重地走到梁雲山身邊，打開手中的筆記本遞了過去，「剛剛截獲的，上傳時間在一小時前。」

「嗯，好。」梁雲山禮貌地放下筷子。

幾分鐘後，梁雲山臉上的笑容就徹底消失了，他急促地對成岩說：「把它接到電視上，你們都來看看。」

這是一段非常簡陋的視頻，畫質因為放大而顯得更為模糊，可是它仍然奇蹟般地傳遞出了所有致命的訊息。黑暗中驟然起滅的槍火，倉皇奔逃的人群，刺痛耳膜的槍聲與人們淒厲的慘叫。

殘忍、暴力、混亂與殺戮……這一切的一切錯綜在一起，深刻地描繪出一個活生生的地獄。

那些模糊晃動的畫面完美地契合了人們心靈深處最濃重的驚慌，讓你相信這些所有的怵目驚心全是真實，因為它們是如此的簡陋，看不到一點點精緻的痕跡。

這段視頻並不長，卻給席上留下了長久的沉默，電視螢幕凝固著最後的鏡頭，一個看起來不到十歲的小男孩痛苦地蜷縮在骯髒的破床上，在他的頭頂側面，有一個直徑超過四釐米的恐怖傷口。

所有人都沉默著，看著陸臻。

陸臻緩慢地把碗裡最後一點米飯扒到嘴裡，然後慢慢咀嚼……這種時候他需要做一些緩慢的動作來讓自己有時間思考。

「是真的嗎？」梁雲山嚴肅的臉上看不出一點點表情。

「是的。」陸臻咽下飯粒，把筷子平穩地放在碗沿上。

「你們怎麼可以……」尚文凱脫口而出，然後在梁雲山嚴厲的目光下囁囁住嘴。

「我可以負責任地說，這段視頻上所有的畫面都是真實的，沒有擺拍和造假的部分，」陸臻盯住梁雲山，試圖捕捉他眼底哪怕是一點點的波動，最後他爽快地放棄這種努力，直接交出答案，「但是，給我一台攝像機和一張嘴，我也可以拍出同樣的真實，說一個相反的故事。」

「你確定？」梁雲山問道。

「非常確定。」陸臻胸有成竹的模樣可以說服任何人。

梁雲山輕輕呼了一口氣，這個青年人過分銳利的目光讓他感覺到某種尷尬的壓力，就像在向他炫耀說你看吧，我早就說過會這樣。他其實不必這麼直接明瞭地逼視他的，梁雲山心想。還是太年輕了，太想要證明自己的正確，不過，一個充滿理性又勇於相信自己的青年人，畢竟還是讓人驚喜的。

「我找兄弟分析過了，機子雖然爛，但手法很專業，肯定是內行人拍的，先放出一部分來挑挑注意力，這片子上傳還不到一個半小時，國外的視頻網站已經快推到首頁了。」秦若陽說道。

「網上封不掉了吧？」孫建勝憂心忡忡。

「國內大概可以吧。」秦若陽很淡地笑了笑，如果連美國都封不了維基揭秘……

「沒用的，這次佈局這麼深，我估計今天晚上的新聞就會播到，明天到後天，看他們手上有多少貨，CNN很可能會做個專題，不搞得全世界都知道不會甘休。大家都吃飽了吧，先去忙自己的事。」梁雲山欠了欠身，然後轉過頭看向陸臻鄭重其事地說道，「你暫時先不要走，情況比我們想像的要嚴重。」

陸臻嚴肅地點點頭，心裡百感交集，不知道應該焦慮還是高興。

焦慮的是問題比他想像的更嚴重，高興的是，問題居然比他們想像的更嚴重。

接下來發生的一切就像一個精密的程式，一環接一環地引爆，一個炸點一串轟鳴，一層層推進。陸臻不得不承認梁雲山對局勢的估計其實比他更準，甚至就算是秦若陽對外媒那一些組合拳的預測都比他更為頭頭是道。陸臻目瞪口呆地相信這些人的確是專業人士，他們每天都得面對這些、關心這些，他們確實無法不瞭解。

但是為什麼這些專業人士最後常常做出愚蠢的反效果，這讓陸臻非常之困惑與惆悵。可是惆悵歸惆悵，目前他什麼都插不上手，甚至連梁雲山也插不上手，他們都在焦慮地等待著同一個東西：指示。

每個男人在少年時都做過武俠小說男主角的夢，論劍華山，武林盟主，帶領著一群傻X拯救江湖於水火，多麼豪情，多少壯志。所有的男人都喜歡大事件大場面，卻忘了男主角只有一個，傻瓜有千千萬。

陸臻心想我不是男主角，我是傻瓜，我得認這個命。

這一次的男主角是聶卓，當然，這是陸臻在塵埃落定後回頭看去才確定的，當時江湖風雲變幻，每個人都以為這會是自己的舞臺。

時至今日，陸臻都不瞭解在那一天的北京有過一場怎樣的博弈，各方人馬次第登場，如何交峰，如何妥協。他不知道梁雲山說了哪些話，聶卓又說了哪些話，外交部是怎樣的態度，總參謀部又是怎樣的態度，這些……他都不知道，他甚至沒有像往常那樣根據一些外露的蛛絲馬跡去推理過。

人，只有當他真正站在旋渦的中心，才明白什麼叫身不由己，才明白什麼叫看不清，才明白那些隔岸觀火的頭頭是道都是狗屁。

陸臻感覺自己撲進了一團旋渦裡，被一連串的人和事推著走，其實根本不能主動做什麼不做什麼，唯有竭盡所能地說出自己心裡所有的想法，一絲不苟地完成「上面」交給他的全部工作。然後等待著，無可奈何而又焦急地等待著，直到梁雲山略帶興奮而緊張地告訴他，中央決定這一次把新聞發佈會的第一線放在我們這裡。

陸臻點頭說本應該如此，我們是最瞭解實情的人，我們是說話最具有說服力的人……

等等……我們？

陸臻震驚地瞪大了眼睛。

梁雲山微笑著點頭。

於是，在這場舉世矚目的大戲裡，陸臻別無選擇地成為了聶卓身先士卒的頭馬，從此把自己的名字與他牢牢地綁在了一起，不知道是幸甚還是禍甚。事後，當陸臻與聶卓已經足夠熟悉到可以說點真心話的時候，陸臻特地問過聶卓：當初為什麼選了他，自己到底有什麼與眾不同的才華吸引了他的信任。聶卓困惑地看著他說：

我當時難道還有別的選擇嗎？

陸臻很認真地想了想，發現果然，沒有了。

原來這就是命運，命運讓所有人都沒得選，當然這一切都是後話，而在當時，陸臻被這個消息震驚至無語，甚至非常不好意思地偷偷打電話給夏明朗，希望得到一點安慰。然而永恆彪悍的夏明朗隊長只用一個理直氣壯的要求，就給了他無窮的自信。

夏明朗說：穿帥一點。

陸臻忽然就感覺心定了，是啊，多大個事啊，不就是出席個新聞發佈會嗎？不就是答記者問嗎？我又不是主持人，我只是個補充回答專業問題的專業人士啊！我何必這麼緊張？

可是，全世界啊！

10

陸臻一閉上眼睛就看到鋪天蓋地的人臉像潮水一樣湧向自己，他搖了搖頭，強迫自己把注意力集中到怎麼樣才能穿得更帥一點，這項夏氏最高指示上。以致於在和聶卓通話一開始，他也半開玩笑似的問道：「你覺得我應該穿什麼顏色的西裝會比較帥？」

聶卓沉聲說道：「綠色的，陸軍常服。」

陸臻怔住。

「我找你，就是要說這個。」聶卓的聲音裡透出一道昂揚的亮色，讓陸臻相隔萬里都能感覺到他此刻正在發著光。

「你要穿常服，你不是外交部的軍事顧問，你是總參謀部派往這次行動的協調員。所以，你代表我……」聶卓頓了一頓，「代表我們，代表總參謀部，代表中國人民解放軍。」

「可是……」陸臻說。

「有什麼好可是的呢，大火之後消防隊長應該出來說話，抓了犯人公安局長要出來說話……部隊執行了一個任務，為什麼不應該派人出來說句話？」

「可是沒有過吧。」陸臻終於說全了他的疑問：這也……太激進了吧？

「可是應該有。」聶卓斬釘截鐵地，「我們總是需要告訴全世界，我們是能夠開口說話的，中國軍人是可以有聲音的，我們也是有腦子的。」

「您的意思是？」陸臻試探著問，他深深吸氣，感覺在悠長的時空中刮起一道長驅直入的風，穿透了他的身體與靈魂。在他不知道的地方，居然有人想得比他更遙遠，這樣巨大的衝擊讓他的手指不自覺地戰慄。也就是從這一刻起，陸臻心裡對聶卓產生了一份真正的敬意。

「我沒有什麼意思。」聶卓馬上說道，他忽然生硬地問出一個問題，「你是為什麼到部隊的？」

「您是為什麼到部隊的？」陸臻反問。

「我還沒出生就在這裡，我沒有選擇。」聶卓似乎惆悵了一秒鐘，可是他很快又恢復他一貫的命令式口吻，「我不管你是為了什麼到部隊來的，但是明天以後，你會被寫入歷史。我相信這是一個好的開始，雖然只是非常小的開始。可能明天你什麼都做不了，可是只要你坐在那裡，那就是一種進步與成功。所以你要記住，只許成功，不許失敗，不求你有功，但求無過。」

「我明白。」陸臻的聲音很輕，但有些人的承諾不需要強硬來襯托。

「有些話我不應該現在跟你說，但我還是想提醒你，這件事會讓你出名，但出這個名也不是什麼好事。你要做好這個心理準備，十年之內，最少五年，你都不會再有機會出現在外人面前。」

「很好啊。」陸臻笑道，「說起來，我做夢都擔心你們會把我調到軍宣處長期從事這項工作。」

聶卓哈哈大笑。

如此豪邁的笑聲跨越千山萬水從地球的另一端撞進陸臻耳朵裡，以摧枯拉朽之勢抹平他所有的不安與忐忑，再也看不清遠方的激流與淺灘。時過境遷以後回頭看，陸臻甚至會詫異聶卓當時那無比輕率的豪邁，他很想問問他是否後悔，卻又捨不得，畢竟那是他們共同的染著金色光芒的回憶。

外交無小事，這基本上算是一項國策，國人好面子，又一向不太搞得順西方人的彎彎繞（複雜），所以特別謹慎。

外交部新聞司暫時派了一個副司長專門調教陸臻，一天的時間當然來不及教出一個合格的發言人，但至少可以教會他不能說什麼。他們模仿外媒的風格給陸臻準備了三大張不下兩百個提問，無一不是刁鑽古怪古怪刁鑽，讓人看了手足無措哭笑不得、說是也不對說不是也不行的狠問題。然後把所有這些的問題大卸八塊，條分縷析，去偽存真……哪些是不用回答的，哪些是應該交給梁雲山去處理的，哪些問題可以共用這樣的一個標準答案，哪些問題又可以用這種太極方案來模糊解決……

陸臻莫名其妙地想起中世紀的歐洲華服，他看見一件巨大的緊身衣套在自己身上。花紋華美，修飾繁複，然後一根一根地……人們抽緊每一寸鯨魚骨架，最後他就會被固定住，有如一個雕塑，或者標本。

小時候看新聞發佈會，陸臻也曾經感慨過那些人從自己的嘴裡卻不能說自己最想說的話，那會不會很憋屈。可現在當他也披上了那件金縷玉衣，才發現居然是那麼的沉重，壓得你不得不吐盡肺裡最後一口氧氣去適應它的形狀。

責任重大！

每一個人每一個細節都在暗示這一點，在這樣的壓力下，沒有人敢反抗，沒有人敢於妄為。

厚重的窗簾隔絕了時間，冷氣房裡空氣渾濁，陸臻對著可視電話類比回答，敲定各個細節，補充背景知識。失真的螢幕把活生生的人抽盡血色壓縮成紙片一樣的二維圖像，陸臻恍然有種很不真實的錯覺，好像外面的世界都消失了，他也不再是自己。

陸臻在休息的間隙裡莫名其妙地問起：「你覺得我怎麼樣會比較帥一點？」

對面的中年人沉默了一下，笑了：「很好，放鬆點，別太緊張，你剛才說話方式太僵硬，這樣其實不好。」

呃，陸臻哭笑不得。你們給我套上黃金甲，還要老子給你跳水袖舞，你當我是神馬？

「你要明白，你首先得是一個人，但你又不再是一個人。」對方的表情意味深長，說話有如禪語。

一夜勞碌無眠，秦若陽早上過來找陸臻一起去吃早餐，拉開窗簾，重金色的霞光裡塵土上下飛揚，像是在下一場黃金雨。

陸臻剛剛洗過澡，正對著鏡子在換常服，馬漢派了專人送過來的，梁雲山的秘書連夜熨燙，全身上下沒有一個褶，衣角俐落得可以戳死人。陸臻手指僵硬地扣上襯衫最上面那顆扣子，就好像最後一根繫帶被抽緊，他在恍惚中聽到自己全身的骨頭啰嗒一聲被鎖死，再也動彈不得。

秦若陽站在陸臻身邊看著他，眼神複雜難言，混合著欣慰、羡慕以及不多不少的嫉妒。

陸臻轉過身，站定亮相，笑著問：「帥吧？」

秦若陽微笑：「帥呆了！」

陸臻得意地轉了轉脖子，秦若陽看到隱約的銀光閃爍，詫異地問說：「你脖子上什麼東西？」

「隊裡的軍牌。」陸臻把鏈條塞得更深一些，心裡微妙地顫了顫，跟著秦若陽走出門。

陸臻從小沒擔心過自己會出不得場面，可是這一次，他卻真真正正不可控制地緊張了，跟著梁雲山上臺時，他甚至能在一片喧囂中聽到自己的心跳聲。這是一個小型的禮堂，主持席設在右手邊。從臺上往下看，所有的人臉都變得模糊無比，好像虛幻的潮水與雲海，那種不真實的感覺再一次湧上來。

陸臻在心裡默唸：我不再是一個人。

梁雲山正在使用漢語中最正規的詞語和最謹慎的句子向全世界講述四天前的那個血腥的夜晚。當然，這已經是調整過的新版本，相比起樂觀英雄主義高昂的舊版，它要悲情了很多，但英雄主義仍然是主旋律。在槍林彈雨中堅持守望，在某種意義上，似乎比高歌猛進看起來更顯英雄本色。

陸臻面無表情地用力握住自己的鋼筆，試圖控制手指的顫動，然而緊張的肌肉讓這樣的震顫更為明顯。他想起今天早上出門前，最後看的那一眼，他看見一道青松綠的人影一直停留在鏡子裡，微笑著，看著他，一直看著他。

投影儀在人們背後的白幕上變幻著畫面，陸臻心底翻滾起蠢動的慾望，他知道在某一刻，畫面的一角會有夏明朗一個極為模糊的身影。陸臻參與製作了這一切，他熟悉梁雲山講稿裡的每一個細節，他們曾經為用還是不用這張照片產生過一番爭論，最後的結論還是用吧，反正沒人可以透過這樣的畫像看清誰。

陸臻慢慢轉過身，用盡可能自然的方式回頭看了一眼，卻愣了。高大的白屏把照片角落裡細小的人影放大了無數倍，夏明朗就那樣靜靜地站在那裡，就在他身後。

陸臻聽見自己沉重的心跳越來越輕盈，漸漸變成一片輕羽，再也感覺不到。

你會一直都看著我的，對嗎？

你永遠都會原諒我，無論我做什麼，不做什麼，你都會信任我。

而我，也只要你這樣站在我身後，讓我明白你對我有所期待，你會看著我，會保護我……我就會努力地，盡我全部的努力不讓你失望。

梁雲山迅速地完成了他的講述，發佈會進入提問環節，台下的記者們好像一下子從虛空裡活過來，他們拔直脖頸無比地興奮，臉上寫滿躍躍欲試。

梁雲山剛剛說完提問開始，陸臻就被無數個問題瞬間淹沒。

「軍官先生請問這次的行動是否代表中國政府將來打算用軍事力量管理喀蘇尼亞？」

「請問軍官先生，將來中國政府和喀國政府的關係會有怎樣的變化？」

「軍官先生請問你們為什麼要屠殺無辜的平民？」

「請問軍官先生……」

「軍官先生……」

……

很明顯，軍官先生成了所有記者追逐的目標，這太神奇了，中國居然派了一個軍人出席新聞發佈會？他們瘋了嗎？神秘的，永遠沉默的中國軍方打算說點什麼？

陸臻清了清嗓子，把話筒調到適當的位置：「女士們，先生們，我希望你們能一個一個提問。」

工作人員在努力地維持秩序，可是眼下這個會場內起碼有一半是戰地記者，他們是這個世界上最剽悍的行業中最兇悍的那部分人。他們身高馬大、嗓門洪亮、膽色過人，攪得那些素來矜持的政經記者們也一個個像打了雞血似的不甘人後。

終於有位大漢搶在陸臻出聲後短暫的安靜中喊出了自己的問題：「我想請問這位軍官，長期以來中國軍隊一向對外保持沉默，為什麼這次會一反常態地公開露面？這是否代表了你們的封口令已經被解除？」

會場裡頓時安靜下來，似乎這是個共同的問題，所有人都關心，都想知道答案，各式各樣的目光直撲主席臺，梁雲山用眼角的餘光看向陸臻。

「不，從來都沒有什麼封口令，我今天坐在這裡，就是最好的證明。」陸臻的聲音平穩，「在平等互重，共同維護世界和平的框架之下，中國人民解放軍一直都很願意與世界各國的合法軍事組織進行善意的交流、學習與合作。如果你覺得近期沒有聽到過特別來自中國軍方的聲音，那只是因為最近三十年來，中國軍隊都沒有參與過任何對內對外的軍事活動。」

行家一出手，就知有沒有，只要一個問題，場內所有的記者都明白今天從這個人嘴裡挖到任何猛料的念頭都宣告破滅。能把無賴耍到如此道貌岸然而又無懈可擊的地步，這充分說明了：此人職業！

第二個問題隨之而來，馬上有一位失望的記者提問：「請問你真的是軍人嗎？」

陸臻微笑著反問：「你希望我怎麼證明給你看？」

「您看起來很不像。」記者意味深長地暗示。

「看起來不像的不一定就是假的，既然今天我穿著軍裝坐在這裡，我就必然是一名中國軍人，我不可能也沒有必要不是真的，您說對嗎？下一個問題。」

「請問軍官先生，為什麼貴國政府這次會如此高調地動用軍事力量，直接出兵喀蘇尼亞首都與反政府軍進行激烈的軍事對抗？這是否代表了貴國最新的軍事戰略方針？你認為這次行動將對喀蘇尼亞的局勢造成怎樣的影響？這些影響是否會改變中喀雙方未來的關係？是否會影響到貴國在喀國巨大的石油利益……」

連珠炮一般的提問，彼此錯綜，複雜無比，如果你不打斷他，他還能一直不斷地問下去，從一個點，牽到一條線，不斷地深入，最後逼著你回答一個面。

「我可以回答您第一個問題，」陸臻果斷地切入他的問題，「這次行動是中國有關部門接受喀蘇尼亞警方的委託，派出由公安特警與陸戰隊聯合組建的特別小組，進入奈薩拉協助喀蘇警方營救中國公民，這是一次符合國際法與中喀兩國國內法規定的合法警務行動。好，其餘的問題我們請……」

「那請問此舉是否為了保護貴國在喀蘇尼亞龐大的石油投資？」

「關於石油的問題，您應該去詢問孫建勝商務參贊。」陸臻溫和地笑了笑。

「但是……」

「孫參贊，麻煩您……」陸臻乾脆俐落地推開話筒。

氣氛再度活躍了一些，陸臻看起來像是個態度強硬的發言人，這讓記者們發現了新的樂趣。溫吞水一般平淡漠然的發言人是最好不玩的，即使不能挖到真正的猛料，記者們也需要讓自己的老闆和讀者認為自己是有力的。

無禮，有時候也是他們的職業需要！

新一輪的提問洶湧而來，他們從各個角度各個層面出擊，再一次把陸臻吞沒。陸臻感覺自己像一個倉庫分類員那樣，把問題分門別類，涉及石油利益的問題交給孫建勝，把政府層面的問題轉交給梁雲山。

一輪炮彈轟完，記者們失望地發現陸臻毫髮無傷，因為根本沒有一顆炮彈真正落到了他的身上。

終於有一名長著絡腮鬍子的歐洲記者操著一口極為蹩腳的中文憤怒地抱怨：「日把瓦提毒讓別認揮打，請瓦，日坐災折裡幹神馬？（你把問題都讓給別人回答，請問，你坐在這裡幹什麼？）」

陸臻愣了兩秒鐘，這種情況下連同聲傳譯都束手，整個主席臺面面相覷，顯然沒人有能力聽懂這種問題，只能問道：「您可以把剛剛的問題用您更為擅長的國際通用語言再重複一次嗎？」

不必說中文的大鬍子自然更具力度，聲音鏗鏘頓挫，無數個英文短單詞像機槍一樣劈裡啪啦地砸過來，頓時引起一片共鳴。很明顯，陸臻這種迴避的態度早就引起了眾怒。

陸臻頗為無辜地笑了：「我們中國人有句老話叫術業有專攻，我坐在這裡是專門為了回答有關這次軍事行動的問題的。所以我也很著急，你們什麼時候才能問點我有能力回答的問題呢？」

在某個離得很遠的地方，有人不自覺在眼底透出一絲笑意；在更為遙遠的某個地方，有人忍不住鬆動了表情。

然而，只回答軍事問題？這太見鬼了，當你有幸遭遇神秘中國多少年來第一個公開的軍事發言人，你會願意只問他軍事問題？當然不，人們更關心的永遠是背後的故事。

記者們開始思考怎樣誘導陸臻說更多的話，你的回答代表了你的態度，而你的不能回答也將代表你的立場。他們不斷地變換角度變換策略，他們不斷地探索陸臻的極限，試圖以此來推斷中國軍方的立場與地位。而陸臻與梁雲山們全陣以待，用各種堂而皇之的官方語言說出早就擬定好的標準回答，提問與回答變得就像一場追逐與防守。

當陸臻以為就是這樣了，今天的發佈會最終會這樣結束的時候，一個坐在後排一直都沒有發言的紅髮女人舉起了手，她同時站了起來，用相當強硬的姿態向全場表示：我有問題！

陸臻禮貌地將視線投向她……

「請問，在那天晚上，你殺了幾個人？」這位紅髮女記者說著很不錯的中文，帶著一點點京味。

全場寂靜。

「這是一個軍事類的問題。」女記者馬上補充了一句。

「是的。」陸臻微微點頭，「但是很抱歉，我不知道。」

「是因為太多了嗎？」女記者向場內的記者們欠了欠身說，「我可能會多用一些時間，但請讓我問下去。」

記者們都大度地表示諒解，自然的，沒人會在這時候打斷她，或者抱怨她佔用了太多資源，因為她的問題的確很精彩。他們不一定願意這樣提問，但如果有人能代他們問出來，那是沒有人會不樂意聽的。

除了……主席臺上現在坐著的中國人，梁雲山已經感覺到手心裡的汗意，這是個超常規問題，他甚至拿不準陸臻應不應該回答。

「不，因為我不會去記住這些。」陸臻說道，「我厭惡殺戮。」

「是嗎？那你為什麼選擇當個軍人？」女記者誇張地表達著她的驚訝。

「為了保……」陸臻頓了一頓，像是忽然想起了什麼，很快的，他的眼神變得深邃而遼遠，帶著歲月的回望，「我選擇成為一名軍人，是為了保衛我的國家，為了讓我的親人永遠都不會在自己的家門口，親身經歷最真實的殺戮與戰火。」

女記者一時啞然，懊惱地發現她的提問居然成了陸臻炫耀忠誠的跳板，她馬上尖銳地譏諷道：「所以你把最真實的殺戮與戰火帶到了別人的家門口。」

「我想再重申一次，這次行動受喀蘇尼亞警方的委託，有喀國政府的許可，這是一次合法行動。我們是中國人民解放軍，我們的職責是保護所有中國人民的生命與財產安全，我國公民在境外受到了生命威脅，我們有權利也有義務採用各種合理合法的方式營救他們。」陸臻正色道。

「所以，是喀蘇尼亞政府允許你們屠殺本國平民？」女記者窮追不捨，顯然，這女人是奧莉婭娜·法拉奇的信徒。

「我們從來沒有屠殺平民。」陸臻斬釘截鐵地否認。

「您是打算要無視大量平民的傷亡嗎？」

「不，當然不！這次衝突最終造成無辜的傷亡，這正是我們最不能容忍的。我們強烈譴責一切形式的暴力犯罪與恐怖活動，無論是劫持中國公民向國際社會索取政治利益，還是挾持喀國公民襲擊中國救援隊，這都是可恥的犯罪。這是一次本不應該發生的衝突，從頭到尾都不應該發生。我們希望有關人士能夠即時醒悟，這樣的違法暴力挑釁解決不了任何問題，暴力只會引起更深的暴力，並且傷及無辜。」陸臻侃侃而談，這算是一個標準答案，經歷過多次修改的標準答案，它雖然不足以說服成見，但至少無懈可擊。

紅頭髮的「法拉奇」自然不能滿足於這樣的回答，她抿了抿嘴角打算再接再厲，陸臻截斷她的話勢，沉聲說道：「您好，這畢竟是一場新聞發佈會而不是個人專訪，我注意到您身邊的這位男士有話想問，您能把話筒傳給他嗎？」

被點名的男記者似乎有點懵，可是鼓點既然落到了自己的頭上，好像也不應該再推出去。倉促間，他站起身下意識地循著前人的思路再進一步：「請問軍官先生，在那天晚上，有沒有無辜的平民，最後死在了您的槍口下？」

男記者站直身體，對自己剛才的急智很滿意，他已經看出來了，問題不能問大，問大了這個狡猾的中國軍官正好向你說空泛的場面話。那些東西寫在報紙上，全世界會質疑你的工作力度。他需要更精彩的問題，至少要更有趣，那種無論對方怎麼回答都值得紀錄的好問題。

「我不知道，當時周圍的環境很黑，我們忽然遭遇到猛烈的進攻。那些人躲在老百姓身後向我們射擊，他們人數眾多，火力強大，我們為了自衛被迫向子彈射來的方向還擊，在戰鬥中根本份不清誰是誰。在這種情況下，我想只有上帝才能讓每一顆子彈都能繞開無辜者。」陸臻停頓了一下，視線掠過這個會場裡的所有人，「不過，我可以保證我和我的兄弟們絕對不會主動向任何一位手無寸鐵的平民開槍。」

「所以，軍官先生，您的意思是，你們只是在自衛？」坐在最後排一個看起來非常不起眼的黑人婦女忽然站了起來。

「是的。我們一直在不斷地請求所有人遠離交火線。」

「那麼，」婦人從檔袋中拿出一大疊照片，「那麼，請你告訴我，中國政府為什麼要使用這種早就被海牙公約禁止的達姆彈來自衛？你告訴我一個四歲的男孩子能夠威脅你們什麼？為什麼需要用這麼殘忍的武器來傷害他？」

這女人手上的照片其實並不多，三四張而已，但是重複沖印了很多份，所以轉眼間就轉遍了全場。工作人員給主席臺上送上了兩份，梁雲山匆匆看了一眼，血肉模糊的劇烈衝擊讓他很快把照片傳了出去。他發現陸臻正在聚精會神地審視那些圖片，台下的人都在看著他，可是他卻似乎還在思考，會場裡彌漫著令人心慌的沉默。

梁雲山只能硬著頭皮接過問題：「使用違禁武器是一個嚴重的指控，我想請問你有什麼確鑿的證據可以證明呢？」

「您需要我把屍體搬到您面前嗎？」女人馬上反問。

「不必了！」陸臻終於從照片上抬起頭，「我們的確在這次行動中使用了空尖彈，也就是你所說的達姆彈的一種……」

全場譁然，梁雲山差點沒跳起來，陸臻抬起手示意大家安靜：「但是您搞錯了一個基本概念，海牙國際公約禁止了步槍開花彈在戰爭中的使用，但並沒有禁止手槍開花彈在警務執法行動中的使用。因為這一類的子彈停止作用強，不會像普通步槍子彈那樣穿透罪犯的身體，不容易造成流彈誤傷，也就可以更有效地保護人質與行人的安全。所以，各國警方在執行窄小空間內的室內任務時都在廣泛地使用這種子彈。至於這次的行動，我們的行動組只有公安特警在反劫持營救人質的過程中使用了這種子彈，這是完全符合國際公約許可的。」

「你有孩子嗎？」黑人女記者突兀地問道。

「還沒有。」

「可是我有！我的孩子就和他差不多大，而他的母親就死在他身邊，聽著他的哭喊，我根本無法入睡。我不知道誰規定了，你們這些男人，可以用這種可怕的武器幹這樣殘忍的事，然後……你告訴我，這是合法的，並且正當的。您是這樣認為的嗎？你們是無辜的，不必為此付出任何代價並承擔任何責任的。」女記者目光灼灼，情緒幾近失控。

每個人都有自己的立場，他們的眼睛決定了他們的心，陸臻寧願相信對方是真誠的，於是他試圖用更真誠的目光看向她。如果此刻的陸臻只代表他自己，他願意道歉，願意為自己的無能承擔責任，可是，此刻，他不是一個人。

陸臻站起身走到主席臺的邊緣，他把那張照片掃描進電腦，然後投放到螢幕上，男孩痛苦的表情瞬間被放大無數倍，形成強大的視覺衝擊。梁雲山急得後背直冒汗，他不斷地用眼神警告陸臻：你想幹什麼？你別亂來。

陸臻抬起頭向梁雲山的方向送出一個「你放心」的表情，然後用手寫筆在螢幕上畫出幾條奇怪的曲線。

「因為沒有更多的資料，我只能就這張照片做一些基本份析，根據創傷彈道學……」陸臻在這裡停頓了一下，用英語、法語和德語重複了這個專業名詞，然後繼續，「這是空尖彈造成的創傷彈道，入射口很大，彈道粗短；這是全金屬被甲彈造成的創傷彈道，入射口很小，子彈在一定的距離上保持穩定，然後偏轉，造成大的空腔，最後彈頭分解……」

「您想說明什麼？你看看他的傷口，這麼大的入射傷口，跟你畫的一模一樣！這就是開花彈造成的傷口！」那位悲憤的黑人女記者錯愕無比，陸臻會臨陣倒戈當然是無法想像的，可是這個男人現在打算幹嘛？他是要活生生地顛倒黑白嗎？

「可是夫人，是這樣的，假如這是空尖彈造成的傷口，這個孩子應該會當場死亡。我注意到有一位女士倒在他在身邊，您說這是他的母親，對嗎？」

「是的！」

陸臻的手上不自覺地用力，握筆的指節泛出蒼白：「我們能從照片上看出來，這位女士的背部有一個大的傷口，也就是說，子彈是從她的胸口射入的。根據她身上穿的衣服，我們可以判斷當時她正把這個孩子綁在背上。所以這名男孩的傷口應該是由一枚全金屬被甲彈在穿透一個成年人後分裂成的碎片造成的，因為碎片的形狀不規則所以造成了較大的入射傷口。因為動能低，所以彈道很淺，讓傷者有活下來的機會。」

「所以？您想證明什麼？」這位憤怒的母親厲聲質問著，似乎已經忘記了她記者的身分。

「夫人，即使我們使用了合乎規則的子彈，可子彈就是子彈，無論哪種子彈都能造成可怕的傷口……」在這種時候讓情緒外露會不會顯得很不專業？可陸臻發現他開始抑制不住眼中的濕意，他還是那麼容易被打動，無辜的鮮血是他永恆的噩夢。他發現自己仍然無法像別人那樣在任何時刻都給自己套上那件閃亮亮的黃金硬甲，他仍然柔軟。

「您說您是一位母親，」陸臻的眼眶泛出微紅色，「我想知道，假如當時您也在那裡，背著您的孩子，您是會帶著他遠遠地離開，還是站在交火線上？我們從來沒有離開街道進入縱深去攻擊任何人，我們也沒有那個能力，我們也一直在使用高音喇叭警告所有人離開交火線。所以，我也想知道，究竟是什麼，是誰，讓她帶著她的孩子出現在那裡，把他們陷於戰火中，讓他們正面子彈襲來的方向。」

女記者沉默了很久，黝黑的臉上看不清任何神情波動，最後，她昂起脖頸說道：「仇恨！」

「是啊，仇恨……」陸臻一時悵然，而轉瞬間他發現了自己的失態，馬上集中起注意力。不過，對於一位敏銳的記者來說，這一瞬間的失態就已經足夠了。

「請問軍官先生，正如你們所說的，中國政府在這裡做了很多好事，你們送來財富，你們修橋鋪路，你們建造學校和醫院……可是假如一切都如你們所說的那樣好，假如你們真的滿懷善意，那為什麼有那麼多的喀蘇尼亞人都在仇恨中國？」紅頭髮的「法拉奇」抓住機會，奪回她失去的提問權。

「不是『全都』，資料表明奈薩拉的人口接近一百萬，而當時攻擊我們的人大概不足兩千。請問您的國籍是？」陸臻發現相比起那位情緒激動語言無序的母親，眼前這位精明出色的專業記者其實更讓他感覺到輕鬆，他甚至可以藉此調整心情，重新找回節奏感。

「美國！但我想這並不重要。」女記者謹慎的說。

「的確不重要。只是我記得目前美國總統的民意支持率已經不到50％。這位女士，我不知道您執何種政見，但您至少應該承認，你們的總統沒有懷著惡意在治理你們的國家，他的確是想做好事的，對嗎？請正面回答這個問題。」陸臻微笑著反問。

「是的。」女記者沮喪地意識到前面存在怎樣的陷阱，而她必須踏進去，因為即使在美國，你也不能隨便給總統扣個叛國罪的帽子。

「我想沒有誰可以讓所有人滿意，有人支援，就會有人反對。反對派永遠存在。我們一貫尊重他們的聲音，我們尊重來自各方的批評與建議，有則改之無則加勉。但是，我們唯一不可接受的就是暴力，中國人民絕不會向暴力妥協，任何形式的暴力挑釁，都不會，也不可能得償所願……」

梁雲山再一次放心下來，他需要的那個「陸臻」恢復了，他又開始從容自若，不偏不倚，與所有人配合默契。

他們用早就討論好的方式對付所有的刁難與指責，他們切割了一部分誇大其詞的地方媒體，說那是媒體自己的宣傳需要，不能代表中國政府的立場。他們用中國人報喜不報憂，解放軍在傳統上不叫苦不喊累的「民族個性」解釋行動隊其實遭遇了可怕的攻擊，只是為了不讓祖國人民為解放軍擔心才沒有在國內的媒體上強調這方面的困難，這是一種樸素的東方情感。

這樣的發佈會很難說圓滿成功，但至少順利，因為梁雲山與陸臻他們代表著第一線的聲音，於是理所當然地取代了之前所有的報導基調。

在各方面的配合下，這個轉換被進行得相當自然，不是一個論調推翻了另一個論調，而更像是周邊的觀察被局中人的講述所覆蓋。如此一來就不存在變革，也不存在更正，也就不必分出個對錯，更沒有人需要為之前的論調負責。畢竟一個不需要有人為此付出代價的方案總是更容易被推行的。

國內媒體對這次的發佈會做了慣常的冷處理，新聞聯播只用輕描淡寫的幾句話襯著一張模糊的定格畫面一閃而過。

這樣做的好處對陸臻倒是很明顯，這至少保證了他在當時沒有被親朋好友的電話所淹沒，好幾天後他老爹的電話才從基地輾轉過來。據說是這場發佈會在海外引起很大反響，陸老爹早年留學在國外的學生看電視認出了陸臻，非常不敢相信這個事，打電話向恩師求證。老陸同志才在手下研究生的幫助下，翻牆去國外網站弄到了現場照片，最終確定這位神奇的軍官先生居然真的就是自己的兒子。

當然，那都是以後的事了。

會議散場，陸臻站在臺上看著人群散去，心中忽然無比的空虛。在這一刻他對自己產生了極度的懷疑，他開始搞不清楚他所做的一切究竟有何意義。是的，他解釋了，盡自己最大可能地真誠。可是，成年人有自己的價值判斷，誰都不會輕易地被說服，並不是你解釋了，國際輿論就能站到你這一邊，不一定。

陸臻只能默默地告訴自己這都是有價值的，有時候說了什麼並不是那麼地重要，但你必須得讓人明白你是可以溝通的，這是文明最基本的態度。

梁雲山走過來與陸臻握手，這個男人看他的眼神與幾天前已經完全不同，老梁帶著三分玩笑三分遺憾地拍著他的肩膀，笑道：「你真應該來我們這兒。」

「是嗎，可是我覺得我那兒更好。」陸臻疲憊地微笑著，「我想回家了。」

梁雲山以為這個年輕人在開玩笑，最難啃的骨頭已經被幹掉，眼下正是論功的時候，而只有勒多港才是中央能看見的地方。奈薩拉有什麼，那裡只有更多的衝突與危險，以及更淡薄的關注。梁雲山不相信有人會在這種時候離開核心部門，也不相信陸臻做這一切沒有一點個人的私心。

可是陸臻只花了兩個小時就處理完最後的交接工作匆匆趕去了機場，好像那塊泥沼地裡有什麼致命的誘惑在吸引著他，讓他不顧一切，有如飛蛾撲火。

老梁站在辦公室門口看著陸臻最後道別的背影錯愕不已，他不能相信如此機敏通透的年輕人會做出這樣愚蠢的選擇。而他更不能相信的是，這個年輕人竟然真的別無所圖。

查理高興地唱著小曲給飛機做起飛前的最後保養，他靈活地扭動著腰胯，一邊跳著夜店勁舞一邊唱著：

「Give me,give me,give me…ha…」在搖頭晃腦中，他的視線掃到陸臻，馬上屁股一抬，回眸一笑，拋出一個熱辣十足的媚眼。

秦若陽正拉著陸臻苦勸不放手，不幸被這一眼餘波傷及，頓時臉盤黑得有如鍋底，就像被十挺機槍打中了似的碎裂在當場。陸臻忍住笑，對著查理攤了攤手：真好，還有你讓我明白人們仍然可以這樣天真地快樂著。

查理受寵若驚地愣了一愣，連忙歡樂撲上來擁抱之，隨手揩了一把油水豆腐。秦若陽痛心疾首地把陸臻拉到一邊說，你怎麼還像原來這麼沒分沒寸的，這小子是Gay你知道不？他這是在佔你便宜。陸臻呵呵笑著說沒事，男人嘛，被摸一下又不會少塊肉。秦若陽搖頭苦笑不已。

查理．陳用一臉鄙夷的目光遙送秦若陽，而後對著陸臻笑得火力加大十級的甜蜜：「我愛死你了！」

「你可不能死。」陸臻坐上飛機，「你死了我就回不了家了。」

「那是！」查理．陳得意揚揚地哼起了小曲兒。

陸臻盯著他看了一會兒，直看得查理弟弟心頭小鹿亂撞，方微微笑著誇了一句：「唱得挺好。」

查理．陳不可避免地把尾巴翹到了天上。

在陸臻的鼓勵下，查理同學唱了一路的小黃歌，兩個囧人搜索枯腸，唱完了有生以來聽說過最黃的歌兒。

他們在幾百米的高空嚎叫著：Give a boy, give a girl…If you're big, show me, give me…

最後，陸臻在查理無比幽怨歡騰的「Take a chance on me」中沉沉睡去，殘忍地留下某個有原則的色棍在偷吃豆腐與不偷中鬱悶地糾結了一路。

陸臻回到奈薩拉時已是深夜，強烈的照射燈把機場跑道照得刷白，陸臻被這樣的光線撲上眼簾，從沉睡中驟然驚醒。

不遠處站著一群人，那是他的戰友，然而強光模糊了他們的面孔，讓陸臻產生恍惚的錯覺，好像他又回到了燈光下，回到了全世界的目光中，被觀察，被審視，被挑剔。他被僵硬地束縛著，身不由己。他感覺到自己的嘴角彎起既定的弧度，皮膚裂開無數細小的口子，就像科幻片裡拍的那樣。他隱藏在皮膚下面堅硬的鱗片紛紛翻轉上來，最後嚴絲合縫地拼到一起，在睜開雙眼的瞬間將他牢牢地固定。

天太熱，夏明朗把T恤搭在肩頭，光著膀子把褲腳挽得很高，汗水肆意流淌著，古銅色的軀體在燈光下閃閃發亮。他叼著菸頭站在燈下，懶洋洋地任由那群小子們越過他撲向陸臻，他努力做出嚴肅的樣子，笑意卻浸透了他的雙眼。他看著阿泰他們興高采烈地簇擁著陸臻走過來，方挑起眉毛，好像很隨意似的打了個招呼：「回來啦！」

陸臻微笑著，神采飛揚的，在擦身而過的瞬間他用只有他才能聽見的音量說道：「帶我走，沒有人的地方。」

夏明朗愣住，他一手夾住菸，偏過頭詫異地看向陸臻。這是顆燦爛微笑中的開口榛子，他的嘴角有美好的弧度，溫暖又親切，看著就讓人舒服；他的眼神堅定明亮，雄姿英發壯懷激烈，正是一枚活生生的大好青年。隨時都能拍個相片，配個框子，塞到建設有中國特色的社會主義大海報裡供人學習瞻仰。

於是，有那麼一瞬間夏明朗甚至以為自己幻聽了，可是慢慢地，他看到陸臻灼灼目光背後刻骨的疲憊，彷彿燦爛煙花最後的餘燼。夏明朗惡狠狠地咬住菸頭，一把攬住陸臻的脖子把他帶到懷裡：「說，最近都忙活了點啥？向領導報告報告。」

陸臻微微低頭，腰背仍然保持著一條直線，聲音平穩地：「領導想聽點什麼？」

「組長組長……我也要聽……」阿泰興致勃勃地湊上去。

夏明朗凌空一指，把馮啟泰像一張紙片兒那樣固定在一米之外，而後揮手讓他飄落：「邊兒去，啊……有正事。」

阿泰訕訕地待在原地，哀怨不已，徐知著走過來摸了摸他的腦袋，勸道：「先回去睡吧。」

11

碩大的輕型悍馬賓士在奈薩拉城外的曠野上，陸臻在上車後就沒有說過話，夏明朗也就一直沒有停下過。沿著這個方向開下去，前方會有一條大河，那是尼羅河的一條支流，夏明朗不知道為什麼要選擇那裡，只是在衛星圖上看到，依稀覺得這也算是有點景色。

陸臻坐得很直，腰背全在一條線，幾乎不貼車後座，然而他的左手卻一直放在夏明朗肩膀上。這是一個突兀的動作，讓他此刻的模樣變得有些不倫不類，可是他堅持這樣放著，完全不覺得有什麼不自然，甚至毫無理由。這麼做其實不會讓他更舒服點，他還沒那麼幼稚，可是不這麼做，簡直會讓他全身都不舒服，這也毫無理由。

已經是後半夜，涼爽的夜風從敞開的車窗裡灌入，收乾了夏明朗身上的汗水，只有肩膀那一小塊皮膚仍然像火燒一樣的熱。汗水從陸臻的指間滴下來，滾過夏明朗赤裸的胸膛。

似乎是過了很久，久到月亮下山，星辰佈滿天幕。

陸臻慢慢地垮下來，無聲無息的，他全身的鱗甲崩裂成細小的碎片最終灰飛煙滅。他像一個新生的嬰兒那樣好奇而不知所措，在車廂裡翻來翻去，不知道自己此刻應該做點什麼。夏明朗肩膀上的熱意終於散去，他勻出右手親暱地搓揉著陸臻的頭髮。

「你們那兒……」夏明朗猶豫著應該聊點什麼。

「噓……」陸臻把一根食指豎在唇邊，「莫談國事。」

「我操！」夏明朗笑罵。

陸臻像隻土撥鼠那樣四處亂翻，意外地在後車座下面找到一大包安全套。陸臻驚愕地半張開嘴，神氣活現地指著它。

「這裡風沙太大，槍裡積沙。我跟他們說要最小號的避孕套，給我們每人來20個，結果還是大了，而且油膩膩的，洗都洗不乾淨，回頭還得找他們換去。」

陸臻露出詭異的笑容：「你有沒有告訴他們這是用來封槍口的？」

夏明朗愣住，懊惱地捂住臉：「完了完了完了，兄弟們的臉都讓我丟光了。」

陸臻狂笑不止。

夏明朗自覺丟人，伸手捏住陸臻的下巴把他的臉掰過來瞪著他：「笑笑笑，笑死你。」陸臻聽話地不笑了，飛揚的眉目寧定下來，目光灼灼，眼底又閃出煙花似的火焰，狂熱而疲憊，佈滿深黑的瞳孔。夏明朗心裡突的一跳，不自覺鬆開了手。

陸臻探起身吻上夏明朗的嘴唇。遠處，乾涸的河床從地平線上升起，蔓延到無盡的天邊。

夏明朗下意識地躲避，含糊地抱怨著：「車，小心車……」

可是陸臻充耳不聞，悍馬車高大的車廂給了他充分的活動空間，讓他可以靈活地越過變速杆跨坐到夏明朗身上，覆蓋正前方全部的視野。

「快到啦！」夏明朗一手按在陸臻的胸口，還有些回不過神。

陸臻緩慢地搖著頭，手指攥住夏明朗的髮根讓他抬起臉，極深極重地吻下去，好像吞噬一般，舌尖重重地壓住夏明朗舌根往深裡鑽。夏明朗全部心有不甘的掙扎最後都變成了積極主動，他鬆開了油門，踩下了離合器，掛上了空檔，最後徹底地把車熄火。

這車裡太熱了，再給它一個火星恐怕會爆炸。

陸臻感覺焦渴，胸腔是空的，腹腔裡也是空的，皮膚以下所有的一切都是空的。這些日子以來的經歷抽空了他，將他架到高處，令他驚顫，如履薄冰。他頂著這樣空虛的軀殼支撐到夏明朗面前才猛然驚覺，便只想抱住他，把他填到自己身體裡，充滿每一個角落，好像這樣就能重新找回支點。

有時候，陸臻會對自己居然這樣依賴一個人感覺到不可思議，可是回頭想想那人叫夏明朗，又覺得一切都很好理解了。

「怎麼了？怎麼了，寶貝？」夏明朗用他備份的理智捕捉到一絲反常。

「我想你了！」陸臻說，他握住夏明朗的手指，解開自己襯衫的鈕扣。

「這才幾天啊……」夏明朗心花怒放地表示不屑。

「你不想我嗎？」陸臻粗暴地從袖子裡拽出手，把襯衫甩到車子後座。

「這才幾天嘛。」夏明朗不好意思地低聲咕噥，手掌從陸臻的後背滑到腰側，他火熱的唇舌從陸臻的唇邊漫延到胸口，含住那個柔軟細小的突起輕咬吮吸。陸臻輕唔一聲，鼻音濃重。

這些年，陸臻的肌肉結實了很多，肩膀與胸口的線條更加俐落，肌肉硬得捏不動，卻又異常的柔韌。他的身體就像挺拔的白楊，配合著夏明朗的動作在風中舒展，燦爛的星光落在他的皮膚上，閃出迷人的光澤。

夏明朗有時候會想，到底有什麼力量可以讓一個像陸臻那樣的男人對他如此，或者，也只能是愛。

由於中國人一貫的謹慎，昨天下午的那場發佈會沒有任何實況轉播。夏明朗從聶卓那裡借到一條旁聽線，只有聲音沒有圖像，可是夏明朗發現他完全可以想像陸臻當時的樣子。

他一定非常英俊，他寬闊的肩膀與平直的脊背會像刀片一樣鋒利而堅硬；當他開口說話，光芒會從他的身體裡直射出來，那種光芒就像正當午的烈日，不含任何一點溫柔的黃與紅，只剩下最純粹的白。因為太過強烈，甚至會讓人感覺到冰冷。那就是全副武裝的、無懈可擊的陸臻，他全身上下都流動著金屬的光澤，精鋼打造，嚴密而光亮，然而異常的熾熱，像一個太陽。

而此刻這個太陽正融化在他的雙手裡，鋼化成了水，金燦燦的，那麼燙，那麼溫暖。在這又黑又暗的車廂裡，火樹銀花一般的奪目。

夏明朗試想過很多種情境，陸臻這次回來會怎麼面對他。畢竟這是一次超常規的機遇，完全超出他們所有的想像，無論甘心還是不甘心，夏明朗都不得不承認從此以後陸臻將真正脫離他的掌控。如果說夏明朗真心希望陸臻能越幹越好越飛越高那一定是真的；可如果說他從來不在乎兩個人之間出現新的差距，那只是一個素來驕傲的男人的嘴硬。

他的確想過，憂慮過，他相信自己能接受未來有個將軍當老婆，就算這位將軍最後能爬到總參謀長也不是個問題，可是問題會出在一些別的那些因此而來的改變上。而在那些問題上，陸臻都處理得很好，好得甚至有些過頭。

夏明朗本以為這次陸臻也會像以前那樣，對自己所有的成就表現出若無其事的樣子。夏明朗知道這是來自陸臻的善意，可是他並不舒服。被刻意容讓的感覺對於夏明朗來說到底是彆扭的，雖然他一直告誡自己別得了便宜還賣乖，就你這種破個性其實也受不了一個輕佻炫耀的伴侶。然而，讓他萬萬沒有想到的是，陸臻會那樣楚楚可憐地站在他面前，對他說：請帶我走。

夏明朗必須承認，在那一刻他淺薄的自尊心得到了空前滿足，就算這小子最後會一飛沖天又怎麼樣，就算未來會有無數人看著他，他將為很多人活著又怎麼樣？在他需要的時候，只有我能帶他走。

只有我！

一想到這點，夏明朗全身的細胞都在跳舞，激情四溢，酣暢淋漓。他有無窮動力，他將無所不能，可以縱橫在天地間。

「我們回去吧？」夏明朗沙啞了聲音，他深深感覺自己傻帽兒了，三更半夜看什麼景點，床上才是最符合陸臻要求的地方。

「你還，嗯，回得去嗎？」陸臻瞪圓眼睛，露出不可思議的神情。

「呃……」

也對哦……夏明朗再一次唾棄自己，真是太傻帽兒了。

為了表示自己真的已經懂了，不會再犯傻了，夏明朗乾脆俐落地扯開了陸臻的皮帶，寬鬆的軍裝長褲滑到腳踝處，與皮鞋捲在一起被主人鄙夷地拋棄。

裸身相貼的感覺總是超凡的，汗水浸透毛孔，身體變得無比敏感，彼此摩擦著，引發一連串的驚顫，然而灼熱饑渴，怎樣都不夠。陸臻聞到夏明朗身上清爽的肥皂味，他深深呼吸，忽然扶住夏明朗的脖子低頭凝視他，然後伸手從那一大堆安全套裡拽了一個。

夏明朗急了：「我戴不上的。」

「又不是給你用。」陸臻橫了他一眼，低頭尋找安全套上的切口。

「可是，你應該也……」夏明朗心想，也戴不上的。

「別看！」陸臻急躁起來，他一手按住夏明朗的眼睛，粗魯地用牙扯開外包裝，把那層滑膩膩的塑膠薄膜套在手指上。

「好好，我不看。」夏明朗瞇著眼，把陸臻的手掌拉到唇邊輕吻。他看到陸臻微微揚頭的側臉，在模糊的星光中，輪廓如此優美，修長的身體緊繃著，像一張柔韌的弓。

「寶貝，你今天怎麼這麼乖？」夏明朗驚喜地扶住陸臻的腰，態度諂媚。

「這麼多廢話？」陸臻惱羞成怒。

「行行行，我不看，你自己來……」夏明朗連忙把椅背放倒。

陸臻聽到夏明朗刻意壓低的喘息聲，火熱的雙眼在暗處閃閃發亮，十足一隻等待出擊的餓狼。他頓時臉上發紅，整個人都燒了起來，腦子裡亂糟糟的，幾乎有點暈。他總覺得今天鬼使神差，用不用這麼饑渴呀……可是，喉嚨口焦渴灼熱，好像有一百個爪子從他的心肝脾肺腎撓下去，終於再也沒法忍耐，他撤出手指，摸索著握上夏明朗堅硬的勃起。

整個人都是亂七八糟的，陸臻腦子裡交錯詭異地回閃，指尖緊貼著火熱潤滑的肉感，他莫名其妙地想起夏明朗咬著雪茄囂張到死的模樣。他想起有人說保存最完美的雪茄應該是這樣的，堅挺、飽滿、濕潤……手感順滑而充滿了彈性。

真他媽瘋了……陸臻一手撐到夏明朗胸口，小心翼翼地坐下去。

夏明朗長長地嘆息了一聲，瞇起眼睛。他不敢動，陸臻的樣子看起來已經繃到了極點，脆弱而單薄，好像輕輕一彈就會碎裂開。然而他的情況也不見得從容，身體最敏感的部分失陷在那團極度緊窒的火熱裡，進不得，退不得。夏明朗感覺到那種進退維谷的焦躁，汗水飛快地從每一個毛孔裡湧出來。

陸臻上下滑動著，試圖能更深更徹底地結合，然而他緊張的身體推拒所有陌生的進入，汗水從他的下巴沿著脖頸滑到胸口，留下一條刺癢的痕跡，他終於氣急敗壞地喊起來：「你幫幫我呀！」

夏明朗如蒙大赦，雙手握住陸臻的腰，用力頂入。陸臻發出一聲負痛的呻吟，整個人軟倒下去，伏到夏明朗胸口。

「你，哎……」夏明朗又不敢動了。

「別，別動！」陸臻扶住夏明朗的臉，輕輕吻著他的嘴唇。對，就是這樣，陸臻緩慢地調整著呼吸，所有的緊張與煩亂都遠去了，隱隱地飄浮在天邊。擴張還是不充分，有點疼，但並不嚴重，甚至讓他有點喜歡，尖銳的疼痛與快感，頂心的刺激。空虛的軀體找回了自己的內臟，他長長地喘息，莫名其妙地滿足。

雖然Bottom有屬於Bottom的快感，但陸臻一直覺得自己比較喜歡當Top，懷抱著那個讓你瘋狂的男人，取悅他，撫摸他，讓他興奮，讓他高潮……那種成就感是無與倫比的。

可是，如果是夏明朗的話，陸臻在想，如果是夏明朗的話……他感覺到他強悍內心的某個角落在鬆動，那種隱秘的，讓人難以啟齒的慾望在心底如荒草般滋長。陸臻發現某一個時刻你也會希望自己有權利很弱小，某一刻，你會希望能放開所有的思維與責任，你想被他帶走。因為你相信會被他好好愛撫，你相信那裡會是你的歸處。

「怎，怎麼了……」夏明朗看到眼前金星直冒，他真想說，寶貝，你想廢了我？

陸臻晃了晃腦袋，露出無辜茫然的表情，他在想，我要怎麼樣才能告訴你，我想讓你進入我，給我你的所有的力量與激情，直到我筋疲力盡。極度興奮的神經極度地疲憊著，讓人恍惚，陸臻抱住夏明朗的脖子輕輕舔了舔他的耳垂說：「你真好。」

「嗯！知道。」夏明朗敷衍地應承著，一邊小心翼翼地悄悄打著了引擎。

車子從半高的河堤上滑下去，壓過佈滿裂紋的河床，就像切過黃油的刀子，等陸臻發現的時候夏明朗已經鬆開了離合器。廣闊的河床看起來簡直沒有盡頭，悍馬車貼著細窄的水流蜿蜒蛇行，不斷地壓過乾枯的樹枝和石塊，引起陣陣顛簸。陸臻驚喘著抱住夏明朗的脖子，因為除此以外車廂裡找不到任何可靠的依憑。

夏明朗利用浮光掠影的餘光控制著方向，陸臻壓抑不住的呻吟讓他豪情萬丈，車速居然越來越快。

「會翻的！」陸臻看見窗外急速掠過的景物。

「那我們停車？」夏明朗忽然一腳剎車到底。

陸臻猝不及防，被夏明朗扣在懷裡才沒有跌出去。夏明朗抱著陸臻下車，腳下是泥沼一般的河床邊沿，他左右看了一圈都沒找到一處乾淨地，抬手把人放到悍馬車的前蓋上。然後生拉活拽地扯下軍褲，穿著作戰靴一腳踏上了悍馬的保險桿。

再然後，他愣住了……

星漢燦爛，月光如洗，在他眼前是無邊無際的非洲荒漠，博大、原始並且靜謐，如天地初開時一般無二。

陸臻仰臥在軍用悍馬寬闊的前蓋上，赤身裸體，然而無比坦然，好像他就應該這樣，所有的一切就應該這樣存在著。那是最修長結實的身體，粗糲的荒漠迷彩襯托出他皮膚的色澤，在月光下閃閃發亮，完美無缺。

像一個祭品，最純真，最美好的，獻給億萬年的光陰。

夏明朗緊張地吞咽著唾沫，他發現自己不敢動，太過美好的東西總是帶著孤絕的氣質，讓你連伸手觸碰都覺得是種褻瀆。

陸臻不明白夏明朗在等什麼，他胯下那杆鋼槍正張牙舞爪地指著自己，讓人有飲彈自盡的衝動。剛剛被填滿的身體隨著夏明朗的撤出又變得空虛起來，五臟六腑一個個消失不見，身體內部就像藏著一個空洞的深淵，連每一個毛孔都在叫囂著饑渴。

夠了！陸臻想，給我！

他微微抬頭，視線一寸寸往上走，最終深深地，望進夏明朗眼底。

夏明朗眨了眨眼睛，發現那個完美無缺的畫面塌陷了一角，陸臻渴望的雙眼就像極深的井，打破了所有的平衡與圓滿，夏明朗試探著把手掌貼到陸臻臉上。

「給我！」陸臻呢喃地吐出這兩個字，眼神迷茫而潮濕。他不明白自己是怎麼了，有些地方不對，他本應該撲上去，挑逗眼前的這個人，讓他興奮或者幹掉他，就像他一直以來最習慣的那樣。他心中的焦渴快要把他的骨肉都燒成灰，可是他卻動彈不了，生平第一次，他渴望別人給他一些東西，不是自己用智用力去爭取，而是渴望你給我。

「你在說什麼？再說一次。」夏明朗俯下身去，鼻尖輕蹭著陸臻的臉。他快瘋了，這個夜晚簡直不可思議，這小子究竟中了什麼毒，開了哪一竅？夏明朗慾火焚身痛苦地糾結著，他想趕緊攻城掠地結結實實地把他的小孩兒給餵飽，又想支撐著再多欣賞一會兒……這千年難得一見的豔色。

「我要你。」陸臻閉上眼睛，幾乎有些委屈的。

這還能忍下去，某人就能封神了。

根本來不及去想發生了什麼事，夏明朗遵從本能給出了最熱烈的回應。剛剛被開拓過的身體很順利地接納了他，然而那還不夠，夏明朗有力的臂膀從陸臻腋下穿過，緊緊地握住肩頭，頂到最深處。

「啊！」陸臻仰起臉，發出一聲短促的呻吟。

夏明朗收緊手臂，衝動地咬住陸臻柔軟的嘴唇，低聲呢喃著：「寶貝，你今天是怎麼了？」

怎麼了？唔？這個問題在陸臻腦中一閃，又迅速消失。在他眼前滿是搖碎的星子，一顆一顆地墜落著……純粹而猛烈的快感幾乎溺斃了他。他毫無顧忌地放鬆身體，迎合夏明朗兇猛的撞擊，每一下都像要頂到喉嚨口，帶來滿溢的熱情。空氣裡全是夏明朗的氣息，連呼吸都是火辣辣的，陸臻張大了嘴拼命吸氣，卻仍然缺氧。

什麼都看不見了，連喘息都變得支離破碎，然而滿足；沸騰的岩漿從身體結合處湧入，將血液蒸乾。熱，像是要爆炸一樣！

陸臻像一條快要渴死的魚那樣在夏明朗懷裡掙扎，身體猛然繃緊，含糊不清的嘶叫壓抑在喉嚨口，彷彿呻吟一般，嗚咽著。夏明朗早已飛到九霄雲外的理智被一下拉了回來，他低下頭彷彿不可置信，直愣愣地盯著那攤糊在陸臻胸口的黏稠的液體。

夏明朗驟然停下的動作，把陸臻直接擱在高潮未盡的山峰上。陸臻含糊抱怨著，下意識地伸手握過去，想給自己那根東西再加點外力的撫慰。夏明朗連想都沒想，直接扣住陸臻的手腕，強壓到引擎蓋上。

「唔！？」陸臻難耐地扭動著身體。

「想不想要，嗯？」夏明朗紅著眼睛，強壓下性子，緩慢地抽插著。

把人活生生插射的成就感簡直比得上第一次做愛，夏明朗被眼前這副情境刺激得渾身發抖，然而野獸的直覺告訴他，在這個夜晚，他還可以得到更多。

陸臻胡亂地點頭，試圖坐起來，卻被夏明朗按住。

「叫聲好聽的就讓你爽。」夏明朗狡猾地誘惑著，漆黑的雙眸被慾火染出血色。

陸臻迷茫地看著他，好像快要哭出來似的，修長的雙腿緊絞在夏明朗寬厚的背上，連趾尖都緊張地蜷曲著。

「叫啊？！」夏明朗咬牙切齒地，見鬼，他要忍不住了。

「隊長～」陸臻的聲音發顫，混亂的大腦中只剩下一個念頭，隱隱地懊惱著……他過去怎麼就那麼輕易地把那三個字說了出來，以致於到現在，他已經找不到更好聽的辭彙來形容自己的心意。

「臭小子。」夏明朗彎起嘴角，又是無奈又是甜蜜，他正打算放棄這個坑人害己的壞主意，卻聽到陸臻嗓音喑啞地呻吟道——

「我愛你！」

嗯！好聽！

夏明朗閉上眼睛，把所有的愉悅都用行動做出來！

這段小插曲就像激烈快板之前的一個小小停頓，為了讓演奏者和聆聽者都做好準備，積蓄體力，全身心地投入到那有如暴風驟雨般的酣戰中。

陸臻高潮過後的身體敏感得一塌糊塗，連空氣細微的波動都能讓他顫抖，他好像被拋在了雲端下不來，快感濃厚而漫長，連綿不斷，彷彿無休止，與曾經所有的體驗都完全不同。所有的空隙都被填滿，每一寸皮膚上都包裹著對方的氣息，汗水混合在一起，流過光滑的金屬表面滴落到泥土裡。

夏明朗彎下腰來吻他，有力的舌頭撬開牙關，毫無章法地重重吮吸，像是要把他的靈魂都吸走。巨大的車身有節奏地搖晃著，前輪陷進淤泥裡，向下傾斜。

陸臻恍惚間發現車蓋上滑得躺不住，他下意識地抓牢排氣網邊的把手，雙腿更緊密地勒到夏明朗腰上。這樣的體位擁有詭異的角度，每一次插入都像是撞擊，對抗著陸臻身體的重量深深頂入，粗魯地碾壓過那個暗藏在身內的敏感點，讓他控制不住地低喊，彷彿魂魄已散，如仙欲死。

其實沒有多久，但絕頂的體驗會擾亂人的感知，只一瞬間，長如天荒地老。

夏明朗撐在陸臻身上長久地喘息，渙散的視線聚不出一個焦點，終於脫力鬆手。兩個人一起從車上滑下來，跌進泥地裡。夏明朗悶聲大笑，用髒兮兮的手指抬起陸臻的下巴：「寶貝，你真是太棒了。」

陸臻神色呆滯，似乎是想說什麼，張了張嘴又發現喘不過氣來。

夏明朗用力甩了甩腦袋，汗水從髮梢飛濺出去，被月光照得晶瑩透亮，像一把碎鑽。他歪著腦袋對著陸臻樂，脫了鞋，跌跌撞撞地站起，把人拉了起來。

「咱得找個地方洗洗去，你看這一身沾的……」夏明朗扶著陸臻走了兩步，眼珠子一轉，彎下腰抄手，把人打橫抱起摟在胸口。

陸臻沒有掙扎，一手攬住夏明朗的脖子，認認真真地看著他，半晌，把臉貼到夏明朗肩上，輕輕地吮住了他的耳垂。

哎喲喂！

夏明朗一時腳軟，差點兒跪下去。這臭小子來的路上難不成讓誰給下了藥？唔，甭管是誰下的，趕明兒把方子給我。

這條河是白尼羅河的支流，河床寬而淺，夏明朗抱著陸臻趟過茂密的蘆葦，清涼的河水漫過他的腳踝，帶去高潮過後殘餘的熾熱。

「就這兒吧！」夏明朗抬頭看到幾顆矮樹，感覺樹形很美，像個細長杆兒的大蘑菇。

「嗯！」陸臻應了一聲，卻不撒手。

夏明朗嘿嘿直樂，彎下腰，像是安置什麼寶貝似的小心翼翼地把人放進流水裡。

「寶貝啊……」你今天是怎麼了？夏明朗掬起水來給陸臻擦臉，他現在心裡抓心撓肝地癢，但偏偏不敢問，生怕一問出口，陸臻就醒了，好日子就沒了。

陸臻乖乖抬起頭。

「再叫聲好聽的來聽聽唄？」夏明朗趁火打劫。

「想不到了。」陸臻沮喪地。

裝，可勁兒裝！夏明朗不屑，嘴角咧到耳根下面，賤氣郎當地喊了一聲：「好媳婦兒。」

這九天驚雷砸得夠響，陸臻瞬間被雷精神了，皺眉露出嫌惡的表情。夏明朗感覺自己真他媽有夠賤啊……死氣白賴地喊這麼一聲，也不用人答應，自己就爽得不行不行的。再回頭，看那小混蛋皺著一臉的鄙視，哎喲，舒坦，那不是一般的舒坦。

陸臻眉間擠出一道細紋，眼瞅著夏明朗樂得眉飛色舞滿臉是牙，骨頭不剩下一兩重。他搜腸索肚，想找個足夠殺傷力的回擊，好讓那流氓認真體驗一把天雷劫渡的快感，終於，嘴角輕啟，露出一個笑。

夏明朗眼前一亮，就看著陸臻賊兮兮衝他喊道：「老公～」

這世上再沒有什麼比陸臻此刻的表情更精彩，從賊笑到驚訝，從驚訝到愕然，從愕然到窘迫，從窘迫到氣急敗壞……如此複雜的變化前後不過兩秒。夏明朗連大氣都沒敢喘，眼都看直了。

事實證明，女聲變調越劇腔飆海豚音神馬的，絕對不適合在喉嚨已經喊啞的情況下施展，否則，就只能面對陸臻此刻的情境：顫巍巍低柔的沙啞的嗓音，無限溫柔，萬般情深。

夏明朗緊繃著臉，硬是連一絲一毫的笑模樣都沒敢露出來，他知道陸臻這會兒絕對是窘到極限了，再給他一星半點刺激，這渾小子能一頭紮河裡去。夏明朗就像什麼都沒聽見一樣撈起水往陸臻身上澆，細碎的水流沿著鎖骨往下。陸臻頭上生生冒著熱氣，無比困惑地偷瞄夏明朗的神色。滿天的星星都睜開了眼，一眨一眨地看著。

夏明朗到底沒忍住，帶著驚天動地的歡喜一口咬住了陸臻的嘴唇，連綿不斷地吻，絕不給那個死要面子的小混蛋有任何解釋翻案的機會。陸臻掙扎著倒進水裡，溫柔的水流從他胸口漫過去，後頸被夏明朗托在手裡。

「唔，隊長……」陸臻雙手抱住夏明朗的脖子。

夏明朗低頭悶笑，一雙利目彎成了月牙，閃著星光。

陸臻專注地凝視著，緊繃的肌肉一寸寸軟化，只有某一個器官反常地硬挺。夏明朗感覺到他身體的變化，驚訝地眯起眼，轉而又笑了，他用指背輕輕撫弄著那個東西，調笑道：「你這是吃藥了吧？」

陸臻下意識地搖頭。

夏明朗微微垂眸，有些不太甘願地：「你要不要……我讓你來一次？」

陸臻一怔，猶豫了半晌，才貼到夏明朗耳邊輕聲說道：「不要，今天不要。」他用力把兩個人抱到一起，彷彿嘆息似的低語：「帶我走。」

帶我走……

想把一切都給你，我的身體和靈魂，讓你來操縱我，從你給予的節奏中得到快感。

「寶貝，你怎麼了？」夏明朗漸漸醒悟過來。

「我累了。」陸臻含糊著水氣的嗓音聽起來異常的稚嫩，像一個受了委屈的孩子。

夏明朗很想笑，他想說那會兒拼死拼活卯著勁兒往上衝的人不知道是誰……可是，那又怎麼樣呢？老婆嘛，就是那個可以在你面前反覆無常，可撒嬌可耍賴，你還得一本正經地佯裝什麼都不知道地哄著的那個人。

畢竟這世界太殘酷了，冷冰冰血淋淋，讓我們不得不彼此寵愛，粉飾太平，即使無力為對方支撐天地，也要守護片刻的溫存。

息。

「這就累了，以後可怎麼辦啊？」夏明朗溫柔地吻過陸臻的胸口，被河水洗淨的身體帶著青草與泥土的氣息。

「所以你可不能不要我。」陸臻很認真地說道。

「我哪捨得不要你啊！」夏明朗輕輕啃咬著陸臻敏感的腰側，感覺到懷中熾熱肉體壓抑的顫抖。

陸臻順著腰上的力道翻轉過去，感覺到輕柔的吻像羽毛那樣拂過背脊，一點一點地，極為珍重地，小心翼翼地蔓延開。

「都拜過天地了，連爹媽都見了，你早他媽就是我的人了。」夏明朗輕聲低語，彷彿在抱怨，又極甜蜜的。陸臻細窄的腰被他握進手裡，後背彎出美妙的弧度。陸臻有極其漂亮的身體，修長、強韌，寬闊的後背上繃著結實的肌肉，每一分都恰到好處，隨著夏明朗舌尖的動作而繃緊，顯出美妙的紋理。

「我怎麼會不要你？臭小子，我這輩子都會纏著你，甭想甩了我。」夏明朗說得兇狠，動作卻極盡溫柔，每一點進出都極為緩慢，好像生怕陸臻會碎裂。

「唔……」陸臻在這樣柔和的侵入中放軟了身體，雙手撐進流水裡，認真感受夏明朗深埋在他體內的東西。很舒服，不那麼激烈的，但是舒服……陸臻感覺到臉上熱得發燙，無比羞恥。這不像他，那個名叫陸臻的傢伙應該是位積極又主動的大好青年，做什麼事都想握在自己手心裡，聽到什麼道理都要自己判斷對錯。即使遇到最最喜歡的人，心甘情願地一步步退讓，步調也得是自己數好的。

從來沒有這樣子，渴求讓一個男人進入自己，神魂顛倒！

夏明朗摟住陸臻的胸口，把人拉進懷裡，火熱的唇舌貼到陸臻頸邊細細密密地親吻著，從脖頸到臉側……他用濕熱的舌尖挑逗陸臻最敏感的耳廓，令他嗚咽似的呻吟……而後，低啞了嗓子說道：「別怕，寶貝，我帶你走。」

陸臻閉上眼睛，聽到風的聲音，聽到水流的聲音，聽到夜間昆蟲的鳴叫與草木歡快的歌唱，聽到另一個人的心跳聲。

月光染亮了整條河。

12

「得，知道了。」夏明朗擱好車載電話，一腳踹上車門。陸臻聽到聲響，轉過頭，看著他笑了笑。清晨的陽光像玻璃一樣清澈，天地遼遠，陸臻敞開的襯衫下擺在晨風中微微拂動，露出一截結實細瘦的腰。

夏明朗撓了撓頭髮，感覺這事，真是有點不正常。昨兒晚上折騰了半夜，到完事天都快亮了，陸臻那小子黏他黏得他不行不行的。夏明朗覺著這事情得壞，黃鼠狼獻殷勤非奸即盜，可是……唉，誰讓咱就好這一口呢？

「怎麼樣？」陸臻輕聲問道。

「沒事。」夏明朗赤腳踩進水裡，走過淺淺的水流坐到陸臻身邊，「陳默說我們可以再休息一會兒，沒關係，喬路明領的人得下午才到。」

陸臻輕輕噢一聲，揉一揉眼睛，靠到夏明朗身上去。

小河邊潮濕的灘塗上長著茂密的蘆葦，間或站著幾棵孤樹，矮矮的，並不高大，寬闊的樹冠像傘一樣。夏明朗看到陽光從樹葉間漏下來，形成跳躍的光斑，圓圓的。陸臻合著眼睛像是已經睡著了，薄薄的嘴唇浸潤在光斑裡，看起來鮮嫩柔軟。夏明朗探出手指去碰了碰，陸臻又笑了，嘴角翹起一個柔和的弧度。

夏明朗在「老婆」、「親愛的」、「寶貝」等等甜得要人命的名詞中遺憾地權衡了一番，最後中規中矩地叫了一聲「陸臻」，問道：「你這幾天到底幹嘛去了，怎麼能累成這樣？」

「我也不知道，可就是特別累，心累！」陸臻張開手臂就像抱一個布袋熊一樣把夏明朗抱在胸口，「我本來覺得我這人應該是不怕被人看的，可是，真到了那種時候，被人拿顯微鏡看著，生怕說不好，一個閃失一個詞，自己毀了自己的長城，自己當了自己曾經罵過的傻X……原來我真的會怵。」

「表現挺好的。」夏明朗揉著陸臻的後腦勺。

「我不喜歡那樣，說的不是自己的話，我心裡就特別沒底，心累……我特別想你，」陸臻把臉埋在夏明朗的頸窩裡輕輕磨蹭著，「你都把我慣壞了，這麼下去怎麼得了。」

「沒事，也不能更壞了。」夏明朗心中竊喜。

「你這邊，聶老闆怎麼說？」

「沒什麼說的，說回來記功，不會虧待我們。」夏明朗嘿嘿笑著。

「就這樣？」陸臻懷疑的。

「聶老闆跟我講了一課，什麼叫敵我矛盾，什麼叫人民內部矛盾，什麼叫當務之急，什麼叫精益求精。」

夏明朗似笑非笑的，連無奈都帶著些張狂的味道。但時過境遷，當狂怒平息下去，理性也漸漸回潮。有些事的確不對頭，可現實殘酷無情。即使你的天地都崩裂了，在別人看來……很可能也只是一件小事。

「所以？」陸臻好奇。

「總之不會虧待我和兄弟們，總之……總要讓我心裡舒服起來。」

「所以聶老闆的意思是讓你開個價，他們看著辦。」陸臻微笑著，「你面子挺大的啊！」

「算了，不提這個。」夏明朗感覺胸口有些悶悶地堵著，有些東西不用明說，彼此心照不宣。他轉了轉眼珠笑道，「喂，再叫聲老公來聽聽。」

陸臻眉頭一皺，睜開了眼睛。

「你別想抵賴。」夏明朗大義凜然。

陸臻捂住臉：「我如果說我其實是口誤了，你能相信嗎？」

「喲，那你得是想說什麼，才能誤成這倆兒字啊？」

「主要是聲音……那個聲調，我沒控制好。」陸臻心中淚流，我其實是想噁心你來著。

「沒關係，甭管你想用哪個調調，從通俗唱到美聲，咱都受得了。」夏明朗得意洋洋。

陸臻百口莫辯，只能繼續捂臉，做死貓狀裝睡。

夏明朗等了半天見沒動靜，索然無味地咂咂嘴：「沒意思，你又恢復正常了。」

「那我要老不正常，你能受得了哇？」陸臻急了。

「我感覺我這邊壓力不大，但我感覺你應該不成，爺再怎麼說也是泡過妞兒的，我連妞兒都受得了，你那點小模小樣的算個啥？」

陸臻都快惱羞成怒了：「那我跟妞兒能一樣嗎？」

「當然不一樣，那我先給你叫一聲，你再叫給我聽，怎麼樣？」夏明朗挑一挑眉毛，眼神挑逗得沒邊兒。

陸臻瞪著他，整張臉皺得像個帶褶的包子。

「寶貝……」夏明朗一眨眼，磁性沙啞的嗓音黏黏糊糊的團在一起，氣息柔軟，好像從舌尖上滾下一個甜蜜蜜的糯米團子。陸臻跟著那聲寶貝一個哆嗦，你不得不承認，能把這麼肉麻的稱呼說得如此動人也是一種天分。陸臻被勾得神魂顛倒的，可是那倆兒字在舌尖上滾來滾去，就是吐不出來，最後還是回爐重裝，怯生生地喊道：「隊長。」

「哎！」夏明朗很寬容，葷素不忌。

陸臻生怕再這麼扯下去不知道扯出什麼來，他拉著樹幹站起來，說道：「我們回去吧。」

「我背你過河。」夏明朗蹲下身。

「就這麼點水你還怕我淹了？」陸臻莫名其妙。

「來嘛，你別這麼急著恢復正常好不好？老子成家這麼久了，今天終於有了娶媳婦的感覺，你也讓我享受享受。來來……趕緊的……」夏明朗勾勾手指。

陸臻忍不住抿起嘴角微笑，夏明朗寬闊的後背像沉寂的大山。天已經開始熱了，古銅色赤裸的皮膚蒙著一層薄汗，下面緊繃著起伏的肌肉，無聲的力量感，讓人不由自主地臣服。陸臻像做賊似的左右看了看，輕輕趴到夏明朗背上。

「抱緊了啊……」夏明朗站直身體，雙腳踏進渾濁的河水裡。

陸臻默不作聲地點點頭，雙手抱住夏明朗的脖子，整張臉紅得像個番茄，薄薄的圓耳朵在晨光裡血潤透明。

「好像又瘦了。」夏明朗嘀咕著。

「不可能，我現在都快一百六十斤了。」

「切，老子有一百七十三斤。」

陸臻驚訝地抬起頭：「不可能吧？你還沒我高呢！」

夏明朗沉默了幾秒鐘，陰森森地說道：「你這是暗示我還需要繼續證明自己，是吧？」

「哎……」陸臻臉上又紅了。

「是，是說喬武官今天下午到嗎？」陸臻硬生生扭轉話題。

夏明朗哼了一聲。

陸臻又笑道：「你知道我們為什麼還不走嗎？」

這個問題很重要，夏明朗不甘不願地「嗯？」了一聲。

「我們留在這兒，主要是陪喬路明做個姿態，他把南邊的維和醫療隊全帶過來了，太湖號上面的器械藥品今天晚上到。然後……其實也沒我們什麼事，您現在的身分是公安部特警編制，考慮到您未來的執法安全，於情於理都可以不露臉，所以主要是三哥的工作，他得配合去慰問傷患。嗯，城裡那些傷患。」

夏明朗良久沉默，背著陸臻蹚過河水。

這河不深，但是很寬，從上游沖下來的泥沙與腐爛的樹葉打著旋兒流過夏明朗的小腿邊。有人說黃河清天下會出聖人，也有人說長江原來是清的。其實不可能，所有的江河最後都將變得渾濁，否則清水下行，會沖刷河床掏空堤壩。正所謂泥沙俱下，所有孕育生命的母親河都寬容廣博，含著剛剛好可以平衡的沙。

「問題是你怎麼說服柳三變。」夏明朗踩住一塊突出的岩石，踏上堤岸。腳下火辣辣的，幾乎有點燙，這真是一片熾熱的土地。

「我已經打算好了。」

「嗯？」夏明朗詫異。

「我打算讓你去說服柳三變。」

夏明朗一愣，苦笑：「你打算讓我怎麼去說服他？」

「這就是你的問題了，不是我的。」陸臻笑得道貌岸然。

「我操！」夏明朗停在車門口。

「夏明朗同志，組織上考驗你的時候到了。」陸臻做好準備等著被夏明朗扔下地。

「組織真是好啊，當你混不下去的時候，組織說我們相信你；啥時候需要有人犧牲了，組織說考驗你們的時候到了。真好，老子他媽的也要當組織。」夏明朗鬱悶地感慨著，單手拉開車門，把陸臻抱進去，放在車子後座上。

「睡會兒，要開挺久的。」夏明朗把自己的作訓服疊巴疊巴塞到陸臻手裡。

「那你呢？」

夏明朗眉飛色舞地：「我現在精神可好得很。」

陸臻臉上一紅，心裡嘀咕著：老流氓。

太陽照常升起，曠野照樣延伸，夏明朗最後看了那棵樹一眼，華蓋如傘的小樹對著他揮了揮枝葉，夏明朗一時興起按響了喇叭回禮，幾隻野駱駝從不遠處的蘆葦叢裡跑出來。陸臻躺在後座上很快就睡著了，微微張著嘴，睡相無辜，像個單純的孩子。

夏明朗把後視鏡調了好幾次，發現這小子睡得四仰八叉的，調來調去都看不著臉。夏明朗轉了轉眼珠，點上菸，加大油門再一腳剎車。陸臻咕咚從後座上滑下來，睡眼矇矓地攀著夏明朗的椅背探出頭：「到了？」

「還早呢！」夏明朗笑瞇瞇地把手貼到陸臻臉頰上。

「唔……」陸臻迷迷糊糊地在他掌心裡蹭一蹭，爬回去繼續睡。

夏明朗實在忍不住，無聲無息地笑出一臉燦爛，這些日子以來種種的不快與鬱悶就像是夜的陰影，在猛烈的陽光下蹤影全無。

其實你也沒什麼特別的。夏明朗心想，你沒有特別帥，也不是特別漂亮，你還不是特別溫柔，你也沒有特別體貼。可是只有你，讓我怎麼看都不會煩，一見就高興。就算坐在同一輛車裡，也想一直看著你。

陸臻回去就睡，蒙頭就睡到了黃昏。在喀蘇尼亞人的語境裡，下午要從太陽下山才開始，陸臻睜眼看到天邊還有半個太陽沒落盡，心裡坦然了些：還好，沒誤事。

可是，等他洗刷完畢從屋裡出來，才知道，還是誤事了。

情況是這樣的，雖說柳三變他們海軍陸戰隊那台大秀的調子是早就定好了的，可是經手的每個人都覺得很難向柳三變解釋，就總是指望著別人能把這事給辦了。久而久之，這種惰性就變成了一種潛意識裡的理所當然，好像柳三變就應該是已經被拿下了，好像他天生就能配合工作。

結果今天下午楊忠俊要清理維和醫院的場地，手頭人手不足就找陸戰隊幫忙。柳三變一聽也沒多問，立馬給抽了一小隊人，由醬仔領著過去打下手。到那兒一打聽，小夥子們都爆了。

這哪兒了得，怎麼回事？不服呀，憑什麼給他們治病，還不要錢？憑什麼捧著他們？這麼多兄弟都白死了？

楊忠俊雖然銜兒大，可是畢竟是機關幹部，沒有太多基層帶兵的經驗，第一時間沒把人唬住，局面就變得有些不可收拾。陸戰隊員都是二十出頭的小夥子，本來火性就大，又正在這種情緒暴烈的當口上，差點挽袖子就要幹起來。幸虧醬仔穩重，強行按住，火速派了人去找柳三變。

據說當時柳三變聽完了原委整張臉黑如鑄鐵，連看都沒看楊忠俊一眼，連踢帶踹揪著耳朵一個個把人領回了營房。

陸臻滿心懊惱，這溫柔鄉到底貪戀不得，任性縱情的，你是爽了，倒坑了兄弟。

這會兒太陽已經落得差不多了，月亮還沒起來，光線曖昧混濁，天氣悶熱。陸臻一路狂奔直衝臨時辦公室，汗水把迷彩T恤沾得精濕。

房間裡黑乎乎的，沒有開燈，夏明朗垂頭靠在門框上抽菸，猛然抬頭一眼，目光幽黑發亮，盯得人心裡生寒。楊忠俊滿臉尷尬地站在走廊裡，似乎有些憤憤的，可又不敢離開，轉頭看到陸臻過來，眼睛都亮了。

他壓低聲音湊近陸臻：「喬頭馬上要到了。」

陸臻對著他擺了擺手，示意他先走：「交給我。」

楊忠俊如釋重負，馬上消失在轉角處。

陸臻發現柳三變發起火來跟他老婆一個風格，不吵不鬧，面無表情，他砸東西……也不多砸，就對著一張凳子砸，手腳並用咚咚砸得人心驚肉跳。醬仔追著陸臻跑過來，看到這場面自己也愣了，扭頭看了看陸臻，似乎是想解釋點什麼，卻又不知從何說起。

這空間裡只剩下了自己人，氣氛卻沒有和諧一點。陸臻想我是不是應該勸他，可是讓柳三變這麼一個聰明人，面對如此憋屈卻又無法反抗的命令，要怎樣的安慰才能讓他舒服一點？

柳三變終於徹底地砸碎了一張凳子，粉骨碎身，再也找不到一塊完整的木片。他愣了一下，似乎也有些茫然，不知道自己接下來應該再幹點什麼。他抬頭看著夏明朗，有些詢問的意思，呆呆的，回不過神來。

夏明朗非常用力地吸了一口菸，紅色的火線飛快地向他的手指漫延，他吐出煙霧，把菸頭扔到地上踩滅，緩緩地，沉聲道：「我陪你一起去，成嗎？」

柳三變彷彿瞬間崩潰，眼淚滾了滿臉，他說：「我該怎麼跟他們說，他們都還是些孩子，他們會怎麼想，他們怎麼能理解？那些士兵，每天都訓練得很苦，真的很苦，就是為了那些榮譽，虛無縹緲的榮譽感。可是現在呢？告訴他們，你們戰勝的不都是敵人，你們的勝利給祖國添麻煩了？」

「我跟你一起去說。」夏明朗輕聲道。

柳三變把嘴唇咬得發白，半晌，他擦乾臉說：「那是我的兵。」

陸臻拽著姜清無聲退走，他知道夏明朗一定有辦法，或者，他知道夏明朗有足夠的真誠。

姜清一邊埋頭走道，一邊從兜裡摸出菸來抽，陸臻從他的菸盒裡拿走一支，醬仔抬眼看看他，順手幫他點上。

陸臻輕聲嘆息說：「我對不起你們。」

「這哪能跟你有關係呢。」姜清侷促地。

「有什麼問題，可以向我問。」

姜清悶聲不語。

「沒有問題嗎？」

姜清慢慢地抽著菸：「我相信領導決定什麼，總有領導的道理，如果我現在理解不了，那一定是我的閱歷還不夠。就是營長他，他其實不是為自己，他是可憐我們，你們別為難他，別跟他一般見識。」

「姜清！」陸臻扶住姜清的肩讓他正視自己，「你在對我說『你我』，你把我當成什麼人？」

姜清急得漲紅了臉，越發侷促不安。

「別對我說『你我』，我們是兄弟，我不是你領導，我們是兄弟，明白嗎？如果不是萬不得已，我絕不會讓你們受這委屈，可是現在高層的壓力也很大。或者我們應該這麼想，我們是軍人，我們手握武器，我們強大，比他們有殺傷力……所以我們有責任比他們更理智、更寬容、更仁慈。」

「不用跟我說那麼多。」姜清從陸臻手下掙脫出來，默默地抽著菸。

陸臻有些洩氣，挫敗地看著他。姜清漸漸開始不好意思，總有一些人會把別人的不安轉嫁到自己身上，他躊躇著，小聲說道：「其實我沒那麼想不通，反正大家都一樣，你看，你也一樣……反正又不是要讓我們去賠禮道歉，其實也沒那麼想不開。戰士們也是，總是有想得通的和有想不通的，可只要大家都一樣，大家都會配合的。」

「可是我覺得我有責任解釋清楚。」陸臻焦急地分辯著。

「你這人就是這樣，怎麼都沒有一點做領導的樣子。領導做事哪能全都向我們解釋清楚，哪有那麼多時間，哪能都說得清。部隊不就這樣？想得通就想，想不通就別想，令行禁止，完了。所以你也別擔心，真的，出不了事。」

「我不能用命令的方式要求你們做這些，我做不到！」

「你真是個奇怪的。」姜清嘆著氣，又給自己點上一支菸，「我都想不通你是怎麼能做到這個位置上的，就你那麼大膽子，你這脾氣。該你做的不做，不該你做的瞎做，你就說你昨天晚上，那麼多人看著你，你怎麼就能跟夏隊長……」

陸臻心頭一凜，心跳頓時停了一拍，姜清看著他的臉色醒悟過來，猛然閉上嘴。

「對不起啊。」陸臻心跳得手指都在發顫。

「什麼對不起，也沒什麼對不起，當然我覺得別人應該也……可是，萬一有人不服氣，覺得好像你拽了，兄弟們都不理了。你跟夏隊長……」姜清欲言又止，深深地看了陸臻一眼，「你們挺好的，可是我很擔心。」

「你說得對，我昨天暈頭了，以後不會了。」陸臻道。

「別，別這麼說，我不是想教訓你，我……」姜清有些驚慌。

「我保證，以後不會了，我會更小心一點。」陸臻按住姜清的肩膀。

姜清盯著他看了一會兒，神色漸漸平緩下來，他自嘲地笑了笑說道：「你看我，沒上沒下的。」

「我們兩個有必要分上下嗎？」陸臻也笑道。

姜清淡淡地笑著，很溫柔的樣子。

當柳三變再度回到他的士兵面前的時候，他是一個臉色陰沉而嚴肅的主官，他的態度強硬，所以不容置疑。

具體的命令只有兩條：

1.所有的幹部都必須參與維和醫療援助任務，以展現我軍仁義之師的光榮傳統。

2.普通士兵願意參加的就參加，不願意參加的就在家裡待著，這是政治任務，不能憑個人意氣胡搞，不許給隊裡和旅裡抹黑。

的確沒有陸臻想像中那麼大阻力，或者我們的戰士已經習慣了接受各種各樣神奇的命令，甚至不需要一個合理的解釋。陸臻內疚的態度甚至感動了他們，那個剛剛參加完一場世界級發佈會的，深得大領導賞識的中層幹部居然這樣為他們難過，這簡直讓他們有點不知所措。

維和醫療點設立的第一天並沒有太多人，只有些頭疼腦熱的老弱婦孺相攜而來討點藥；因為免費管飯，上門求助的人數很快就多了起來。而更快的，似乎是發現了這個醫療點裡還待著不少來自異國的觀察員、記者與志願者，他們都蹲著守著想在這裡撈到中國人的一點把柄，所以到這地方來治病並不會被莫名其妙地弄死，也就漸漸開始有一些真正中了槍傷的傷患混同而來。

而這部分人是重點，陸臻和外交部的很多人都鬆了口氣，本來他們擔心這些人會太有骨氣，可是現在發現，其實人家也有游擊精神，治傷與驅敵並不矛盾。

過來幫忙的戰士都被特別培訓過，大家會佯裝聽不懂任何挑釁性的語言，說打不還手可能誇張了一些，畢竟實力對比強大，拳腳還沒揮起來就會被按住；可是罵不還口普遍都能做到，畢竟，很多戰士的英語表達能力也不行。

自然，記者拍到了很多珍貴的照片。

陸臻專門去尋找過那位受傷的男童，他甚至委託新華社的記者聯絡了那位憤怒的記者母親，但是沒有找到，誰都沒能找到他們。他們也許死去了，消失了，如同這個亂世中的很多人一樣。

再過些日子，漸漸有示威抗議的人群在維和醫療點外聚集，他們做得很像樣，是歐美民眾會看懂的模樣，畢竟這是個全球化資訊的時代，學點表面功夫並不難。

在任何情況下，有人擁護就會有人反對，在奈薩拉新一輪的爭鬥圍繞著遙遠的中國展開。每個人都會有自己的立場與理由，有人要攻擊它，自然就會有人要維護它。示威的人群在醫療點外拉開大長幅，他們喊著各式口號，如果能成功從隊伍裡拉出一個中國軍人，就會情緒激動地衝著他吼半天。

士兵們大都對此很煩躁，他們還年輕，仍然崇尚血性。喬明路和陸臻倒是放心了不少，畢竟這都要好過營門外夜夜炮響。

有一天陸臻看到夏明朗被人拉出來，因為他是夏明朗，所以當那位年輕的黑小夥拽他的時候沒人敢上來圍住，戰士們都默認夏明朗可以獨自面對一切，沒人有資格擋在他的身前。

黑小夥對自己意外的成就很激動，他唾沫橫飛地吼道：「It's my country!（這是我的國家）」

夏明朗平靜地看著他，看著他身後隱藏的鏡頭，他微微笑了笑說道：「Yes, this is your country, but it is our world. Pretty words are useless. If you want a good life, you've got to do something--for your country, for our world. That's what I know.（是的，這是你的國家，也是我們的地球。我不會說那些漂亮話，我只知道現在全世界都綁在一起了，想好好活著，有些事就逃不掉。）」

夏明朗停頓了一會兒，又笑了，無可奈何的模樣，他塞給那小夥子一盒菸，然後甩開了他。那天晚上柳三變找夏明朗喝酒，在這苦熱的國度裡，酒精在體內發酵的速度無與倫比，三杯兩盞淡酒就足夠把兩個壯漢放倒。

柳三變仰面躺在滾燙的沙地上，看著頭頂通透到底的天幕，他忽然說：「我感覺我不恨他們了。」

夏明朗說：「哦？」

「看著一無所有的人，你恨不起來。」

夏明朗示意他們這些特種軍人已經可以撤離了，畢竟搞政治搞人性不是我們的專長，畢竟在咱們的部隊裡還有不少相貌堂堂、溫柔可親、能把各種讓人聽不懂的話都說得煞有其事的兄弟們。當然，這是夏明朗第一次相信這些婆婆媽媽的傢伙真的會有用。

再度回到勒多港的時候，祁連山號已經返航了，接替他們的是和平使命艦隊，這支艦隊由一艘大型醫療船，兩艘補給艦和一艦導彈護衛艦組成。艦隊的政委叫林珩，少將軍銜，陸臻曾經在海軍學院旁聽過他的講課，是我軍少有的懂得如何應對媒體的將領，所以一直被閒置在院校中。

有時候其實上面不一定真的不知道你的才華，只是，他們不需要。

林珩給回程的戰士準備了一場莊嚴的歡迎儀式。人群無聲無息地站在機場跑道的盡頭，夕陽將他們手中鮮豔的紅旗染出古老的鏽色，前排處幾個小夥子挑起大橫幅說：真好，你們回來了！

當運輸機的艙門打開，柳三變站在門口愣了三秒鐘，而後他轉身吼道：「列隊！」

陸臻在戰士們眼中看到晶瑩的淚光，其實我們想要的都不多，你們欣慰的笑容，便是我們所有衝鋒陷陣的理由。

後來，在陸臻的強烈要求，當然也在聶卓的默許下，新華社刊登了所有陣亡戰士的照片，他們的姓名、籍貫、年齡、興趣愛好、生活瑣事……陸臻參與了整篇新聞通稿的擬定，他要求不設典型不分主次一視同仁，最後親筆寫下評論的標題——他們不是數字，他們都有名字！

據說柳三變看到這份報紙的傳真後坐在辦公桌前沉默了很久，他仔細地收起了這份報紙，讓陸臻多少有些欣慰。

然而這篇報導在國內的反響卻沒有想像中來得好，因為名字太多，人們最後甚至沒能記住他們中的任何一個，多年後提起這件事，能記得的，仍然是：啊，當時聽說，犧牲了五個人呢……

是啊，有些人在遠方死去了，其實沒有關係，只要我們不認識他，只要他已經遠遠離開……

第二章　鎮守南珈

和平號是一艘大型醫療船，船體龐大，可以同時進行除腦外科以外的十台手術，有二十多個ICU重症病床。從戰火連天的陸地登上四處漫著消毒藥水味兒的醫療船，陸臻陡然感覺到心裡踏實了很多，連腳下那種不著實地的飄浮感都是如此親切可人。

然而很快的，柳三變與夏明朗就發現情況令人費解：和平號沒有給他們安排艙室，他們被帶進了病房。

「請問，哪位是夏隊長？」一個笑瞇瞇的小胖子推開門，他身上穿著藍色的海軍作訓服，中尉銜。

「我。」夏明朗心道，剛好要去找你們。

「你好！」小胖子熱情地衝過去握手，「我是林將軍的秘書，我叫韓海生，你們可以叫我海生，但請不要叫成海參……」

一排烏鴉從眾人頭頂飛過，冷場三十秒，韓海生漸漸尷尬起來，陸臻忽然哈哈笑了兩聲，讓這位可憐的小夥子徹底漲紅了臉。

「林、林將軍……請各位負責人，去甲板見他。」韓海生掏出一頁紙，「特別行動隊的夏明朗隊長與陸臻副隊長，特警分隊的馬小傑隊長，海軍陸戰隊柳副營長。」

欺負小朋友畢竟沒有什麼意思，四位隊長馬上收拾東西隨韓海生出去。夏明朗見韓海生出門後馬上吐了吐舌頭，做了個尷尬的鬼臉，不覺微笑，心裡對這小孩兒多了幾分好感。

正是黃昏時分，海面上落日熔金，夏明朗遠遠地看到林珩與幾個穿便服的站在船舷邊，旁邊的三腳架上支著一個藍幽幽的看著應該是照相機，又不像照相機的東西。

「呀，我們的英雄來了！」林珩看起來非常平易近人，笑容滿面，遠遠地就伸出手，與每個人一一緊握。

夏明朗之前沒聽說過這位將軍的半點生平，捉摸不透對方的性子，態度相當謹慎克制。倒是眼觀六路中發現柳三變神情激動，兩眼閃閃發光，想來必定是個不簡單的人物。

「來，介紹一下，這幾位是中央台與《環球時報》的記者，我們這次行動，他們會全程跟隨，所以將來你們碰面的機會也會很多。哦對了……這位，王永宏先生，戰地記者，從阿富汗到伊拉克……全程在場。剛剛一直在跟我說，想對你們做一個訪談，我說行，我幫你問一下。」林珩微笑著看向夏明朗，「沒有什麼問題吧？」

「沒問題。」

「行，那麼，接下來，我想討論一下各位的安置問題。」

王永宏微微探身，輕聲問道：「林將軍，我們……」

「啊，不用不用，很敞開的一個話題。」林珩揮了揮手。

夏明朗忍不住疑惑越來越大，不自覺與陸臻碰了個眼神，從對方眼裡也看到了濃濃的疑惑。

「是這樣，大家也看出來了，船上的艙位有限。那麼我的想法是與其把各位都安置在船上，住得不舒服也礙事，那麼，還不如把大部分人員都安置到陸地上。」

夏明朗轉頭看了看柳三變與馬小傑，笑了：「我這邊是沒有問題的。」

「那好，我等會兒和梁大使討論一下，請他給安排個地方。最近這兩天我們會對所有的戰士做一個徹底的檢查，以評估他們現在的身體與心理狀態還能不能繼續承受。那麼這個過程，還是需要各位參與……」

「保證配合完成任務！」大家不約而同地立正。

「好，好，不要緊張，大家放鬆一點，這不是個正式會議。」林珩笑道，「等會兒，讓海生帶各位參觀一下我們這艘船，晚上在直升機坪會有一個小餐會，算是給大家接風洗塵……哎呀……」

林珩回身看到落日已經融了一半在海裡，連忙湊到三腳架旁邊，王永宏拿了一支黑乎乎的儀器遞過去……

陸臻見夏明朗一頭霧水，輕聲解釋道：「哈蘇501CW，一種中畫幅膠片相機，那個是測光器。」

「哎呀，遇見同道了。」林珩忙裡偷閒，對著陸臻眨了下眼睛。

「小時候玩過。」

「小時候玩過……」林珩故意放慢了音調，「看來是高手啊！試試？」

「不了，以前有朋友喜歡，很久不碰了。」

「陸臻中校。」林珩似乎是感覺到了陸臻的冷淡，「還記得嗎？我們可是打過交道的。」

「記得，我以前在去海軍學院，旁聽過您的課。」

「是嗎？什麼時候的事？」林珩一愣。

「十幾年前了，我剛上大學的時候。可是，那您……」陸臻一時也懵了，他當時只是跟著導師出門開會，自己四處蹭課，並不是什麼正兒八經的旁聽生，按理的確不應該讓林珩注意上。

「那一年，全國軍事院校鐵人三項賽，我們海軍學院是我領的隊，贏了你們國防科大，第一次拿了個冠軍。你當時是個人成績第八名，非指揮類的第一名。」

「對……但我也是指揮類，算半個指揮類。」

「呵呵，我為什麼會記得你呢？是因為你小子在賽後的聯歡會上朗誦了一首法文詩，可憐我們台下這幫老頭子，聽又聽不懂，問又不好意思問，連鼓掌的時間點都掐不到。話說回來，你當時到底在說什麼？這個心結壓在我心裡可快十年了。」林珩不愧是調動氣氛的高手，談笑風生間把所有人的情緒都放鬆了下來。

「我忘了，是自己寫的，大概是激情拼搏、青春這一類的東西。」

「那你和林將軍倒是可以交流交流，林將軍也是一位詩人，我看過他的《海島》……」王永宏忍不住插入話題。

「行了行了，我那點……就不提了。倒是你……」林珩看著陸臻，「怎麼樣，今天晚上再給我們露一手？這一路戎馬倥傯，想必又讓你詩興大發了吧！」

「『在奧斯維辛之後，寫詩是野蠻的！』（註2）我有五個兄弟死在這條路上！」陸臻聲音冰冷，他感覺到有人在扯他衣角，從餘光中看到柳三變在向他使眼色，陸臻不動聲色地移開一些。

林珩一下子愣住，這種尷尬比被人當面甩上一個耳光還要致命一些，只能緩緩地苦笑：「也對！那什麼，你們先休息，晚上……嗯，準備好了，會有人去通知你們。」

註2：「在奧斯維辛之後，寫詩是野蠻的！」這句話出自德國思想家狄奧多·阿多諾。

「好的！」夏明朗當機立斷，拉上陸臻就走。

「政委，他……」柳三變故意緩了一步。

「我知道，沒關係！」林珩微微點了點頭，「是我不好，考慮得不周。」

「你怎麼能這樣說他？」柳三變在走廊裡追上陸臻。

「我為什麼不能這樣說他？」在自己兄弟面前，陸臻的情緒更加外露，「清風明月，拍拍照寫寫詩，他以為他來幹什麼？度假嗎？」

「他可能有他的……」

「我看他是在學校裡待太久了，還以為這是一場浪漫旅行呢！我真想不透怎麼會把這種書呆子派出來主持大局……」

「你根本不瞭解情況，林珩在西沙當過十年政委，幾乎沒上過陸地。要我看，整個艦隊，要比這種在海外孤島獨立帶隊的能力，沒人比他更有經驗。」

陸臻一下愣住。

「說實話，一線大佬裡面我服的人不多，林珩是頭一號的。你下次開口噴人之前，先打聽打聽。」柳三變憤憤不平地從陸臻身前繞過。

「三哥……」陸臻愕然。

夏明朗按住陸臻的肩膀，示意他別再糾纏。

完全沒有機會參與其中的馬小傑看看這個，再看看那個，無辜地眨了眨眼睛。

似乎是因為陸臻之前說的那些話，晚上的餐會進行得非常莊重，沒有一點娛樂的元素。飯後，林珩站到台前，說給大家準備了一份薄禮。一個投影儀支架起來，畫面剛剛開始，就聽到有人哭出了聲。林珩帶過來的是所有家人的問候……

麒麟眾人限於保密級數，只有嚴正一個人代表大家長說了幾句場面話，可輪到陸戰隊就是實打實字到血的畫面了。陸臻看到萬勝梅溫柔地低笑，說孩子一切都好。柳三變的眼淚奪眶而出，當著他所有士兵的面哭得不肯抬頭。

林珩很體貼地給出了大量時間讓戰士們傾瀉情緒，他聲音低沉，安撫似的解釋著：「這些視頻是央視的朋友和我們艦隊政治處共同製作的，現在放出來的是一個剪輯，等一下，大家可以去海生那邊把自己家裡完整的那一份拷走，沒有電腦的戰士可以去活動室借用……」

林珩的話音剛落，韓海生就讓人圍了個水泄不通。陸臻只覺得驚訝，這段視頻雖然短，但是工程浩大，柳三變營裡的士兵來自大江南北，要一一走訪到戶，不是一兩個人力所能承擔。陸臻感覺到夏明朗按住自己肩膀，對著林珩那邊遞了個眼色，陸臻猶豫了一會兒，向林珩走過去。

林珩馬上明白了陸臻的意圖，他抬了抬手，把陸臻引到一邊。

關係太生疏，道歉的話反而不知道從何說起，陸臻欲言又止，剛剛起了個頭兒便被林珩打斷：「其實你提醒得有道理，也是我疏忽了。」

「不不，主要是我不瞭解情況，誤會您了。」陸臻越發羞愧。

「阿多諾是一個左派，他的觀點一向很激進，他說『奧斯維辛之後沒有詩』，他其實是想說，在人類表現出那樣的醜惡，經歷過那樣的苦難以後，我們這些倖存者，還有沒有權利，再追求幸福與詩意。可是你看他們……」林珩靠在船舷上，抬手指向韓海生那邊：一大群人擠得水泄不通，他們抓著各式各樣的工具，臉上洋溢著期待與喜悅；而桌子上的另一台電腦在忙著給大家刻盤（燒錄光碟）。

「他們正在追求著什麼？正是幸福與詩意。」林珩道，「這是人們活著，最根本的需求，這是不能被禁止的。」

「對不起，我並沒有深入地去想過這句話。」

「看得出來，你很緊張，你擔心你的兄弟們被人忘記，你擔心遇到不公平，你擔心很多……我看了你寫給新華社的那個東西。想聽一下我的想法嗎？」

「您說！」陸臻態度誠懇。

「我的想法是，如果沒有什麼機緣巧合，或者什麼特別的政治目的，就現在這種情況看起來，你的兄弟們將來註定會被大多數人所忘記。」林珩意味深長地停頓了一下，毫不意外地看到陸臻臉上的沮喪。

「但我覺得這也沒什麼大不了的！」林珩說道。

「可是將軍……」陸臻意外地。

「中國太大了，每天都要發生太多事，我們的歷史又太長，有太多英雄。人們不可能把什麼都記住，對所有的痛苦都感同身受。所以，大部分人的功績總會被大部分人所忽略，這是正常的。可是我們是職業軍人，選擇了這份職業，就要承擔這些東西。為國征戰是我們的本份，即使沒有人會記得。」

陸臻終於笑了，有些釋然地：「是啊！」

「說實話，你現在的情緒很不穩定。」林珩漸漸嚴肅起來，「你有沒有想過，我們這些政工幹部的職責是什麼？」

陸臻愣了一會兒才反應過來他現在頭上還頂著一個政工銜，因為嚴正的唯軍事主義作風，麒麟內部對政工這塊一向輕慢，副隊長名義上身兼，平時根本想不起來。

林珩見陸臻發愣，便繼續說下去：「我們這些人不直接指揮戰鬥，但絕對不可或缺。因為我們掌管的不是軍務，是軍心。」

這是一個太過新鮮的理念，陸臻的注意力完全被吸引了過去，他目不轉睛地盯著林珩，一雙黑色的大眼睛在夜色中閃出星光。

「所有的人，所有人的心理，他們現在在想什麼，你都要能掌握到。那麼現在你好好想想，你手下這些戰士們此時此刻最需要的是什麼？他們不需要反思，不需要內疚，他們需要放鬆。他們現在和你一樣，身陷在那種『我為什麼會活下來』的負罪感中不可自拔，而你最需要做的工作是幫助他們化解這種情緒，而不是深化。可是你太關注自我了，你眼睛裡看到的是自己，你有沒有想過全局？你們現在還在前線，逝者長已，交給後方；生者如斯，你是主官，你要對活人負責。」

「對不起，我真的……沒去想過這些。」陸臻臉上發燒，這次是真正的羞愧，簡直無地自容。

「這不怪你，你還年輕，年輕人難免情緒化。而且長久以來我們的工作都有很多誤區。我們喜歡把心理問題歸結為思想問題，再把思想問題拔高到政治問題，然後一刀切下。這是一種工作的惰性！小夥子，你要學會開闊，學著接受，在你眼前會發生各種各樣的事，特別好的特別壞的，你不能讓這些事影響你的情緒和判斷。因為你是這個隊伍裡定魂的針。」林珩目光炯炯，肩膀上一顆金星泛著微光，陸臻第一次確信站在他面前這是一位將軍，貨真價實的。他甚至有些哽咽，張口結舌不知道說什麼好。

「謝謝，謝謝……您對我說這些。」

「看得出來你能聽進去，我才跟你說這麼多，一般人我才不告訴他。」林珩眨了眨眼睛，又恢復了老頑童的姿態。

「謝謝。」陸臻難得對人心悅誠服，「我聽說，您在西沙待了十年？」

「沒有那麼久，七八年吧！」

「是您自己要求的嗎？」

「是的。」

「為什麼？」

「一開始是想做點事，想證明自己可以在那裡做點事。後來真的去了，發現需要做的事情實在太多，就耽擱了。」林珩看著陸臻很有些不太相信的表情，不覺失笑，「你到底想問什麼？」

「我只是覺得像您這樣的人才，不應該到現在只是少將。」

「哈哈哈！」林珩大笑，「我是一個比較倒楣的人，具體就不說了，反正再過兩年就要退了，人老了，什麼都看得開。」

「可是，當您年輕的時候就沒有失望過嗎？」陸臻急切地問道。

林珩止住笑意：「這才是你真正想問的，對嗎？」

「對！」陸臻難得地緊張。

「沒有！」林珩說得很乾脆，斬釘截鐵。

「真的？」

「這麼大個部隊，有那麼多事可以幹，怎麼還有空失望呢？」

陸臻一愣，轉瞬間有種醍醐灌頂般的暢快感：「這樣！」

「人的一生很長，不要計較一時一刻的得失，要執著。」

「我明白了！」這些日子以來，鬱結在陸臻心頭的焦慮終於破開一角，讓他可以再一次由衷地笑出來，像清新的風，這份笑意似乎也感染到了林珩。

「我看過你的那個發佈會，很出色。」林珩的眼中帶著幾分慈祥，欣慰地看這個年輕的後輩。

「那只是末技，耍嘴皮子的工作，和您比起來差遠了。」

夏明朗一直留心旁觀，見最後這一老一小齊齊笑開，知道芥蒂已解，也就放下心來。他拍了拍柳三變，示意他看過去。柳三變卻誤會了，笑道：「沒關係的，林將軍不會跟陸臻一般見識的。」

這個，一般……見識……

自然誰的人誰心疼，夏明朗雖然從沒覺得陸臻是怎麼個十全十美的寶貝，可是這「一般見識」四個字還是小小地烙傷了他那並不柔嫩的心，尤其是這話出自柳三變之口。剛剛同生共死過，是兄弟，胳膊肘兒總是要往內拐的。

他重複了一遍這個詞，似笑非笑地看著柳三變：「你在他手下幹過？」

柳三變是玲瓏的人，馬上反應過來，笑了：「沒有，我跟他其實不熟。」

「噢？」

「我沒在他手下待過，我跟他其實只共過一件事。」柳三變轉過身來，正面夏明朗，「我當年還在女隊，那年演習，在他的地頭上。演習開始沒多久他就把我叫過去，說我隊裡有個人情緒不對勁，讓我留心。我觀察了幾天，感覺也就是悶了一點，不合群，可是訓練成績是好的，也不生事，就沒放在心上。後來他又找我，說情況不對，我那時候性子比現在衝，就覺得他針對我。可是沒想到當時找人就找不見了，我這才急了，發動全隊去找。等到找到的時候，人已經站在海邊了，回頭看了我們一眼，一個字兒都沒吭就跳下去了。七八米高的崖口，還好水深，斷了兩根肋骨，內臟大出血，差點就沒救回來。我那時候覺得我完了，部隊的情況你知道的，不出事怎麼幹都沒關係，出了事怎麼幹都有關係。而且林珩還提醒過我，那我的責任就更大了，我和他素昧平生，我覺得他不可能會幫我。」

「結果他幫你打掩護？」夏明朗非常好奇。

「沒，不是這樣。他找了精神科的專家，最後鑑定下來那姑娘是抑鬱症。他向工作組解釋，說這件事不能全怪我，我腦子裡沒有那根弦是因為組織上沒要求。我後來才知道，當時在西沙有一整套心理干預體系，全是他自己找專家搞起來的。他沒去之前，那塊是艦隊自殺率最高的地方，很正常，海島嘛。但是這幾年已經降到平均數下面了。」

夏明朗沉默半天，最後吐出兩個字：「人才！」

「是啊，可惜了，命不好！其實林珩成名很早，他以前是陸軍的，老司令在的時候特別喜歡他，才把他調到院校去準備將來要大用。沒想到後來艦隊出了大事故，所有的升遷都停了。再後來換了新的老大，再後來，他就去西沙了。那塊地方最難管，也沒人樂意去，一去就回不來了……」

夏明朗正專注地聽著，忽然見柳三變停住立正，回身一看，果然是林珩過來了。被陸臻引到夏明朗面前：「這就是我們隊長，這次我們能逃出來，全靠他了。」

夏明朗還沒來得及敬禮，林珩的手已經伸到鼻子底下，只能再握一次。

這孩子……夏明朗無奈而尷尬：知道你現在對這老頭兒重新定位，引為良師了，可是也沒必要拉著人家像見女婿似的，專程再介紹一次吧。而且，雖然林珩是挺好的，可是看著身邊兩位小弟那赤裸裸的粉絲嘴臉，夏明朗也困惑了：我怎麼就這麼淡定呢？

琢磨了半天，在排除比如說吃醋了、嫉妒了等等不那麼和諧的主觀因素之後，夏明朗無比愛憐地看了一眼陸臻，這小子正兩眼放光地聽林珩介紹他的心理團隊。

到底是少年人啊，還是熱血，還是有銳氣，才那麼容易被一些事感動，被一些人打動……真他媽的年輕！

夏明朗感慨萬端：我約莫是老了！嗯，過了追星的年紀了。他抬手搭上陸臻的肩膀，偽裝出十分之有興致的樣子來，好抓住青春的尾巴。

行動隊的體檢做了三天，五臟六腑連帶每一塊肌肉全查過，附帶每天做不完的表格。畢竟這是第一次大規模海外公開行動，林珩很關注，幾乎把和平號上能做的項目都做了個遍。雖然陸臻一直很有興致，可是群眾普遍怨聲載道。夏明朗跟嚴正通話時提了一句，第二天唐起醫生便在電話裡咆哮：給我把所有的資料拿回來！

夏明朗這才意識到：哎呀，讓人佔便宜了啊！

林珩這次帶出來六個心理醫師，主要用於處理戰地綜合症，臨時派過來負責行動隊的是兩位女醫生，年紀雖然是不輕了，可都長得溫柔可人，說話悄聲細語。陸臻曾經半開玩笑地問林珩，這是不是專門挑過的？林珩瞪起眼睛，一本正經地回答：「那當然！」

最後整體評估結果麒麟全員過關，特警小組被打回去一個，陸戰隊發還五人。被點到名的小夥子多半非常激動，一哭二鬧差點三跳海，惹得林珩出面親自解釋，並保證回去後不會對大家做任何負面處理，情況才略好一些。可是看得出來，大家對這些個勞什子都非常不滿，總覺得輕傷不下火線才是我黨我軍的優良作風。

柳三變身為林珩的腦殘粉絲，在一邊是兄弟，一邊是偶像的夾縫中活得很矛盾。

不同於之前在奈薩拉的小休，這次在勒多算是正式駐紮，夏明朗對營地的要求自然要更高一些，至少也得有個訓練場什麼的。其實按正常程式，夏明朗他們下一步就得坐船回老家了。可是梁雲山堅決不同意，動用一切力量說服中央，要求把這支部隊留下來。喀蘇尼亞的局勢越來越混亂，只有這支已然經受過戰火考驗的隊伍才能讓他多一點安全感。

可勒多雖是喀蘇尼亞的北方大鎮，但論城市建設還真是一般，尤其是現在硬生生被徵用成了政府所在地，人多得簡直可以溢出來。梁雲山找來找去都沒找見什麼合適的，最後只能給夏明朗找了個囧地：前勒多港消防總隊駐地。

夏明朗正覺得挺好，梁雲山的秘書成岩半吞半吐地說道：「現在是喀蘇尼亞國家安全部隊的營地。」

「呃……」夏明朗囧住。

協調到最後，梁雲山找人連夜拉了個一人多高的鐵絲網，把整個營地一分為二。夏明朗心想咱也甭計較了，總統大人也不容易，御林軍都分出一半屁股凳兒給咱們坐了。

新營地離港口不遠，設施還算齊全，就是沒有適合的長距離步槍靶場，這讓夏明朗非常鬱悶。營區另一邊的喀方安全部隊倒是很淡定，憑空少了一塊地也沒見他們抱怨，還送來不少吃的喝的。兵士們閒來無事就趴著鐵絲網，對傳說中的東方幽靈們進行慘無人道的圍觀。

麒麟再一次整體換皮，現在他們的身分是——「中國人民武裝員警部隊特種員警學院」（Special Police of China），縮寫為SPC，簡稱食品廠。

特警的制服一色純黑，在這種高熱環境裡簡直能熱死個人。方進心裡不樂意，換牌的時候便嘀嘀咕咕：咱們麒麟真是一塊磚，哪裡需要就往哪裡搬，啥亂七八糟的牌都可以往袖子上黏。

方進嘛，一向的，說話永遠不會避著點人。於是，在晚上的夜話裡，馬小傑頗有些靦腆卻又自豪地向大家說起食品廠的光榮傳統與顯赫家世。同時在字裡行間暗示我們和你們是一樣滴，咱們是一個級別滴，咱們都是正師級單位，都是中央直線領導，咱誰也別瞧不起誰，袖子上的這個牌絕對是配得上你們滴。

夏明朗一時錯愕，他實在搞不清楚一向沉穩的馬組長如此義憤填膺是為哪般，只好迅速地與陸臻交換了一個眼神：一個問，你上？另一個說，哄男人我不在行。

陸臻不屑地轉過頭去……

「這個……」夏明朗做回想狀，「雪豹跟你們是什麼關係啊？」

馬小傑一臉不屑：「那跟我們沒關係，他們本來是北京武警的特勤大隊，就現在這個規模，也是從我們這裡抽骨幹建立起來的。」

夏明朗做恍然大悟狀：「我說呢，當年跟他們處過一處……」

夏明朗意味深長地笑了笑，意思是……你懂的！

馬小傑自然是懂的，臉色馬上好看了很多。

「噢，那個……那個，雪豹有個傢伙是我哥們兒！他還送了我一個胸標，可有意思了，來來，給你們看一下……」方進忽然興奮地嚷嚷起來，讓夏明朗的笑容瞬間扭曲。

這位偉大的二子從始至終就沒聽出過馬小傑的弦外之音，還只當是大夥侃大山，聽得興致勃勃。這會兒嚷起來，準又是一個雷。陸臻火線截話沒截下來，就見方進從隨身背包裡興奮地拽出一枚雪豹的牌：「你看你看，他們的豹子頭是沒有牙的！」

方進的嘴形在這句話的終點凝固，形成一個梯形的微笑，兩排雪亮的大牙在燈光下閃閃發亮。

眾人愣住，轉而哄堂大笑。

可憐的馬小傑在這短短幾秒鐘之內臉色一變再變，最後估計自己也悟了，自嘲地笑了起來。他笑了，夏明朗也就沒什麼可擔心了，隨手一巴掌拍在方進後腦勺上：「別這麼埋汰（誹謗、醜化）兄弟部隊。」

「我沒啊！」方進莫名其妙，「你看看，真的，沒有牙的。」

馬小傑接過去研究了一番：「你這個是用久了，磨掉了。」

「呃，是嗎？」

「不過，他們本來牙就小，就算新的看著也不明顯。」馬小傑沒忍住，隨口搭上一記吐槽。

夏明朗實在是受不了，藉口抽菸往外走。推開門迎面熱浪襲來，整個營地都是黑濛濛的，只有樓前一盞昏黃的燈。夏明朗心念一動，走到路燈下面，抬頭看去，各種各樣的蛾類生物在燈罩上撲騰著，爭先恐後，不惜粉身碎骨。

不一會兒，夏明朗聽到身後門響，陸臻走出來安靜地站到他身邊。

喀蘇尼亞的夜晚並不寂靜，營地之外的大路上傳來引擎聲，車燈像流星一樣閃過。遠處的天際映出城市的燈光，隔著大塊的戈壁荒漠，呈現出暗紅的血色。

「不知道什麼時候能回去。」陸臻忽然說道。

夏明朗轉過頭去看他：「你想回去了？」

「不知道，」陸臻坦言，「我很矛盾。」

夏明朗看到一滴汗水從陸臻的額角滑下，抬手幫他擦去，他想了想，輕聲說道：「我也是。」

「真的？你看起來一直都很有勁。」陸臻驚訝地。

「我要是再沒勁，你們不都開始驚慌了？」夏明朗失笑。

陸臻忽然意識到，林珩批評他可能還真是批評錯了。他的職位表裡雖然掛著個政委的銜兒，可那不過是枉擔虛名罷了。真正承擔這項工作的人是夏明朗，這傢伙軍政一肩，挑起了所有的責任。所有的人心與所有人的期待，他才是這個隊伍裡那根定魂的針。陸臻不知道他是應該羞愧好還是慶幸好，之前他還一直在琢磨，為什麼在自己如此失職的情況下，情況並沒有變壞，隊伍也沒有散。他試圖把答案歸結為良好的單兵素質，可現在看起來並不是這樣——

因為夏明朗還站著，所以人心就不會散！

「真他媽熱啊！」夏明朗抹了一把汗，隨手把T恤脫下來，細密的汗水佈滿整個胸膛，在燈下泛著微光。

陸臻盯著地面看了一會兒，啞聲道：「哎，你要不要去沖個澡？」

「不用……」夏明朗隨口道，他忽然愣住，試探性地看過來，陸臻閉上眼，幾不可辨地微微點頭。

這個營地的淋浴間就建在操場旁邊，木頭板子釘起來的一排隔間，完全是露天的，沒有保暖也根本不需要保暖。頭頂有個水管，廢水就直接流向了沙地裡，在這個熱到冒煙的地方，簡直就不需要下水道。

陸臻隨手推開一扇門，夏明朗便將他推了進去。裡外都是濃黑，兩個人摸索著吻在一起，四唇相貼，激烈地擁吻。這些日子太忙碌，似乎是太久沒有做這樣的事了，身體簡直有些不知所措，笨拙而遲疑，好像還沒能相信今天居然會有如此好享受。

吻了好一會兒，陸臻忽然笑：「你怎麼還不脫我衣服？」

夏明朗一愣，也樂了。

三下五除二扯掉礙事的衣物，陸臻試探著往下吻，舌尖滑過夏明朗紮實的腹肌，味道很鹹，真讓人想咬一口。他的念頭還沒閃過就讓夏明朗一把拉了起來：「哎喂喂，時間不多，你別耍花樣。」

「你要讓我練嘛！」陸臻有些不滿。

「乖！」夏明朗乾脆俐落地吻住陸臻的嘴唇。

陸臻感覺自己被夏明朗死死地壓在木板壁上，身體貼得很緊，背後粗糙的木板子吱嘎作響，讓他憂心這玩意萬一要是塌了可怎麼辦。再然後，等夏明朗的手掌撫過腰側，要命的東西被人家攥到手心裡……陸臻不自覺地仰起臉，從喉嚨口擠出一聲壓抑的呻吟。心想，塌就塌了吧！

夏明朗感覺到手裡的份量感，沉甸甸的，帶著賁張的血脈在掌心突突地跳動，光是這樣攥著就感覺到興奮。他把兩個人的東西握在一起，極富技巧性地擼動著，一邊從陸臻的嘴角吻到耳際，濕熱的舌尖探到耳窩裡一轉，便聽著陸臻悶哼了一聲，攀在自己背上的指甲深深地陷入肉裡，馬上又收了起來。

夏明朗知道他快了，這是做得很熟了的事，他瞭解陸臻就像瞭解自己。

陸臻的身體在臨近高潮時微微地發抖，膝蓋發軟，似乎要跌倒。他胡亂摸索著身邊，想要找個更紮實的支撐點，卻不小心揮開了出水的閘門。

嘩的一下，略帶涼意的水流澆上滾燙的皮膚，頂心的刺激，高潮隨之而來，快速卻徹底，身體的每一根神經都像是活了過來，激烈地狂舞。

陸臻緩過神來的第一個想法是，如果不是夏明朗即時按住了他的嘴，他只怕是真的會喊出來。夏明朗一根一根地曲起手指，最後留下食指留戀地按在陸臻唇尖上，輕聲地笑了，笑聲混雜在水聲裡，帶著潮濕的涼意，是那種黏糊糊的寵愛的味道：「你呀，太不淡定了。」

陸臻張口咬住夏明朗的指尖，示威似的磨了磨牙。

「喂……」夏明朗把自己的手指拔出來。

「幹嘛！」陸臻不好意思地。

「哎呀，這叫一個翻臉比翻書還快，褲子還沒穿上呢，就不認人了。」

「幹嘛啊！」陸臻惱羞成怒，用力按住夏明朗的肩把他推開一些，清涼的水流滑過胸膛，帶走所有激情的證據。

夏明朗悶聲笑，也不答話，不一會兒，陸臻也笑了，刻意壓低了的細碎的笑聲混在水聲裡。兩個人相互掬起水幫對方清洗身體，溫柔地細吻，好像黑暗中另長了一雙眼睛，總是那樣恰到好處地可以相碰在一起。

然而，黑暗中有一點寒星閃過，陸臻忽然僵住，一動不動。夏明朗看到一束極細的光從門板的縫隙裡直射過來，穿透黑暗，照亮了陸臻一隻眼睛。漆黑的瞳孔在光線中剔透分明，像一隻水晶的球，細微地顫動著，帶著驚恐。

夏明朗感覺到陸臻劇烈的心跳，忽然開口喊了一聲：「誰啊？」

「我呀！」

誰？

陸臻只覺得這個聲音極熟，一時居然想不起來，然而只聽著那人越走越近，好像每一步都踏在自己的心口上。夏明朗伸手關了水閘，用眼神示意陸臻站到門後去。陸臻一時不解，乖乖走了過去。

夏明朗隨手拉開大門：「誰啊？」

陸臻大驚，嚇得幾乎魂飛魄散。然而先發制人，後發者制於人，在這種情況下堂堂正正地亮相絕對是秒殺級的高招，反正在這個營裡走動的全是自己人，關鍵是，全是男人。老子三更半夜熱了出來沖個澡，手電筒子照什麼照？

等陸臻花上十幾秒鐘把以上整個邏輯鏈條百轉千回地推理完成，夏明朗已經扯過門上搭著的T恤鎮定自若地開始擦身體。

對面的手電筒的光束一轉，照出一雙藍汪汪的大眼睛，活生生一隻白皮鬼：「ME！」

門後的陸臻臉色突變。

「你怎麼來這兒了？」夏明朗心裡正疑惑著，就聽得查理大呼小叫著哎呀呀……強光手電筒的光束在上面、下面、上面、下面地急速徘徊過後，最終停在了下面……

「Jesus, you are so big !!（天哪，你可真大！！）」

「呃……」夏明朗愣住，轉而嘿嘿一笑，「那是！」

「Baby,that is something…（親愛的，這真是……）」查理吹了一聲口哨，「真想不到，哎真可惜……」

「這有什麼好想不到的？」夏明朗一頓，忽然想起什麼，著急分辯，「你別搞錯了，我上次要的安全套是套槍口用的。」

「嗯？什麼安全套？」查理茫然。

「那你在說什麼？」

「我只是覺得太可惜了，你看，你們既不要女孩，也不要男孩，你們還不喜歡自慰！」

夏明朗滿頭黑線：「你怎麼會有這種想法？」

「陸臻說的啊，他說，他連自慰都不需要！」

「陸臻啊……」夏明朗忍不住露出極其猥瑣的笑容，「他大概……是真的不需要吧。」

「真奇怪，為什麼會這樣，這太神奇了，你們是不是都被處理過？所以沒有需求……」

「胡說八道！」

「真的嗎？」查理大喜，「呃，難道你有？」

「廢話！當然有！」夏明朗斬釘截鐵。

「那真的嗎？」查理簡直大喜過望，「那你有沒有興趣跟我上床，我保證我很好！比姑娘們棒得多，忘記問，你喜歡做Top還是Bottom……」

夏明朗正在穿作訓褲，瞬間停滯在一個彎腰伸腿的POSE上，凝固，石化，一片片碎裂。

「你怎麼進來的？」夏明朗直起腰，目露凶光。

「呃……嗯……」查理眨巴眨巴，忽然意識到，他可能色令智昏，在極度興奮的狀態下做了一些非常不利於人身安全的事。

「哦……那個，按社交禮節，我其實應該先問一下，你有沒有什麼特別的性偏好，比如說，基於你對女性的審美需求……你不能接受，男男男……男性……」查理用腳尖一點一點往後蹭，在一句長句子中蹭出了三米遠。

「先告訴我，你怎麼進來的？」

「Oh! I'm so sorry!! Forgive me, I just…（對不起，原諒我，我只是……）」查理情急之下，已經開始大串地往外爆英文。

「今天誰在哨上，誰把你放進來的？」夏明朗轉了轉脖頸，疏通關節，剛剛往外走了一步，查理已經一溜煙兒風也似的狂奔而去。夏明朗哭笑不得地看著那一束強光忽上忽下地在夜空中跳躍，最後化為一個小點兒。

陸臻默默地從門後走出來，默默地穿好衣服，然後默默地蹲到了地上。夏明朗藉著依稀的月光看到他的肩膀在抽搐，他仰頭看了看灰濛濛的天際，走過去踹了一腳。陸臻趁勢躺倒，捂住嘴笑得像一個小耗子。

「笑個屁笑啊！」夏明朗極為鬱悶地在陸臻身邊蹲下。

「來，採訪一下，神馬心情？」陸臻握拳伸到夏明朗唇邊。

夏明朗再一次仰頭看了天，感慨：「我操，老子終於知道當年被我攔在大馬路上吹口哨的妞兒是怎麼個心情了。」

「哈哈哈哈哈……」

「哎對了，你怎麼會跟他聊到打手槍的事？」

陸臻的笑聲戛然而止。

喀蘇尼亞人晝伏夜出，一覺睡醒又是黃昏日落，操場上各路人馬都在亮著自己的招牌活。不同於在國內那種機械的教學，一次戰鬥讓所有人忽然開了竅，是的，什麼都不重要，打死人最重要，活下去更重要。大家相互傳授經驗，麒麟們非常慷慨地向陸戰隊員們開放他們那些實用性的小技巧，這一切都從實戰中來，細微而瑣碎，可是非常有用。

夏明朗正在向一捆爛菜幫子演示側身躲避開槍的技巧，驀然間，口哨聲四起，源頭直指夏明朗。老夏同志正疑惑著這是什麼鬧鬼的毛病，卻看到陸臻衝著他吹了一記口哨，笑道：「你的緋聞女友到了！」

「呃……啊啊？」夏明朗目瞪口呆。

在操場的另一邊，鐵絲網的對面停著一輛重型越野車，車身邊揚起的煙塵還沒散去。好久不見的海默小姐提著一支荒漠塗裝的巴雷特重狙站在車邊，無論如何一個扛巴雷特的女人總是有些驚人的。就當她是在拗造型也好，夏明朗也不得不承認這娘們還是有力氣的。

操場這一邊的喧鬧早就引起了某人的注意，似乎是感覺到了夏明朗視線的聚焦。海默並起兩指貼到唇上，輕輕送出一記飛吻，全場哄動，口哨聲、掌聲此起彼伏。

夏明朗感覺到腦門上劈裡啪啦一陣火花亂響，滿頭的青筋爆了一半。他在眼角的餘光中留意陸臻的動靜，這位一向唯恐天下不亂的小少年顯然興致不高，拍巴掌的力量也大大不如往常。夏明朗強烈地感覺到需要解釋一下，對面的美人兒把槍扔給同伴，一步步向夏明朗走過來，一把細腰扭得活色生香。

女人嘛，在任何時刻都不會放棄對美的追求，海默戴著一頂翻沿的牛仔帽，長髮編成一條大辮子，上身穿灰白色的工字背心，下身是一條美軍101空降師荒漠作戰長褲，腰上圍了半圈12.7毫米重彈彈鏈，黃澄澄的幾乎閃瞎人眼。

「Hi! Darling……」海默手腳並用，從鐵絲網上輕鬆翻過，笑盈盈地站到夏明朗身前。

「怎麼哪兒都少不了妳啊！？」夏明朗咬牙切齒，這話絕對是由衷的。

「通常錢在哪裡，我就在哪裡……」

夏明朗完全可以感覺到籠罩在周身的赤裸裸的視線燒灼，他撓了撓頭髮，異常苦惱地低聲求饒：「大姐，咱們能不能打個商量？」

「唔？」

「小弟不才，也是一名共產黨員，這作風問題是很要命的。妳開個玩笑不要緊，可是咱軍心純樸，我手下那幫小夥子們會相信的。」夏明朗苦著臉。

「這個……」海默遲疑地。

「妳看小弟是為公家辦事的，公家的事了了，我手上帳就清了。索馬利亞後來又發生了什麼，跟我沒關係，捎帶手的能讓大姐妳賺點，也是件好事。人在江湖，彼此照應個，也是應該的……」夏明朗不得已，做小伏低。

「哎呀，你真是太客氣了。」海默轉瞬間笑顏如花。

夏明朗微微鬆了一口氣，等著看這閨女怎樣施展，說實話，緋聞這種東西傳起來容易破起來難，一個大男人又不好和小姑娘計較，要不是自己實在沒轍，也不至於得向這倒楣孩子低頭。

「夏大哥！」海默忽然把聲量放開，嬌滴滴地抱住了夏明朗的手臂。

夏明朗後背一寒，殺機頓起，正想著妳要不仁可就甭怨我不義了……海默姑娘已經含羞帶怯地問道：「怎麼沒看見陳默？」

呃……夏明朗眉頭一跳，在電光石火之間，這兩位毫無下限的男女已經交換了無數個眼神。

「哦，陳……默啊！我幫你叫他過來。」夏明朗微微一笑，意味深長，十分滿意。

有什麼東西可以淹沒一個緋聞呢？只有用另一個緋聞！夏明朗很滿意這丫頭對人員的選擇，的確，陳默是他們這裡唯一不會被「人」困擾的男人。夏明朗唯恐這消息傳得不夠快，連忙領著海默到人群密集處。

「哎呀，你說陳默他等會兒會不會不理我，他那麼酷？」海默眨巴著眼睛，彷彿純良小女生模樣。

陸臻聞言大驚，眼珠子差點瞪出來。

「唉，我真是瞎了眼睛，居然在船上都沒有注意到他……」

「我想我真是迷上他了，他開槍的樣子簡直酷斃了。哦天哪，他太性感了，所有用槍的人都會愛上他。一聽說你們到這裡，我馬上就趕過來了……」

夏明朗聽得嘴角直抽，姑娘，妳得多愛演啊？

陸臻越過人群送來一個詢問眼神：老兄，你怎麼做到的？夏明朗一挑眉毛，示意：老子是什麼人，什麼樣的麻煩事擺不平？

可憐的陳默正在房裡幫方進換藥，猛然聽到夏明朗急召還以為什麼大事，條件反射下全裝狂奔而來，海默做花癡小女生狀，眼冒星星，張口結舌。

「哦，是這樣，這位海小姐，想和你探討一下狙擊技術。」夏明朗做道貌岸然狀，在禍水東引這條道路上，他一向走得毫無心理壓力。

畢竟是收了好處的，海默做人一向有職業道德，馬上盡職盡責地膩過去，被陳默拎開一尺遠。

「很熱。」陳默平靜地解釋。

周遭，十里八鄉，所有饑渴的男人向陳默射去攻擊性的視線，陳默縱然神經硬過大馬士革花紋鋼，也禁不住露出些許茫然無辜的神色。

「行了行了！看什麼看？都訓練去！」夏明朗站起來大喊，看臭小子們做鳥獸散，不由得舒心地長長吐出一口氣：嫁禍於人的感覺真是太他媽的好了！

這邊操場上剛剛消停一點，對面狼煙又起，五輛重卡開路，四輛悍馬壓陣，各種小車無數，浩浩蕩蕩的車隊開進來。穿著各色作戰裝備與各種膚色的男人們從車上跳下，物資源源不斷地被搬下來。一個看起來極為粗壯的光頭向這邊吹了一聲口哨，正忙著做小女人狀的海默馬上扔下陳默折返回來。

「我們老大找我，先閃了，改天再敘。」海默笑著揮手，順便對著夏明朗眨一眨眼睛。

夏明朗很有模範地點了點頭，銜上一支菸慢慢抽完，用腳尖踩滅在沙地裡。

「陳默、陸臻、柳三、馬小傑，跟我過來。」夏明朗面無表情地扔下一句話，轉身離開。柳三變從操場另一邊匆忙跑來，用口型詢問陸臻：怎麼了？

陸臻張開手，茫然地搖了搖頭。

一行人走進會議室還沒坐下，夏明朗已經拿出勒多的城市地圖在桌上展開。

「陸臻，馬上通知林政委派個人過來，另外，幫我問一下樑雲山是不是最近情況有變。」

「怎麼了？」陸臻莫名其妙。

「那些人是職業傭軍，就像蒼蠅一樣，逐血而居。所謂財不走空，他們不會白來乾耗著，喀蘇政府有什麼理由要忽然花大價錢請這麼一群人？」

「因為總統大人失去了足夠安全感？」陸臻遲疑著。

「我不知道為什麼，我只知道有情況。」夏明朗目光如炬。

韓海生與秦若陽在兩個小時之後一起趕到，聽完夏明朗的陳述，秦若陽遲疑不決地說道：「最近有風聲說，柯索與政府的關係在變差。」

「這對我們會有什麼影響？」

秦若陽苦笑：「就是暫時搞不清楚這對我們會有什麼影響。」

「那對他們會有什麼影響？」陸臻追問道。

「這麼跟你說吧。」秦若陽把喀蘇尼亞的地圖翻出來指給大家看，「這個國家的情況很複雜，當年是因為被殖民硬湊起來的。南部與北部連人種都不一樣，宗教分歧更是相當大。從殖民地開始，執政的全是阿拉伯人，所以南邊一直在鬧獨立。而這一邊，政府是被大部落控制著的，柯索出身於喀蘇尼亞最大的軍事部族，他還有兩個同盟，他們的實際兵力佔政府軍的三分之一，如果他們宣佈中立，南方很可能會馬上宣佈獨立。」

「那就獨立唄！」柳三變脫口而出。

秦若陽一下笑出聲來。

「這個……」柳三變意識到自己的失言，不覺有些尷尬，「我是不太懂啦，但怎麼聽起來都是……這不是一家人就別進一家門，從祖上就不是一個根兒的，還成天這麼鬥來鬥去的，散夥算了。」

「沒你想得這麼簡單，就算拋開我們的利益不談。首先，南邊雖然窮，但是資源豐富，那些大部落手上抓著南邊油田的，不可能把利益吐出來。再次，南邊的部落比北邊還要多還要雜，我到現在都沒有搞清楚南面那麼多游擊隊目前誰能說了算，即使真讓他們獨立了，內部爭權都可以大打一架，沒個三五年別想消停。可是，我們在喀蘇尼亞有好幾千億的投資，全都是不動產，真打起仗來，搬都搬不走。所以我們最不希望的就是打，萬一打亂了……」

「樹欲靜而風不止。」夏明朗沉聲道，「給我一個譜兒，情況最壞的時候，我和我這些兄弟們，能做什麼？」

秦若陽沉默了好一會兒：「我先回去討論一下，給您一份正式的資料。」

「好！」夏明朗微微點頭。

秦若陽畢竟是搞情報出身，幾個照面就能看出對方吃哪套。他曾經得罪過夏明朗，現在更不敢輕慢，而這樣鄭重的態度的確是夏明朗所欣賞的。

韓海生一直沒開過口，眼看著各位收拾東西準備散會，表情越來越侷促：「我，這……都插不上話。」

「沒事，你把情況帶回去就成。」陸臻安慰道，「讓林政委他們能即時瞭解這方面的消息。」

「唉，我真覺得我們老闆應該也插不上什麼話，你說這萬一要打起來怎麼辦啊，完全沒經驗啊。」

「正常，軍事上的事嘛，還是應該歸艦隊長管。」柳三變笑道。

「可問題是劉老闆也沒經驗啊。」韓海生說完自己先是一愣，尷尬了。

房間裡一下子安靜下來，好像是捅開了某個一直沒有人注意或者沒有人敢注意的馬蜂窩，每個人耳朵裡都嗡嗡的，心裡有很多話在往上翻湧，卻不知道當講不當講。

「那要照你這麼說，你們海軍有誰算有經驗的？」夏明朗苦笑。

「還真沒有。」韓海生苦笑，這個問題根本不用想，1974年打過西沙的老前輩估計全回家養老去了，1988年南沙那一架，規模小得不知道是不是應該叫衝突更合適一點，而且這一切的老經驗也與當前的局勢沒有關係。在海外作戰，如何補給，如何指揮，如何做協同，全是大問題。

「算了，在這方面，咱們陸軍比你們也好不到哪裡去。」夏明朗拍了拍小胖子的肩膀，打算結束這個讓人不那麼愉快的話題。

「可是我們嚴頭兒不是打過對越自衛反擊戰嗎？」陸臻說道。

「嚴頭兒打越南那會兒才十七歲，見天兒就蹲在貓耳洞裡了。」

「可是……大傢伙兒……」馬警官遲疑地舉起手，「是我理解有問題嗎？我們……難道要摻和進去打嗎？」

眾人齊齊一愣，都笑了，也是，鹹吃蘿蔔淡操心。

送走秦若陽和韓海生，夏明朗又開了一個臨時小組會分配任務，特別行動隊分為兩批輪換，打算充實到港口、使館區和勒多煉油廠這些中國人的聚集區。士兵們總是要比主官想得少，休息了好多天，又有任務可出，小夥子們也都挺興奮的。就聽著方進趴在床上罵罵咧咧地恨天不公，哪裡不好傷，偏偏傷在屁股上，連輕傷不下火線都做不到。

當天深夜營地又來了貴客，海默說改天再敘，還真只改了一天就來敘了。午夜時分是喀蘇尼亞最熱鬧的時候，海默帶著幾條大漢拎上啤酒和一兜子食物找上門來，夏明朗一看到那位光頭大哥就覺著親切，這哥們的體型和鄭楷太像了，極為壯碩的一個汽油桶子，三圍合一碼，上下都是一個圍度的。

海默的帶頭大哥名叫傑伊．伯格曼，哥倫比亞緝毒特警出身，長著一張溫和的圓臉，典型的南美人，笑眯眯的很親切。一上來先送給夏明朗一個紮實的熊抱，兩三聽啤酒下肚已經指著方進和陸臻叫「My boy」，簡直就像大家失散多年的老大哥。方進那不給力的屁股讓他感覺非常丟人，好在海默即時爆了一個槍機的內幕，那哥們曾經不幸被流彈打中過大腿內側。聽到別人這麼不開心的事，方進總算感覺開心了一點。

幾個人一邊灌啤酒，一邊胡吹海侃，半真半假半是試探地討論著當前的局勢。柳三變與馬小傑英語不過關聽得半懂不懂，再加上對這種社交活動全無經驗，不知道什麼當說什麼不當說，只能乖乖地坐成一隻悶嘴葫蘆。

傑伊雖然看著不算起眼，經歷卻極為驚人。哥倫比亞的緝毒部隊基本上是美國人一手拉拔起來的，傑伊受過海豹的系統訓練，這些年從伊拉克到車臣，從阿富汗到喀什米爾，哪裡有槍有血，哪裡就有他。有料的人說話到底不一樣，隨便揀幾段吹一吹都讓小夥子們瞠目結舌。夏明朗曾經和南美人打過一點小交道，知道這些老兄說話都得打個對折來聽，倒還淡定些，方進早已經激動得不知道怎麼辦才好了。

說到阿富汗，傑伊的故事裡第一次出現了中國軍人，這下子所有人的興致都被拉拔了起來。夏明朗半開玩笑地問馬小傑真的假的。馬小傑想了半天，猶猶豫豫地肯定：是真的有，不過不多，主要是雪豹的人，專門保護大使的。

方進一聽，立馬傻呵呵地問傑伊：「那你覺得雪豹和海豹誰更厲害？」

傑伊嘿嘿笑了好一會兒，非常克制地說道：「那是兩碼事，他們是兩回事。」

夏明朗沒說什麼，馬小傑他們的神色卻變得有些遲疑起來。

「哎呀，我差點忘了，夏隊長。」海默忽然爆笑出聲，「小查理讓我代他向您問好，並再一次地表達他非常誠摯的歉意……」

「OK，這事不用再提了。」夏明朗馬上打斷她。

「怎……怎麼回事？」方進好奇的。

夏明朗狠狠地瞪過去一眼，方進像一隻摸著電門的貓那樣默默地縮回了爪子。

「嗯，另外，查理還讓我提醒您，如果可能的話，還是要關心關心兄弟們的生理問題。據他說，在你們這個年紀，每週射精五次以上，可以降低30％的前列腺癌發生機率……」

「噢，真的嗎？？」

「天哪，不會吧……」

……

海默的話還沒說完就陷入男人們無比震驚的包圍中，原先的話題煙消雲散。一個不被當成女人的女人和一群絕對非常男人的男人開始討論了起了午夜場話題。

啤酒，烤肉，黃段子……一群人一直鬧到了天色濛濛亮，如果再一起飆個車，一起泡個妞，那感覺，簡直可以正式拜把子當兄弟了。為顯誠意，夏明朗親自出馬把人送到了操場邊上，光頭大哥的熊抱不要錢，免費一一大派送，那張一人多高的小網真是攔得欲說還休。

柳三變頗有些遲疑地問夏明朗，今天晚上的事會不會有點不合規定。

夏明朗微微笑了笑，問道：「看看你的鞋。」

柳三變莫名其妙，低頭看，黑色的軍靴上沾著厚厚的塵土，幾乎像一層迷彩。

「你現在雙腳就踩在泥地裡，你還希望自己不沾塵，可能嗎？」

「可是，我是擔心萬一要是交流過多的話會不會洩密？畢竟我們在國內是連上網都不行的，你有沒有看過最近剛出的那個條例，現在連普通士兵都不能隨便結交網友了。我們現在待在這麼敏感的地方，那還是一群不靠譜的人……」

「那本來就是個莫名其妙的條例，如果連普通士兵都有能力洩露軍事機密，首先應該反省的是我們的管理能力。百萬大軍有手有嘴的，你下個文讓人不說話就全變啞巴了嗎？回頭不知道什麼應該說，什麼不應該說，還不是要洩密？我們估摸著早晚都是要跟這群人打交道的，先讓你們適應適應。」

夏明朗的目光越發深邃起來：「傑伊邊上那個黃頭髮的小子你注意到了嗎？他拿的是摩薩德的刀，我說了一句希伯來語他能聽得懂，我開伊斯蘭教的玩笑，他會看我。那群人裡沒有一個是簡單的，單對單，他們可能不會比你更能打，你在海裡一個人滅他們一雙像玩兒似的，但是他們有經驗，他們是從死人堆裡爬出來的，你不是。」

柳三變再也說不出話來，與馬小傑面面相覷，轉頭看一看陸臻，這位「掌握人類一切紙面真相的『我知道』先生」此刻也露出了幾分茫然。

「還好有你在。」柳三變感慨。

「別這麼看得起我，我從來沒指揮過一百個人以上的戰鬥。」

夏明朗說得很平靜，然而所有人心驚肉跳。

遠方，太陽壓抑在地平線以下，把天邊烘烤出帶著血光的鐵色，隱隱的風雷聲裹著煙塵從大荒的深處湧過來……

「天開始熱了，先回去吧。」夏明朗說道。

註：某些寫作背景的介紹——

1.喀蘇尼亞是一個虛構的國家，它存在於一個平行的地球，所以這個國家會擁有一切有可能發生動亂國家的共性。

2.關於這一部份內容，整體大綱完成於2010年，當時主要是參考了盧旺達、索馬利亞、緬甸和泰國的一些衝突過程。如果各位感覺非常眼熟，那正是說明了，事物有其發展的一般規律，歷史總是在驚人地重複著。

3.最近中東這一場風起雲湧給我提供了不少細節上的元素，這讓我的心情很複雜，總有一種類似在「發國難財」的愧疚感。

4.麒麟是一個夢想，我想再強調一次，麒麟是一個夢想，所以麒麟可能會做一些在目前的國情與ＸＸ條件下不可能會去做的事，擁有比較驚人的個人作戰實力。

5.除去麒麟以外的所有人，我會力求真實，單兵戰鬥力的設定來源於可靠的官方資料，也就是說政府希望我怎麼相信，我就姑且這麼相信吧。所以如果有人打算用某論壇老兵號稱「中國特種部隊曾經深入阿富汗把美軍某某斃得滿地找牙」這一類的消息來證明我弱化了中國人民解放軍，我也只能表示，俎有時候是挺保守的。

4

變化總是比計畫快，否則又哪裡來的意外可言。手握重權或者手握重金的大佬們或者會猶豫來猶豫去，左思右想這到底值得不值得。可是身無分文的窮棒子們桌子一拍就可以上街，然後山呼海嘯，應者如雲，因為沒有什麼值得，也就不存在不值得。所以，要求國家穩定，還真不能讓老百姓太窮。

沒幾天，憤怒的人們已經聚集到大街上，向臨時政府大樓投擲石塊與各種髒東西。大樓邊的汽車一輛接著一輛地爆炸，熊熊的大火吐出黑煙，在好幾個街區之外都清晰可見。

示威的人群叫喊著：讓外國人和黑人都滾出去！

特別行動隊緊急開拔，分散到各條戰線。夏明朗做為最有實力最富於應變的老大，領著幾個突擊手承擔起主力火線支援的角色。剛剛把一隊來乍得的勞工搶進憲兵隊，一回頭又看見人潮如海。夏明朗很感慨，十幾天前在奈薩拉他們被一群黑人打得滿街亂竄；此刻在勒多他們為了一群黑人被打得滿街亂竄。這世道，消停一點坐下來和平共處有什麼不好？

一入夜，局勢就變得更加不可控制，示威的大部隊在員警與安全部隊的封鎖下掉頭向北，等夏明朗他們收到線報趕過去，勒多煉油廠已經被圍得水泄不通。

蘇晉鐵青著臉站在保安值班室裡，廠區裡的情況從各個攝像頭看起來都不容樂觀，大門搖搖欲墜。所有的警衛人員都已經龜縮進了廠區裡面，用幾輛大車封死正門。他的秘書郭成結結巴巴地告訴他，梁大使讓他們趕緊撤。蘇晉面無表情地看了他一眼，抬抬手讓他先出去。

煉油廠正門口人山人海，雙方依託一道鐵閘對峙，在探照燈的強光下，到處都是烏麻麻的人頭和失了色的人臉。夏明朗遠遠地看著這一切，只覺得無力。你既然不能架起機槍掃射驅散人群，那麼讓他們這一小隊人陷到這樣暴怒的海洋裡去，又能幹什麼？宗澤的車速越來越慢，全車人迅速地交換著眼神，最後大家都看向夏明朗。

夏明朗在電子地圖上指出一個點，這是離開辦公大樓最近的一段圍牆。

藉助鉤索，夏明朗他們輕鬆翻過煉油廠六米的高牆，然而辦公大樓裡一片漆黑。一個驚慌失措的保安激動地向他們掃了一梭子，打得地面上塵灰飛揚，好在隊員們反應即時，迅速伏倒隱蔽。宗澤用阿拉伯語大喊：停火！停火！我們是自己人！

保安驚慌失措地亂吼亂叫，宗澤扯直了耳朵一字沒聽懂。夏明朗從地上撿了塊石頭扔過去。咚的一聲，正中腦門，可憐的保安仰面倒地，宗澤已經撲上去把人打暈。

太亂了，這地方！

夏明朗出發時拿了一個喀蘇號碼的手機，偏偏這鬼地方信號奇差，怎麼打都打不通，萬般無奈之下還是只能用電臺聯絡陸臻指路。好在再往裡面去，廠子的核心區裡全是中國人，憑膚色就能相互取信，沒有再出誤傷友軍的爛事。

夏明朗領著人一路衝進值班室，剛一照面就發現這老兄眼熟。蘇晉這會兒眼神也亮了。

「我認識你！」夏明朗奇道，「你居然沒回國？」

「你們帶了多少人過來？」蘇晉顧不上回答這些不相關的問題。

「放心，你們這裡有多少人，我一定把你們安全帶出去。」

「我不走！」蘇晉鐵青色的面具好像猛然碎裂了似的咆哮起來，「我不會走的，我再說一次，我不會走！」

值班室裡一下子安靜下來，聽得到冷氣機嗞嗞的風聲，所有人下意識地看向屋子中間。夏明朗幾乎有些驚訝地看著蘇晉，說實話，他對這哥們兒的印象很不錯。當時從奈薩拉被他們救出來的那群人質裡，蘇晉的表現最冷靜，令人印象深刻。

可是……嗯……

「你不走。外面有上千人，他們隨時可能衝進來。」夏明朗咽了一口唾沫，雖然他可以把這人打暈扛出去，可是總有一些人值得尊重，值得去解釋。

「我走了這個廠怎麼辦？人都走了，這裡怎麼辦？」蘇晉微微發著抖，強烈的情緒讓他感覺全身肌肉發麻，「我們花了十五年時間『走進來』，變成今天這樣，這裡的每一塊磚都是我選的。我們花了多少錢、多少時間、多少人力，難道我們要只花一天時間就『走出去』嗎？」

夏明朗舔了舔下唇，咬緊，所有人都在等待他的決定。他的視線掃過蘇晉，這是一個瘦削的男人，皮膚偏黑，臉上有很深的皺紋，兩鬢斑白；然而他有一雙年輕而充滿力量感的眼睛，讓人困惑於他的年齡。

電視牆上黑白色的圖像在無聲地述說著外面的危機，狂熱的人群在燃燒輪胎，並投擲石塊與汽油瓶。群體會放大憤怒，會綁架個體，讓人失去恐懼感。這個城市的交通已經完全癱瘓，沒有人知道外面這些人何時會散去，也沒有人知道員警是不是有能力趕到。

「你還有多少人？」夏明朗笑著問道。

蘇晉有一瞬間的遲疑，然而很快地，他渙散的怒火迅速散去，整個人像是又沉澱了下來。

夏明朗發現他總是很容易被一些執著於夢想的人所感動，然而感動歸感動，這個苦逼的世道終究不相信任何眼淚與心碎。要怎麼辦，能怎麼辦，現在成了橫在夏明朗面前的一個新難題。

坑爹啊，真是，老子本來只需要帶上幾個人屁滾尿流地逃命而已！再說一百次，老子討厭幹保鏢！

喀蘇尼亞局勢不穩，勒多煉油廠大半的中國員工都回了老家避風頭。下午城裡剛鬧起來的時候，蘇晉又大開廠門放走了不少人。現在留在廠區的幾乎全是保安與消防隊員，主要是中國籍，有少量的阿拉伯人與黑人。然而這群沒受過多少訓練的保安們簡直就是活生生用來添亂的，要不是姜清那一小隊海陸領著憲兵們利用大型工程車死守大門，這個廠子早就被示威人群轟開了砸個稀巴爛。

不能動槍不能動炮，不能動用殺傷性武器。夏明朗手上目前有二十多個不能殺人的戰士與不到一百個草包，再加上一位堅持與他的廠子共存亡的大叔。

靠這些人趕跑門外那一群顯然是不可能了，唯今之計只有死守，等待轉機。好在蘇晉畢竟是有準備的，好幾大箱的催淚彈扛到夏明朗面前，總算讓老夏心裡多了一點底子。廠區上百個紅外攝像頭則充當了夏明朗的耳目，宗澤與歐陽他們帶上最新裝備衝上了第一線。

姜清在彈盡糧絕之際看到親人，那眼神絕對是帶著淚的，他張了張嘴，聲音嘶啞得像扯碎的塑膠片，熱風湧進乾澀的喉嚨帶來刀割似的疼痛。他已經在這裡頂了六個小時，背囊裡的水早就喝乾了，都沒空回去裝點。

宗澤無聲地給了他一個擁抱，把人撥到自己身後。姜清向保安室的方向猛跑了幾步，這時候才感覺出累來，開始抬不動步子，汗水黏膩在皮膚表層，靴子裡全是汗，一步一滑。他不得已停下來休息，雙手撐在膝蓋上，回身看到有人用叉車扛出了巨大的排風扇，麒麟隊員們在發放防毒面具。

第一拔扔出去10只催淚瓦斯彈，宗澤與歐陽朔成趁著夜色爬上工程車的車頂，把催淚彈投擲到人群密集處，第一撥一定要狠。刺鼻的煙霧升騰起來，在燈光與火光中扭動。大排風扇呼呼地猛吹，捲起地上的塵土把瓦斯的煙氣送到更遠的地方，示威者慌亂地躲避著，大門外第一次有了些許空隙。

夏明朗剛感覺安心了一點，原本擠得水泄不通的示威人群忽然裂開一道黑色的缺口。夏明朗示意操作員把攝像頭對準那個方向，一輛高速狂奔的渣土車從黑暗中撞出來。

「撤！趕緊撤！」夏明朗的瞳孔瞬間收緊。

宗澤他們在第一線自然比夏明朗更早發覺危機的存在，然而當他們剛剛從車頂落地，渣土車已經撞開鐵門，一頭撞上了封門的八輪大貨車。巨大的動能讓大貨車的車尾旋轉360度，整輛車像一隻飛碟那樣橫掃出去。宗澤紮猛子狂奔，根本不敢回頭，只聽到身後風聲呼嘯，飛身躍進正對大門的水泥花壇裡，就地伏倒。

一名煉油廠的保安被失控的汽車撞倒，沉重的車輪直接碾過，把他的血肉都壓實在水泥地裡，現場濺開極大的一片血，在黑暗中漫延得幾乎沒有邊際。

當所有的車輛都停穩了，宗澤看到散開的戰友都在往回跑，他拔出手槍從花壇裡跳出來，打算協助歐陽圍捕那名開車的司機——如果他還沒有被撞死的話。

然而……

轟的一聲巨響，渣土車被一個巨大的火球所包圍，爆炸的火焰飛掠擴散。

在無比明亮的背景下，姜清看到宗澤與歐陽朔成他們像一片片樹葉那樣被衝擊波仰面拍倒，被火光吞沒。

姜清忽然又有了力氣，他大聲叫喊著，讓消防車趕緊開過來。

在爆炸發生的瞬間歐陽朔成閉上了眼睛，然而猛烈的火光穿透眼簾變成血紅色撞向他的視網膜，他的身體被衝擊波掀得幾乎騰空，只有足尖還能感覺到一些地面的摩擦力。他下意識地用雙臂擋住臉，熾熱的火焰從他身上掠過去，然後，他失去了知覺。

姜清頂著烈焰的熱力跑向爆炸中心，在奔跑中他看到的畫面開始變得扭曲，支離破碎的火光與人影在視野裡失真變形，耳邊一片寂靜。

不會都死了吧？

姜清驚恐萬狀，他有些茫然地停了下來，胃裡在劇烈地翻湧著，好像有一個鐵質的拳頭在一下一下地頂著他的喉嚨。就在這時候他看見宗澤動了一下，然後慢慢坐起。宗澤扔下防毒面具不斷咳嗽著，雙手撐地試圖站起來，爆炸揚起的灰色細土蒙了他一頭一身，簌簌地往下掉。在這無聲的光影中，姜清漸漸聽到了風聲，那是巨大的火焰燎燒空氣產生的呼嘯，各種金屬碰撞變形的聲音，人的尖叫聲，一一闖進他的耳朵裡。這些響聲越來越大，就像是有人慢慢推開了音量的開關。後來，姜清才意識到，他當時只是被震聾了。

歐陽首先聞到了蛋白質燒焦的味道，熱風在他臉上反覆地掠過，帶來刺臭的瓦斯味、煙氣，還有令人作嘔的加熱過的血液的腥味。他努力睜開眼睛，巨大的冥藍色的天幕沉默地與他對視，天空中有燦爛的星辰與一個明亮的弦月，它們平靜地看向地面，對一切騷動漠不關心。

一個黑乎乎的頭盔的形狀探過來，佔據了他右半個視野，那個人似乎在對他叫喊著什麼，然而他什麼都聽不見，耳朵像是被什麼東西塞住了，悶悶的生疼。歐陽推開身邊那個人讓自己坐起來，空氣裡流淌著危險，他能用眼睛看到，用鼻子聞到，用皮膚感覺到……藉助明亮的火光，他終於看清了身邊那個人，是宗澤。他的好兄弟滿臉焦慮，不停地大聲叫喊著：你怎麼樣，有沒有事。

歐陽搖了搖頭，扶住他的肩膀站起來，但是他剛走了一步就跌倒了，宗澤即時扶住了他。歐陽有些疑惑，他的雙腿麻木，膝蓋以下都失去了知覺。他連忙低頭看過去，在錯亂的光線下萬物模糊，但萬幸那雙腿還長在身上，小腿上黑糊糊的，掛著一些零零落落的破布片，那大概是他被衝擊波扯碎的作戰服。

歐陽推開宗澤，讓他去忙，而自己則需要稍微休息一下。他略微定了定神，拖著受傷的腿一瘸一拐地向值班室走去。

不斷有人扛著傷患從他身邊跑過，保安值班室的外間已經變成一個臨時急救中心。歐陽看到夏明朗站在臨窗的那一邊打電話，眼神銳利而兇狠，火光倒映在他漆黑的瞳孔裡，燃燒著。

夏明朗在轉身看見歐陽的瞬間變了臉色，直直向他走過來。

「隊，隊長，我需要緩一下……」歐陽朔成結結巴巴地解釋著，有些驚慌。

夏明朗抓著歐陽的肩膀把人推到座椅上，單膝跪下，用匕首割開了他的靴子。歐陽朔成這才發現自己真的受傷了，他的作戰褲早就被燒得精光，那些黑乎乎的「破布片」其實是他燒焦的皮膚。爆炸產生的高溫烤焦了他的神經末梢，讓他感覺不到疼痛，只有麻木。

夏明朗很快把歐陽的兩隻靴子都脫了下來，這時候歐陽開始感覺到疼了，當然這是好事，特製的靴皮保護了他的腳。夏明朗拼了命地在歐陽朔成的腿上抹敷料，好隔絕骯髒的空氣。這傷口太大了，他必須馬上被送到無菌室裡去，否則併發感染會很快要了他的命。

一死、四重傷、兩個開放性嚴重骨折，輕傷不計……這簡直可以算得上是傷亡慘重。雖然有一定的輕敵因素，可是那枚汽車炸彈的當量還是超出了一般人的想像。在蘇晉的指揮下，三輛消防車瘋狂地傾瀉著乾粉與泡沫，大火漸漸熄滅，露出一堆稀爛的破鐵片，那輛重型渣土車被撕得零零落落，再也看不出一點原來的樣子。熾熱的鐵塊還泛著暗紅色的光，熱浪炙烤著夏明朗的皮膚。

「如果這他媽也能叫示威，那造反是什麼樣子？」夏明朗怒目。

「他們是來炸儲油罐的。」

「你們那個罐子裡還有油？」

「剩下不多了，可是……只要油罐一燒起來，我手上這些人是不夠滅火的，整片廠區就全完了。」

「你是對的，我們不能走。」

本來以為最壞也不過是打砸搶，現在看來完全不是這樣。夏明朗不知道應該檢討自己太沒有想像力，還是佩服喀蘇人民如此敢想敢幹。

「我有槍！」蘇晉盯住夏明朗。他聲音還是很平靜，但是眼中有強烈的恨意。

「我也有槍……」夏明朗拍了拍蘇晉的肩膀，「不過，還沒到開槍的時候。」

「可是……」

廠區正門兩側的水泥矮牆經受住了炸彈的考驗，但是大鐵門直接被扭成了麻花。與喀蘇人民一樣敢想敢幹的蘇晉索性把油罐車調上去堵門，車身上印著碩大的嚴禁煙火的標誌。在這分光景下看起來，真是血淋淋殺氣十足的威脅。

大門外，狂亂的人群又開始慢慢聚攏，門內外廣場上的攝像頭在爆炸中毀了大半，只剩下幾個孤零零地傳輸著單薄的影像。廣場上散落著各種爆炸的碎片，冒著新鮮的熱氣，人們好奇地圍上去，研究一番，踢來踢去，最後又通通被砸進門裡。

真他媽的一群不知死活的小朋友啊！夏明朗感慨。

在所有人的視線之外，火線趕來支援的嚴炎帶上反器材狙擊槍佔據了制高點，以確保再也不會有一輛車可以開到大門一百米以內。

「如果他們再來一次，我就讓人點火，我就開槍。」蘇晉斬釘截鐵地說道。

「老哥……」夏明朗本想說就您這個性當個廠長真是糟蹋了，隨便往哪兒一擱都是個兵王的料；可是轉念一想，把這號硬漢扔在和平穩定的軍營裡那才叫浪費，還是這兵荒馬亂強者為王的非洲大陸最適合他。

「不至於，還沒到那時候，我們不能開第一槍。」

「這是原則問題。」夏明朗指著消防車問蘇晉，「你還有幾輛這種車？」

「為什麼不能？」

蘇晉有些疑惑。

「本來這事應該用水槍解決，不過，現在有泡沫槍應該也是頂用的。」

「我們只有三輛車，但是我有很多發泡劑。」

「行，上吧，老哥！我陪你頂著。」夏明朗舔了舔牙尖，露出一個森森的冷笑。

到最後，夏明朗與蘇晉依靠大量的乾粉、泡沫與瓦斯守住了大門。強而有力的泡沫洪流不斷地驅散抵近的人群，幾乎把整個大門口都覆蓋住。到處都是濕膩膩的沫子，連跑都跑不起來，稍微動作大一些就會滑倒，成團兒成團兒地撞在一起。

而同一時刻，在夏明朗看不到的地方。一輛相同當量的汽車炸彈闖進了安全部隊的一個軍火庫，大量槍支與無後坐力火炮丟失；憤怒的人群最終闖進了臨時議會大樓，從上到下把這樓裡的每一間屋都砸碎。

黎明時分，一直駐紮在城外與總統大人同一個部落出身的死忠部隊開始沿著各條主幹道入城。總統宣佈喀蘇尼亞全國再次進入緊急狀態，勒多港全城宵禁。

不過勒多煉油廠門口的危機主要還是由太陽解除的，隨著烈日高升，地面溫度漸漸升至50度，已經折騰了一晚上的小朋友們終於頂不住了，三三兩兩地散去。不過這一次所有人都學乖了，大家死守門內，對外面發生的一切絕不好奇。等到晚上七點多，人群徹底散盡，夏明朗才同意派人出去查看殘局，結果在垃圾與廢墟裡發現又兩枚自製炸彈。

很明顯，有些專業人士混在了示威人群中，而更讓鬱悶的是，這種情況幾乎是無法避免的。

世事總是如此，有人反對就會有人支持。兩天後，支持現政府的一批人走上街頭，揮舞著旗幟與標語，咆哮著一些相似的話，比如說：讓某些人滾出去！當然，換了另一批對象而已。沒過多久，喀蘇中西部三省宣佈脫離現有政府，要求召開臨時大選，柯索他們果然沒有閒著。

前無去路，後院失火，總統大人在萬般無奈之下宣佈解散內閣，然而這樣的妥協已經不足以平息一鍋沸騰的水。勒多城裡的治安壓力變得非常大，再沒有人可以得到輪休，夏明朗幾乎把能派的人全派了出去。

此時的喀蘇尼亞各種政治觀點紛呈，像牛毛一樣雜亂。有支持政府，要求加強國家統治的；有反對政府，認為自己應該上臺的；有反對政府，要求讓所有的黑鬼和外國人通通去死的；有支持政府，要求政府把黑人和外國人送到自己骯髒的老家的……有親政府的伊斯蘭教徒，有反政府的伊斯蘭教徒；有要求獨立公投的黑人，有打算殺盡南方所有「喝血的阿拉伯騎兵」的黑人；有相信大選可以改變一切的，有相信槍桿子裡出政權的……陸臻有時候會為他們犯愁：這麼多的反對派，偏偏還各不相容，這萬一要是當前政府倒臺了，誰上來能服眾啊？繼續打下去？

當然，在實力控制的世界裡，一切嘴皮子都只是藉口。很快，在全國各地風起雲湧的各種爭議中，南邊的小夥子們紛紛拿起了槍。內戰正式爆發，再沒有任何選擇。喀蘇政府當即宣佈國家進入戰爭狀態，同時在全國範圍內驅散記者。暫住在營房另一邊的雇傭軍們在一夜之間消失無蹤影。

中國外交部又開始習慣性地呼籲各方冷靜，雖然連他們自己都不相信這樣的呼籲會有用。北約發言人也開始習慣性地譴責政府，要求外界軍事干預，當然，這樣的提案一定會被中方否決掉。

各種勢力在外部交鋒，各種勢力在內部交鋒，世如迷局，像命運那樣難以參透而又無可阻擋。

沒有什麼比戰爭更能讓人感覺個體的渺小，前方傳來各種各樣的消息，而無論好壞都伴隨著巨大的傷亡。生如鴻毛，命如草芥，就連身處局外的麒麟們都開始感覺到面對命運的迷茫。

離開，還是留下來？

除了剛剛傷癒、之前什麼熱鬧都沒趕上的方進，每個人都不自覺地思考著，猶豫不決，矛盾萬分。雖然他們都知道，他們的決定其實毫無意義。

畢竟，他們都是軍人！身不由己，是共同的命運。

5

伴隨著第二批撤僑的飛機趕到勒多的，是一個神秘的外交調解團與他們強大的警衛力量。馬小傑警官終於結束了與夏明朗的友好合作，匯入那個來自他母校的警衛團。正牌兒的「食品廠」取代了OEM（代工），正式接手勒多地區的安保任務。雖然交接工作進行了一陣子，但過渡很順利，畢竟對方也是正兒八經（正經八百）的國字型大小反恐精英，素質過人。

麒麟們則將要面對更為艱難的任務。

一道急令把夏明朗與陸臻招進大使館，隨著使館的工作人員往大樓深處走，走廊的盡頭是一個向陽的房間，但是窗簾拉得很死，看不到一點陽光。秘書先生將房門輕輕推開，便無聲退下。

一個精瘦的中年男人站在辦公桌後面，他身著便裝，一身行伍的肅殺氣。

「我是聶卓。」大人物的自我介紹總是很簡潔。

夏明朗和陸臻下意識地立正敬禮，陸臻有些激動，他本來以為要回北京才能見到這位打了無數交道卻從未謀面的鷹派將軍。

聶卓很標準地回了禮，讓那兩位都坐下，方才開口詢問：「我有一個好消息和一個壞消息要告訴你們，要先聽哪個？」

「好的。」夏明朗說。

「壞的！」陸臻說道。

「到底是哪個？」聶卓笑了。

「壞的。」夏明朗更正了他的答案。

「好……」聶卓把一個電子地圖推到夏明朗面前，「這個地方叫南珈，位於蘇喀南部第七區，在那裡有接近三千名中國石油工人，如果算上當地雇員，這個數字可能會接近五千，是我們在這個國家擁有的最大的油田。我們為它鋪設了上千公里的輸油管線，如果失去它，我們在整個非洲的石油戰略都會受到影響。但是前幾天，喀蘇政府告訴我們，他們要把當地駐軍全撤回來。」

「需要我們做什麼？」夏明朗問道。

「我需要你帶上你的士兵，到那裡去。這個國家在內戰！喀蘇尼亞的未來是分裂，南方獨立將不可避免，我們必須守衛南珈，這關係到整個戰後的利益分配。我們得讓他們明白，無論他們是戰是和，由誰來統治這個國家，沒有人可以損害中國的利益，我們要讓整個非洲明白，中國人有能力保護自己的資產。而這至關重要！」聶卓的神色從容，然而字字如鐵，氣吞山河。

此等豪言震得陸臻精神一凜，一團熱氣頂在胸口，令他的喉頭乾澀：他過來時，並沒有預料到自己將會參與這樣的大場面。

「能從國內再調點人過來嗎？這地方太大了一點。」夏明朗專注地擺弄著那個地圖，縮小放大。

「恐怕不能。」

「為什麼？」夏明朗詫異了。

「你的老朋友黃原平將負責一區和三區的兩個油田，而你的老搭檔鄭楷則需要留在國內機動應變。我暫時沒有能力為你調動各軍區特種大隊；特警學院作戰隊已經出動了差不多三分之一的人，而且他們並不擅長在野外生活。另外，在南珈你能遇到最專業的對手是部落武裝，他們的火力不會很強大，戰術也不可能很高明。你們的戰鬥壓力並不大，只是生活會很辛苦，我不建議你攜帶太多普通士兵。」聶卓侃侃而談，思路分明。

「這地方太大，我人手不足，能把柳三變的人帶上嗎？反正都已經在外面待著了，會好調動一些吧？」

聶卓思考了一陣：「你覺得他們能行？」

「我覺得他們能行。」

「把名單給我，手續我來辦。」聶卓乾脆地答應。

「好的，明天給您。」

「明天把你們所有的要求都整理好一起交給我，你們需要儘快出發，事實上，越快越好。戰況在惡化，過不了幾天，通往南喀蘇尼亞的道路上就會佈滿了地雷。」聶卓有些抱歉地，「而我只能給你們提供悍馬。」

夏明朗苦笑：「希望那些人自製炸彈的能力不會像塔利班那麼牛Ｂ！」

「很難說。」陸臻的眉頭緊鎖，「煉油廠那枚炸彈已經夠可以了。」

「還好，他們沒往裡面裝一百條鋼筋，咱們的全地型車什麼時候能裝備到位啊？」

聶卓沉默了一下，手指下意識地敲了敲桌面：「立項了。」

夏明朗心領神會。

氣氛似乎有些沉悶了，陸臻笑道：「來說一下好消息吧，不是還有個好消息嗎？」

「好消息就是，我為你們爭取到了相當於潛艇兵下水的戰時津貼。」聶卓嘴角的線條柔和下來。

呃……夏明朗與陸臻面面相覷。

「就這個？」陸臻有些失望。

「你覺得這不重要？」聶卓反問。

「當然，這很重要，但是……」陸臻有點尷尬地，無論如何，跟命比起來，錢總是得靠邊站的。如果一個壞消息是出生入死，這麼個好消息實在份量不足。

「很多人都試圖說服我，這個不重要，他們說士兵應該為了更偉大的東西去戰鬥。可是我卻覺得，我們不能永遠只憑幾句口號來號召人，口號要喊，錢要發，有些事情應該成為常態。我們擁有最真誠的戰士，我們不能回報以無恥。」

陸臻一時語塞，他並沒有想過那麼遠；夏明朗卻笑了，問道：「那之前的時間怎麼算？」

「從你們上岸開始到現在，這段時間的性質也同樣為戰時，一樣計算小時數，你們的兩次作戰任務按戰時津貼的三倍計算。所有傷患的後繼醫療部隊會負責到底，包括他這一輩子因為這個傷而造成的後遺症；所有的烈士，我們會按照他家庭居住地平均年收入的三十倍發放撫恤金。」聶卓盯住夏明朗的眼睛，手掌平放到了桌面上，微笑著，「還有什麼問題嗎？」

「沒了！」夏明朗不自覺地挺直了腰背，異常認真地說道，「這真是一個好消息。」

「告訴那些戰士，他們是為中國的利益而戰。」聶卓的神情中透出一絲傲慢的威嚴，那是手握武器之人的驕傲與不妥協。

「我會的。」夏明朗微微笑著，很放鬆，從容閒適的模樣就像在承諾一個等待已久的邀約。

陸臻感覺到某種壓力，來自他身邊這兩個男人的，他們外放的氣息彼此碰撞，形成巨大的壓迫感，把身邊所有人都遠遠地逼退。在他們交流的世界裡沒有人可以插入，無論陸臻如何努力，都覺得自己像個懵懂的小孩子，發出聲音也只是為了引起大人的注意。

陸臻唯有沉默……他只能安靜地看著夏明朗，看著他起身收齊桌上的資料，然後貌似隨意地送過來一個眼神。陸臻連忙站起來，與夏明朗一起告辭離開。似乎總是如此，在他以為自己已經趕上去之後，又發現新的差距。他可以站在巨人的肩膀上成就一些事，然而，夏明朗獨自為王。

離開時已是黃昏，西沉的落日像一顆熔化的鐵球，懸在地平線上。陸臻發現自從他們到了喀蘇就一直在黃昏活動，真不知道這會不會讓人容易蒼老。大使館門口車如流水，嘈雜而紛亂。夏明朗一邊吹著口哨，一手插在褲袋裡往臺階下走，陸臻不自覺地停下來看他。夏明朗走到底，發現陸臻沒有跟上來，又折返回去。

「怎麼了？」夏明朗笑了，伸手擼一擼陸臻的頭髮。

「沒什麼。」陸臻忽然意識到夏明朗已經很久沒有對他做這個動作。

「怎麼了，多大個事啊？需要您放這麼重的心事？」夏明朗抓著陸臻的腦袋順毛，把剛剛被自己揉亂的頭髮再理整齊。

「好像頭髮又長了，咱們是不是得剪個頭再下鄉啊？」夏明朗捏了捏自己的頭髮。

「不如都推個光頭吧，好洗。」陸臻突發奇想。

「你敢！」夏明朗一陣惡寒。

「這有什麼好不敢的啊……」

「行了行了，別鬧了，趕緊的，找車回家去……」夏明朗顧左右而言他。

不遠處，一位在大門口巡邏的特警主動跑過來詢問，畢恭畢敬地把他們帶去停車場。小夥子一路偷瞄了夏明朗好幾眼，到了也沒忍住，小聲問道：「您是夏隊長嗎？」

夏明朗嘿嘿一笑：「怎麼？要簽名不？」

小夥子一愣，紅著臉跑了。

「少男殺手啊！」陸臻嘖嘖作聲，被夏明朗一巴掌拍在後腦勺上，揪上了車。

回到營地正是喀蘇尼亞最熱鬧的時候，隊員們吃過晚飯，在操場上做著一些輕鬆適意的晚間訓練。

「怎麼樣？是不是能回去了？」柳三變遠遠地看著夏明朗與陸臻進門，連忙跑了過去。家有嬌妻弱子，他是思鄉最切的男人。

陸臻驀然間想起了遠方的萬勝梅，不知道怎麼回答才好，夏明朗也沉默下來，眼神變得異常鄭重。

「怎麼了？」柳三變笑了起來。

「恐怕，你得讓阿梅再等等了。」夏明朗神色凝重。

「這樣。」柳三變仍然笑著，有些勉強的無奈，「又有什麼任務？」

「你很快就知道了，讓全隊集合。」夏明朗伸手攬上柳三變的肩膀。

那天晚上，陸臻站在隊伍裡聽夏明朗向大家宣佈兩個好消息——

1.你們有幸，將在遠離本土的地方作戰，而這對於中國軍人來說是千載難逢的機會。多少年沒有過了，或者說，從來沒有過。身為一個軍人，最基本的使命就是戰鬥！沒有經歷過實戰的軍人是不完整的，全中國沒有幾個軍人是完整的。從今天開始，你們將和他們不再一樣！

2.這次任務得到了中央軍委的高度重視，你們將得到中國陸軍史上最好的作戰津貼與撫恤待遇。你們是軍人，你們不會為了錢打仗，但你們也是人，你們需要錢生活。這一次，部隊承諾你們……不會先流血，然後又流淚！有一位將軍讓我告訴你們：這一次，你們是為中國的利益而戰！

陸臻有種恍惚感，彷彿他不曾坐在那間辦公室裡，親耳聽到那個命令。他好像忘記了這一切的前因後果，不可抑止地沉浸到夏明朗編織出的熱血藍圖裡。

在回來的路上，陸臻其實想了很久，他想來想去，不知道怎樣向離家太久的朋友們交代，大家都在眼巴巴盼著回鄉的日子，而他們帶回來的……是又一次漫長的征程。可是夏明朗輕而易舉地把這一切化解得乾乾淨淨，沒有人失望沮喪，吵著嚷著要回家。陸臻能清晰地感覺到身邊血液燃燒的湧動，這些日子以來彌漫無邊際的思鄉愁緒一掃而空。他們又回到了那個整裝待發的時刻，如同當初第一次跨出九段線一般的慷慨激昂。

部隊將重新整編，各路援軍迅速趕來會合，蘇晉帶了一輛全地型十輪驅動的越野大貨車火線加盟，讓夏明朗驚喜不已。當然，更讓人驚喜的是蘇晉對南方各區地形的熟悉，在喀蘇十幾年不是白混的。

林珩老爺子連夜送來了大量野外急救器材，這包括各種外傷包和兩個裝配好的重傷處理箱，只要將無菌條件控制得好一些，就能在野外同時進行兩台重傷手術。駐喀蘇的維和醫療隊更是專門給他們抽派了一支精兵，夏明朗與他們在奈薩拉曾經合作過一陣，彼此都有些瞭解，這回在關鍵時刻再見面，氣氛更是融洽。

醫療隊領隊的張浩江雙手抱住夏明朗的手：「我聽說是您老哥領頭，馬上心裡就有底了。」

夏明朗苦笑：「聽說你會來，我心裡也有底多了。」

時間不等人，縱然倉促萬分，這支混編的特殊隊伍也得在三天之內開拔，畢竟現實從來不會給人一張準備充分的時間表。營地裡一派火熱景象，第一批到位的物資已經卸下貨，戰士們忙著幫醫療隊的兄弟們整理打包。

夏明朗轉了一圈沒發現柳三變，回到辦公室居然看到柳三正坐在電腦前上網。

「你倒是好興致！」夏明朗驚訝地。

「我？」柳三變臉上浮起可疑的紅，急急辯解道，「我在給阿梅寫信。」

「噢，寫情書啊，那是大事啊！要不然我再出去溜一圈？」夏明朗嘿嘿一笑。

「不不不，不用了，已經寫好了。」柳三變手忙腳亂地按下發送。

「別這麼不好意思啊，合法老婆，想怎麼寫怎麼寫，怕啥？」

柳三變嘿嘿笑，也不出聲，可是沒想到回信轉瞬即至。叮咚一聲，柳三變條件反射地點了收信，回信不長，就只有一句。夏明朗縱然想迴避，一眼掃下也已經看全。

——那就去吧，反正將來無論如何我們都可以告訴孩子，他的爸爸是個英雄！

不必再問柳三變在信裡寫的是什麼了。夏明朗沉默半晌，在柳三的身邊坐下。

「一直以來我都期待著有這麼一天，我可以拿起槍，站在真正的戰場上，保家衛國。」柳三變把臉深深地埋到手掌裡，「可是當這一天真的來臨了，我卻又忍不住……還是害怕。」

夏明朗默默地攬住柳三的肩膀，把他帶到自己懷裡。

「我知道這樣不對，我知道……」

「不，是兄弟我自私了，忘了你還有家有室。」夏明朗說道。

「有誰沒家沒室？」柳三變深呼吸，努力地平視夏明朗，「承蒙不棄，我會堅持。」

夏明朗不知道應該再說些什麼，不自覺又看了一遍回信，感慨道：「你們家阿梅可夠悍的。」

「那是。像我這樣的男人滿地跑，像她那樣的女人全世界能找出幾個？」柳三變由衷地笑了，那笑容看不出是自豪還是自嘲。

夏明朗把人攬得更緊，再用力拍一拍柳三的肩膀，低聲喝道：「誰說的！我夏明朗的兄弟怎麼可能滿地都是。」

6

又是一個黃昏，車隊披著夜色悄然出發，為了避開中東部政府軍與南方叛軍的交戰區，夏明朗聽從了蘇晉的建議改走西線。這裡幾乎沒有路，但是這裡也沒有飛機、坦克與大炮。聽說解放聯盟正在向中部集結，壓上了他們全部的坦克與步戰車。喀蘇尼亞的中部平原是石油高儲量地帶，貨真價實的兵家必爭之地，無論南北各方都不會輕易放棄，戰事打得異常激烈。

路況太差，悍馬車坐起來很不舒服，那些待在卡車裡的同志們更是慘烈，一路過來沒有幾分鐘是安生的。這是漫長到令人生厭的旅程，戰士們多半在玩著一些無聊的遊戲或者閉目養神，所有人昏昏欲睡。陸臻與徐知著靠在一起，肩抵著肩地犯瞌睡，卡車忽然一個急剎車停住，兩隻腦袋頓時撞到了一處。

「怎麼回事？」陸臻條件反射地跳起來，整個車廂瞬間甦醒，睡覺的、發呆的、聊天的……這會兒都把眼睛看向了陸臻。

「刑搏，出什麼事了？」陸臻用對講機呼叫他們這輛車的司機。

「不清楚，前面忽然就停了。」

陸臻無奈，換一條線直接呼叫夏明朗，卻只聽到越來越沉重的呼吸聲。

「怎麼了？」陸臻疑惑起來，身上的汗水好像一下子收乾了，涼颼颼的。

「都給我待在車裡！」

夏明朗喊完才意識到這條是單線，連忙開了群通再喝一聲。

「到底怎麼了？」陸臻感覺毛骨悚然。相識多年，他第一次聽到夏明朗的聲音發顫。

「你，嗯，你……過來看一下。」

天已破曉，地平線上染著一層暗紅色的紫，空氣裡飄浮著一些白霧，泛著幽幽偏藍的冷光。陸臻從車邊繞過去，赫然看見頭車的車輪底下碾住了一個人。

「這……」

「不是，看那裡……」

陸臻下意識地跟隨夏明朗的手指轉移視線……驀然，他倒吸一口冷氣，連連往後退了好幾步。在他們將要前進的方向，有更多屍體橫七豎八地伏倒在地，隔著迷濛的白霧，這條破敗的紅土小路彷彿沒有盡頭似的延伸著。

「怎麼會這樣？」陸臻明顯地聽到自己的聲音在顫抖，「政府軍？」

「是部落仇殺。都是被砍死的，政府軍會用槍。」蘇晉眉頭緊皺，他儼然成為了在場所有人裡面最鎮定的那個。

「為什麼要這樣？都是一個國的，有什麼事需要這麼狠？」陸臻脫口而出，話音未落已經意識到自己有多可笑。

「國家？」蘇晉苦笑，「不要用你的想法去套他們，對於他們來說，部落的利益比那個虛幻的國家要實際得多。搶水，搶地，你死我才能活。以前有政府管著還收斂點，現在……」

陸臻沒再說什麼，他並非對這塊土地的現狀茫然無知。尼羅河越來越窄，人口越來越多，人類的需求與日漸脆弱的生態有那麼多的矛盾。爭奪水源、爭奪土地、爭奪石油……這裡的人們還在用最原始的方式控制著人口與利益的分配……大刀砍過，你死我活，幾千年來從未改變。

這些屍體大都是老弱婦孺，他們朝向著一個方向俯倒，用各種姿勢。陸臻幾乎可以看到她們驚恐萬狀地奔逃在這條道路上，然後被掠殺者從背後砍倒。這些日子以來，陸臻第一次感覺到冷，那是一種沁入骨髓的寒意，潮濕而黏膩地沾在皮膚上，無可擺脫。彷彿那是有腐蝕性的，已經溶穿了皮膚。

「還有別的路嗎？」陸臻聽到夏明朗問。

「沒了。」蘇晉說道。

「清路吧。」夏明朗長長嘆息，面沉如水。

雖然悍馬車的輪子可以直接碾過屍體，但他們無法說服自己如此殘忍，清空道路就成了新的大工程。來不及掩埋，戰士們戴著長膠手套把屍體抬到路邊。太陽漸漸升起，空氣在陽光下翻騰，發酵出越來越濃烈的腐敗的氣息。終於有人忍不住趴到路邊嘔吐，瞬間，這種感覺像是會傳染，路兩邊吐成了一片。

「這裡很快就會變成疫區。」張浩江陰沉著臉，那種強烈而又無奈的憂慮讓他看起來幾乎有些愁苦。

陸臻從背脊竄上一道涼意：「有辦法嗎？」

「我們沒那麼多消毒劑，也沒那麼多時間。」

夏明朗微微點頭：「還是趕緊走吧。」

張浩江愣了好一會兒，深深地嘆了口氣。他畢竟是個醫生，比軍人擁有更多的慈悲，然而理智會告訴他如何抉擇。張浩江默默地組織人力消毒戰士的身體與車輪。

再一次出發，整個車隊都變得無比死寂，不斷地有人衝到車尾去吐，醫務隊忙不迭地給戰士們分發著藥品。陸臻再也沒了睡意，那股子寒意在他的骨髓中隱隱作痛。

戰爭，拋開所有那些令人慷慨激昂的名詞，陸臻忽然發現了它的本質——為慾望所迫，彼此爭奪，你死我活。

現實多麼醜陋，令人噁心，然而你卻無法逃避，畢竟你不想死，你總想活。

陸臻想起之前老謝政委給他們灌輸的那一大堆紅頭檔，他忽然覺得有些話也不是那麼可笑了，比如說：穩定，還真他媽就是壓倒一切的。他終於明白為什麼從古到今，人們只有吃不到飯的時候才會揭竿而起。

戰爭永遠都應該是最後的那個選項！用暴力來改變現狀，那是一個民族最大的悲哀！

正午的陽光像燃燒的熔漿那樣傾瀉著，鐵皮車廂裡比蒸籠還要熱。陸臻發現自己在享受這種純粹的乾熱，太陽像是最好的消毒劑，一點點地烤盡他骨髓裡的寒氣。夏明朗像是忘了要停車宿營，直到張浩江出聲提醒。

那天晚上，車隊悄悄改換了路線。這是整個領導層一致同意的，他們寧願穿越兩軍交戰的火線，也不想再看到那種的人間慘劇，畢竟他們都是出色的軍人，他們從不害怕戰場。結果陸臻一整個晚上都忙著跟政府軍方面溝通前方路線：具體的交火地帶在哪裡？我們已經在哪裡了？我們這個地方安全嗎？現在你們在哪裡打著？我們要怎麼繞過去？

陸臻沮喪地發現他在對著一團醬糊說話，他們的司令部甚至不知道自己的每一個團級部隊目前在哪裡活動。

「媽的！」陸臻氣得簡直想砸電臺。

夏明朗從前座伸手過來拍了拍陸臻的腦袋。

「都這樣，正常的。」蘇晉很淡定，「那幫人打仗跟玩似的，坦克埋在土裡當炮臺用，扛著機槍打飛機，想怎麼打就怎麼打。」

「我就不相信了，這麼打下去，他們還不得全軍覆沒？」陸臻極為憤慨，畢竟這些情報直接關係到自個兒的小命。

「不至於……」夏明朗淡淡笑了笑，「至少三十年前，咱們也是這麼打仗的。」

「呃？」

「建制混亂，後勤混亂，師不知團，團不知連……自己的炮兵連轟了自己的先鋒營。所以，我估摸著就他們那群業餘部隊也就這水準了，不會比咱們三十年前好多少。」夏明朗極為平靜地，「要不然我為什麼早先不走這條路呢？」

「這真的假的？」張浩江疑惑地，「你這說的是……對越南那場？」

「是啊！一場慘勝。」夏明朗的聲音很輕，這一整天，他的情緒都不是很高，心事重重的模樣。

「三十年了啊，挺快的！」陸臻感慨，「不知道現在還會不會打成這樣……」

陸臻猛然一頓，後半句話斷在了喉嚨口，因為夏明朗忽然抬眸看了他一眼，漆黑的眸子在車內昏黃的光線下微微顫動。

「不會了！」夏明朗很認真地說道。

陸臻不知道自己是否多心了，夏明朗的聲音總是不如往常那般自信。他有些衝動地伸手過去擼了擼夏明朗的頭髮，拿出自己最堅定的語氣說道：「對，不會的，我們都不會讓它變成這樣的。」

夏明朗似乎有些驚訝，他忽然睜大了眼睛，又迅速地冷靜下來，幾不可辨地在陸臻掌心裡微微蹭了蹭，然後轉回頭去。陸臻這才意識到他這傻帽兒又犯傻幹了點啥，他做賊似的四下張望，強忍住不讓自己的臉飆上血。好在，似乎沒有人關心剛剛那個動作。張浩江尚沉浸在越戰真相的衝擊裡，陸臻馬上極為粗暴地在他頭上擼了一把：「沒事，老張你放心，今時不同往日了！」

「呃……哦哦！」張浩江有點迷糊。

夏明朗無奈地輕笑了一聲，嘴角終於上揚了些許。

電臺的紅燈再一次閃起，陸臻這下得到了更好的臺階，連忙接起。幾分鐘之後他的神色漸漸凝重：「停車！」

夏明朗馬上向整個車隊發佈命令，一連串的指令下完才顧得上問陸臻：「出什麼事了？」

「他們告訴我前方十幾公里以外，有南邊的坦克群在集結。」陸臻苦笑，「然後他們馬上打算要轟炸那塊地方。」

「真的！？」柳三變特不屑地懷疑著，對喀蘇軍方不抱一點信心。

「是真的。」夏明朗豎起食指貼到唇上。

風聲中挾著隱隱約約的嘯叫，遠遠傳來。

陸臻輕聲咒罵：「我操！」

「我說那幫渾小子怎麼可能還有消息作數的時候！原來飛機都到頭頂了！」柳三變氣結。

不一會兒，遠處傳來連續不斷的爆炸聲，夏明朗下車查看，天地在相交那一線溢出明黃的血色。夏明朗藝高人膽大，確定好今天晚上的宿營地後簡單部署了一番，留下陳默與柳三變駐守，自己帶上陸臻和方進偷偷摸了過去。畢竟路遠，兩條腿走來還是費了不少工夫，等他們摸到地方，戰局已經接近尾聲。轟炸機拖著長長的嘯叫在空中盤旋，有零星的爆炸在四周轟開，看起來像是坦克們最後無力的掙扎，畢竟用炮彈來對抗飛機是可笑的。一個失去制空權的坦克集群就像一群軟弱無力的綿羊，在野狼的撲食下，只有毀滅一條路可走。

轟炸機低空掠下，彷彿炫耀似的投下一枚炸彈。即使隔著一大片坡地，陸臻都能感覺到割面的熱浪與大地的顫抖。

方進拖後警戒，陸臻隨著夏明朗爬到坡頂，熾熱的煙氣拍面而來，簡直讓他無法呼吸。飛機轟炸坦克集群的演習陸臻曾經參與過無數次，每一次的級別都比現在高，然而此時此刻撞入他視野的一切幾乎攝人心魄。

差不多半個平方公里的土地上燃燒著十幾輛坦克，高能炸藥燃燒時近乎純白的火焰照亮了整個黑夜，陸臻根本看不到一具完整的屍體。無邊的荒漠被戰火炙燒出一片片焦痕，四處散落著黑色的碎片，你根本無法分辨那究竟是一隻手、一隻腳還是一枚彈片。

不遠處，一輛坦克已經燃燒殆盡了，陸臻看到熔化的金屬沿著坡面蜿蜒而下，彷彿那隻戰獸留給世間的……最後的眼淚！

說不好是出於什麼樣的心理，等到這場轟炸徹底消停之後，夏明朗命令車隊過來繞了一圈。看著這還冒著熱氣的新鮮戰場，所有人默然不語，車隊在斷垣殘壁間駛過，天地一片沉寂，只剩下引擎的轟鳴。

7

喀蘇南部地廣人稀，道路稀少，基礎設施近乎原始，被天然的河流與山脈隔斷成一個一個自給自足的區塊。穿過交戰區，天地又寧靜下來，越往南去植被越是繁茂，漫無邊際的非洲稀樹大草原一眼看不到盡頭，成群的羚羊在天邊掠過，沒有一點人跡。

天高地闊，戰士們的心情也平復了不少。車隊仍然是晝伏夜行，每天晚上趕路時，一輪孤月懸在晴空裡，遠方黑鬱鬱的，天空中映著猴麵包樹的影子。蘇晉在非洲待了十幾年，是第一代過來闖蕩江湖的石油工人，整個非洲大陸都跑過，對喀蘇尼亞更是瞭若指掌。一路上，指揮車裡的眾人就靠聽他侃大山解悶，各種趣聞軼事娓娓道來，算是好好地給大傢伙補了一堂非洲課。

從勒多港到南珈全程不過兩千多公里，卻足足開了五個晚上，此行需要穿越大片的荒漠草原，路況極為惡劣。戰士們披著拂曉的陽光進入南珈城，陡然看到街市裡黃皮膚黑眼睛的中國人，感動得直想哭。

這是一個從蠻荒中硬生生造出來的城市，起初什麼都沒有，一群中國人為了石油來到這裡，修橋造路蓋房子，豎起一口口井。慢慢地，此地熱鬧起來，遠遠近近的土著們都過來找活幹，把自己放牧的牛羊趕過來賣，換回各種各樣的生活品，在廠區外面圍出一個小小的集市。

這裡什麼都有，一切的生活所需，同每一個建在荒山野地裡的工業小城一模一樣。它看起來粗糙而富有朝氣，甚至連戰爭的陰影都離他們很遙遠似的，那都是一千公里以外的事。

夏明朗下令放慢車速，車隊靜悄悄地穿過街道。南珈正在晨光中甦醒，路邊的小飯店裡蒸騰出熱氣，幾個工人匆匆忙忙地過來買幾個包子。一位黑人老漢牽著羊，慢悠悠地走在路邊的野地裡。陸臻睜大眼睛看著這一切，這與他想像中完全不一樣。這些日子以來他看了太多的戰火硝煙，已經很久不見這樣寧靜安然的市井生活。

蘇晉指著小街盡頭的一個鋪子說：「這家的烤肉一流。」

「那我們晚上來吃吧！」陸臻脫口而出。

夏明朗聞言看過來，笑容溫柔而輕軟，像晨光一樣。

石油公司派了個副總過來帶他們熟悉環境，這麼大個油田要停產，企業內部也忙得不可開交。夏明朗看到廣場上停著各種工程車輛，蘇晉在旁解釋，這都是下一批要撤走的。

簡直就像是要逃難！這種感覺讓夏明朗皺眉，隱隱有些彆扭。

原北方政府駐守在南珈的是一個連，差不多一百人，軍容散漫，拿著上世紀七八十年代的中製武器，看著倒是親切。想必，此前南珈最大的風險就是土匪和強盜，這麼個部隊也足夠用了，畢竟石油公司還有自己的保安。

夏明朗和陸臻頂著大太陽與政府軍辦交接，跟著那位囉囉唆唆的連長跑前跑後。交接財物、武器、哨所、營房……各種瑣碎的手續辦了一整天，直到入夜時分才搞定入駐。不在哨位的戰士們搶著打水洗澡，這幾天在路上真是各種髒亂疲憊。

陸臻剛剛擦了把臉，蘇晉已經帶人找過來：「烤肉去？叫上夏隊。」

夏明朗爽快地一口答應下來，向柳三變交代一聲，許下一隻羊腿的紅利，帶著陸臻吃肉去。

黃昏時的南珈熱鬧了很多，與那些民風粗獷的北方小鎮一樣，紅紅火火的大排檔一直鋪排到馬路中央。集市上的店家已經關了大半，剩下的這些，自然更加生意火爆。

蘇晉挑了兩隻羊腿，夏明朗一迭聲喊著讓店家送了炭火爐子出來自己烤。蘇晉看著夏明朗擺弄調料，也倒了些孜然出來放在碟裡，極小心地聞了一下：「這家店好，調料都是從國內帶回來的。」

「我們隊長的手藝也是從國內帶回來的。」陸臻喜孜孜的，一臉的雀躍。

夏明朗淡淡看了他一眼，嘴角那一點笑意被炭火映得發紅。

蘇晉是這地界的紅人，夏明朗的頭層羊肉還沒烤熟，套近乎的人馬已經送走了好幾批。那些人一邊聊著，一邊欲言又止地往夏明朗他們身上看。陸臻不明所以，只能禮貌地笑出一張解放軍標準像。

「都是兄弟。」蘇晉抽空解釋，「好奇，在這地界幹了十幾年了，沒見過自己的兵。」

陸臻頓時肅然，腰杆兒都挺直了好幾倍。

男人嘛，友誼是很好建立的，有酒有肉，漸漸都坐到了一桌來。陸臻一邊參與話題，好深入瞭解群眾，一邊眼明手快地把肉搶到夏明朗盤裡去，回頭一看自己盤裡空了，又索性拿著夏明朗的盤子吃起來。這裡的羊純天然，土生天長，肉極肥嫩，吃得陸臻滿口流油，兩隻羊腿瞬間報銷。

蘇晉起身往店主手塞了一把錢，豪邁地一揮手：「上整的！」

「在這兒也能用人民幣？」陸臻有些驚訝。

「自己地頭嘛。」

「那喀蘇別的地方呢？」

蘇晉索性把錢包拉開給陸臻看：「美金。」

一疊綠汪汪的鈔票裡，夾著幾頁紅色，看起來分外可憐。

「哎，我還以為在這兒可以用人民幣結算呢！」陸臻嘆氣。

「在中亞還有可能，非洲……全非洲就沒有一個人民幣結算的地方。」蘇晉跺了跺腳，指著腳下的土地說道，「沒辦法，老牌資本主義殖民地，咱也就是過來混口飯吃，還快混不上了。」

蘇晉這句話彷彿說得不經意，可是話音剛落，全桌都安靜了下來。夏明朗感覺氣氛有變，舉起酒杯亮了亮，與蘇晉碰在一起，一仰脖喝光了杯中殘酒，引來一片喝采。

「我說，非走不可了嗎？」一個戴眼鏡的中年人猶豫不決地問道，「他們喊打喊殺也不是第一天了，都打了好幾年了吧，都跟我們沒關係，怎麼就……」

夏明朗的視線在一瞬間掠過所有人的眼，那不摻假的熱切讓他深深疑惑。

「怎麼？你們都不想走？」夏明朗問道。他是真心沒想到，這地界戰火紛飛，能回家多好啊！

「這不是想不想的問題，這是吃飯的問題。」蘇晉苦笑。

夏明朗與陸臻齊齊一愣。

「在這兒幹，就算是一線的採油工收入比國內也是翻倍的，一年十幾萬閉著眼拿。苦是苦點，苦上幾年回家買房子生孩子，工人們就這麼點奔頭。現在呼啦一下全撤了，國內一個蘿蔔一個坑兒都佔著呢，誰把飯碗挪給他們？」

夏明朗瞬間恍悟，的確……他是一人吃飽全家不餓，老婆比自己還能賺，可是這世上為三餐一宿苦苦掙扎的人海了去了。

蘇晉用筷尾輕輕敲著桌面，忽然站了起來，夏明朗順著他的視線看過去，遠方高大的鑽井被月光雕成一個個凝重的剪影，貼在夜幕上。

「就那兒，老子帶人打下的第一口井。」蘇晉凝神看著，連眼角的皺紋都柔和了許多。

每條戰線都有英雄，並不是當兵的才能叫戰士。

陸臻自心底湧上一股子豪氣，隨手倒下一杯酒敬過去：「蘇哥，我知道您捨不得這地方。」

蘇晉接過來喝乾，低頭又看住了夏明朗：「我跟你說句實話，就南珈這塊地方，我們公司從上到下沒一個想放的。開玩笑，十幾年啊，幾百億的投資，幾千個飯碗。當初把我們派過來的時候怎麼就沒想到這一天呢？現在出事了，都指著政府給我們撐腰呢，沒想到，望風而逃嗎……這地兒一丟，你們說老子在勒多還有什麼可待的？」

「一起失業！」同桌的馬上有附和。

「不幹了！」

「喝西北風去……」

在海外討生活的男人個性多半堅韌而粗獷，又都是一個公司的，一樣的苦逼心事，個個感同身受。酒入愁腸，勾起糟心事，各各舉杯，各種叫罵抱怨。這下子連臨桌都鬧了起來，又有人跑過來給蘇晉倒酒。蘇晉哈哈一笑，有些無奈的。這等話題再熱鬧都透著一股子意興闌珊的味道，止不住地奔向散場，夜未深透，人已經走了大半。

夏明朗目送最後一位閒雜人等退場，招呼店主過來再加四隻烤好的羊腿，另外結帳。

蘇晉已經喝高了，瞪著血紅的眼睛一字一字地喝道：「誰敢付錢？」

「不敢。」夏明朗乖乖把錢包又裝進兜裡。

蘇晉強行結了賬，搖搖晃晃地站起來說道：「我送你們。」

南珈雖然比勒多要涼快些，卻也是火爐一隻，所以越是夜深，路上的行人越多。三三兩兩的，乘著難得的涼風，就點小酒吃點小食，這是工人們忙碌了一天之後最好的休閒。

「你們這兒也挺熱鬧的啊！」夏明朗感慨。

「這也叫熱鬧？都散得差不多了。」蘇晉扶住夏明朗，有些傷感地，「夏老弟，我就有一件事不明白，那些喀蘇尼亞的慫貨（無能者）都敢把這裡守著，怎麼你們來了，反而是讓我們走呢？」

夏明朗極難得被人一句話釘死在當場，臉色紅了又黑。當然他可以解釋，情形不同，風險不同……然而此時此刻再合理的解釋聽起來都像掩飾。

蘇晉知道說過了，有些不好意思起來，伸手拍了拍夏明朗的肩膀：「我就是窮牢騷，喝多了，別往心裡去。」

「沒事。」夏明朗笑得很勉強。

這正是最尷尬的時候，恰好一通電話把蘇晉拉去了路邊。陸臻提著羊腿過來，不動聲色地握了握夏明朗的手，在夜空下彼此對望，有些苦澀。

「一年十幾萬？真的值嗎？」陸臻小聲重複，在估摸這個數字的份量。

「你這輩子沒窮過，別替窮人大方。」夏明朗瞪了陸臻一眼，有些無奈的，卻又透著悲憫。這小子從小衣食無憂，爹媽照看得好，不必為錢財操心，所以才能超脫，去談理想談奉獻。可是對於那麼多那麼多的普通人來說，工作是糊口，是營生，是生活的基礎……

陸臻頓時慚愧，這一路顛簸著過來還以為自己是救世主，將受到廣大人民群眾的熱情歡迎，沒想到人民群眾的要求卻比想像中複雜得多，也實際得多。

蘇晉掛了電話回來：「國內的朋友，問我們這邊什麼時候停工，他好入市囤柴油。」

「囤柴油？」

「嗯，開小車的看到汽油漲了，他還能少開點。柴油都是商用，市場需求是硬的，除非他不幹了，生意不做喝西北風去。你沒看到油荒都是荒柴油嗎？」

「是啊，這地兒一丟，國內的油價還得漲。」陸臻感覺很新奇，他從沒想過兩者之間的關係。

「那當然，這麼大的損失……最後總得攤下去，便宜油源沒了，還得用高價油補，缺口大了去了，錢又不會從天上掉下來。」蘇晉忽然指著夏明朗和陸臻笑道，「別說老哥不照顧你們，趕緊的，拿錢囤油去，比你們當兵賺多了。」

夏明朗失笑：「蘇哥，您倒是怎麼樣都能賺錢。」

蘇晉愣了愣，笑容收斂了下去：「我倒寧願不賺這個錢。」

麒麟們的駐地營房就在油田生活區旁邊，有一個獨立的院子，門口是高高的瞭望台，探照燈沒有開，黑漆漆的隱在夜色裡。夏明朗回去召骨幹們開會，劈手先把四隻羊腿砸到會議桌上。一時間寒光閃爍，數把軍刀揮下，切得肉末橫飛。

會議室的牆上貼著一張巨大的南珈衛星地圖，夏明朗抱著肩膀站在圖前，良久地沉默。

他是一名軍人，並且極度驕傲，這不是魯莽的兵蛋子那種不容一點質疑的驕傲，這是入髓入骨的豪氣，我自橫刀立馬，當保一方太平。所以，蘇晉那句不經意的酒後真言著實刺激了他：為什麼……十幾年了，第一次在外面遇上自己國家的兵，卻只能帶著他們打包逃跑？

「持劍經商，舉刀談判……」

夏明朗聽到陸臻站在他身後輕聲道。

「嗯？」

「我們的劍還不夠利，刀還不夠沉，只能這樣了，這是大環境，不是你的錯。」陸臻把一隻手按到夏明朗肩膀上。

你才皺眉，有人就已經猜到你想什麼，已在費心開解……夏明朗只覺心頭湧上暖意，為這份可遇而不可求的靈犀相通。他輕輕拍了拍陸臻的手背，半開玩笑似的說道：「和平崛起嘛！要和諧……」

「你有沒有覺得『和平崛起』是個特別無賴的詞，嗯？有哪個強國崛起的時候不是靠幾代人的辛勞和幾代人的血？都是刀光劍影裡殺出來，才賺到現在這份家業，憑什麼……我們不沾一滴血，就能『和平』崛起了？誰會讓我們佔這麼大一個便宜？」陸臻索性上前了一步，兜住夏明朗的肩膀把他半攬進懷裡，這樣從背影過去反而清爽，只像是哥倆好，不覺曖昧。

夏明朗微微點了點頭，沒再說什麼。

「好吃嗎？」夏明朗轉身走到會議桌前問道。

方進口裡叼著半塊羊肉，猛點頭。

「買肉給你們的大哥問我：為什麼，就喀蘇尼亞那幫子慫兵守在這兒的時候，油照採，肉照吃。等我們來了，反而是讓他們走？他說，為什麼國家有種把他們派過來，卻沒有能力保護他們不被打攪地……做點正經生意！」夏明朗雙手撐在會議桌上，帶著居高臨下的霸氣。

一瞬間全場肅靜。

「我們必須把這裡守好，原封不動地……再還給他們！」

「對！」方進費力把肉塊咽下去，急切喊道。

陸臻站在夏明朗身後眾人看不到的地方微微笑了笑……這傢伙還真是從來不會一個人獨自苦逼。不開心的事情，當然要說出來讓大家都不開心一下，這才是小夏隊長的處世之風。

即使工人們加班加點，南珈油田的完全停產與撤離也足足忙了兩個多禮拜，畢竟有那麼多的油井要封口，一個個都需要打套管下去，再用石英砂填埋地層。各種設備儀器，能帶的帶走，不能帶的封存，一間又一間的庫房合上大門，下鎖貼封條再不見天日。車隊載著曾經的繁華陸續離開，漸漸人去樓空，原本熱鬧無比的廠區沉寂了下來，一個個黑洞洞的窗戶在無聲地述說淒涼。

為了避開中部的交戰區，車隊大都選擇往南走直接離境，從鄰國繞道出海。夏明朗派了人隨車護送，回來時則帶回大批的糧食和飲用水，他們將面對一場持久戰，多囤點東西，總是好的。

蘇晉是隨著大部隊撤離時一起走的，臨走時買下了烤肉店裡所有的調料和大米。隨著那一大堆香飄四起的東西一起砸到夏明朗手上的，還有一杆嶄新的PSG-1型狙擊步槍，荒漠迷彩塗裝，配了大量專業子彈與全套備用零件。這是全球最貴的中口徑狙擊槍，夏明朗正琢磨著使壞了賠不賠得起，蘇晉大手一揮，爽快地說道用壞了就甭還了。

夏明朗舔了舔下唇，在心頭默唸：有錢真好！

當最後一批撤離人員揮手南行，偌大南珈油田就只剩下了留守的五十多名技術員、一個保安隊和戰士們。留守的技術主管名叫李國峰，三十六歲，典型的工程師模樣，看起來單純質樸，然而執著無畏，傻乎乎的愛較真（認真），算是個非常自豪的死理性派。陸臻與他一見如故，太熟了，他曾經的師兄弟裡有太多這樣的人。而油田的保安隊隊長則是位相當有身分的當地土著，名叫米加尼，眉眼是南喀蘇人難得的英俊清秀，氣質沉靜，是本地一個部落頭領的長子。

夏明朗估摸（大略估計，推斷）著，請這麼一位保安頭子，又招了他們的族人過來幹活，這夥人在當地的勢力應該是不小。當然，有時候過江龍也得指著地頭蛇，小夏隊長一出手，泡妞不一定能指一個滅一個，但是招小弟絕對手到擒來。而且米加尼說得一口流利英語，交流無障礙，夏明朗不過隨便露了兩手就唬得他一愣一愣的，瞬間傾倒。

而與此同時，夏明朗已經開始著手規劃這塊方舟的秩序。南珈這艘孤船上的人們需要明白他們正在面對什麼，將要遭遇什麼。他們需要清晰的物資紀錄，完整的防禦工事與合理的巡邏制度。而這一切，都需要夏明朗從零建立。

起步時總是艱難，聶卓自然特別重視，各種檔往來、衛星電話，交流得極為頻繁。一來二去關係更是熟了起來，簡直不像是中間隔了好幾級的分管單位，倒像是直線下屬。

夏明朗心裡有疙瘩，憋久了總是要吐出來。那天，完成了所有的常規彙報，夏明朗彷彿不經意地帶了一句：「這地方無險可守，如果真有大軍壓境，就憑我們這點人是守不住的。」

「那當然。」聶卓似乎並不以為意，「不過這個機率很小，情報外交那塊會幫我們想辦法。」

「那為什麼一定要停產呢？」夏明朗剽悍的小心肝為這事深深地受過傷，到現在都隱隱痛著，那叫一個耿耿於懷。

聶卓沉默了一會兒，淡然地說道：「因為外交部打不了保票，因為中央不肯冒險。」

「那萬一呢？真撤嗎，那我們存在的意義是什麼？」陸臻有些困惑於聶卓這樣輕描淡寫的態度。

「你們存在的意義在於你們存在著。我們不能讓這地方空下來，否則用什麼來證明這是我們的？一紙合同嗎？那不夠，那只是嘴上說說的東西。南部要重新建國，憑什麼非得認老合同？要記住，嘴巴，只是長在腦袋上的裝飾品，只有腳板硬實，才能踩穩一塊土地。行之無名，固然行而不遠，可有名無實，連一步都踩不出去。至於你們所擔心的……」聶卓頓了一頓，忽然提聲問道，「你們怕打仗嗎？」

「不怕！」夏明朗與陸臻脫口而出。

「很好，我也不怕。但是……」聶卓的聲音發沉，「如果你們現在不站在這裡，一旦發生意外，我們連打仗的機會都沒有。」

「是這樣……」夏明朗瞬間恍悟。

「當坦克開不過喜馬拉雅山脈，那塊地就不是你的；當戰鬥機飛不到曾母暗沙的時候，那片水也不是你的。當你們離開南珈，這個油田的未來就不再由我們控制。」

「明白！」夏明朗感覺踏實了很多，知道自己這個任務定位至關重要，這關係到所有的戰略安排與目標。

陸臻關掉衛星電話發了一陣呆，深呼吸，吹起了額頭的碎髮：「聽起來前路可艱險啊，夏明朗同志！……我們以後應該怎麼辦？」

夏明朗隨手撥亂了陸臻的頭髮，笑道：「涼拌！」

一些人匆匆忙忙地走了，一些人靜悄悄地來。陸臻幸運地在他鄉遇故知，秦若陽帶著他的情報小組向夏明朗借了兩間辦公室。

情報工作要做在前頭，南北戰場勝贏未分，總參三部已經開始考慮南方建國之後的群眾基礎了。畢竟，對於像喀蘇尼亞這樣原始而落後的國家來說，中央政權總是力量單薄，縣官不如現管，油田周邊的部落與軍閥的善意才是最關鍵的。

至此，南珈油田的歷史又翻過了一頁新章——留守。

雖然大家都不習慣！

每天仍然有當地的牧民趕著牛羊過來賣，黑大叔們被周邊的崗哨攔下，異常困惑地看著前方空蕩蕩的樓房和街道，臉上是掩飾不住的失望。

8

世事可以做無常變幻，只有自然最有誠信。三月末，這正是旱季最旱的時候，隔三差五（三不五時）的沙塵暴讓人苦不堪言。夏明朗剛一出門就讓沙塵嗆了一口，放眼望去，四下裡一片濛濛霧氣。太陽被凝固在漫天的黃沙中，泛著詭異的磚紅色，遠處塵煙滾滾，天地間儘是混沌。

「我……操……」夏明朗極度無奈。

而值班長徐知著很快就在他這無可奈何中再加一杯傷心酒：全區戰鬥警戒，因為所有的哨兵都失去了自己的視野……至於紅外嘛，眼下平均氣溫三十九度八，估計只有火星上的紅外探測儀能分出差別來。夏明朗迫不得已要求除了哨兵之外的閒雜人等都退到室內活動，同時啟用小型陣地雷達代替警戒。

不一會兒，沙塵暴的第一波先鋒殺到，正面風向的玻璃窗被吹得嘩嘩作響，塵土簌簌地落下來。到了這步田地，哨兵基本上算是瞎了，陸臻與馮啟泰成了所有人的眼睛，輪流值班，不敢錯過一秒鐘。

一邊工作，陸臻發現米加尼一直躲在遠處觀察他，似乎對這台機器非常好奇，索性招手叫他過來。

「能看嗎？」與其他本地人不同，米加尼是一個知道距離感的年輕人，這讓他看起來總是有些戒備的模樣。

「能看。」陸臻對他微笑。

「這是雷達？」

「你知道？」

「我在肯亞當過兵。」

「哦……」陸臻若有所思，「原來是個老兵。」陸臻起身伸出手：「合作愉快，老兵。」

米加尼被驚到，他有些遲疑地伸出手去。陸臻搶先一步用雙手握住他的：「都是一條船上的兄弟。」

米加尼異常驚喜，笑得白牙閃亮。陸臻總覺得這是個統戰的好機會，正猶豫著是不是應該順便執行一把政委的職責，馮啟泰忽然大叫了一聲：「有情況！」

「怎麼回事？」夏明朗馬上衝了過來。

「是車，越野車，四輪驅動的。」陸臻盯著綠屏上的光斑。

「這都能看得出來？」

「猜的，常規判斷。」

「能判斷下是敵是友嗎？」夏明朗失笑。

「沒問題，待小生借東風作個法。」陸臻抬手引了個劍訣。

夏明朗呵呵一笑，呼叫徐知著準備，看這苗頭，這車很快就要進入警戒圈。這年頭，飛機可以盲駕，槍當然也可以盲打，夏明朗根據雷達座標算出射擊角度，指揮最前方的機槍陣地掃了一梭子。曳光彈在漫天黃沙中劃出彈道，生生逼停了那輛蹣跚前行的車。

「隊長，現在怎麼辦？」方進好久沒開槍，有些窮得瑟（愛出風頭）。

「挺難辨的啊……這破天要怎麼喊話啊！」難得，夏明朗也發愁了。

「呃……隊長，有電臺。」馮啟泰遲疑地指著電子掃描器那閃爍的紅燈，那邊已經在主動喊話了。

「哦……」陸臻來了興趣，「聰明人。」

這種固定頻道的信號最好捕捉，來電是一組通用摩爾斯碼，陸臻一邊聽譯一邊記下字母，寫完低頭一看，樂了。他似笑非笑地看向夏明朗：「Hi baby, it is me!」

夏明朗嘴角一陣抽搐。

海默被帶進來的時候根本就是顆土球，全身上下，眉毛鼻子嘴……除了兩隻烏溜溜的眼睛，整個人都是刷成了一碼色。跟著她一起過來的是那位摩薩德小哥，與海默一樣，只剩下一雙眼珠子還帶著點色兒。夏明朗讓戰士給他們打過來半盆水，海默用三角巾沾濕了擦臉，就像在一面牆上活生生把五官擦出來一樣，看著特別玄幻。

「我出來的時候不是這樣的！」海默憤怒咆哮著，解開頭巾一甩，頓時又騰起一團雲霧。

夏明朗揮一揮手，把眼前的塵土撥開。

另一邊，摩薩德的小哥正發狠地撓著自己的腦袋，地面上簌簌地落下一層土，到最後搓搓手指，長眉深深地糾結到一起。眨眼間匕首已出鞘，在手指間旋出一朵鋼花，在場所有人的視線迅速集中到他身上。這小哥左右看了看，咧嘴一笑，割起了自己的頭髮。

「真好！」海默無比嫉妒地瞪過去。

「你也可以啊！」陸臻笑道。

「我男朋友喜歡我留長髮。」海默一本正經地回答。

「你有男朋友？」陸臻駭笑。

「那當然！要不然你以為我應該有什麼？女朋友？」

「不是不是……」陸臻忍不住哈哈大笑，「我的意思是，有時候不用這麼遷就男人，一個男人如果喜歡妳，那無論妳有沒有頭髮，他都喜歡妳。」

「有道理，那你為什麼還留著你的頭髮？」海默笑眯眯地。

陸臻本想說因為老子樂意，可琢磨了半天，還是不敢承擔與此妞相互調戲的代價，只能中規中矩地答道：「因為我需要與大部隊保持一致。」

「行了！」夏明朗打斷他們的對話，「說，過來幹嘛了？」

「我想你了嘛！」海默拋出一個媚眼。

「我記得妳應該已經迷上陳默了啊！」夏明朗連忙提醒她。

「我也想陳默啊！」

夏明朗深吸一口氣，笑了：「沒什麼事的話，就滾吧！」

「我來找你當然有事，讓我們找個地方說話？」海默眨了眨眼睛，很有些挑逗的味道。

「有事在這兒說。」

「在這裡？」海默左右看了看，這是值班室，人多眼雜，馮啟泰笑瞇瞇地向她揮了揮手，米加尼則好奇地沉默著。

「這裡人太多，不方便！」

「沒什麼不方便的。」夏明朗斬釘截鐵。

海默閉眼考慮了一會兒，終於妥協：「好吧，帶上你的人，我們去會議室。」

夏明朗就知道這丫頭此番前來不是小事，他把柳三變與陳默都叫了回來。一行六人團團圍坐，夏明朗蹺起腿擱到桌子上：「說吧，什麼事？」

海默從懷裡摸出一隻鐲子，推到夏明朗面前。

「怎麼了？」夏明朗拿在手裡轉了一圈，沒看出什麼機關暗器來。這玩意兒明晃晃的，看著倒還挺漂亮，工藝精細，上面鑲滿了大大小小的碎鑽。

「你對光看。」

夏明朗隨手交給陸臻：「粗人，對娘們的東西沒研究，幫爺瞧瞧！」

合著我對娘們的東西就有研究就是了……陸臻無奈，只能接過手裝模作樣地細看，可是在手上反反覆覆幾圈看下來，一束不同尋常的火彩忽然引起了他的注意：「妳這是……」

海默將一枚小小的夾眼式珠寶放大鏡放到桌上，輕輕一觸，小黑管骨碌碌滾到了陸臻手邊。

沒看過豬跑也吃過豬肉，這麼個利器放出來，夏明朗他們頓時就悟了，可是……

「你這不可能吧……」夏明朗對娘們的東西再沒研究，也知道這麼一大堆鑽石值多少錢。

「這只鐲子是施華洛世奇2009年的一個限量，我們拆了其中七顆水晶，換上了真正的鑽石。」

「你這真是……」夏明朗嘆為觀止，「好牛B的行賄手段。那你想從我這兒要點什麼？」

「我們現在與聯合國難民署合作，負責把滯留在戰爭腹地的那些人，轉移到邊境去……」

「你們現在跟聯合國難民署合作？」夏明朗感覺這世界真是瘋了。

海默微微笑了笑：「我們會象徵性地收一點費用。」

「哦！」夏明朗發現這個世界果然還挺正常的。

「那些沒法象徵的誰負責？」陸臻問道。

海默沉默了一會兒，說道：「上帝。」

「別走題，說然後，這事跟我們有什麼關係？」夏明朗瞪了陸臻一眼。

「南珈是一個很好的中轉站。」

「好？」夏明朗挑起眉毛，就這麼個窮鄉僻壤鳥不拉屎的地方有什麼好的。

「一、不在戰略要地。二、難得還有能開車的路。三、安全。」海默依次曲下三根手指，她知道夏明朗的個性，要說服他，最好的辦法是說實話。

「早說嘛！費那麼大勁跟擠牙膏似的。明白了，你們現在呢，就是想做個倒賣難民的生意。你盤算著萬一路上不太平，就在半道上把人往我這兒一送，回頭太平點了，再找人從我這兒接，是吧？」

「差不多。」海默無奈地。

「那我有什麼好處？」夏明朗傲慢地。

海默默默握緊手腕：「我本來是打算把這只鐲子送給你的。」

「呃，啊……」夏明朗左右看了看，「你有四個嗎？」

「沒有。」

「唉，真可惜，下次行賄挑個沒人的時候。」夏明朗同情地。

「受教了。」海默面無表情。

「那我現在能送客了嗎？」夏明朗心中極爽。

「夏隊長，你總是要維持這個地方的安全的！這裡有十個人、一百個人是沒分別的……」海默確定夏明朗別有所圖。

「是啊，是沒分別，可是老子沒好處啊！你們吃肉我喝湯行，不能你們吃肉我洗碗吧？」夏明朗做無賴狀。

「可是你把湯給潑了。」

「小姑娘！」夏明朗笑眯眯地，「再煮一碗嘛！」

柳三變困惑斜眼看之，陸臻對著三哥眨了眨眼睛。

「你想喝什麼？」海默無奈地。

「甭急，咱先掐個盤口。」夏明朗笑瞇瞇地，「妳別看我這兒大把的空房子，都封著呢！這麼著吧，我分個小院給妳，妳自個兒在空地上拉帳篷。當然，妳的人妳自己管好，誰敢鬧事，我立馬轟走。」

「行！說你的條件。」

「我要兩千顆單兵地雷。」

夏明朗的最後一個字落下，整個會議室裡鴉雀無聲，連陳默都轉過了頭來看他。

海默深呼吸：「能冒昧地問一下，這些地雷名義上是誰在使用嗎？」

「你們。」夏明朗笑得更親切了。

「我們是合法公司。」

「我也沒讓你們幹不合法的買賣啊！」

「夏隊長，這件事，很明顯是對我們雙方都有利的，我們可以得到一個雙贏的結果……」

「小姑娘，求人辦事就要有一個求人辦事的態度。」夏明朗語重心長。

「一千！」

「妳賣菜啊？」

「要不然我搞一批破爛對付你。」海默顯出潑婦本色。

夏明朗慢慢收起腿腳，坐正了身體：「妳別賭氣，小姑娘。妳再考慮一下，東西別找太破的，傷了自己人就不好了。」

海默默默咬牙。

「要不然我們吃點東西，妳先睡一會兒，再跟胖哥聊一聊……看他是個什麼意思？」

海默一聲不吭地伸出右手。陸臻連忙把那只鐲子交還到她手上，笑道：「看來這販賣人口的行當還挺賺錢啊？」

「差遠了！」海默淡淡掃了他一眼，「前一陣幫政府軍炸了南方的坦克主力，那筆倒是賺了不少錢。」

「那是你們幹的？」柳三變大驚。

「要不然，你以為當時是誰在地面給飛機導航呢？就憑那些安全部隊？」海默把鐲子放進一個黑色絲絨袋，收到胸口的內袋裡。她走到夏明朗面前，彎下腰輕聲說道：「我會考慮你的建議的。順便告訴你，那七塊石頭價值二十三萬美金。」

「我腸子都悔青了。」夏明朗做出非常痛苦的樣子。

陸臻扒著門縫看海默被通信兵帶走，回頭一下就蹦到桌前把夏明朗的胸口拍得山響：「你他媽太牛了你，腦子也轉得太快了，我還以為你是想搞點情報，張口就是兩千顆地雷。我今天早上就在想著了，這地廣人稀的地方要是能用上地雷得有多好！」

「夏隊，這這……這樣沒問題吧！」柳三變嘿嘿笑著搓手，一雙長眼睛彎成了兩道弧。

這會兒，連陳默都在笑，氣氛快樂得一塌糊塗。

夏明朗咳了兩聲，把陸臻的手拿開：「省點力氣，再打就得內傷了。」

「你得了吧！」陸臻眉飛色舞。

「一看就知道從小不愁吃不愁穿，不知道怎麼跟爹媽討價還價。這丫頭的人要是住了進來，咱就是一條繩上的螞蚱，她手上有情報瞞著我們，有病不？這種一定會到手的條件提出來，有意義不？」

「那你這口開得也太大了。」

「我張口要兩千她就能一下給我兩千嗎？到最後欠上八百，我再把人趕出去？我要知道那破鐲子值那麼多錢，我還得管她多要點。」夏明朗戳著陸臻的腦門，「你呀！頭髮長了見識就短了！」

「我這是不夠瞭解無賴的心理！」陸臻不滿地反駁。

「這倒也是哈！」夏明朗得意揚揚的。

「還真是長了。」陸臻捏著瀏海往下拉，一本正經地研究長度。

「得了陸臻，你把頭剃禿了也沒用，就這手，你這輩子都趕不上夏隊。」柳三變笑眯眯地。

「那是，要比不要臉，誰能比得過他呀！我再怎麼努力，那也是學出來的，就他……娘胎裡帶出來的！」陸臻得意揚揚。

「喲！長進了啊！三天不打都上房揭瓦了啊！還是我們陳默好，還知道尊重領導。」

「隊長……」陳默忍不住微笑，「我只是不知道該說什麼。」

夏明朗舔了舔下唇，慢條斯理地解開作戰服的腰帶……室內三人頓時作鳥獸散，眨眼間跑了個乾淨。陸臻的聲音遠遠傳來：「隊長，小生先瞧瞧地圖去，看怎麼個畫個大符埋雷，好鎮壓宅中妖孽！」

「臭小子！」夏明朗失笑。

兩週後，海默帶著她的第一撥人與六百顆觸發式鋼珠雷抵達南珈，拿出了更為專業的避難所管理模式。陸臻做為中方代表旁觀了全過程，禁不住對這些傭兵的工作效率嘆為觀止。一夜之間，臨時帳篷建了一溜，男女分開管理，統一提供飲食。所以說，這幫人賺那麼多錢絕對是有道理的，刀頭舔血的營生不是人人可幹。

陸臻原以為海默那塊聯合國難民署的牌子只是用來掛的，沒想到現場真有專業人士參與。一個長得慈眉善目的絡腮鬍子老頭兒掛了聯合國的牌子跟著東奔西跑，陸臻怎麼看他都不像是冒充的，可是怎麼看，也不像是完全不知內情的。陸臻忍了好久，實在沒忍住，藉一起吃飯的機會旁敲側擊。

老頭兒說一口咄咄逼人的南非英語，一個句子的末尾總是要帶個「Huh」，卻笑眯眯地看著陸臻說道：「你知道的，我們不管這些。」

陸臻沒料想答案竟會如此直白赤裸，一時倒愣住了。

「你看，我們不能干涉他們願意帶誰出來，我們也不能拒絕向他們提供幫助，畢竟他們也是在拯救生命。」老頭兒笑得溫柔，「雖然有選擇性。」

陸臻想了半天，無奈地笑了，他拍了拍老頭兒的肩膀說道：「對，你是對的。」

這時候，大門方向傳來一陣喧嘩，陸臻連忙跑去查問，原來是一名持槍青年拒絕交出武器。進入避難所的最基本原則就是暫時交出武器，這位小哥被扣在門外，叫罵不止。

這算是海默的家事，陸臻默默旁觀，順便看看那小妞兒怎麼處理這棘手的麻煩事。不一會兒，海默匆匆趕到，三言兩語問過大概，一把將那人從人群裡推了出去：「離開這裡！」

「為什麼，我給過錢的，你們答應會把我帶到肯亞去！」那人勃然大怒。

「對對對，我們答應過的……」海默微笑著走近，卻突然翻臉，拔槍抵住他的眉心，「放下你的槍，你就能留下；不然，離開這裡……嘿嘿嘿……你在幹什麼？你的右手……」

那隻默默爬行中的右手僵硬在半路上，海默拉開他的襯衫，褲腰上鼓鼓的，插著一把老式的柯爾特手槍與兩個彈夾。

「我給你三秒鐘考慮，1、2……」

「我放棄！」小夥子連忙高舉手投降。

海默招了招手，一個傭兵迅速閃過來，把這小子拉到旁邊徹底搜身。

「很厲害。」陸臻由衷地鼓掌，至少他還做不到如此果斷雷厲。

海默笑了笑，不以為然。

「我就是有點好奇，如果他拒不投降，妳真的會趕他走嗎？」

「不！我會殺了他。」

陸臻心裡一驚，不自覺聲音放輕：「為什麼？」

「他故意鬧事，可能有圖謀。」

「那如果沒有呢？」

「嗨，有沒有人告訴過你一個詞？T.I.A.!」海默轉過身看著陸臻，在陽光下，她的瞳孔收縮到了極致，瞳色淺淡，映出虹膜的紋理。

「沒有。」陸臻揚起眉毛。

「這裡是非洲。」海默面無表情地說道。

T.I.A.

這是陸臻第一次聽到這個詞，後來，有無數人在無數場合這樣說過。

孩子們得不到基本的教育。

嗨，T.I.A.

政府專制，腐敗從生。

T.I.A.

叛軍相互爭鬥，燒殺搶掠……

嗨，兄弟……T.I.A.

再後來，陸臻自己也學會了這個詞。

夏明朗要比他學得更快一些，坦克群殲之後，南北方的戰線西移，讓可憐的黃原平部趕了個正著，日子過得比南珈淒慘得多。老黃在衛星電話裡咆哮：白天黑夜地打炮，打來打去一不小心就打到我家裡。白天不能睡，晚上不敢睡，神仙也經不起這麼操啊！再怎麼經操也沒有用啊！

夏明朗耐著性子聽老夥計罵娘，最後無奈地安慰道：「你看，這裡是非洲。」

黃原平沉默半晌，絕望地罵道：「我塞他老母！」

9

在這樣的亂世中，什麼意外都會發生，夏明朗抓緊時間修建防線，深挖洞廣積糧。

這會兒，最為內部核心地帶的環生活區地雷防線已經大致建成，鐵絲網拉上，警告牌豎好——「聯合國難民署」斗大的字用阿拉伯語和英語寫在大塊的帆布上，張掛得到處都是。夏明朗也算是把這塊牌子用到了極致，畢竟，在任何時候，站在道德的制高點上說話總是比較不腰疼的。

聶卓對夏明朗這種靈活的作戰方式非常欣賞，如果不是黃原平那裡條件不合適，他還真有興趣在各地推廣一下。

海默他們很快送了第二批地雷過來，但是油井區的情況要複雜得多，那麼一大塊地方，怎樣佈雷才最經濟實用，這著實得費點腦子。陸臻不放心地圖，找了阿泰當助手，又拉上夏明朗一起去實地探查。

油井區是這個緯度最常見的稀樹草原地貌，西北面連著一大片起伏的山地，爬到高處，就能看清此地的全貌。

陸臻把車停在山腳，馮啟泰抱著望遠鏡走在了最前面，炙熱的風吹過他們的身體，汗水在皮膚與作戰服的空隙中流淌，最後匯入軍靴裡，走路時會發出咕咕的聲響。陸臻以前一直想不通，為什麼阿拉伯人喜歡把自己裹得密不透風，現在才知道這絕對是有道理的，要不然會被活生生能曬成個人乾。

夏明朗把褲腳撒開用力跺了跺腳，淺色的砂岩上留下一個潮濕的腳印。

「媽的，下次送物資，我得再多要一車衛生巾。」夏明朗嘀咕著。

「我覺著就這流量，加長夜用都救不了咱了，咱們需要的是尿不濕。」陸臻開著玩笑。

「滾吧，尿不濕那麼大個兒你塞得進去啊？」

「你剪開塞嘛。」

「就你事兒多！」夏明朗故作兇狠地瞪了陸臻一眼。

陸臻做重傷狀：「你看你看，就你這眼神，誰敢把閨女嫁給你。」

夏明朗深呼吸，威風樣子沒擺出來，自個先笑了。

南珈最近最勁爆的笑話就是被求婚，起初是米加尼為他十二歲的閨女向柳三變求親，嚇得柳三變魂飛魄散，不知道自己是哪點出了紕漏。後來才發現不是老米瘋了，而是他們都這樣。那幫人推薦閨女簡直是不分時間、不分場合、不分對象，最小的八歲，最大的也才十六歲。當然，在這地界要找個二十多歲的未婚女子也不是一件容易事。

被求婚的對象裡最紅的就是柳三變，原因居然是因為他對老婆很不錯，搞得柳三每次給家裡通話都得報告一聲最近又多了幾個非洲小新娘。再往後排，各類人氣榜紅人陸臻自然是備受關注，還有方進這匹黑馬殺在前頭，大概是長得太壯實，生性太活潑，又曬得烏黑油亮，已經完全被老岳父們當成了同類處理。

總而言之，除了看著就不像好人的夏明朗（陸臻語）和沒有正常人類能搭得上話的陳默，麒麟與水鬼營最近春光明媚，爛桃花落了一地。

「哎，你說為什麼就沒人來找你呢？」陸臻其實也挺想不通的。

「老子正氣凜然，邪氣不侵。」夏明朗一本正經地回答。

「還好有默爺陪你啊！」

「有完沒完啊，你有完沒完了……」夏明朗不爽，這桃花雖爛也是花。男人嘛，太落後於群眾也是個口實不是。

陸臻哈哈大笑。

馮啟泰聽到他的笑聲轉身回頭，略帶困惑的圓臉上帶著單純的笑意。陸臻笑著揮了揮手，示意他沒什麼事，繼續走。這是陸臻最後一次看見阿泰的笑容，這個笑容被永久地保留在了他的記憶裡，多年以後依然鮮活分明，在午夜夢迴時隱隱作痛。

兩分鐘以後，一枚12.7毫米口徑的子彈穿過馮啟泰的胸口，帶出一大蓬血，令他仰面倒下。

那個瞬間很安靜，這是從遠方趕來的子彈，那種安靜是如此徹底，以致於任何一點細微的聲響都清晰可辨……風聲、血液滴落的聲響，肉體砸到岩石上那沉悶的撞擊聲。陸臻發現時間已經停止了，他所有的訓練、所有的條件反射在那一刻通通離他而去，他呆呆地站立了可能有一秒鐘，或者兩秒鐘，直到夏明朗撲過來，帶著他翻滾到旁邊的岩縫裡。

「阿泰！」陸臻忽然意識到發生了什麼，他瘋狂地跳出去試圖把他的兄弟拉回來。一枚子彈射在他身前兩尺的岩石上，砸出一個深坑，跳彈尖嘯著擦過陸臻的頭盔。

「趴下！」夏明朗怒吼，把陸臻狠狠地壓到地上。

陽光瘋狂地潑灑著，熱力從地表蒸騰，一道一道地糾纏在半空中，像一鍋煮開了的透明的粥。陸臻急促地呼吸著，一動不動，鼻腔裡灌滿了砂岩被太陽炙烤過的氣味。

「狙擊攻擊！我們遇到狙擊攻擊！」夏明朗在他耳邊憤怒地咆哮，「12區兩點方向，距離600到1000米，全區進入戰鬥狀態，所有哨兵堅守崗位！迫擊炮陣地準備發射！」

「阿泰？」陸臻小聲地呼喚著，試圖說服自己這世界會有奇蹟。他最好的兄弟就在他的四米之外，那麼近的距離，竟不可逾越。

似乎是上帝也聽到了他們的呼喊，馮啟泰慢慢地轉過了臉。

「阿泰！」陸臻欣喜若狂。

「組長……」馮啟泰艱難地移動著手指，試圖讓自己翻過身去。

「你別哭，別哭。」陸臻看見他一向愛哭的小兄弟眼中湧出淚水。

鮮血漸漸漫過了阿泰的肩膀，那種紅無比的鮮嫩奪目，好像直接從心臟裡流出來，在岩石表面流淌，沿著起伏的紋理蜿蜒而下。陸臻感覺眼睛乾澀得發痛，就好像坐在火堆旁邊，滿眼都是灼灼燃燒的焰光。最鮮豔的血紅，最憤怒的顏色，像一道鮮紅的霹靂穿透他的瞳孔，在視網膜上留下燒焦的痕跡。

「組長……」馮啟泰胖乎乎的圓臉上沾滿了眼淚，像一個受了委屈的孩子，瞳仁清澈得發亮，流露出人生最後的困惑，「組長，我不要死。」

「不不，你不死，你不會死的，我們馬上就來救你，馬上……」陸臻語無倫次。

陽光燎烈，猛烈的光線讓這廣袤的大地褪去了色彩，一切就像照片過曝那樣白得失真。馮啟泰慢慢抬起手，指向那顆碩大的球體，沒有人知道他想說什麼，沒有人……最後他的手掌跌落到砂岩上。

一枚子彈射中了陸臻隱蔽的岩石，軟質的砂岩被砸出一個深坑，陷在裡面。隨後，在馮啟泰的身邊揚起了一篷塵土，在兩次糾偏之後，子彈再一次擊中了他。12.7毫米的口徑，隔著重山而來，帶著強大的動能撕開了他的手臂。

「阿泰！」陸臻怒吼，差點將夏明朗掀翻。

「媽的！趴下！」夏明朗一拳砸到陸臻臉上。

眼角傳來鈍感的熱痛，眼淚就這樣湧出來，流過開裂的眼角，沿著臉頰流進嘴裡，鹹的……帶著讓人發瘋的血腥味。陸臻的手指緊緊地嵌進岩縫裡，裸露在外的小臂上繃起肌肉鋼硬的線條。他感覺到掌心一空，砂岩已經被他生生扯開了一層。那塊尖銳的石片上沾著血，紅得令人心驚，被陸臻遠遠扔開。過了好一陣，陸臻才明白是自己割破了手掌。

「隊長……我已經入場，找不到目標！」通話器裡傳來徐知著焦急的聲音。

「媽的！找！兩分鐘前剛開了一槍，那混蛋沒動位置。」夏明朗氣急敗壞地。

陸臻輕輕扯了扯夏明朗的衣服，指住自己的頭盔。夏明朗盯著他看了幾秒，判斷他的情緒是否已經足夠穩定，然後小心地放開了他。陸臻解開頭盔的搭扣，用槍托頂著，慢慢探出去。

「各單位準備！」夏明朗沉聲道。

砰的一脆響，陸臻的凱夫拉頭盔被子彈掀出去好遠。

「我看見他了，20％致死，我沒有角度！」徐知著忍不住多罵了一句，「這混蛋的陣地太好了。」

所以才有恃無恐嗎？

「鎖定座標，火炮覆蓋！」夏明朗下令。

幾秒鐘後，對面山坡上騰起大片的煙塵，爆炸聲此起彼伏轟轟作響，在山谷中迴盪，令大地震動。他們遇到了一個很好的殺手，但是他不瞭解夏明朗。兩次火炮集中覆蓋，連山頭都削下半尺，夏明朗仍然不敢亂動，他自己就是最好的狙擊手，他知道在狙擊的世界裡一切皆有可能。再沒有什麼比待在狙擊視野裡更可怕的事，死神無處不在，沒有僥倖。

方進領了一隊人從另一個方向貼近搜索，陳默也已經進場鎖定，擊斃他只是時間問題，又或者，他已經粉身碎骨。

夏明朗漸漸放鬆下來，他沉默不語，安靜地抹去陸臻臉上的血跡，陸臻抬頭看了他一眼，然後緩緩合攏雙眼，把臉埋進了夏明朗的掌心。夏明朗知道到他在發抖，從肉體到靈魂，無可奈何地旁觀，無窮無盡地痛悔，無聲無息地痛哭……

是的，他都知道……這一切，這所有的一切。

等待，這山野再一次安靜下來，唯有風，熾熱的風在地面上流動，將人們的肉體層層包裹起來，燒烤靈魂。

陸臻感覺自己被烤乾了水分，輕薄得就像一張紙那樣飄了起來，他的靈魂出竅，俯瞰整個大地，那粗糲的砂岩中夾雜著雲母，在陽光下閃爍如星河。此刻，他最放心不下的小兄弟孤單地沉睡在這星辰裡，身下有一張瑰麗的紅色地毯。

一聲槍響終結了陸臻的幻境。

「我擊中他了！」徐知著的聲音冷靜而深刻。

夏明朗拉著陸臻站起，感覺到一陣輕微的眩暈，那是嚴重脫水之後中暑的徵兆。

一直以來，陸臻都覺得自己對馮啟泰存在某種責任，那種感覺很微妙，好像那不光是他的兄弟、朋友、下屬，還是他最小的那個弟弟，甚至，一個孩子。

那是個聰明能幹的孩子，可是膽小怯懦，他總是不太自信，卻又充滿了好奇心。他很愛哭，喜歡依賴人，喜歡聽鼓勵；他有那麼多的壞毛病，他甚至不像個特種軍人；可是陸臻卻那麼喜歡他，因為馮啟泰是那麼需要他，在這個強手如林的環境裡，全心全意地依賴著他。

是他把他拉進了麒麟，是他鼓勵他不斷前進，是他命令他不要哭，是他眼睜睜看著他死去……如果早知道會變成現在這樣，你還會這麼做嗎？陸臻默默地問自己。

是的，我不會……可是，有誰能知道未來？

張浩江和嚴炎花了足足三個小時縫合所有傷口，幫馮啟泰擦淨血跡，換上新的常服。他們已經很久沒穿過常服了，那料子實在太熱了，可是現在……都已經沒有關係了。

那個身體流光了所有的血，皮膚呈現出半透明的蒼白蠟質。他的關節還沒有僵硬，在喀蘇尼亞這炎熱的氣候裡，他的身體仍然是溫熱的，乖順地躺在手術臺上，好像只是病了，他還會好。

陸臻靠在床邊蜷縮著，雙手扒住床沿讓自己的視線可以與阿泰的臉齊平，眼角的傷口已經被處理過了，只是每一次眨眼都會牽扯出一絲刺痛。陸臻花了很長的時間去思考他為什麼哭不出來，在他眼前，不斷地閃現著那個長著大圓腦袋的笨孩子哭得上氣不接下氣的模樣。他那麼委屈，那麼地絕望，他說：「組長，我不要死。」

徐知著和方進把殺手的屍體找了回來，輪番炮擊再加上槍擊令他面目全非，樣子看起來比馮啟泰要可怕得多。當然，沒有人關心這個。這裡是戰場，沒有那麼多美好的花樣文章、仁慈善念。

氣氛極為壓抑，麒麟們聚集在醫務室裡，不知道還能幹點什麼。

對於他們中的很多人來說，這是死亡第一次切膚而來。他們中看似最受欺負其實最被寵愛的那個小朋友，莫名其妙地……消失了。他走得那麼倉促，好似一場意外！沒有激烈的戰鬥，沒有壯麗的情懷，沒有拋頭顱灑熱血慷慨激昂之後的英勇就義……沒有，什麼都沒有……戰爭從來不是一個舞臺，他不寫劇本，亦沒有聚光燈。

一向最會逃跑的戰士，逃不過一顆子彈……

後來，阿泰的母親專門問過陸臻，在生命的最後一刻，她的兒子有沒有說些什麼。

陸臻想了很久，告訴她：他說他想念你們。

張浩江拿著裝屍袋站在一邊，沒有人願意看他，無聲的目光逼著他越退越遠。

角落裡傳來幾聲沉悶的哽咽，隨後變成號啕痛哭，方進從進門起就蹲在牆角，他拒絕接受這個現實，他拒絕看見。他甚至默默發誓，如果你還能好起來，我一定不會再欺負你。

哀傷彌漫。

咣的一聲，大門再一次被撞開，陽光從門外漫進來，鋪了一地的黃金，熱浪爭先恐後地湧入。

海默站在門口，帶著些許困惑的神色：「嗨？！出什麼大事了？不是說才死了一個人嗎？」

陸臻猛然衝了過去，那一刻，連風都不足以形容他的速度，那更像一道閃電。夏明朗在中途截住他，將人攔腰抱起，強大的衝擊力讓他們兩個人一起踉蹌了好幾步。

「冷靜點，先生們……」海默不自覺退出了門外。

「妳來幹什麼？」陸臻的雙目赤紅如血。

「有人，叫我過來認屍。」海默警惕地審視四周。

「滾！妳馬上滾！」陸臻暴怒。

「看著我！」夏明朗握住陸臻的脖子，強行把他的臉轉過來正視自己。

陸臻怒視他，那種憤怒狂烈之極，像來自地獄的火焰，試圖摧毀一切。然而夏明朗平靜地與他對視，漆黑的雙眸中隱含著不可言說的威嚴，直到那奔騰的熔岩消退所有殷紅如血的焰光，就像是深藍的大海，冷卻了一座火山。然後，他抬起手，向海默指出那名槍手陳屍的地方。

海默戴上手套，翻來覆去地檢查了很久，然後解開那人身上所有的衣物，把口袋裡的各種零碎物件一個一個地擺到瓷盤上。

「怎麼樣？」夏明朗盯住她。

「第一，我不認識他；第二，我不相信他是本地人；第三，我看不出來是誰雇了他。」

「說你能確定的。」

「他的槍法怎麼樣？」

「很一般。」

「很一般是個什麼概念？大概跟誰一樣？」海默笑了。

「我們這裡沒這麼爛的，12.7毫米口徑950米距離，糾偏兩次擊中。」

「哦，那他用什麼槍？」

「巴雷特。」徐知著把繳獲的槍和子彈遞給海默。

「哦，老AI，這槍可不便宜，怎麼著也得花個一萬美金。」

「這麼便宜？不是說價值百萬嗎？」徐知著很詫異。

「你是在說新臺幣嗎？我記得美國賣軍火給臺灣的時候賣過這個價。」

「別扯這些沒用的，說重點！」夏明朗很不耐煩。

「OK，OK……冷靜點，先生們！」海默舉起雙手往下壓，「我的判斷是，這是一名職業殺手，有人花錢雇了他，我不知道他這單活的具體內容是什麼，但從他的武器來看，出價應該在五萬美金左右。」

「五萬美金的殺手就敢到我們這裡來殺人？」陸臻從夏明朗懷裡掙脫出來。

「所以他死了。」

「我不相信他會這麼……這麼……」陸臻張口結舌。

「親愛的，你要明白，我們這一行的共識是不要進入中國腹地，你們人太多，那裡銅牆鐵壁。但是，並沒有人特別看重……嗯……怎麼說呢，之前在阿富汗的時候，我們都覺得你們應該還不如阿富汗國民軍。」

「妳說什麼？」陸臻簡直不敢相信自己的耳朵。

「唔，有誰會相信一支三十年都沒有打過仗的部隊？」海默無辜地攤開手掌。

「還有別的線索嗎？」夏明朗打斷她無聊的優越感。

「是恨你們的人做的。」

「恨我們的人太多了。」

「的確。」海默感慨，「他們甚至不知道自己在恨什麼。」

「妳可以走了。」夏明朗命令道，他不打算給外人機會來消遣他們的悲傷。

海默攤了攤手，聽話地離開。

「你們都走吧。」陸臻輕聲道，「讓我再陪他一會兒。」

夏明朗沒再說什麼，他用力按住陸臻的肩膀，又輕輕拍了拍，兄弟們一個一個地走過來與陸臻擁抱。一個隊伍裡不可能所有人的關係都一樣好，總是有親有疏，馮啟泰是陸臻的嫡系，隊員們會默認他需要得到更多安慰。夏明朗有些猶豫，他不知道在這種時刻他是不是應該待在陸臻身邊，可是他又清楚地懂得，有時候，人需要一個人待著。最終他選擇站在樓下的院子裡，陸臻推開門就能看到的地方。

10

落日熔金。

夏明朗不斷地喝著水，然後不斷地出汗，像是在蒸桑拿，自虐的爽快。柳三變領著李國峰與米加尼匆匆闖進營地大門，後者神色驚惶，從額頭到胸口全是汗，夏明朗隨手扔了幾瓶水過去。柳三變站進樓房的陰影裡略定了定神，擰開瓶蓋好一通狂灌。

這會兒，整個南珈基地風聲鶴唳，完全的戰備狀態。

油田那邊來了職業狙擊手，好像妖怪，那麼強大的麒麟居然也犧牲了一個。雖然警報初起時，李國峰就按照應急預案把人都撤進了地下室裡，可是畢竟都是沒太見過世面的普通老百姓，聽著隱隱傳來的密集炮響一個個心驚肉跳。

柳三變把瓶中最後剩下那一點殘水倒在臉上，拉起T恤擦了把臉，已經平靜了不少。

夏明朗走過去問道：「情況怎麼樣？」

「沒有一點動靜，這小子好像真的單槍匹馬。」柳三變憤憤地。

米加尼也跟著搖頭，表示他沒有從他的族人那裡打聽到任何消息。這倒也沒有讓夏明朗感覺意外，畢竟，一個專業的狙擊手完全有能力躲開那些村民，悄然潛入。

「那……那現在我們怎麼辦？」李國峰怯怯地問道。

「沒什麼可辦的了。」夏明朗略做思索，「大家的情緒怎麼樣？」

「還……算穩定吧。」李國峰握了握拳。

「廠區還是安全的，讓大家注意活動的範圍。」夏明朗安慰似的扶住李國峰的肩膀，「沒事的。」

「那個，還是你給大家講講吧，都心裡沒底啊。」

夏明朗不自覺看了樓上一眼，微微點頭，說道：「好。」

一個擴大化的安全會議旋即召開，一堆人擠在會議室裡，居然沒有一點嘈雜聲。在性命攸關的時候，人都是專注的。

夏明朗借用投影儀張開地圖，一塊區域一塊區域地解釋狙擊風險，最後在廠區的核心區塊畫了一個圈，重重寫道：安全！

「但是，那油田的巡邏怎麼辦？」台下馬上有人舉手發言。

油田區域一天兩次例行巡邏，抽查井口的狀況，以保證沒什麼閒雜人等偷偷摸進來安炸藥炸油井什麼的。今天這個狙擊手顯然也是奔著這兩組固定的巡邏人員來的，只是鬼使神差地撞上了他們。

「暫停。」夏明朗沉默了一會兒，說道，「我們會再想辦法。」

眾人似乎鬆了一口氣，開始七嘴八舌地討論起來。

任務完成，夏明朗默默收了東西離開。走廊裡瞬間的昏暗讓他有些恍惚，眼前又閃過那鋪地的血和陸臻悲傷的眼眸。人群從會議室裡湧出來，帶著明顯輕鬆了不少的神色。李國峰過來握夏明朗的手：「辛苦你們了。」

夏明朗微微一笑。

「你們那位犧牲的同志，有什麼需要我們配合的……」

「我們自己來。」夏明朗擺了擺手，沒讓他再說下去，反而加快了步子，匆匆跑下樓。他並不打算捆綁任何人來陪他們難過，相隔太遠，沒有意義；而且親友或餘悲，他人亦已歌，這才是人之常情。

海默站在樓梯的盡頭，大門外猛烈的陽光在她腳邊劃下一道分明的線，她抬眼看到夏明朗下來，點上菸抽了一口，伸直手臂遞過去。

夏明朗只抽了一口就發現不對：「大麻？」

「最好的印度貨。」

「我不抽這個。」夏明朗把煙還回去。

「嗨，你抽菸，但是不抽大麻？」

「這很奇怪嗎？我喝啤酒但是討厭白酒。」夏明朗見海默不肯接，隨手把麻菸揉碎，撒到地上。

「哇噢！太浪費了，相信我，你需要這個，它能讓你平靜點。你和你的屬下們，你們都需要。」

「不，我不需要。」

「你是不需要，還是……不知道你需要？」海默微笑著，有些戲謔的味道，帶著某種掩飾不去的優越感，就像一個見過大世面的城裡人在參觀鄉下土包子。

「我知道我不需要！」夏明朗表情嚴肅，「老實告訴你吧，除了那些硬毒，我試過市面上流行的所有麻醉劑。」

「哦？為什麼？」

夏明朗聽到樓上傳來紛亂的腳步聲，湊近貼著海默的耳邊沉聲說道：「為了防止一不小心把像妳這樣的人遞給我的菸全抽完。」

「嘿，兄弟，我可沒往裡面放海洛因，我這純粹是好意。」海默連忙叫冤。

「那謝謝了！不過，這玩意只會讓我更煩躁。」夏明朗神色淡然，眼神卻隱隱地嚴厲起來，有些告誡的意味。

人群從樓梯的轉角處湧出來，從他們身邊流過，李國峰和他的同伴們好奇地看向他們。

「好吧……嗯！說個正事……」海默聳了聳肩，「之前有人告訴我，最近有一支外來的游擊隊在我們北邊大概50多公里以外的地方活動著。」

海默說得很平靜，好像跟朋友說了個八卦，然而所有人都站住了。李國峰顯然是慌了，他看了看海默，又看向夏明朗，想從後者臉上尋找更多的安全感。

「當然，我也不知道，這是不是跟你們……嗯，有關係。」海默滿不在乎地笑了。

夏明朗收縮瞳孔，眼中閃過一絲肅殺：「一起去看看？」

「好啊，我去找兩個幫手。」海默鎮靜自若地從眾人注視的目光中穿了過去。

「夏隊長？」李國峰惴惴不安。

「放心，幾個蟊賊而已。南珈這地方，沒個成千上萬人是闖不進來的。」夏明朗目光平和，「你們待在家裡，注意安全。」

「嗯嗯，我會把……人，人人都組織好。」李國峰又握了握拳，好像要給自己鼓勁似的，這是個單純的人，所以堅韌。

出遠門的第一件事情，是脫防彈衣……在喀蘇尼亞，從政府軍到游擊隊，沒有人裝配得起防彈衣，所以，如果你穿著一件防彈背心走在大路上，那差不多所有人都會向你開槍——你居然有防彈衣，你一定很重要，先斃了再說。

臨走時夏明朗向米加尼打聽附近的情況，老米聽說有游擊隊出沒緊張得不得了。按他的描述那塊地方主要有兩個村子，和他一樣，都是羅圖族人，但是並不相熟。喀蘇南部的人們生活閉塞，很多人一生都沒有離開過自己的村子，米加尼已經算是當地非常有見識的人了。

換上從非洲兄弟那裡借來的襯衫和長褲，再把臉塗黑，爬一輛小皮卡，COS（角色扮演）得雖然生硬了點，可是在黑暗中也足夠唬人了。

夏明朗帶上了陸臻和方進、徐知著、刑搏還有沈鑫，再算上海默與摩薩德那位托尼小哥湊了一支偵察小隊。似乎是不自覺的，他把那些個性偏火爆的孩子們都帶了出去，好像……一次放風。

陸臻很沉默，一路上都在忙著調試電臺通話，他好像很不放心，不斷向郝小順確定通話線路是不是足夠清晰。

南喀蘇尼亞的黃昏漫長得令人驚嘆，一輪明月已經高懸在半空，可是天邊仍然洇染著極為濃鬱的紫紅色，瑰麗無比。

海默把車開在這鄉間的紅土小路上，道路兩邊生長著高大神奇的猴麵包樹。雨季還沒有完全到來，這些巨樹上沒有一片葉子，短而遒勁的枝杈映襯著霞光，奇異的美。遠處丘陵的邊緣緩慢地移動著一些灰白色的小點，那是放牧歸去的土著人。無論這世間有怎樣的戰火紛擾，這些貧弱的人們仍然在努力生產……為了活著。

一路往西，路面上漸漸出現了新鮮的車轍，嵌在柔軟的紅土地上清晰可辨。方進跳下車仔細研究了一會兒，非常肯定地告訴夏明朗，有人剛剛過去沒多久。夏明朗核對地圖，確定方向與米加尼告訴他的某一個村子很接近。

那麼……就不如去看看吧。

夏明朗感覺到某種躍躍欲試的興奮，他開始想要瞭解這塊土地，他想明白這裡發生過什麼，正在發生什麼，想知道這裡的每個人都是怎麼想的。就像很多年以前，他在中國西南邊境外經歷過的那些……

夏明朗不放心陸臻，當然更不放心海默和托尼，於是他們四人組在一起，成了當然的A組。剩下的四個人裡，由方進與刑搏搭檔探路，徐知著與沈鑫則拖後負責火力支援。

受氣候所限，這裡的植被比起真正的叢林來要稀疏得多，好在隊員們足夠訓練有素，他們把車藏好，無聲無息地潛近。

前方漸漸傳來隱約的音樂聲，聽起來節奏分明，鼓點清晰有力，正時下最流行的那種非洲音樂，熱火朝天、激情四溢，讓人的每一個細胞都想跳躍。

「他們不會是在開舞會吧！」方進在群通裡小聲嘀咕。

「說不定哦！」海默笑道。

「這不可能吧！」方進咕噥著。

可是，這聽起來最不可能的猜測似乎正在變為現實。再往前走，明亮的火光從稀疏的枝葉間透過來，閃爍著，跳躍著，電子舞曲的節奏越發強勁。

方進甚至聽見了人們的歡笑與吶喊……一場正在狂歡中的篝火晚會彷彿近在咫尺。

「媽的！」方進移開夜視鏡，輕輕撥開擋在眼前的最後一叢象草，他心裡很不爽，在他如此悲傷的時刻，有人如此歡樂。

然而，他馬上愣住了……

忽然間兩名前哨齊齊沉默，通話器裡只剩下粗重的呼吸聲。

「怎麼了？」夏明朗詫異問道。

沒有回應，呼吸聲沉重到幾乎會暴露目標的地步。

「方進！報告情況。」

「報……報告……」方進舌頭打著結，「隊長，你，你……我覺得，你還是自己來看一下！」

「怎麼了？」夏明朗滿腹狐疑。

「隊長！我到高點了。」徐知著輕聲報告。

「嗯，情況怎麼樣？」

「您，嗯，……我沒法兒形容！」徐知著停頓了一下，聲音輕得幾乎要聽不見。

「都他媽怎麼回事？！」夏明朗怒罵，都這種小心翼翼的口吻這算什麼？他不自覺地抬頭瞪過去，雖然他也不知道究竟哪一棵猴麵包樹上藏著徐知著。

十分鐘以後，夏明朗原諒了所有人，從方進到徐知著……甚至，一直待在他身邊露出詭異神情的海默與托尼。因為，是的，的確無法形容這裡正在發生著什麼，因為……

幾台皮卡車雜亂地停在空地上，車載電臺的音量被開到了最大。在熊熊燃燒的火光中，一群穿著破舊軍裝或者T恤的男人們舉著槍，唱著歌，跳著舞……在他們腳下躺著橫七豎八的屍體，一群村民擁擠在角落裡，他們驚慌失措，不敢發出一點聲音。

在黑暗中，夏明朗只能看到他們眼中閃爍著的驚恐……

是的，你的確無法形容眼前正發生的這一切，因為你見識過載歌載舞，你見識過屠殺，但是……你沒有見識過載歌載舞的屠殺……所以，在最初的那個瞬間，你唯有沉默。

一個看起來軍容整齊些的壯漢走到火堆旁邊，音樂戛然而止。在他的帶領下人們興奮地朝天空掃射，激昂的口號聲響徹了雲霄。

「他們在說什麼？」夏明朗聽不懂非洲土語。

「革命軍萬歲。」海默道。

壯漢再一次揮手，所有人都安靜了下來，一個村民被拖到空地中間，牢牢地壓在一面古老的非洲大鼓上。壯漢拔出手槍，居高臨下地瞄準了村民的額頭。

「你們世代被奴役，骯髒的阿拉伯人騎著駱駝來打你們，搶走了你們的土地和水；那些外國人，和他們勾結，搶走你們地下的金子……」海默小聲地翻譯著，「只有我們，我們在戰鬥。沒有人能坐享其成，沒有人……你們懦弱無能，你們只會拖累這個國家，只有我們才是拯救這個國家的英雄。所有瞧不起我們的人，我們都要讓他付出代價，付出代價，付出代價……」

「這就是解放戰線？」方進難以置信，「就就，就這……還英雄？」

「有各種各樣的革命軍，他們有五花八門的名字，你在指哪個？」

「革命軍怎麼能是這樣啊！」

「唔，也有比較像樣的，不過很少……」一聲突兀的槍響打斷了他們的對話，海默停頓了一下，用一種無可奈何的口吻說道，「你明白的。」

「我不明白！」方進幾乎都要壓不住自己的聲音了。

「隊長，能做點什麼嗎？」陸臻忽然切入這激烈的討論，聲音卻平靜得嚇人。

「嗯？」夏明朗一愣。

「不能就馬上走吧。」陸臻說道。

「不不……隊長！」方進回過神來，「不行，隊長，我們得救他們……」

「要不然讓我動手。」徐知著也按捺不住了。

「媽的，到底發生什麼事了，誰給爺說說……」沈鑫一直在後方警戒，被這著頭不著尾的局面憋得撓心撓肺的。

「甭管怎麼說，你讓我先斃了那隻胖子。」方進終於急了。

夏明朗心念一動，頗有深意地看了海默一眼，握緊了手中的步槍。這些槍全是從海默那裡借來的，有AK74，有美制的M系列，臨走時拿了三個基數的子彈，習慣問題，他們喜歡出門把子彈背得比水還多。

所謂眾望所歸，夏明朗知道自己沒有太多選擇，他的兄弟們需要一次戰鬥，用一些血來沖淡另一些血；他們需要一些東西來證明自己存在的價值，來證明……為此而犧牲的意義！

雖然夏明朗知道這樣做可能會不好……然而，這裡或許只有他知道，這樣可能會不好。

「各單位注意！」夏明朗沉聲下令，「兩人一組，分頭蒙面行動；徐知著、沈少負責警戒。任務內容：1.清除所有匪徒。2.銷毀所有武器。3.不救助任何人。30分鐘以後脫離戰鬥，在藏車地點集合。聽明白了嗎？」

「需要留活口嗎？」陸臻問道。

「不需要！還有問題嗎？」

「沒了！」眾人異口同聲。

「行動！」

夏明朗的話音剛落，一聲槍響猝然而起，火堆邊「那隻胖子」應聲倒地，四下裡頓時亂成了一團，缺乏訓練的游擊隊員們尖叫著四處掃射，子彈亂飛。

「媽的！」方進一邊用自動擋回擊，一邊怒罵，「老刑，你他媽搶我目標。」

「嗨！上校！今兒晚上我請客。」海默起身正打算衝出去，被夏明朗一把拽了回來。

「妳跟我一組！」夏明朗壓低了聲音，一個字一個字地吐進她耳朵裡。

陸臻瞬間有些驚訝，但很快反應了過來，向托尼做出一個分頭掩護的手勢，情勢頓時變得有點僵。好在海默一向善於妥協，她很快就笑了，嬌聲細語：「你這麼放心不下我，我很感動。」

11

在生死面前，專業與業餘的差距到底有多大？

或者，真的是雲泥！

陸臻發現在這裡他唯一需要擔心的只有流彈，如果有人正在向你瞄準，那反而沒什麼可害怕的，因為……那一定是瞄不準的。他與托尼甚至只需要幾個最基本的戰術配合就足夠對彼此掩護，這些人什麼都不懂，他們只知道開槍。

方進和刑搏追著逃走的那幾個進了樹林，陸臻他們的任務是搜索村子裡還殘留的那部分，同時把四下散落的武器收集起來。

剛才被人用機槍壓制著的村民近乎崩潰地擁擠在一起，人們尖叫著，哭泣著，卻忘記了逃跑。

陸臻衝他們大吼：「你們自由了！自由！」

終於有幾個膽大的小夥子遠遠地繞過陸臻跑開，很快的，所有人像驚飛的鳥群一樣四散，丈夫拖著妻子，母親抱著孩子。

夜色已深，氣溫比起白天有所回落，這裡所有的屋子都由茅草搭成，從紅外夜視儀裡可以清楚地看到屋內的情況。陸臻一踹開門，屋內的匪徒尖叫著讓人無法分辨的單詞，把一名赤身裸體的少女擋在胸前。

難怪從夜視儀裡看起來這麼胖，陸臻迅速地閃開了。

「唔？放棄？」托尼詫異地問道。

陸臻飛快地繞到屋子背後，換手槍開了一槍，這種草牆像紙一樣薄，有如無物。

「當然不。」陸臻答道。他回到屋裡把死者的槍背到背上，撿起地上的裹身布包住已然呆滯的少女，把她抱了出來。

「她很漂亮。」托尼吹了一聲口哨，移開夜視儀。

白光一閃而逝，陸臻用手掌罩住托尼的強光手電筒，向他搖了搖頭。

「走吧！離開這裡，去找你的家人……」陸臻溫柔地在女孩耳邊低語，為她指出一個方向，女孩驚疑不定地看了陸臻一眼，飛快地逃走了。

「希望他們都還活著！」陸臻輕聲自語。

「嘿……我之前覺得你們像一群傻瓜。」托尼說道。

「那現在呢？」

「現在像一群訓練有素的傻瓜。」

「進步了，不是嗎？」

托尼一愣，笑了：「是啊！」

十五分鐘以後，戰鬥結束，這個原本熱火朝天的地方一片死寂，只聽得到風的呼喊與火柴燃燒爆裂時的脆響，還有重傷者垂死的呻吟。夏明朗追著最後一個瘋狂逃命的游擊隊員衝進村子邊緣的羊圈，幾下乾淨俐落的短點射，垂死的武裝分子在掙扎中扯亂了一個草堆……

「出來！」夏明朗敏銳地注意到亂草堆裡有人在發抖。

一個瘦得近乎乾枯的老人家哆哆嗦嗦地爬了出來，他埋頭蹲著，身體縮到盡可能小的一團，嘴裡反覆唸叨著一連串夏明朗聽不懂的方言土話。

「怎麼？」海默從夏明朗身後湊過來。

「他在說什麼？」

海默凝神聽了一會兒：「他說，別的都拿去，把這羊留給我。」

夏明朗蹲下身去，就著月光勉強看清了老漢懷裡露出的那一小叢白毛，一隻小羊正在他懷裡蠕動著，羊嘴被捏得很死。老人家看到夏明朗蹲下來，慌得一屁股坐到了地上。

「靠這麼小的羊？他怎麼活？」夏明朗一時震驚，物質的匱乏居然可以達到這種地步，如此貧瘠？

「不知道。」海默興味十足地看著他。

夏明朗收槍從隨身行囊找出一包壓縮乾糧，撕去所有包裝紙，塞到老漢手裡。老人家仰起臉，渾濁的雙眼正對著月光，滿是迷惑。夏明朗從他手裡扳下餅乾的一角，放進嘴裡慢慢咀嚼。老漢似乎是明白了，卻又不敢相信似的捏了一點食物拿在手上。小羊從他懷裡掙了出來，咩咩地叫著。

夏明朗只覺得心酸，匆匆忙忙地站起來就走。海默追上來說道：「那老頭說神會保佑你。」

夏明朗反問：「神能保佑誰？」

戰事告一個段落，夏明朗與海默開始最後的清場工作，把游擊隊的屍體拖到火堆裡焚燒。夏明朗注意到海默會把死者身上的皮帶與各種金屬裝飾物都挑出來。

「這些東西燒不掉，會留下身分。」海默解釋道。

夏明朗忽然出手，扼住她的喉嚨把人壓到地上。

「咳咳……上校，別開這種玩笑。」海默厲聲警告。

「妳是故意的！」夏明朗低吼，火光照亮了他半張臉，令他的整個人被分割開，一邊燃燒如火焰，另一邊沉鬱如冰。

「上校！」

「妳是故意的，妳故意把我們帶到這裡，妳知道這一切與我們無關，妳知道會發生什麼，妳知道會變成什麼樣！」

「咳，咳……你把我弄疼了。」

「得了，別以為我不會打女人。」夏明朗徹底壓制住海默的任何一點掙扎，「告訴我妳的目的。」

「如果我說我收了錢，你會不會舒服點？」

「誰給妳付這筆錢？」

「沒有！沒有目的！我知道他們在這裡，我想救他們，所以我帶你們過來，就這麼簡單！」

「這個國家有成千上萬的人在死，妳怎麼可能忽然想救他們？」

「你們中國也有成千上萬人在乞討，你有沒有可能在心情好的時候扔兩個硬幣？」海默怒吼，「你的士兵需要殺人，你的合夥人需要更多自信，上校，我是為你好！」

夏明朗有一瞬間的沉寂，隨後，放開她站了起來。

「見鬼！」海默揚起手，蝴蝶刀在指間閃爍，夏明朗側身躲過那一記直削，一拳打在海默腋下，「我說了，不要以為我不會打女人！」

「你他媽瘋了！」海默疼得咬牙切齒。

「我沒瘋！我警告妳，不要拿妳那一套來想像我的士兵！」

「那我也警告你！這是非洲，T.I.A.這裡是非洲，不要拿你那一套來想像這裡，這不是你們銅牆鐵壁的中國，不是一個發生件槍擊案都要全城封鎖的城市！你這樣會害死所有人！」

「妳不會明白的，我們在為什麼戰鬥。」夏明朗已經平靜下來。

「你不明白的是非洲！別拿你那套老兵的姿態來教訓我，我六歲的時候就在給M16壓彈夾。」海默試著小範圍地活動手臂，噝噝呼痛，「你下手真狠。」

「我已經留力了。」

「呵，謝了！今天晚上的子彈我決定不請客了！」

「他們都這樣嗎？」夏明朗開始繼續他這令人噁心的工作，同時學著海默的樣子，把那些無法被燒毀的金屬製品扔到一邊。

「十有八九，嘿，上校，你不能把他們想得太高明，他們只是剛好手上有槍，而且不怕殺人。」

「我以為他們是反對暴政的。」

「不，他們反對的不是暴政，而是，被暴政。」海默抱著受傷的手臂，理直氣壯地決定不幹活，「知道最慘的是什麼嗎？」

「嗯？」夏明朗挑眉。

「這個政府很爛，但革命軍更壞。」

「呵……」夏明朗苦笑，「T.I.A. Huh?」

「T.I.A. Yeah! T.I.A.其實這裡的人應該慶幸，這裡發現的是石油而不是鑽石。」

「怎麼說？」

「石油是大型工業，開採石油需要秩序，你別看現在打得熱鬧，但很快會停下來，因為資本需要他們停下。但是鑽石不用，鑽石需要混亂，所以鑽石永遠帶血。」海默在火光中冷笑。

「我想……妳應該更喜歡鑽石吧。」夏明朗從一間倒塌的茅草棚上撕了半片牆下來扔到火堆裡。

火焰騰空而起，熱浪滾滾，逼得人遠遠離開。

「隊長，他們好像回來了。」徐知著看到紅外視鏡裡一大片紅點在往回跑。

「撤。」夏明朗飛快地把地上剩餘的幾具屍體扔進火堆裡。

然而來人的速度比想像中要快得多，那些紅點在接近叢林邊緣時忽然爆發性超快速移動。夏明朗與海默還未及退走，一群獵犬已經從灌木叢裡竄出來。夏明朗登時愕然，在心頭罵了一句我操，拔腿就跑。

可惜，無論是理論還是現實，人都很難跑過狗。打頭的猛犬發現陌生目標，狂吠著撲上來，夏明朗不得已側身讓過，風聲挾著腥氣從耳朵旁邊擦了過去。惡犬落地後又是一個反撲，夏明朗已經擺好架勢，反手一刀從下顎往上直接貫穿了這頭獵犬的腦袋。

夏明朗拔出軍刀，用盡全力把犬屍甩了出去，濃重的血腥味瞬間爆炸。狂奔中的狗群急剎車似的停了下來，好像前方升起一堵無形的牆，一個個徘徊猶豫，狂吠不止。

「你們是誰？」在叢林的暗處，有人在問，用了好幾種語言。

夏明朗顧不上答話，先找個地方藏身是正經，雙方頓時僵持了下來。

「打嗎，隊長？」徐知著問道。雖然對方很注意隱蔽，可是在紅外視鏡裡看過去，那一個一個的紅點簡直像明火執仗一樣分明。

「等等。」夏明朗一時摸不清來人的路數，並不打算更多地樹敵，要是能悄悄地撤了更好。

「嗯？」海默忽然捅了捅夏明朗。夏明朗轉頭一看，那位抱羊的老頭兒不知道為什麼跑了過來，用一種夏明朗完全聽不懂的語言大喊大嚷著，捧著他白生生的小羊羔兒一步一步地走到火堆邊。

夏明朗心頭一凜，頓時緊張起來。他雖然與這位老漢素昧平生，但好歹救過他一命，不想眼睜睜看著他死……

狗群馬上就發現了這個的新目標，幾隻獵狗掉頭奔了過去。夏明朗子彈上膛正要擊發……叢林裡有人厲聲喊了一句，正在興奮中的獵狗迅速地平靜了下來。

「看來不是對頭。」海默的語氣輕快了一些，「那老爺子在幫你說話呢。」

「你們是誰，是朋友嗎？」一個看不清面目的男人從暗處走出來。

老頭兒走到他跟前，指手畫腳地又說了一通。男人吹了一聲口哨讓狗群散開，試著向夏明朗他們藏身的地方走過去，在他身後，越來越多的人從黑暗中湧出來。剛剛經歷過一場浩劫的村民開始收拾破碎的家園，哭聲震天。

夏明朗知道這下子想悄沒聲兒地溜走算是沒門了，只能下令各單位保持警惕，小心撤退，自己先去會會這位不速之客。

「你又是誰？是朋友嗎？」夏明朗終於現身，同時毫不客氣地扯上了海默。

「我叫吉布里列。」對方爽快報上大名，指著海默問道，「中國人？」

夏明朗側目一看，有小點鬱悶，海默長了一張典型的亞洲面孔，即使把臉塗黑，看起來也只會像蒙古人。

夏明朗正猶豫著怎麼糊弄過去，吉布里列已經饒有興趣地問道：「你們是QIN的人？」

「清？」夏明朗用眼神詢問海默：你的人？海默微微搖頭，滿臉的困惑。

「QIN！」吉布里列揮舞著手臂比劃了一通，「中國人。」

夏明朗靈犀一點，腦子裡閃出一個名字：秦若陽！

「哦，你認識秦？」夏明朗一時捉摸不透，到底秦若陽與這些人是恩是仇，只能先試探著問問，回頭也好改口。

「他是個好人，他給了我們很多藥……」在暗處，吉布里列的整張臉就是一團黑影，只能看清閃閃發亮的眼白和兩排白牙。

夏明朗耳機裡沙沙作響，陸臻的聲音聽起來很平和：「我問過師兄了，這個吉布里列他認識，靠得住。」

「嗯？」夏明朗含糊地應了一聲。

「另外，我們已經撤出來了。」陸臻補充道。

夏明朗頓時輕鬆了不少，終於有精力問及：「剛剛那些人是誰？」

吉布里列咬牙報出一個饒舌的長名字，怒火沖天地吼道：「他們已經殺了我兩個村子了。」

軍閥亂鬥，各自爭搶地盤……夏明朗大概瞭解是怎麼一回事，只是心下惻然。

這個村莊在艱難地恢復著它的氣息，把倒下的草棚支撐起來，掃去沾血的塵土……幾個背槍的武裝人員在忙著給傷者分發藥品。很快的，有人發現了陸臻他們收集好留下的武器。吉布里列馬上把那些槍支彈藥現場分發下去，幾個村民拿著槍即時加入了他們的隊伍。

所謂有前途的軍閥是看得出來的，從士兵的紀律到長官的態度，而更關鍵的是對待老百姓的方式。即使生在亂世，殺雞取卵的土匪做派也是混不久的。夏明朗冷眼旁觀，發現秦若陽的眼光的確值得肯定。

夏明朗找了個藉口解釋他們為什麼出現在這裡，把起因推給油田周邊村民的求助。這幾乎是個戳穿不了的謊言，甚至讓吉布里列由衷感激，自告奮勇地表示會幫忙注意周邊遊蕩的陌生人。夏明朗又另外扯了一些理由讓他注意保密，儼然一派做好事不圖揚名的架勢。當然，他們沒在現場留下任何東西，萬一真的鬧出來，一切也都是可以抵賴的。

等夏明朗與海默脫身出來，兄弟們已經在藏車點等了多時。回程時一路寂靜，直到夏明朗忽然用中文說了一句：「歡迎回到人間。」

小皮卡車上的氣氛漸漸發生了一些變化，托尼敏感地問海默這話什麼意思，海默小聲翻譯給他聽，兩個人面面相覷。

「子彈錢回頭算給妳，衣服就不還了。」夏明朗見海默仍然一臉猶疑，笑道，「妳要覺得虧了，我也讓妳打一拳還回來。」

海默馬上一腳踹過去，夏明朗抬手格擋，被震得手臂一陣發酸，唉，這娘們果然有幾把小力氣。

沈鑫非常不滿地在駕駛室裡抱怨：「你們又在幹嘛了？我還是什麼都不知道。」

柳三變還在值班室裡等著，剛一個照面就著急問道：「怎麼樣？有線索嗎？我聽老李說……」

「沒有！」夏明朗無奈苦笑。

「唉……」柳三變瞬間大失所望，神情變得太快連自己都有些不好意思，又勉強掩飾道，「不過，你也別太自責了，這都是沒辦法的……」

夏明朗沒力氣說話，伸手在柳三變胸口拍了拍。

換過衣服，簡單沾水擦了擦身上的汗，夏明朗回到辦公室裡開始寫報告，有太多東西需要記下來，報告完成已經是凌晨。

這是喀蘇尼亞最涼快的時刻，晨風中帶著難得的清冽氣。夏明朗發現他是如此厭惡這個炎熱的國度，他開始懷念清新的水與涼爽的風，還有看不到硝煙的天空。

回屋經過會議室時，夏明朗才發現裡面還亮著燈，陸臻孤零零地……一個人站在那裡，獨自面對那幅巨大的衛星地圖。

哎呀……夏明朗心頭一陣刺痛，他猛然意識到，他好像把陸臻給忘了。這一天發生了太多事，對未來的迷茫，對時局的絕望，他有太多太多的問題需要思考；居然忘記了，他最心愛的人正在經歷著怎樣的苦痛。

「還不睡嗎？」夏明朗輕輕推開門，異常地懊惱。

「你報告寫完了？」陸臻疲憊地搓著臉，「我剛剛去找你，看你在忙。」

夏明朗走到陸臻身後，把他攏進懷裡：「在忙著什麼？」

「我在看，有什麼辦法可以……躲過今天這一槍。」

「他是來伏擊巡邏哨的。」

「是啊！不幸讓我們趕上了。」陸臻輕輕摩挲著地圖上他們遇襲時的那個點。

「不，是所幸讓我們趕上了。」夏明朗的神色平靜得讓人不可思議，「要不然整個哨位都完了，說不定還能讓他給跑了。」

「所以阿泰用他的一條命換了三條命。」陸臻的眼神迅速黯淡下去，有些委屈地強迫自己笑了，說道，「是啊！你說得對，所幸。」

「嗯，那你的結論呢？」夏明朗迅速地轉移了話題。

「結論是……沒有辦法！地形太不利了。」

「這是個油田，它沒責任長得萬無一失。」夏明朗伸手撫摸陸臻的後頸，試圖安慰他。

陸臻神情肅穆：「我們可以做到全殲來犯之敵，但我們沒辦法阻止第一槍。除非我們使用直升機勘察地形，可是那樣的話，又得考慮反直升機導彈和RPG，所以還需要兩架武裝直升機護航。這家當就太豪華了，聶老闆可刷不了卡。」

「不，你得考慮到那些人要錢也得有命花，只要你拉開架勢，讓他相信自己有來無回，一命換一命絕不值當，那就成了。」

「可是，他們總是要試過，總有人會犧牲……」陸臻微微發抖，眼眶泛出血色。

夏明朗轉身拉上所有的窗簾，把陸臻擁進懷裡。

「這是命運！」

夏明朗吻了吻陸臻的額角，聲音溫柔卻無奈，是這些年來，他面對無常變幻時唯一的心得。

「是的，我知道。」陸臻反手抱住他，越勒越緊，有些哽咽地，「我知道。」

「哭出來會舒服一點。」

「我知道，有空會哭的……」陸臻把鼻子揉得通紅，他拉過衛星照片，「我不相信今天還有來送死的，我們抓緊時間把地圖核對出來。」

「不，我決定放棄那裡，就這麼點人不夠守那麼大的地方。」夏明朗按住他，「我去跟上面溝通，要麼增兵，要麼就算了，反正我們在這兒待著就是個存在，實際控制多大一塊地兒都成，這不重要。」

「你是這麼想的。」陸臻陷入沉思。

從來都是如此，思考會讓陸臻進入另一個世界，全神貫注，毫無雜念，方才那令人心悸的脆弱如雲煙般消散。夏明朗在陸臻身邊坐下，有些原諒了自己的疏忽大意。他的小孩兒長大了，不再需要他事事安慰提點，不再需要他抱在懷裡……才能平靜。

「我有沒有跟你說過，我小時候在美國待了好幾年，我爸那時候在加州理工。」陸臻忽然出聲，說的卻是不相關的話題。

「說過。」

「我那時候跟鄰居家一個大哥關係特別好，他後來加入了遊騎兵。」

「永遠打先鋒的那個遊騎兵？」

「對。他現在在阿富汗。我們還有聯絡，會聊一些打仗的事，當然他一直以為我現在是個工程師。」陸臻微微笑了笑，「他告訴我，他們現在如果要出門，從營部到連部，五公里的路程，需要出動六輛全地形裝甲車。一輛排雷車，一輛電子干擾車，兩輛運兵車，兩輛火力支援車。我當時覺得，哇靠，用不用這麼誇張。結果，他跟我說，你不懂，戰爭是過量的防護。」

「他說得很對。」夏明朗聽得很專注，雖然這話題有點沒頭沒腦。

「對，的確！可是……過量的防護需要強大的補給。我們沒有六輛全地形車可用，我們也沒有『夜空巡遊』。我們還想守住這塊地方，就不得不冒點險，我們原來的計畫的確野心太大，但我還是建議，我們需要有一道防線在那裡。」

夏明朗想了想，把地圖拉過來：「你覺得哪裡合適……」

接下來的流程是他們都做得很熟的了，討論，訂方案，從各個方面找漏洞，再討論，再訂方案……晨光透過窗簾的縫隙在地圖上劃下一道金線，陸臻索性把窗簾都拉開，霞光落滿一室。

「行，差不多先這樣吧，回頭開個會再定，聽聽他們的意見。」夏明朗扔下鉛筆。

「嗯。」陸臻站在窗邊，瞇起眼看向那個熾熱渾圓的球體，「你有沒有想過，其實戰鬥力是個系統工程，你和我再厲害，在命運面前，也擋不住一顆子彈。」

「那當然。」夏明朗莫名其妙。

「戰爭是過量的防護，最少的犧牲，超額的補給，最兇猛的武器，盡可能地不冒險……隊長，為什麼這些東西，以前從來沒人告訴過我？」

「這大概……因為我軍的光榮傳統不是這個吧！」夏明朗苦笑。

「我會讓它改變的。」

「唉……」夏明朗想說，這不是你一個人可以改變的事。

陸臻卻忽然問道：「你還記不記得，你身上背著幾條人命？」

夏明朗一下僵住。

「馮啟泰是第一個因我而死的人，我會永遠記住他，將來的每一個，我都會牢記。」

「別這樣！」夏明朗感覺毛骨悚然，他無法形容自己的心情，那種從指尖滲入的寒意與疼痛。他知道陸臻想說什麼，他甚至懷疑在這個世界上，只有他真正明白陸臻在說些什麼。

「你不能這樣逼自己，你會受不了的。」夏明朗手足無措，他伸出手去而又猶豫不決，現在的陸臻平靜得無懈可擊。

陸臻握住夏明朗的手指，貼到唇邊。

「看著我，」陸臻的神色執拗而嚴肅，「只要你看著我，你還相信我，我就什麼都能做到。」

夏明朗沉默了很久，無奈地嘆息一聲，輕輕抬起陸臻瘦削的下巴，吻住他。

抓緊時間睡了兩個小時，長期的訓練已經強迫他們可以用最短暫的休息來恢復精力。第二次巡查的場面被安排得非常大，夏明朗拉開架式，好像要和誰背水一戰，當然，假如真有不怕死的，也就只能與之死戰了。

集體討論的最終結論是在油井區拉兩道地雷防線，取消原來每天兩次的哨兵常規巡查，全部改用無人機代替。控制級別從原本雄心勃勃的完全控制降到了保留控制，只要維持這塊地方不被別人奪去了就好。另外，考慮到喀蘇尼亞炎熱的氣候，陸臻申請了一批地動感應器，用於監控坦克和自行榴彈炮這樣的重武器。

夏明朗的報告一早就送到了聶卓的案頭，不過，等日理萬機的聶老闆看到這一則已然是下午，瞬間天威震怒，衛星電話一小時撥了四個過來。堂堂中將之尊，如此奪命連環扣，驚得值班室小兵面如土色。然而，甭管它金牌十三道連下，夏明朗依舊氣定神閒，硬生生等到所有的檢測任務都完成了才班師回朝。

陸臻堅持要一起聽訓，夏明朗知道倔不過這小子，也就隨他去了。

「夏明朗上校，我對你昨天晚上的表現非常失望！我希望你能給我一個合理的解釋！」電話剛一接通，一聲怒斥迫不及待地傳了過來。

「將軍，我們只是在目之所及的範圍內，維持了一些力所能及的正義。」陸臻連忙分辯。

「閉嘴，陸臻，我沒在問你。」

「當時情況如此，我沒得選擇。昨天下午駐地遭遇狙擊攻擊，有一名隊員犧牲；我們外出巡查，無意中撞見暴行，當時隊員們的情緒非常激動，我無法拒絕他們的正義請求。」夏明朗的聲音低沉而和緩，開玩笑，從他下命令時就知道得有這一出，早就在腦子裡盤算了無數遍。

「你應該明白，你們的任何一點舉動都在被人用放大鏡監視著！任何一點反常的行為都會被人利用。」

「是的，我明白，但是……戰士們是單純的，他們沒法兒站在您的高度思考。如果在當時那種情況下，我命令他們袖手旁觀，那麼，他們會疑惑，會懷疑我們存在於此的意義。」

「夏明朗，重複一遍，你們存在於此的意義。」聶卓的聲音裡壓抑著火星。

「我可以向您重複一百遍，但是那沒有用！將軍，他們是活的人，每一個戰士，他們自己會去想。他們是軍人，保護自己保護弱小，在不損傷國家利益的前提下追求正義，是每一個軍人的神聖使命。我想，您應該不會期望把這些東西，從他們身上完全剝去的。」

「但是你們的行為已經間接地損傷到了國家利益。」

「可是，將軍，您讓我怎麼向戰士們解釋？有人在被強姦，小女孩兒，在媽媽面前，在爸爸面前；好好的一個人，無緣無故地就被斃了，所有人看著……而我們，我們有能力阻止這一切，但是……嗯？我要怎麼向士兵解釋，阻止這種行為會損傷到我們的國家利益？」

聶卓沉默了好一會兒，螢幕上一閃一閃的，濾過雪花和條紋，終於顯出了聶卓的臉。顯然這個話題太重要了，以致於他不惜耗費更多的衛星流量。

「這個國家，此刻，有成百上千的村莊在消失，一百萬人在逃亡。你可以殺掉在你面前開槍的人，但是……這於事無補，只會讓問題變得更複雜。」聶卓似乎也有無奈，不再像最初那樣厲聲質問。

「可能是沒什麼用，但撞上了就是撞上了，我們不能把眼睛馬上戳瞎當看不到！您說的問題我都考慮過，我沒留活口，也沒有審問。我們可以把這件事推給他們內部。我沒有留下一丁點兒證據，也不會讓任何人有機會懷疑我們在挾私報復。」

「很好。」聶卓的神情終於和緩了一些，「我很慶幸你還保留著一點理智。這件事我會當沒有發生過，但我不想看到有下一次。回頭你交一份書面檢討給我。你要明白，有人在煽動仇恨，他們彼此對立，而我們不能捲入這個旋渦。那些人不關心你們殺了誰，他們只會說……你們屠殺革命軍。」

「是，將軍！」

「你可以出去了，陸臻留下。」

陸臻一陣驚訝，他有些緊張地看著夏明朗，夏明朗收拾好東西，臨走時不動聲色地拍了拍他的後背。

「我聽說，犧牲的那位戰士，是你直系下屬？」

「對，他是我選進來的，一直跟著我。」

聶卓嘆了口氣：「我能理解。」

「將軍……」

「其實我能夠理解你們的心情，但是我希望你們也要理解，事情不是一報還一報這麼簡單。」

「我們不會知道是誰害死阿泰了，對嗎？」陸臻忽然問道。

「也不一定，也可能會有人宣佈對此事負責。你知道的……現在這種情況下，好壞沒有一個統一的標準，對於某些人來說，幹掉一個中國軍人本身就是一種榮耀。如果能利用此事引起我們的報復，那就能生產出更多仇恨。戰爭需要仇恨，所有的極端勢力都得依靠仇恨。他們需要敵人，如果沒有，就造一個！」

「我明白！」陸臻強忍住眼底的濕意。

「你能明白最好。我們也在和那些革命軍接觸，但前景都還不明朗，他們的力量太分散。行，這兩天……

我看看，」聶卓翻著戰報，「剛好，努科比的機場還在政府軍手裡，把阿泰這孩子運回來吧，我找人送他回家。」

「真的？」陸臻幾乎有些不敢相信。

「就這樣吧，我估摸著這機場他們也守不久。」聶卓站起身，拿過桌上的軍帽端正戴好，「替我，向這位英勇獻身的戰士，帶去一個老兵的敬意。」

「是！」陸臻連忙起立回禮。

聶卓切斷了通話，螢幕上留下一片嘈雜的黑白雪點，陸臻隨手關了電源，疲憊地坐進椅子裡。過了一會兒，大門被推開一條縫隙，露出夏明朗一隻賊溜溜的眼睛。

陸臻忍不住微笑：「進來吧！」

夏明朗一腳踹開門：「我靠，那老頭火氣還挺大。」

「他嚇唬你嘛！雖然這次沒搞砸，萬一你回頭再折騰個大的，他找誰哭去。」

「他沒罵你吧！」夏明朗坐到桌邊，伸手順了順陸臻的亂髮，自從上次嘲笑他頭髮長了見識短，這小子就把自己那倆頭髮剪了個亂七八糟。

「沒。他說這幾天就把阿泰接回去，送他回家。」

「嗯！」夏明朗點了點頭，「你還別說，這老頭兒歸兒，賞罰還是分明的。」

「是啊……」陸臻嘆息，所幸如此。

「對了，我問個問題。我軍當年是不是真的特遵守三大紀律八項注意什麼的？」夏明朗一本正經地瞪著眼睛。

「那當然，這一點連日本人都承認的。」陸臻莫名其妙。

「你確定？」

「我當然確定啊！歷史雖然是由勝利者書寫的，但歷史是不會完全被泯滅的。你要是不相信咱們自個兒的資料，可以去查《劍橋中華民國史》，那裡面有很詳細的分析，關於早期中央紅軍的。另外，在日本當年出版的《華北治安戰》裡也明確指出，我軍軍紀嚴明，非常善於團結群眾。」

「那太不容易了。」夏明朗咧開嘴，露出這些天以來第一個舒心的笑容。

「那當然！我軍雖然現在是不怎麼樣了，早當年還是牛B過的。」陸臻詫異地，「你問這幹嘛？」

「沒什麼……」夏明朗用力擼了擼陸臻的腦袋，「你他媽還真是什麼都知道，養你一個在家裡太方便了！」

「你到底要幹嘛啊？」陸臻疑惑更重。

「你會知道的。」夏明朗意味深長的。

陸臻沒等看到夏明朗的花招，倒是在晚飯時分看到了外交部對此次中國油田遇襲事件的官方發言。陸臻聽著聽著就知道糟了，果然，方進首先爬到桌子上開罵：「媽的，怎麼回事？有個屁誤會啊！擺明了就是來殺人放火的好吧！要不是作戰服穿出去沒銜兒，我保證第一個被炒的就是隊長，有個屁誤會！」

陳默敲了敲碗沿示意他下來，方進一瞪眼，脖子梗得更直：「幹嘛？我說錯了嗎？那幫子軟蛋什麼意思？什麼恐怖襲擊啊，什麼個人違法行為？明明就是有組織有目的，就奔著我們來的！幹嘛？！現在放這個話出來什麼意思？這仇不報了是吧？這事難道就要這麼了了嗎？」

「你打算找誰報仇去？」陸臻嘆氣，「我們現在連對手都找不見，一大堆亂七八糟的烏合之眾，你找誰去？」

方進一時語塞，憋在那兒憋了半天，暴怒：「他媽的，我就不懂了，跟他們耗什麼耗啊！給我一個機械化師，就一個，老子不出一禮拜把他們全蕩平了去。該幹嘛幹嘛去……真他娘的！幹革命的幹成這土匪樣，都他媽丟人！」

「你得了吧你，別說給你一個機械化師，我給你一個集團軍又怎麼樣？十萬美軍都拿不下阿富汗，你以為你是誰啊？你看到有哪個國家亂起來是靠外人蕩平的？！貿然干涉只會讓這個國家索馬利亞化，我可不想在這兒守一輩子！」陸臻怒斥。

「你別他媽跟我說什麼國家大義，我，我就是氣不過……」方進可憐巴巴地蹲下來，「以後就再也見不著那傻帽兒了。」

「我知道，我知道……行了，侯爺，下來吧！」陸臻眼眶泛紅，伸手去拉他，沒想到卻被方進一巴掌甩了。

「你別管我，我就想在這兒待著！」方進執拗地蹲在一桌餐盤中間。

「你這……」讓大家怎麼吃飯啊。陸臻無言。

陳默把湯喝乾，一聲不吭地收拾好餐盤遞給方進，然後自己也站上桌子蹲到了方進旁邊。食堂裡一陣稀裡嘩啦的金屬碰撞聲，麒麟隊員不約而同地收拾起東西，在桌子椅子上蹲了一片。

這算什麼？無言的抗議嗎？陸臻自覺委屈。

徐知著往旁邊挪了挪，指著巴掌大的一塊空地問道：「你要不要上來！」

「廢話！」陸臻馬上把自己塞進人堆裡。

徐知著看著他微微笑了笑，有些惆悵的：「挺傻的哈！」

「你們太幼稚了你們。」陸臻感覺到自己的眼淚止不住地往下掉，「讓阿泰那臭小子看見了，一定得樂死。」

「沒事。」也不知誰搭了一句話，「反正都已經死了，也不能再死一次了，要能把他樂活了就更好了。」

「媽的，那小子還說要請我喝喜酒呢。」

「他還說回去幫我裝遊戲呢……」

……

當夏明朗拿著一大疊傳單走進食堂時，看到的就這樣一幅景象。他的下屬們，那些五大三粗的小夥子們一個個抱頭擠在餐臺上，有人小聲哭泣，有人在聊著馮啟泰曾經的囧事。電視裡還在播放著外交部的答記者問，不時有人向螢幕豎起中指，指指點點，罵罵咧咧。

夏明朗有些想哭，又忍不住想笑，他拍了拍方進的後背：「有空位嗎？借我蹲一個。」

柳三變的神色複雜難言，過了好一會兒，他終於笑了，拍著桌子喊道：「來，大家都起來，幫麒麟的兄弟們站個台！」

世事無常，令人無奈。

所以，別跟我講什麼國家大義，也別跟我說什麼是非成敗，別……我都不想聽。是的，我知道自己有多荒唐，卻仍然固執地堅持著不肯改變，只因為太不甘心。

夏明朗很想把聶卓叫過來看看，真的……他真不覺得丟人。雖然聶老闆高屋建瓴，目光深遠；可是他還是更愛這群傻乎乎的愣小子。

13

方進吃完飯，冷不丁看到夏明朗腳邊那一疊紙，好奇地拿起來看。

「三大紀律八項注意？」方進詫異地，「隊長，你是要正軍風嗎？可是我覺著咱現在軍風可正了……沒什麼好正的啊！」

夏明朗嘆了口氣，伸手攬住方進的脖子：「你這孩子啊，就是心眼太實了！」

絕對心眼兒不實的夏明朗同志，拉上幾個人把這些單子連夜糊遍了整個駐地，尤其以海默他們的難民集中點門口貼得最多，搞得倒像是海默他們出了新的軍用守則。結果大清早的群情激昂，各色人等團團圍觀，議論紛紛，夏明朗很貼心，配套使用中英文、阿拉伯語加非洲土語多種語言翻譯，總有一款適合您。

夏明朗跑完操過來檢閱成果，海默錯愕地指著問道：「這什麼東西？」

「這是我軍的光榮傳統！」夏明朗一本正經地。

「咳……嗯？」海默莫名其妙，「你們……你們有這傳統？」

「看這裡啊，看著這裡……《三大紀律八項注意》妳回去搜搜看，是不是我軍傳統，是不是跟你妳的？七十年前，咱們就這麼喊了。而且絕對是說到做到，妳要是不相信，妳去查小日本寫的資料。《華北治安戰》！裡面寫得清清楚楚明明白白……」

「OK，OK！我沒有懷疑這……這不是你們的傳統，我只想知道你為什麼忽然把這樣的古董翻出來。」

「什麼叫古董？」夏明朗傲慢地展示優越感，「『遊騎兵永遠打先鋒』這口號喊了多少年了？這叫古董嗎？這叫傳統！」

「OK……」海默哭笑不得，「你能不能先告訴我，你的目的是什麼，我才能考慮怎樣配合你的工作。」

夏明朗盯著她看了一會兒，方才囂張的神色漸漸收斂，變得肅然：「我需要向所有人強調一點，我們和你們不一樣，我們和他們……也完全不一樣。」

海默眨了眨眼睛，無奈地笑了：「我明白！」海默笑道，「我會警告我的兄弟們，你們和我們都不一樣，我們不會再試圖誘惑你們純潔的靈魂。拜拜……」

「這就……就這樣就撤了？」柳三變素來覺得海默像個禍害，難得看到夏明朗和陸臻聯手治她，正看得興致勃勃。

「人家那是聰明人。」

「倒也是……」柳三變呵呵一笑，「行啊，夏隊，你怎麼想到這一齣的？」

「我不用這一齣，我還能用哪一齣？我跟他們說『三個代表』說『八榮八恥』有人能聽懂嗎？老子自己都不懂！我跟你說，你還別嫌它土，我把那些老口號都翻遍了，也就這一條拎出來是個人都懂。」夏明朗撓一撓頭髮。

「也是……我就是覺著你大張旗鼓貼這玩意挺沒意思的，你說這地兒倒是要有一針一線可讓我們拿呢？誰有那心情調戲婦女啊……見天被婦女他爹調戲倒是真的。」

「老三啊！」夏明朗嘆氣，「我都沒發現，怎麼你這心眼也這麼實呢？」

「呃？」柳三變愕然。

「三哥，隊長的意思是，酒反正都香著了，見天地吆喝一下，不吆喝白不吆喝……」陸臻幫忙解釋，「這地界兵匪橫行，咱得給自己好好立個牌坊。」

這天下的事都要對比著看，在一個燒殺搶掠的地方，但凡出幾個正常人都像個君子。甭管是審美觀限制還是道德操守過硬，不幹壞事是硬道理。

夏明朗在會議室裡拍著桌子訓話，什麼叫群眾路線，什麼叫統一戰線……那都是老祖宗發家的法寶，實踐證明了絕對好用的東西，絕對不能放鬆了。咱們現在這是敵後作戰，其艱巨性絕不亞於當年在華北打游擊，所以只有依靠群眾，團結群眾，才能在這個鬼地方站穩腳跟。

這些話都是從小就聽熟了的，耳根兒都能起繭子，只是難得夏明朗這種匪人都有興趣摻和，大家也只能支起耳朵聽一聽。效果嘛，一時之間當然也很難看出好壞來……倒是米加尼對這些東西很感興趣，找陸臻要了一些資料回去。

後來，米加尼給了陸臻一瓶棕櫚酒，陸臻帶上酒去找夏明朗，卻發現他已經趴在會議室裡睡著了。在喀蘇尼亞的日子過得晨昏顛倒，似乎隨時隨地都應該工作，卻不能隨時隨地睡覺。

夏明朗睡得很疲憊，眼皮有點腫，暈著大大的黑眼圈，下巴泛青全是沒刮乾淨的鬍楂。陸臻試著靠近他，然而當他的呼吸觸碰到夏明朗的皮膚，夏明朗便敏感地睜開眼，有些困惑地問道：「嗯？」

「我幫你刮鬍子吧？」陸臻從腿袋裡拔出匕首。

「唔，好啊……」夏明朗含糊不清地應聲，仰起臉露出最脆弱的脖頸，仍然有大半個靈魂沉在睡夢中。

陸臻關好門，在袖子上把刃口蹭乾淨，從下巴處往上，一點點地用刀尖割過去。陸臻的刀磨得很利，刀鋒過處那些黑森森的小碎屑紛紛落下，留下青鬱鬱的皮膚。

他把這件事做得很認真，全神貫注，直到最後鬢角的雜毛都被修得整整齊齊，是這些日子以來，他第一個心無雜念的時刻。

「好啦！」陸臻心滿意足地拍一拍夏明朗的臉頰，聲音雀躍。

夏明朗睡眼矇矓地捏起胸口的T恤抖動：「你這傻帽兒，全落我脖子裡去了……」

「呃……那我請你喝酒吧！」陸臻誠懇地。

一道閃電從天空延伸到地面，遠處傳來霹靂的巨響，夏明朗微笑著睜開眼睛：「你看，連老天爺都看不下去了。」

那天下午下了一場雨，是這個雨季的第一場暴雨。大雨滂沱，從天上往下倒，夏明朗和陸臻捨不得關窗，七手八腳地把椅子堆到遠離窗戶的那一面牆邊，狂風捲進清涼的雨水，打濕了他們的頭髮與衣服。

樓下有一些不在崗哨的戰士衝到雨中洗澡，豔紅色的泥土吸飽了水分，整個大地都汪著血……

陸臻把濕透的上衣晾到椅背上，擰開瓶蓋灌下一大口棕櫚酒，夏明朗聞到酒氣，就著陸臻手裡喝了一口，皺起眉：「真酸！」

「出門在外，要求就不要這麼高了。」

夏明朗呵呵笑，低頭含住陸臻滑動的喉結。熟悉的窒息感，像閃電一樣，令人戰慄，陸臻摸索著拉上半幅窗簾。

夏明朗雙手捧起陸臻的臉，端詳了一陣，用力吻住他，把那兩瓣薄唇都含進嘴裡吸吮。陸臻跌跌撞撞地往後退，胯部狠狠地撞在窗沿上，厚重的窗簾吸飽了水分，冷冰冰地裹上他的皮膚，兜住了他。

陸臻忍不住顫抖，在這暗紅色的絲絨窗簾上劃出波紋，他仰起臉，窗外電閃雷鳴，有如暗夜。

在那個瞬間，時間像是突然被拖慢了步調。陸臻甚至能看清夏明朗眨眼的過程，睫毛劃過，在空氣中留下暗色的殘影，汗水緩慢地從眼瞼上滑下來，沉重的呼吸漫長如呻吟——那些分不出音節的單字在空氣中被拉長成奇異的調子。然而又是突然的，指針又被撥快了，所有一切的事與物沿著命中註定的軌跡飛馳，電光石火間，千帆已過……

洗。

快感如暴雨傾盆，又像洪水般退去，陸臻疲憊不堪地靠在夏明朗胸口，異常嫌棄地看著他把手伸到窗外去

「你太噁心了。」陸臻深深感覺對不住樓下洗澡的兄弟們。

「呃……是哦！」夏明朗低頭親一親陸臻的脖子，「那要不然你吞了它？」

陸臻眨巴著眼睛愣了半晌，找不到更好的形容詞，只能由衷地再一次重複道：「你真是太噁心了。」

夏明朗哈哈一笑，不以為然地拉好窗簾。

難得平靜，空氣是涼爽而濕潤的，夏明朗把陸臻圈在懷裡，捨不得放開，這個地方曾經熱到讓人無法擁抱彼此。

「你最近真的要搞群眾路線嗎？」陸臻一臉狐疑地問道，「我總覺得你的目的沒那麼簡單。」

「我現在給你一把槍，一個混蛋，你會怎麼辦？」

「殺了他？」陸臻脫口而出。

夏明朗低下頭看住陸臻的眼睛：「你看，連你都開始這麼說了……」

陸臻猝然心驚。

「我記得在兩年前，你還在跟我討論什麼叫正義。」

「可是……」陸臻感覺到自己的喉嚨口發乾，心中捲起狂潮。

「當然，你的那個正義是不大現實，但是我也不希望你們將來會變成……」

「審判者！」陸臻說道。

「差不多就是這個意思吧！我們不能自己來判斷什麼人應該死，什麼人不能死，這很危險……雖然現在看起來問題不大，但是我很擔心，尤其是現在這種環境，我很擔心。」

「我明白。」陸臻肅然。

這個地方有無邊的黑暗，而你槍口上的火光是離你最近的光明，你將如何選擇？暴力是一口甘美無比的酒，成為救世主的感覺好得會讓人上癮。

然而……

「我們不會在這裡待一輩子，我們總是要走的，我得讓小夥子們記住，我們和他們不一樣，我們也殺人，但是我們不一樣。他們沒退路，我們有，我們轉過身就是家園，我們還回得去。」

「最近我一直在對自己說，我們是槍。」陸臻閉上眼睛，「以前我特別討厭這句話，可是現在……我卻覺得，太好了，我們是槍，什麼都不要想，什麼都不用管，執行命令，多簡單！」

夏明朗失笑：「你那時候一直抱怨有人妨礙了你偉大的自由。」

「我當時太幼稚。」

「你這不叫幼稚，你是太自信。你也不想想什麼叫自由，自由就是自己拿主意，自己負責。可是咱們是幹哪行的？打仗這麼大的事，哪是你一個人扛得住的？『令行禁止』，什麼叫『令』，為什麼要『禁』？你眼前擱著一條河，你要怎麼趟過去？我給你架座橋這就是『令』，橋上加兩道欄杆這就是『禁』。紀律不是用來束縛人的，紀律更多的，是用來保護人的。」

陸臻伸手握住夏明朗的脖子將他牢牢地抱緊：「對不起，謝謝你……」

「嗯？」

「謝謝你居然相信了當年那個不知天高地厚的小子。」

「呵呵……沒事。」夏明朗微笑著拍了拍陸臻的臉頰，「你那時雖然狂點，可是畢竟不是光趕著一張嘴。腦子好使，手上有活，站得也穩。就是缺點閱歷，我給你補上，我相信你練得出來。」

陸臻心中百味雜陳，千言萬語都梗在喉頭，只能無比專注地盯著夏明朗的眼睛，用拇指摩挲他濃黑的眉目。

「你別這樣。」夏明朗笑著躲，眼中流露出一絲可疑的羞澀，「我也不是特別為你，所有人到我手上我都得為他謀劃。」

「我知道。」陸臻站直了身體，他輕輕捧起夏明朗的腦袋，他們頭碰頭，像兩棵彼此支撐的樹，「你已經做得夠好了，至少你讓大家堅持做一個好人，這樣未來無論發生什麼，我們都可以坦然。」

有些事你一直在做，卻從來不說，沒人知道為什麼；但……終有一天，終有一個人會懂。夏明朗眸光一顫，溫柔地笑了。

沒多久一個車隊抵達南珈，送來了陸臻盼望已久的地動探測器，還有一輛長途冷藏車。海默的同伴們興高采烈地清點人員，通知哪些人可以就此逃出火海。同時從車上卸下一箱一箱的武器，整個駐地像過節一樣快樂。

陸臻冷眼看著那些老舊的武器，海默注意到他略帶冰冷的視線，微笑著攔在他身前：「嘿，親愛的？」

「一邊把武器賣給革命軍，一邊幫政府幹活，嗯？」

「呵呵！」

「把這地方打成一鍋粥，然後再倒賣難民賺錢，嗯？」

「哈哈……似乎，我觸碰到了您偉大的道德底線。」

「不，祝妳財源廣進，生意興隆。」陸臻不無譏諷地。

「你不瞭解戰爭。」

「不，我想我瞭解！」

「但你不愛它。」

「是的，我從不打算愛上它……我厭惡它。」

「哦？」海默誇張地挑起眉，「那你怎麼辦？你要回去退伍嗎？」

「不，我會繼續待在軍界，為了讓更少的中國人捲入戰爭。」

「哇哦！偉大的夢想……」海默吹了一聲口哨。

「陸臻？」夏明朗在遠處喊他的名字，他們需要準備一下，好送阿泰回家。陸臻瞬間失去了所有與之爭論的動力，他退了兩步，溫和地看著海默說道：「妳不會懂！」

是的，你不會懂，我們所有的夢想與期待，我們所有的榮耀與付出！

送別儀式安排在了喀蘇尼亞最具代表性的時刻——黃昏。

當殘陽落下最飽滿的金紅色，除了值班哨兵，所有人都聚集到生活區停車場的空地上。刺刀上槍，子彈上膛，雪亮的刃口淬著霞光。

陸臻是右邊第一位抬棺人，暗紅色的棺木上覆蓋著鮮豔的五星紅旗。陸臻感覺到這是他有生以來最沉重的正步走，擺在他眼前的，是一條長長的刺刀架做的長廊，刀光瀲灩，那是一個戰士最後的輝煌。

他們每前進一步，都有一對長槍鳴響收起，有節奏的槍聲迴盪在曠野之上，落日漸漸融進了地平線。

陸臻發現自己已經走到了長廊的盡頭，再往前去，只剩下最後一對交叉的刺刀。一輛車靜靜地停在終點處，車廂閃著冰冷的光，它將帶走他的朋友，永不回來。

陸臻不自覺地停住，棺木帶著前衝的力道撞在他的肩膀上，讓他微微踉蹌。陸臻感覺到所有人都在看著他，可是他的雙腿像是被焊在了地面上，汗水從帽檐處滾落，流進眼睛裡，帶著新鮮熱辣的液體沿著腮邊流下。

夏明朗一直站在車門邊，忽然高聲問道：「我們是？」

陸臻像是被電打到一樣抬起頭，有一種無法形容的震撼擊穿了他所有的感官，那個瞬間天地遠去，只剩下一雙堅定無畏的純黑眼眸。

他在看著我……陸臻在心裡默唸，他在看著我，我們是麒麟……

陸臻微微抬腿，最後一對長槍鳴響，槍聲在耳邊炸起，那是最熟悉不過的聲音。

我們是麒麟！

陸臻喊道：「我們無所不能！」

「我們無所不能！」在場所有的麒麟隊員齊聲高喊。

車門洞開，白色的煙霧無聲地流淌下來，消散在空氣裡，這是另一個世界，冰冷而靜寂，不再有沸騰的熱血和猛烈的陽光。陸臻最後一次撫摸光滑的棺木，那上面熱得發燙，然後輕輕抽走了那面國旗。

方進呆呆地站在門邊，喃喃自語：「爺這輩子最大的夢想就是死完了可以蓋面國旗，沒想到讓你小子先實現了……」

「我倒希望你永遠也別實現這個夢想。」陸臻小心翼翼地把國旗疊好交給司機，轉過頭看向方進，「我希望我們都能老成一個老頭子，然後毫無意義地死在自己家裡的床上。」

方進啞然。

夏明朗敏銳地感覺到望遠鏡的反光，他瞇起眼睛審視周遭的一切。

基於某種連自己都無法說清的彷彿嫉妒的情愫，海默站在三樓的一個窗邊旁觀了這個儀式。忽然她感覺到危險的氣息，在略帶失真的放大視野中，夏明朗逼視的目光迎面而來，她放下望遠鏡與他對視了一會兒，然後靜靜地離開了那個視窗。

夕陽日暮，天邊再一次泛出血色。

一週以後，一位與陸臻相熟的新華社記者傳給他一段模糊的視頻。那裡面有紅旗招展，有儀仗隊，有悲情有眼淚，滿足了一名軍人對身後名的全部期待，雖然這筆功勞表面上會紀錄在食品廠的榮譽簿裡。

夏明朗在食堂播出了這個視頻，柳三變有些感慨。陸臻知道，從此以後馮啟泰將從一個鮮活的人凝縮成一個名字紀錄在人們心底。隨著歲月的流逝漸漸洗去顏色，最後化為時代變遷中的一個數字，然而他也知道，他將永遠記住他。

隨即，一個名叫解放戰線的組織宣佈對此事件負責，外交部再次譴責了這類恐怖襲擊，同時強調只有和平與對話才是解決問題的唯一途徑。

兩週以後，海默的難民營裡迎來了一個白髮斑駁的老先生與他的十幾個孩子。起初，陸臻以為這是某個部落的長老帶著孩子們出逃；後來，他震驚地發現這些孩子們大都能用異常嫻熟的姿態討論和把玩槍械。

他們是大名鼎鼎的非洲童軍！

老頭兒長得很和善，有一雙慈悲的大眼睛，揣著一封聯合國紅十字會的介紹信，支持他收容這些自願放棄武器的娃娃兵。他在院子裡的空地上支起木架子，教孩子們學習英語和中文，很快的，所有難民家裡的孩子、油田保安的兒女們都坐進了這個免費的課堂裡。

陸臻私底下問海默由誰付錢帶他們走。

海默微微笑了一笑說道，你要明白，即使是幹我們這行，也是需要一點形象工程的。

後來，陸臻找李國峰幫忙給老頭兒做了一塊黑板，是的，無論幹哪行，這樣的形象工程都是不妨再多一些的，即使這裡是非洲。

與其詛咒身邊的黑暗，不如伸手護住眼前的火花。

14

三週以後，接連不斷的暴雨斷絕了一切路面交通，黏稠的紅土吸飽了水，變得像沼澤一樣，令人寸步難行。在這期間，秦若陽與他的夥伴們還在行動，他們來了又走，補充淨水、食物、藥品與……戰士！限於保密條例，陸臻不會去詢問那些負責護送秦若陽他們的戰士們經歷了什麼，他只是由衷地感慨聶卓的深謀遠慮。他相信聶老闆是有預謀的，如果當初只是根據表面上的任務目的，安排常規部隊駐守南珈，那無論如何都不可能完成這樣的戰略目的。

當然，這些目的沒人會向他們解釋，任務下達時，他們也不會問。

一個半月以後，雨季達到最高峰，瘋狂的暴雨每天都會下一場，青尼羅河的上游洪水滔滔，低地變成了湖沼，道路變成了河道。周邊走投無路的難民瘋狂地湧入南珈，在生活區外的空地上安營紮寨，躲避洪水。

張浩江他們高強度忙碌，每天都有治不完的病人，各種稀奇古怪的毛病。陸臻曾經看著他們從一個病人的鼻子裡取出幾十條蛆蟲，拿出來都是活的，在手術瓷盤上慢慢蠕動。到處都是營養不良的兒童、骨瘦如柴的老人，有人走著走著就倒斃在泥水裡。

李國峰開放了幾個空車庫用來收治病人，幾乎所有的人手都被發動了。柳三變、米加尼領著各自的人馬日夜不停，維護著南珈的秩序，發藥、隔離疫病、挖坑掩埋……

這像是個被上帝詛咒的地方，可是卻有越來越多的人聚攏過來。即使這裡是地獄，卻也是地獄的最上層。

在天威的震怒中，戰事進入停滯階段，兩個月以後，奈薩拉政府提出第一份南方獨立公投的路線圖！

就像是連日以來的烏雲終於破開了一條縫，陽光被削切成金色的刀刃劃破大地的黑暗，整個南珈的人都像是鬆了一口氣，人們臉上洋溢著清新明快的神氣。然而，大家連一聲縱笑都沒能笑到盡興，壞消息就接踵而至。

這份和平的「曙光」讓南部本來就不是鐵板一塊的革命隊伍土崩瓦解。有同意的，有反對的；有堅持按現有勢力範圍劃界的，有要求阿拉伯人滾回阿拉伯人的土地的；有歡迎中國的，有反對中國的；有接受中方支持的，有接受其他國家支持的……一切的一切，有人支持就有人反對，錯綜複雜，彼此敵視。

最近喬武官的手下們頻繁地進出南珈，秦若陽早就把這裡當成本部住著，夏明朗嗅到空氣中危險的氣息，局勢在所有人看不到的地方湧動著暗潮。

雨季已經進入尾聲，一支神秘的小隊悄然進入南珈。戰士們全副武裝再加上護目鏡，乍一眼看過去根本份不清誰是誰。倒是喬明路坐在車裡甚是扎眼，陸臻一眼就認了出來，暗自猜度這次任務的級別必然不低。

「老三呢？」領頭那人敲了敲陸臻的頭盔。

「黃二隊？」陸臻一陣驚訝。

「你這兒規模不小啊！」黃原平正忙著四下張望，暴雨如織，模糊了周遭的一切，只看得到影影綽綽的輪廓。

「非常多的人。」陸臻在等哨兵完成車輛的爆炸物檢測。

老喬試圖撐傘下車，然而狂風很快讓他放棄了這個愚蠢的念頭，但是這會兒雨下得像瀑布一樣，沒有頭盔的遮擋，喬明路剛一下車就被雨水嗆得直咳嗽。陸臻解下自己的頭盔遞過去，喬明路感激地看了他一眼。

「您還是上車吧！等會兒直接開進地下停車場裡去。」陸臻微微嘆氣，這鬼天氣的確已經不太適合一個四十多歲的大叔親自東奔西跑。

喬明路擺了擺手，喊道：「我看看，讓我看看。」

哨兵做出一個放行的手勢，陸臻拉開車門讓司機下車：「那都上來吧，我開車帶你們逛逛。」

雖然來之前看過報告，可是喬明路乍一看到門外那連綿成片的茅草棚子還是吃了一驚：「你們收容了多少人？」

「不知道。」陸臻放慢車速。

「那你們怎麼管理？」

「這裡面主要有四個村子，其中三個村子還有酋長，問題好辦得多，剩下那些就麻煩了，人來人散，根本管不了。」

喬明路露出匪夷所思的神情。

「其實還好，畢竟我們跟他們沒有直接矛盾，只要控制好不讓他們進生活區就行了。」陸臻解釋道。

黃原平哈哈一笑：「你們這膽子也夠大的。」

「我們也是騎虎難下，聯合國難民署的牌子就掛在大門上。」陸臻苦笑，「黃隊長你們那邊沒有難民？」

「我們那兒打得比你這兒厲害，離邊境也近，十村九空，人都跑得差不多了，閒雜人等我們也不敢留，上次還逮到一個在門口放炸彈的。」

「是啊！我們現在也是，每天都過得如履薄冰。」陸臻開車繞進生活區，心裡才略微安定了一些。

「別怕，老三這人有天罩，運氣好得不得了！」黃原平笑道，「你還別說，幸虧你們這兒挺住了，要不然正面宣傳都沒法兒做了，你說是吧，喬頭兒？沒有典型了啊！」

喬明路苦笑：「難為你們了。」

這話再說下去就成了訴苦邀功了，陸臻只得另起一個話題，笑著問道：「黃隊，你為什麼一直管我們隊長叫老三呢？咱也沒有三隊啊？」

「哈哈哈……」黃原平大笑，「敢情你一直以為我叫黃二是因為我在二隊待著？」

「呃……」陸臻囧了，難道不是嗎？

「哎……這話說起來就早了，不瞭解歷史啊你！」黃原平興致勃勃地，「想當年，咱們還只有一個隊，二隊那會兒還是預備隊。我跟你們隊長是一個區的，當時鄭楷是我們的區隊長，排座次，老鄭當然最大，我第二，夏明朗雖然年紀小點，可是擋不住他牛啊，所以第三……就這麼下去了。」

「那也太不容易了，一個分區出三個隊長。」陸臻疑惑地。

「那可不，你以為啊！當時的編制跟現在不一樣，不是跟現在這樣按職能分區。一中隊一分區，那是尖刀中的尖刀，好苗子都往裡撥。」

「那老四是誰？」

「走了，你不認識。全散了……就剩下我們仨了，鐵打的營盤流水的兵啊！」黃原平不覺有些惆悵，「也難怪你誤會，這年頭能叫夏明朗老三的也就剩下我了，鄭楷做人太仔細，當了老三的副手就不肯叫了。」

好像心底最柔軟的地方被人抽了一鞭，陸臻有一瞬間不能呼吸，眼神變得異常空茫，等他醒悟過來時，眼眶裡已經溢滿了某種熱辣的液體。

「散不了的，黃隊長，都是兄弟，就算不在一個營盤裡待著了，也都是兄弟。」陸臻極為認真地說道。

「呵……」黃原平像是有些意外，轉瞬間也笑了，「對，你說的對頭。」

難得來了貴客，午飯有模有樣地準備了一番，搞了幾個菜，一個湯，桌上一大盆南瓜飯，黃澄澄的，看著特別鮮亮。黃原平大為嫉妒：「你們這兒，看你這待遇！」

「給你吃二十天，我看你還羨慕不！」夏明朗苦著臉。

「老張搞的吧？」喬明路到底是在喀蘇待久了的，上手給自己盛上一大碗。

「是啊，全是張醫生領著人種的。雨季剛開始就看著他四處撒籽，種了一大堆豆子和南瓜。」陸臻畢竟是上海人，甜食吃多了也不覺得膩味，從喬明路手裡接過勺子撥了撥，把大半南瓜盛到自己碗裡，好給夏明朗多留點米飯。

「我跟你們說，這幫人除了幹活就淨趕著倒騰吃的，連南瓜藤都吃。」夏明朗是肉食動物，看什麼葉菜都像草，覺著應該拿去餵豬，更別說這號本來就餵豬的東西。

「我們老家就吃這個！」柳三變急了，「我跟你說多少遍了，這玩意兒是真的能吃，就我們那兒，賣三塊多錢一斤呢！」

夏明朗露出嫌惡的表情。

「三哥，咱甭理他，下次咱們再包餃子也別給他吃。對了，黃隊，你們這次過來待幾天？」

「我把人送過來，明天就得回去。怎麼你們還包餃子？」黃原平眼睛都亮了，「太他媽賢慧了！我就痛悔當年啊，一個陳默一個你，我就上趕著哪怕跟老三幹一架，我也得把人要過來。」

「你就扯吧你！」夏明朗一臉不屑，「說得好像你能幹得過我似的。」

「小夥子們都不容易啊！這麼艱難的環境，還能苦中作樂……」喬明路有些感嘆，「都辛苦了。」

這桌邊歡騰的氣氛陡然靜了靜。

「這有啥，咱什麼日子沒熬過，久了就習慣了。」夏明朗夾起一大塊南瓜填進嘴裡，嚼得兩隻腮幫子都鼓鼓囊囊的。

「還缺什麼嗎？」

夏明朗眨了眨眼睛，把嘴裡的東西咽下去，一字一頓地說道：「糧食。」

「呃……」喬明路訝然。

「本來你不問我暫時就不說了，我看這路也運不進來。你問了我就給你交個底，我們現在手頭的糧還夠撐半個月。」

「怎麼會？你們當初囤了那麼多糧。」

「難民太多了，說是不供應吃的，可是我們也不敢看他們餓死。幸虧老張有經驗，還種了點，要不然這會就斷糧了。」

「那斷了怎麼辦？」喬明路急了。

「我就是想讓它斷一下，趕點人走。最多一個月，雨季就過去了，這人也該散了。我們還有點高蛋白口糧，那玩意兒一般人咽不下去，餵豬都不吃，但是能撐日子。實在不行還能打獵，現在河裡有水，打獵也方便，還有猴麵包樹。」

喬明路嘆氣：「可是等到雨季過去，你們的日子就更難過了。」

「怎麼說？」

「那會兒路好走了，植被也茂密，就是打仗的時候了。」

夏明朗沉默了一會兒，神色靜得像一潭水，半晌，他笑了笑：「那就沒轍了，兵來將擋，水來土掩吧。」

說話間一塊碎磚從視窗穿進來，劃出一道弧線直奔餐桌。幸虧能在這張桌上吃飯的大都身手敏捷，一個個閃得超快，末了是陳默用飯盆抄住了那塊暗器。

「怎麼回事？」喬明路被陸臻扯得踉踉蹌蹌的。

就聽著兩邊屋子傳來稀裡嘩啦的聲響，隨著一聲聲叫罵，又有兩塊碎磚亂石頭飛進來，這次大家都有了準備，夏明朗直接用手接住了。

「塞林木！」黃原平登時怒了，正要窗邊走，被夏明朗一把拉到了身後。

「小事。」夏明朗淡定的。

喬明路是聽得懂非洲土語的人，零星聽了幾句也就明白了，眉頭深鎖：「他們一直這麼鬧嗎？」

「還行吧，一個月來個一兩次什麼的，都是幫小孩子。」夏明朗貼在窗邊往下看，米加尼已經帶了人去驅趕。

南珈的雨總是忽然而來，又忽然而去，剛剛還下得好像天河倒流，轉眼間就晴得透了，太陽沒遮沒擋地撲向地面，天空藍得透明，掛著半道虹光。

樓下的紅土地上站著幾個十來歲的少年，一個個神情激動，義憤填膺。

「你就不應該讓他們進來。」黃原平站在窗子另一邊。

「防民之口甚於防川啊！老兄，你得給他們機會發洩，我要是二十四小時都不讓任何人進，早鬧起來了。」夏明朗向陸臻點了點頭，陸臻把喬明路拉到離窗最遠的角落裡，匆匆跑了出去。

然而這次跑過來鬧事兒的小朋友似乎分外剽悍，一語不和，拳頭就衝著米加尼臉上呼過去。米加尼打小也是有身分的人，哪裡遭過這份罪，眼看著雙方就要打起來。

本地人用來拉架倒秧子是合用，可真要是打起來，反而會激化矛盾，夏明朗連忙開了對講機呼叫海默。

「嘿，小帥哥們可是要見你啊！」海默自然是氣定神閒的。

「把他們帶走！」夏明朗再重複一次。

「憑什麼啊！？」

「要不然我封鎖你們那區，二十四小時不准任何人進出。」玩橫的，夏明朗自問從十三歲起就沒輸過。

「您不能老是欺負我一個。」海默還是笑嘻嘻的。

「那都是妳的人，妳別以為我認不出來。」

海默沉默了一下，到底鬆了口：「OK！我自己的人我自己收拾，不過你最好下來見見他們。」

樓下無人聽得懂的鳥語忽然變了調子，小夥子們齊刷刷地高喊：「It is my country! It is my country!（這是我的國家！）」

我操！夏明朗不爽地摸了摸鼻子，這年頭裝聽不懂還不行了。

「全區戰備了！」夏明朗聽到陸臻在對講機裡平靜地報告。

夏明朗嘆了口氣，轉身看向喬明路：「麻煩您了，幫我翻譯一個？？」

「行，我跟你下去。」

「不，不用，你在樓上用喇叭說就成。」夏明朗遞了一個眼色給陳默，陳默微微點頭，無聲無息地站到了喬明路身後。雖然不可能每一次意外都會別有深意，但任何一次意外都可以醞釀危機，小心才駛得萬年船。

雨後的陽光有種輕薄生脆的質感，四下裡都是明晃晃的，泛著水光，半透明似的。

夏明朗從樓道裡出來，凱夫拉頭盔在他臉上投下一道陰影，那雙犀利的眼睛就隱在陰影裡，讓人捉摸不透。空地上糾纏的人群馬上安靜了下來，海默的手下們趁機湧過來把人分開。

「It is my country!」領頭兒的那個小夥子看起來年紀要大一些，膚色偏淺，體格粗壯。

「What is your name?（叫什麼名字？）」夏明朗叼上一支菸。

「Eh?」小夥子愣了一下。

「Do you understand English?（我說英文你聽得懂嗎？）」

「A bit!（一點點！）」

「What is your name?（叫什麼名字？）」夏明朗又問了一次。

「John.（約翰。）」小夥子露出戒備的神色。

「行！喬頭兒，幫忙翻譯個。」夏明朗調了調通話器的位置，「What did you say? This is your country?（你剛剛說什麼來著？這是你的國家？）」

「Of course!（當然！）」約翰激動得連眼底都泛著紅。

「你放心，沒人跟你搶。我都不知道有多慶幸這不是我的國家，我家要是這情形，我連覺都睡不好，我才沒空上門跟人扯嘴皮子去！知道老子之前為什麼不想見你們嗎？我覺著沒意思！我們在這兒待著，來者是客，當客人的規矩，咱自問做得也不差。約翰是吧？你信我一句話，你是什麼樣子，你的國家就是什麼樣子。你別相信都是外國人害了你們，他們騙你的；也別相信靠老外就能救你們，也是騙你的！這是你的國家，只有你能改變它，變好變壞，全在你自己手裡。」

喬明路翻譯得很慢，一字一句的，停頓分明，廣播把這些話傳得很遠。

小約翰似乎沒料想他會得到這麼個回答，他愣了一會兒，直挺挺地問道：「W~what??（啥？）」

夏明朗不自覺笑了，他從口袋裡另摸了包菸出來，抖出一支：「Want one?（抽嗎？）」

約翰疑疑惑惑地拿了，夏明朗湊過去替他點上，又隨手招呼身邊人：「Come on, have one! Take it easy.（來吧，都拿一支，有話慢慢說。）」夏明朗冷眼旁觀，看那些少年們神色漸漸和緩下來，方才笑道，「Damned weather! Fucking hot here, how about coming inside, eh?（這麼大個太陽，太熱了，咱們進屋說？）」

約翰站著不動，大眼睛不停地眨巴著，畢竟還是孩子，心事都寫在臉上。

夏明朗張開手：「Ok, you don't believe that I am your friend. You know what, you would not stand a chance if I really wanted to hurt you. Understand!? Come in.（我說我是你朋友，你一定不相信，可是如果我要害你，你也沒機會站在我面前吼。）」

小朋友們合計了一會兒，最後似模似樣地派出三個代表跟著夏明朗進了屋。

似乎是為了顯擺自己的水準，小約翰一直堅持用英語交流，這倒是省去了夏明朗不少麻煩。

年輕人發飆常常抓不住關鍵，當然，也幸虧如此。有時候示威的目的就在於「示」，求的是一個關注，與撒嬌相類似。夏明朗也是年輕過的，深諳其道，他的言論與官方聲明有著一點微妙的差異，聽起來分外實在，讓人產生莫名的好感。

即使那個國家很操蛋（不好），但是這位大叔倒是不錯……夏明朗一向擅長營造這樣的錯覺。

空調吹著，冰水喝著，大菸抽著，還有一位聽說是一把手的和氣大叔專注地聽抱怨，憤怒的小青年們迅速地軟化下來。

陸臻落實好周邊事務，帶著海默急匆匆往回趕，剛一進門就聞到一股子詭異的菸味。海默的神色頓時變得無比複雜，有些想笑，又似乎不可置信，最後凝結成滿臉的糾結。

「我最近丟了一包上好的大麻。」海默用中文說道。

這話音剛落，屋裡屋外所有聽得懂中文的人齊齊震驚，只有夏明朗從容自若，連看都沒看她一眼，隨口答道：「拿的時候忘記給錢了，回頭算給妳。」

出乎夏明朗意料的，海默對那個約翰相當客氣，溫言細語地勸了好一陣，總算是把少爺給勸了回去，臨走時意味深長地看了夏明朗一眼，明顯有秋後算帳的意思。

「聽她的意思，這小子好像是哪家酋長的兒子。」米加尼一直豎著耳朵在聽，只是聽不周全。

「嗯，你認識嗎？」夏明朗估摸著大概就是如此，一看就是從小囂張過的人，與尋常百姓不一樣，沒有那股子低眉順眼的勁兒。

米加尼慚愧地搖了搖頭。

「行，那就先這麼著吧！」夏明朗長長舒出一口氣，「都先回去吃飯。」

陸臻瞅準了沒人的時候湊到夏明朗身邊：「拿來。」

「啥？」

「大麻。」

「不能給你！」夏明朗按住口袋。

「你怎麼時候偷的？」

「什麼叫偷啊，我就是備一點，以防不時之需。」夏明朗得意地，「你看，今天不是用上了嗎？」

「虧你想得出來，給他們抽毒品，回頭等他們發現了……」

「喲，你當他們沒發現啊？都跟你似的打小兒五講四美三熱愛，不當三好學生不回家啊？告訴你說，這玩意特別好使，一根菸抽下去，馬上沒心沒肺，傻樂傻樂的，你跟他們苦口婆心三小時也比不上這個。」夏明朗嬉笑。

「不行，不能在你這老菸鬼身上放著，太危險了，趕緊給我。」陸臻焦慮地。

「給你才危險呢！你小孩子啥都沒試過，別抽上了就放不了。你放心，我抽這玩意會頭疼，比喝醉了還慘，我才不會抽它。」

「我信你才有鬼了！」陸臻不屑。

「我騙你幹嘛，我吃LSD也頭疼。」

「喲，你就抽菸不頭疼。」陸臻似笑非笑地。

「抽菸一開始也疼，後來練出來了！」

「是嗎，那你抽海洛因頭疼不疼？」

「這個沒抽過，下次抽完告訴你。」夏明朗一本正經地回答完，已經推門進了屋，喬明路連忙站起身……

陸臻這才發現又讓這小子給混過去了，只能暗暗提醒自己，今天晚上睡覺的時候一定得把東西要回來銷贓。

「坐啊，都站著幹嘛？」夏明朗大剌剌地坐下，對著桌上那堆飯碗猶豫了一下，若無其事地拿了一碗南瓜少的。

喬明路這會兒哪還有心思吃飯，連忙在夏明朗邊上坐下：「情況怎麼樣？」

「哄回去了！幾個少爺……我估摸著家裡佔山為王的，有礦有槍，覺得自己了不得了。」夏明朗見大家都不吃，趁機多拿了幾塊羚羊肉填嘴裡。陸臻看著只想笑，又覺得不合適，只能假裝咳嗽，咬住手背強忍了。

喬明路滿腦子都是家國天下、一線二線三線的情形，左右看看也沒有外人，便開始猶豫要從哪一頭開始交底。

「吃飯，先吃飯，人是鐵飯是鋼！」夏明朗隨手抓起一隻碗放到喬明路手裡，「咱也是老黨員了，什麼該問什麼不該問我心裡有數，您要是方便呢，就給我們交點底。不是過不下去，就是出來太久了，回程遙遙無期那感覺特別不好。」

「我知道。」喬明路自問不是個婆媽的人，扛著兩扛四星也不是不可以官大一級就壓死人。可是總有一些人無論什麼身分都讓人感覺不可輕忽，一切等級、階級、職務……在他們面前分崩離析。你會不自覺地把自己放到平等的位置上，懷著尊重，對於某種人格的。

「其實現在的情況比我們預想的要好很多。」喬明路說道，「我們本來以為北方政府不會那麼快妥協，可是現在不到一年就鬆口，也算是各方面的壓力比較到位。最近這幾個月，我們和大部分的南方軍閥都有接觸，別看他們表面口號誇張，但是心裡還是明白的。現在最大的問題就是利益分配……」

「梁山泊一百單八將，誰坐第一把交椅？」夏明朗笑了笑，「只能靠打出來。」

「對。所以從雨季結束到年底，食物、水、氣候、植被都適宜……」喬明路頓了一頓，「打仗。」

「會打到什麼時候？」

「這個說不準。但是等他們第一輪洗牌完成，後面的事情就好辦了。看得清力量對比我們就知道找誰談了，再往下就是利益之爭。你們就能回家了。」

「行，一言為定！」夏明朗從桌上拿了兩杯茶，一杯塞到喬明路手上，「以茶代酒，我先乾為敬了。」

喬明路那番話，說不好是幸還是不幸，但是心裡有了一點底，至少對未來不會那麼茫然。都不是脆弱的人，經得住事，忙著活還來不及，沒人有空自怨自憐。

陸臻還在瞎操夏明朗那盒大麻的心，黃原平就淨惦記著那些吃的。在夏明朗嫌棄的虎視眈眈之下，牛B的黃二隊硬生生搬走了十顆南瓜與一袋蠶豆，要不是南瓜秧子擱不住，他還真有興趣帶一捆走。臨走時張浩江送了他一紙盒子番茄和幾個青椒，黃原平那個感動，差點又動了腦筋要跟維和總部幹一架，好把張浩江也要過去。

喬明路此番親臨第一線，自然不會只是過來「看看」這麼簡單。沒幾天，之前像放風箏一般放出去的特工們陸續回流，帶著各種消息，好的壞的……常常有人分不清特種與特工，其實性質天差地別。

戰爭令人蒼老，不過大半年的工夫，所有人都變了樣，秦若陽這次回來更是黑瘦得厲害，不說不笑的時候就像一個漆黑的深洞。陸臻一直很關注這位師兄，原本是擔心他私心雜念太重，後來又慚然，知道是自己想多了，卻又開始擔心他陷入太深。只是大家都忙，常常一個眼神、一次點頭便錯身而過，陸臻希望這次仍然是他想得太多了。

夏明朗專門分了幾間獨立的辦公室給他們，藏在生活區最裡面，表面上與別處無異，實則保安嚴密。他們從一線回來的人都有個毛病，晚上有一點點動靜都會醒，只能白天把窗簾拉上蒙頭大睡，一個個都如驚鳥。

喬明路是老江湖，複雜環境裡成長起來的，比起一般人要識貨，原本奈薩拉一役就已經讓他對夏明朗刮目相看，現在更是欣賞得不得了。在他看來，此人可動可靜，能文能武，外粗內細，國之棟樑，難怪聶卓會把這塊心臟地帶交給他。

第三章　突破現狀

1

季節忠誠地隨著太陽的角度轉換著，這些日子一口氣晴了十天，紅土地被曬得精乾，踩上去硬梆梆的。一支重型車隊駛入南珈地區，首先是地動探測器報告了來自遠方的大地震顫，然後陸臻利用無人偵察機看清了他們的全貌。很快，夏明朗與陸臻一起出現在大門外，「迎接」這支意料之外的力量。

「什麼都瞞不過你們，哦？」海默抱著肩。

「是啊！」夏明朗大言不慚。

「菸錢什麼時候給我？」海默步步緊逼。

「妳欠我那八百顆地雷什麼時候給我？」夏明朗寸步不讓。

陸臻默默腹誹，如果不要臉有學位可拿，這兩位都可以去進修博士。

說話間，一輛重型裝甲車從林子裡跳出來，把那些矮小的雜草灌木壓得東倒西歪，碾碎成一條路。在它身後，各種越野車、防彈悍馬……魚貫而出，在離開他們差不多十米的地方停下。迷彩色的車身上沾滿了枝葉與紅土，在太陽底下完全是啞光的，沒有一點光澤。車門打開，高大強壯的戰士們穿著統一的叢林迷彩悄無聲息地從車上走下來，沒有一點多餘的動作，亦沒有交談。

風中滾動著荒煙漫塵的味道，異常的安靜。

強，是不需要透過任何語言來描述的，它就像白紙上的墨點那樣鮮明刺目，那是一種壓迫力，不言自明，連皮膚都能感知。這是一支完整的軍隊，他們紀律嚴明，鐵血無情，令人畏懼。

然而，當陸臻發現夏明朗就站在他身邊時，所有來自對方的壓力都消失了。

他有一種很奇異的錯覺，好像自己已經不存在了似的。眼前有一支可怕的軍隊，是「他們」；而他將與夏明朗融合在一起，是「我們」。

這真是一種美妙的歸屬感。

陸臻與夏明朗肩並著肩，他不自覺地偏頭看過去，夏明朗從額頭到下巴的那條折線在陽光下分外鮮明。是的，即使「我們」只是兩個人也沒有關係，因為夏明朗是他的……戰友。

陸臻自心底浮起從容的笑，那個笑容泛著玉一樣溫潤的光澤，沉靜卻博大。

一位看起來彷彿是首領的男人向他們走來。夏明朗第一次看到海默露出如此嚴肅的神情，她上前迎了兩步，恭恭敬敬地行了個貼頰禮，異常鄭重地向夏明朗介紹道：「My Father!」

夏明朗被她這麼一說倒愣了，視線在那兩張臉上滾了好幾遭，這老頭雖然年歲是到了，可是這兩位怎麼看也不像是一個人種吧？還沒等他想明白，老頭兒的手已經伸了過來，夏明朗不敢失禮，連忙握了，回頭才發現他還不知道「Father」叫啥。

總不見得我也得跟著你叫爹吧？夏明朗默默不爽。

這群人並沒有真正進入南珈，而是在附近的小河邊紮營，這倒是省去了夏明朗不少麻煩。

入夜，夏明朗帶上陸臻和柳三變拿了前人留下的一瓶二鍋頭過去套近乎，半空中自遠及近傳來螺旋槳的轟鳴，一架雄鹿和一架小鳥披著星光落地。

夏明朗眼瞅著那亮閃閃的好像燈泡似的機頭就知道不妙，果然，螺旋槳還沒停利索，查理老兄就伴著一聲嬌嗲的驚呼「Oh, sweetheart!!」一頭紮進了陸臻懷裡。

夏明朗的臉色頓時黑得超越人種極限，電光火石之際，查理只覺得自己懷裡一空，整個人騰雲駕霧被甩出了三米遠。

「Oh, my Goooo~d!」查理到底是怕夏明朗的，一時之間也不敢動，露出茫然不知所措的小表情。

「搞什麼搞，摟摟抱抱的像什麼樣子，不要拿你們資本主義的腐朽思想來毒害我的……咳，我們社會主義的好青年！」夏明朗難得被氣到語無倫次。

陸臻知道這時候不能笑，忍得半張臉都扭曲了，肌肉酸痛得要命。

「你在說什麼？」查理很明顯沒聽懂。

「這是怎麼了，夏隊？」柳三變站起來當和事佬，他到底還記著查理當年奈薩拉火線救援的那份恩情。

查理連忙往柳三變身後躲：「我到底做錯什麼了！真見鬼！」

「我是警告你做人正經點兒，少動手動腳的！盡趕著亂搞男女關係！」

「我才不亂搞男女關係，我從來不搞男女關係！」查理大怒。

「這都……這，你們這都在吵點什麼呀！」可憐柳三變夾在中間被吵得一頭霧水。

「行了行了，大家都少說兩句。」陸臻忍著笑，把夏明朗拉到一邊坐下，「你也是，跟他較什麼真。」

「他佔你便宜！」夏明朗小聲嘀咕，極之惱怒。

「我想，你們是不是有什麼誤會，我可以幫我的孩子解釋一下。」老爹好奇地湊過來。

「沒誤會！」夏明朗橫眉怒目，「你兒子想泡我搭檔，還找我上床！（Your son tries to hook up with my partner, as well as me!）【這句還是要配個英文原文，你們懂的】」

全場安靜了三秒鐘，轉而爆笑，有吹口哨的，有鼓掌的，不遠處悍馬車上的機槍手索性朝天掃了一梭子，曳光彈帶著美麗的弧光劃破夜空。

「噢！」老爹笑出滿臉的褶子，「孩子，你能不能再說明白一點，你是在介意他追求你的搭檔；還是邀請你做愛；還是一邊追求你的搭檔，一邊邀請你做愛？」

夏明朗活生生被悶住，頓時醒悟過來，一個人能被一百多口子叫爹，絕不會是等閒之輩。

「我，嗯，我們是中國人，明白嗎？」夏明朗知趣地收斂起囂張氣焰，「我們中國人是很含蓄的，對這些親密關係是很慎重的！我們對老婆是要非常負責任的。」

「噢，我的孩子，我有點不太明白，查理有向你們之中的某一位求婚嗎？」

夏明朗終於明白什麼叫三觀有別了。

「啊，我知道了！」一直在犯迷糊的查理陳激動地飆起了英文，「你歧視同性戀，你是個恐同份子！」

「我他媽歧視個屁的同性戀，我歧視你們這群亂搞的！」夏明朗正憋得難受，這種撞在槍口上的不轟怎麼對得起自己。

「我沒有亂搞，我都是很認真地在邀請你，是你拒絕我！」查理陳理直氣壯地反駁。

夏明朗無語而凝噎，忽然意識到他再不要臉，也比不上人家天生沒臉。

「有人，嗯！要喝酒嗎？」陸臻笑眯眯地舉著二鍋頭。

夏明朗到底是用游擊戰術培養出來的漢子，打不過就跑的氣度還是有的，馬上順杆而下：「我！」

陸臻把酒瓶遞過去，招呼大家過來吃東西。

晚餐是麵包、餅子、一堆用黃油煮出來的豆子和兩隻羊，雖然煮得沒滋沒味了一些，但好歹也是肉，夏明朗對肉從來不講究，蘸點細鹽和黑胡椒末就能吃下去；只是冷眼看著陸臻與查理在旁邊唧唧咕咕的，心裡著實不爽。

夏明朗抽空分析了自己這糾結的心理，感覺這不能算是吃醋，如果換一個漂亮妞撲到陸臻懷裡，他一定沒這麼不爽。那怎麼說也是自家人佔了妞兒的便宜，可是眼下這情形……夏明朗堅持認定，他只是犯了小農的病，看不得自己人吃虧。

不一會兒，查理陳眼淚汪汪地過來給夏明朗敬酒：「噢，我太遺憾了，真是對不起……」

「啥？」夏明朗眨巴著眼睛，以為自己幻聽了。

「真對不起，我沒有想到你是這樣地……太讓人感動了！」查理陳衝動地抓住夏明朗用力擁抱了一下，「你太讓我敬佩了！」

「啥……？」夏明朗滿腹狐疑地瞪著陸臻，陸臻佯裝看不見，若無其事地看向天空。

「你太偉大了，你一定非常愛他，這是我不曾經歷過的感情，但是……」查理兀自碎碎地唸叨著。

「行了行了……別再說了！」陸臻溫言相勸。

「好好，我知道……」查理畏懼地看了夏明朗一眼，見對方眼神仍然不善，知趣地溜走了。

「你小子到底跟他扯什麼了？」夏明朗一邊撓著頭髮，小聲追問。

「沒什麼！」陸臻止不住笑，眼角眉梢都透著得意。

「說嘛！給咱提點一個？」夏明朗知道這架勢出來就是求追問，馬上把諂媚的表情做到十成十。

陸臻勾了勾手指，夏明朗興沖沖地俯耳過去。

「我就是跟他說，你以前有個男朋友，特帥，你們倆特好。後來人不在了，你就發誓要終生禁慾，再也不想聽人提這個事，誰提就衝誰發火。結果那小子眼眶都紅了，霍……那個感動……」陸臻說著說著發現夏明朗的臉色已經沉下去，不自覺停了下來。

「扯淡！」夏明朗惡狠狠地瞪了他一眼。

呃？陸臻莫名其妙。

在野外會餐自然不會像在餐館裡這麼有章法。不一會兒，就聽著有人吹了一聲口哨，四輛悍馬車開過來兩兩相對，打開大燈，照出一方雪亮的擂臺。

兩名大漢脫了上衣下場，露出一身漂亮的刺青。陸臻眼尖，看到其中一位右臂上繡著了牛B閃閃的三個中文大字——操你媽！

「飯後餘興節目！」海默解釋道，「你是要下注還是下場？」

「我們是有紀律的人。」夏明朗一臉正色。

海默知道在這人嘴上討不了什麼好，也懶得跟他計較。

雖然都是自己人，打出來的卻是真功夫，拳拳到肉，小山似的身軀壓下去，幾乎能聽到骨頭咔咔的爆響，夏明朗的注意力很快被吸引過去。

目前在場子裡對K這兩位，一個看起來像是巴西軍警出身，而另一位「操你媽」老兄則很明顯是從摔跤場上混出來的。

夏明朗感覺到陸臻扯了扯他的衣袖，轉頭看到這小子誇張地做著鬼臉。

夏明朗知道他在想什麼，淡然道：「我打不過他們。」

啊……陸臻馬上從假裝的誇張變成了真正的驚訝。

「怎麼？不相信啊？」夏明朗終於開心了一些。

「真的？」

「你睜大眼睛看看清楚，我才八十公斤，這兩個都快一百二了……我又不是神仙。」夏明朗罵得莫名甜蜜。

「噢！也是。」陸臻不好意思地撓了撓頭。

「臭小子。」夏明朗伸手揉亂了那頭毛碎。

「我的孩子，有沒有興趣參與一下？」老爹張開雙臂非常親切地搭上夏明朗和陸臻的肩。

「我看就算了吧，拼拳頭幹不過他們，玩刀子又太過了……」

陸臻聽到身後一聲輕微的呼痛，轉頭看去，一個黑而瘦小的男人對著他尷尬地笑了笑。一星銀芒從夏明朗的指尖閃過，隱沒到衣袖裡。

「別動我的東西。」夏明朗溫和地笑著。

「我只是隨便看看。」

「想看什麼我拿給你，別動我的東西。」

「嘿，老千，我警告過你的。」海默笑得很開心，「他是偷東西的高手。」

哇哦……被叫做老千的男人吹了一聲口哨。

說話間，場子裡已經分出了勝負，海默興致勃勃地建議：「我幫你挑個體重差不多的對手吧。」

夏明朗知道今天不露兩手不行了，卻還是笑道：「我老了，不跟你們年輕人玩了。」

「你要是都算老了，我們隊長就得回家守著火爐過日子了。」

「我給妳找個帥哥過來！」夏明朗挑逗似的挑了挑眉毛。

海默不覺大失所望。

沒過多久方進就開車把徐知著送了過來，後座上鬼鬼祟祟地蜷著沈鑫和刑搏，這都是過來蹭熱鬧的。

「隊……長？」

夏明朗轉頭一看，自個兒先樂了，也不知道陸臻是怎麼忽悠（誘人上當）的，徐知著提著槍一臉懵懂，居然還帶著三分惶然。夏明朗伸手把徐知著挾到懷裡：「給你一個任務！」

「嗯！」徐知著默默握拳。

「亮一手，把他們都給震了！」

夏明朗雙手握住徐知著的肩膀，鄭重其事地把人推到海默面前：「怎麼樣，比我這張老臉賞心悅目多了吧！」

「嗯！」

「啊？隊長？」徐知著一頭霧水。

海默伸出食指挑過徐知著的下巴，笑了：「這倒是！」

徐知著不自覺往後退了半步，完全搞不清楚狀況。

「這位小哥倒是沒怎麼見過。」海默瞇起眼。

狙擊手大多低調，平時絕不顯眼，而陳默實在是天生的冷利，調子往下一降就冷過了頭，煞氣太重，無論如何也藏不住。不像徐知著性子溫和柔韌，淡下來剛剛好。

「他平常不洗臉，妳瞧不出好來……」夏明朗笑道。

「啊……我想起來了，我的東方美人！你卸了妝我差點認不出你了。」海默眉開眼笑。

呃……這他媽到底怎麼回事？徐知著的表情越發茫然而無辜。

好在海默並沒有讓他疑惑太久，她向老爹微微點了點頭，拉出一輛悍馬車上的話筒，踩上車頭：「兄弟們……這裡有一位來自東方的美人，要挑戰你們所有人手上的槍！」

夏明朗的瞳孔微微一收，捏在徐知著肩上的力道又緊了三分，這娘們果然唯恐天下不亂。徐知著有些緊張地回頭看了夏明朗一眼，夏明朗挑起嘴角，勾出一抹從容淡定地微笑，輕輕拍一拍徐知著的肩膀把人推了出去。

擂臺邊的一輛悍馬倒車移開一個角度，大燈雪亮的光圈把徐知著罩在正中間，徐知著感覺刺目，把帽檐又壓低了些。

「小子，你擅長什麼槍？」有人藏在人群背後問了一句。

「我都可以啊。」徐知著說道。

「哇哦，哇哦，哇哦……他說都可以哦？幽靈。」海默很努力地起哄。

一個高高瘦瘦的白人男子從人堆裡閃出來，銳利的視線鎖定在徐知著的槍盒上。

「PSG-1？」幽靈問道。

「我可以換一把槍。」徐知著注意到他懷裡抱的是一支SSG04，方進馬上興沖沖地把那支88狙送上。

「那我就太佔便宜了。」幽靈露出一點嘲諷的笑意。

「200米內精度都是一樣的，但是我這槍的紅外不好，現在是晚上。」

「嗯……」幽靈露出一個了然的表情，把身邊一個正在抽雪茄的胖子推了出去，「200碼。」

胖子心領神會地把菸頭吹紅，舉得高高的走進黑暗裡。幽靈冷冷地看了徐知著一眼，見後者並沒有反對，便抬腳踩出一小片平地，趴下開始調槍。

人群漸漸喧鬧起來，有人在聊天，有人在猜測，更多的人開始買賭盤。

不一會兒，幽靈抬起手，所有的燈光驟然隱滅，只剩下一點幽幽的殘紅在暗處閃爍，幾秒鐘以後，隨著一聲槍響凋零在黑暗中，歡呼聲轟然而起。

胖子得意洋洋地舉著半截雪茄回來，幽靈從地上站起，面無表情地注視徐知著。

「誰，嗯，幫我一把？」徐知著有些不太好意思笑了笑。

「我！」遠處，200米左右亮起一道白光，夏明朗做足姿態，誇張地把一支菸咬進嘴裡。

「不用關燈了吧，就……」徐知著抱著槍走了幾步，尋找適合的角度，然後抬槍瞄準……在所有人反應過來之前，夏明朗嘴邊的菸頭已經短了半截。

夏明朗把剩下那半截香菸重新點燃，笑嘻嘻地銜嘴裡。

這一槍打得太突然，而且簡潔。只有全神貫注觀戰的人，才能看清那電光石火之際槍手美妙的控制。彷彿不經意間一切都結束了，卻在旁觀者一遍又一遍不自覺的回想中被解離，每一幀畫面都令人心驚。

在戰場上，最簡潔的技能就是最高明的技能。天下武功，無堅不摧，唯快不破。站立姿是最快但是最不穩定的出槍方式，卻用在這種最需要穩定性的決鬥中，這代表了槍手仍留有充裕的實力支撐他的自信。

胖子的笑容馬上變得難看起來，幽靈仍然沒有一點表情，他伸出手，徐知著大方地把自己的佩槍遞給他。

幽靈握住槍掂了掂：「改過？」

「嗯。」

「更重了。」

「還行吧，還是比你的輕。」徐知著微笑，「所以我能站著。」

「也沒輕多少。」

「呵呵。」

幽靈沉默了一會兒，又看了看自己的同伴，胖子馬上把視線移開看向了別處，幽靈自嘲地一笑：「你贏了。」

人群裡頓時發出一片懊惱的驚呼。

「謝謝！」徐知著連忙背好槍，客氣地伸出手去。

幽靈解下腰上一把匕首扔過去：「你的了。」

徐知著一愣：「我沒……跟你要東西。」

「應該的！」幽靈臨走時在胖子屁股上踹了一腳，背著槍擠進人堆裡。

「還有嗎？」徐知著興致勃勃地張望著，初戰告捷讓他信心大增。一直生活在陳默和夏明朗這樣的妖人身邊，是很容易看不清自己的真實實力的。但是剛剛那一槍展示了太多東西，穩定性、速度以及槍手的控制力，令挑戰者生畏。

看熱鬧的人明顯多了起來，裡三層外三層圍了個水泄不通。夏明朗一直留心觀察老爹的神色，卻發現對方並不如自己這麼上心，樂呵呵的一副看熱鬧的態度，似乎是輸是贏於他並不重要。

夏明朗仔細一想也明白了，畢竟在這位老人家看來雙方非敵非友，萍水相逢，求的是一個尊重，探的是一個底氣。不像他們，總是條件反射性地喜歡把問題上升到國家尊嚴上去。夏明朗這麼一想，心裡也放鬆了很多。

「嘿！兄弟們，別這樣啊……都啞了嗎？你們的槍呢？ED（陽痿（Erectile Dysfunction）的英文縮寫）啦？」海默妖嬈地坐在車頭調侃眾人。夏明朗發現這丫頭就算是對自己人也不留口德，或者，這正是他們的交流習慣。

果然，馬上有人反擊：「妳上啊！妳的槍又不會ED！」

「我不行，我跟他只能比比乳溝深淺。」

這話還沒落地就驚起一片詭笑，夏明朗很鬱悶，今天這頭兒起得太沒正形兒了……可憐徐知著臉皮子本來就薄，站在燈光最通明的地方，真正萬眾矚目，逃都沒處逃，尷尬得滿臉通紅。要不是甩手走人的姿態太娘們，他都快頂不住了。

「喂，你是叫陳默嗎？」一個金色短髮湖藍色瞳仁的小哥站在悍馬車頂上問他。

「不，不是。」

「哦……」小哥失望地。

「你……就想問這個嗎？」徐知著無比期待地看著他。

「呃，可我是個機槍手。你知道嗎？機槍手。」小哥有點頂不住這眼神。

「機槍也可以啊！」徐知著生怕這哥們兒跑了，連忙追到車下去。他媽的，快給我點正事幹幹吧！果然跟著隊長出來就是沒好差事。

這樣的笑容太過耀眼，充滿了期待，簡直絕殺。金髮小哥蹲到車頂上往下看：「呃……我叫馬克沁。」

「我叫佐羅（Zorro）。」

「可是你不像西班牙人啊？」馬克沁驚訝地。

「對，這是我的外文名，我本來是打算叫Zero的，但是我有個朋友覺得Zorro更好一點，反正是一個意思。」

「耶！」馬克沁笑得很歡樂，「我也這麼覺得。」

「嘿，我說，兩位是在調情嗎？」海默故意把聲音壓得極低，可是偏偏抱著話筒不放，在車載廣播的幫助下，簡直聲震四野，「或者你們可以比拼一下另一種槍法……你知道的，對於這一點，我們也是很期待的，我美麗的西班牙狐狸……」

徐知著忽然拔槍打斷了話筒與車身的連線。

「噢，上帝……」海默錯愕地張大嘴，盯著手上殘斷的半截電線發愣。那句老話是怎麼說的來著，不叫的狗才更會咬人嗎？

夏明朗咬住菸頭，用力鼓掌三聲，在這驟然安靜的時刻，聽來非常突兀，無比的和諧。徐知著心中大定，衝著馬克沁燦爛一笑，問道：「怎麼樣，比一下嗎？我們可以不賭東西的。」

「Jesus! OK，聽你的……」馬克沁站起身大喊了一句，「查理？出來幫我一個忙！」

嗯？徐知著有些莫名其妙，隱隱地感覺事情有點不妙。

不一會兒，停機坪那邊傳來螺旋槳的轟鳴聲，那架雄鹿直升機緩緩離地。馬克沁匆匆跳下車提出半桶汽油，一點一點地澆在草地上，周遭圍觀的人群都開始往後退，徐知著孤零零地站著，他發現完蛋了，他還從來沒在直升機上用過機槍。

馬克沁澆完汽油，點出四團火苗，興奮地跑回來：「嘿，我們可以賭點什麼嗎？」

「我可以和你賭那把刀，我剛剛贏到的那把。」徐知著連忙說道，反正都是橫財，輸了也不心疼。

直升機已經盤旋到他們頭頂，正緩緩下壓。

「幽靈的刀？」馬克沁似乎猶豫起來，「那你喜歡沙漠之鷹嗎？」

「那槍我用太重了。」徐知著有些警惕，走近才發現這哥們兒居然比自己還高半頭。

「哦，那你喜歡伯萊塔嗎？」

「行，都行……」徐知著忽然醒悟，東西贏回來也得上交國庫，他較這真幹嘛。

「行！那我跟你賭一把伯萊塔。」馬克沁興奮地。

查理將直升機懸停到離開地面一米的地方，馬克沁拉著徐知著登機，雄鹿馬上拔地而起，升到800米開外。

徐知著心懷忐忑，緊張得不得了。

「我是個維京人。」馬克沁鄭重其事地按住胸口。

徐知著馬上配合地擺出尊敬樣，畢竟那是一個人的種族榮耀。

馬克沁很滿意，氣勢十足地大吼一聲，抬起12.7毫米的重機槍向下掃射，一氣呵成。徐知著這才看出來，下面火光點點已經燃燒出了一個「Z」字，而且模仿了電影裡的字體，三筆分段，扁而犀利。

馬克沁異常自豪地看著他。

徐知著在沉吟，他確定自己無意中給自己挖了一個大坑跳下。在陸地上拼什麼他都不怕，可是重機槍本來就難控制，在800多米的高空還要配合機身起伏，能打出一條直線來都不太容易，更別說在五米見方的地方劃下三筆。

當然更要命的是，這活兒他真沒練過。

「嘿！哥們？」馬克沁揚了揚眉毛，這小子的眸色清淺，淺色瞳仁的傢伙看起來總是智商不高，沒有什麼深邃的味道，特別的直白單純。

徐知著猶豫了半天，決定說實話：「我是個狙擊手。」

「我知道。」

「我從來沒有在直升機上使用過重機槍……」

「Oh my god~！」馬克沁張大嘴，「那怎麼辦？」

「我可以試一下……」

「不不不，當然不可以。」馬克沁連忙攔住他，一手扯過機載廣播喊道，「我說，你們就沒有一個像樣的機槍手嗎？為什麼要讓一個用……」

完了！徐知著愣住，眼睜睜地看著方進大呼小叫地奔向一輛悍馬。

「Honey！下面有人說要跟你決鬥，說他才是機槍手。」查理說道，「他說，他要把你的牙都打到地上，讓你到處去找。」

「Shit!」馬克沁勃然變色，「降落，我要殺了他。」

我靠，難道打機槍的全都是吃槍藥長大的？！徐知著扶住頭，這下徹底玩砸了。

直升機離開地面還有三米多，徐知著已經搶先跳了下去。開玩笑，他徐知著是什麼人？他可是有責任感有大局觀的靠譜好青年，雖然今天晚上的任務是震一把，可是他相信夏明朗一定不希望兩家真的翻臉打起來。

「我操，你倒是下來啊！」方進指著天挑釁。

徐知著連忙把人拉到一邊去：「你別喊了，他聽不懂中文。」

「他聽不懂，查理能聽懂啊，還不興幫爺翻譯一下啊！我英文不好你又不是不知道。」方進憤憤不平，「你看爺怎麼滅了他。」

「不，冷靜點侯爺！你想，為什麼隊長今天不把陳默叫過來？」

「為什麼？」

「陳默厲害還是我厲害？」徐知著抿起嘴角。

「那當然是陳默！」方進理所當然地。

「那你厲害還是沈少厲害？」

「應該是爺。」方進琢磨了一下，再次肯定，「有財還是差我一點的。」

「那我們是不是應該讓沈少上？最厲害的得藏著，你懂的！」

「啊……」方進猶豫了。

「這可是隊長的意思。」徐知著趁熱打鐵。

「啊……」方進鬱悶了。

徐知著連忙向沈鑫招手：「沈少，你過來！你上！」

沈鑫不可置信地指著自己的鼻子，眼睛卻盯住了方進。方進猶豫半天，異常沮喪地對著他點了個頭。沈鑫那個興奮……差點蹦了起來。看到這種場面誰的手不癢啊，要不是惹不起方小侯爺，他早就衝上第一線了。

馬克沁還等著那位要讓他到處找牙的仁兄幹一架，沒想到上飛機卻換了一位，機槍一扔就要跳下去。

徐知著連忙擋在中間：「你看，有時候並不是誰的聲音響就更厲害，他只是幫忙喊的，幫別人喊的……」

他把沈鑫拉到身前，「這是我們最好的機槍手。」

沈鑫無意中收了筆大禮，自覺卻之不恭。

馬克沁盯著徐知著看了一會兒，聳一聳肩：「OK，聽你的。」

「怎麼樣，比什麼，賭什麼？我也像你一樣打個Z嗎？還是我打個A出來？」沈鑫躍躍欲試地。

「你是叫Zorro嗎？Z、O、R、R、O。」馬克沁問道。

「對。」徐知著莫名其妙。

「按順序你應該打O。」馬克沁很認真地說道，「但是O很不好定位，而且我也沒有灑汽油。」

「切……」沈鑫不屑地，「Anything is possible。（無所不能。）」

沈鑫拿著對講機一番嘀咕，下面方進和刑搏便提著汽油和螢光粉忙活開來，之前馬克沁打的那個「Z」可以靠四個火點定位，「R」和「O」全是弧線，顯然不能再用這個法子。不一會兒，一個長達25米的巨型簽名出現在草地上，在「Z」字火光的映襯下，另外四個字母泛著熒綠色的幽幽冷光。

「兩個『O』兩個『R』，我們一人一半。」馬克沁掰著手指數得很HAPPY，對著徐知著笑道，「你有個好名字。」

徐知著大囧。

「我們開槍的時候都不能出聲，不能讓開飛機的知道是誰在打。」有財兄到底是精明人。

「OK！」馬克沁倒是爽快，無聲地張了張嘴，示意，你先？

馬克沁和沈鑫的身形相差不多，視線幾乎在同一水準線上交錯著火光，擁擠在機艙裡，火藥味十足。沈鑫站著不動，這是一種心理鬥法，你讓我做什麼，我偏不做什麼。他不動，馬克沁也不動，維京人是天生的鬥士，有不死不休的強硬。

徐知著左右看了看，感覺這種苦逼的鬥氣真是無比幼稚。他輕輕踢了踢沈鑫的腳後跟，遞給他一個眼色，沈鑫有些心不甘情不願地轉過身，沒想到馬克沁趕在他之前搶過了機槍。沈鑫剛一瞪眼，就被徐知著拉到身後。

行了……徐知著用口型說道，你就讓他先打，又能怎麼樣？

馬克沁長槍抵肩，一口氣打完了整個「O」和「R」，子彈把草葉和泥土削起半米高，沿著螢光粉劃下的痕跡延伸開去。

「馬克沁是我們這裡最好的機槍手。」老爹把望遠鏡遞給夏明朗。

「哦，那怎麼辦，上面那位卻不是我們最好的機槍手。」夏明朗笑道。

「沒有關係。」老爹也笑了，他伸出手，「交個朋友。」

夏明朗爽快地伸手與他相握，不遠處，一個新的「R」在機槍的咆哮聲中漸漸成型。

徐知著站在半空中往下看，那個原本就囂張的單詞流動著火光，在夜空中分外鮮明，可是……這其實不是一個很好的決鬥方式，因為你實在很難判斷究竟是誰把字母打得更有型。

「我覺得你們平手了。」徐知著笑道。

沈鑫皺著眉頭，他著實不喜歡跟別人平手。

「很漂亮。」馬克沁已經被轉移了注意力。

「可惜很快就會熄滅了。」

「沒關係。」馬克沁馬上從口袋裡掏出一隻iPhone拍照，「你有郵箱嗎？我發給你。」

徐知著一面道謝，一面非常謹慎地報了一個官方對外的郵箱位址。馬克沁辦事俐落，居然隨手就發了過去，末了還要向徐知著表功，把手機硬塞進他手裡指給他看。

火光流動，已經漫延開來，熱浪讓人的臉頰生痛，天空的底色越發深邃，連星光都黯淡了幾分，海默利索地組織起人手滅火。

「平了吧！」夏明朗放下望遠鏡。

老爹揚了揚眉毛，不置可否。

「玩兒得盡興就好。」夏明朗笑道。

「我喜歡Zorro，他很勇敢。」老爹說道。

「我也喜歡，他很正義。」夏明朗平靜的。

「哦……」老爹笑了，「這真是個美好的夜晚。」

「那就多住幾天吧。」

老爹盯著夏明朗看了一會兒，最終還是笑了笑：「很高興認識你！」

徐知著從飛機上跳下，有些不安地走到夏明朗身邊，他不太能確定是否圓滿地完成了任務。唉，如果剛才能再鎮定點就好了，可是……剛才所有人都在調笑他，那些玩笑太過火了，會讓他產生非常不美好的聯想。

「不錯！」夏明朗張開手臂把人攬到懷裡，「幹得很好。」

徐知著終於放心笑出來，眉飛色舞地對著陸臻眨了眨眼睛，陸臻得意揚揚地把人從夏明朗手裡搶出來：

「那是，我兄弟啊！」

2

一勝一平，挺不錯的戰果，溫和而又不失威嚴。回程時夏明朗的臉色卻並不太好看，他並不喜歡神秘莫測的對手。海默雖然囂張犀利，但畢竟年輕，很容易炸出火來，所以親切得多。

「這群人很厲害啊！」柳三變還沉浸在方才的氣氛裡。

「那是，不夠範兒的早死在半道上了吧。」

「你說他們是過來幹嘛的？」陸臻問道。

「不清楚，敢出來亮給我們看就不是敵人，他們很少會跟大國作對。」夏明朗還是很慶幸，中國畢竟不是個人盡可欺的貓崽。

「我還是覺得他們也太厲害了，我本來以為那妞兒是當頭的，所以猛點。可是今天晚上一看，個頂個的猛。你說他們跟美國那種海豹啦、三角洲什麼的比起來，誰更厲害。」

「他們差遠了，那畢竟是職業軍人。」

「啊……」柳三變愣住，「那夏隊，你是在外面待過的人，海豹是不是真的有那麼厲害？不是說我們也贏過……」

「軍人畢竟不是運動員，真正的高手是不會參賽的。」夏明朗打斷柳三變急切的問話，他知道他想問什麼，「我們大概，嗯，贏過美國海岸警衛隊的特別行動隊之類的吧。」

「這樣……」

「員警界的名次會比較有說服力一點。」

「哦！」柳三變很勉強地笑了笑。

破滅了一個熱血軍人的熱血幻想，夏明朗也覺得很遺憾，他不自覺地回頭看了一眼陸臻。陸臻神氣活現地對他做了個鬼臉，輕輕拍了拍他的肩膀。

喬明路還沒有睡，一直等著，秦若陽站在離開他不遠的地方，習慣性地咬著自己的筆桿，鉛筆的尾端已經磨掉了一層漆。

「怎麼樣？先說你的想法。」喬明路現在已經非常信任夏明朗的判斷。

「他們很High，很放鬆。不是來跟我們作對的，但這群人很有紀律，當頭兒的很有控制力。」

「只有四個軍閥請得起他們。」秦若陽走過來在地圖上畫下四個圈。

「請他們打仗還是訓練軍隊，又或者是佈置防線，這情況都需要分開考慮。」夏明朗提醒道。

「那就多了太多選擇了。」秦若陽又咬住筆桿。

「他們難道不應該是支持最有潛力的那幾個嗎？」陸臻詫異地問道。

秦若陽冷笑：「他們只會選擇付得起錢的客戶。」

「我們能不能直接問他們？」陸臻突發奇想。

喬明路苦笑。夏明朗站起身，在陸臻的後腦勺上輕輕拍了一下：「我們還沒有那個地位，讓他們出賣客戶。」

「好吧！」陸臻並不堅持，「你們才是秘密戰線的高手。」

「被他們這麼一攪，之前摸到的情況就全不作數了。」

「是啊。」喬明路很懊惱。

陸臻左右看了看，保持沉默。他是一個很能夠承認自己無知的人，這種素質在年輕人中非常罕見，尤其是對於一個出色的年輕人來說，然而這正是他如此出色的關鍵。

陸臻知道現在的局勢讓人很無奈，他們並不是強大的美帝也不是北約，他們沒有那麼大的財力和魄力當主導者，拿出捨我其誰的氣勢清除一切反對者。他們需要更精細的技巧與更周密的工作，就像用絲線操控一個巨人，用輕如羽毛的力量，因勢利導，讓他前進或者後退。

會議開到一半時，夏明朗與陸臻被禮貌地請出了辦公室。陸臻站在樓下往上看，燈火被厚重的窗簾層層遮蔽，沒有一點洩露。

「他們也不容易。」陸臻感慨。

「沒有人容易！」夏明朗伸手撫摸陸臻的頭髮。

營房裡還很熱鬧，方進手舞足蹈地向兄弟們吹噓方才的種種，另一群人則在研究小花贏來的匕首。這苦逼的駐守生涯令人煩躁，人們熱衷於任何一點新鮮的刺激。

夏明朗和陸臻並沒有進門，在視窗張望了一下就回屋了。剛剛聽來的壞消息不需要告訴所有人，沒心沒肺的孩子們會活得比較容易。

「我的兄弟很不錯吧！」陸臻還是習慣性喜歡為徐知著邀功請賞。

「那當然。」

「今天的表現很不錯吧！」

夏明朗盯著陸臻看了一會兒，表情漸漸嚴肅起來，這種嚴肅看起來很平靜，帶著隱約的憤怒。

「唔？」陸臻有些疑惑。

夏明朗伸手捏住陸臻的下巴，緩慢地靠近他。陸臻感覺到自己在後退，直到後背靠上結實的牆，他很疑惑這是怎麼回事，可是在夏明朗嚴厲的注視之下一個字都說不出來。

「等，唔……是我，做錯什麼了嗎？」陸臻低聲囁嚅。

夏明朗漸漸柔和了他的視線，那種安靜而綿密的溫柔像水波一樣流蕩開來，泛著金色的漣漪，將人的靈魂吞沒。

陸臻早就知道自己完蛋了，今後的每一天也不過就是一再地確認這個結論。這世上只有一個人可以只用眼神就將他收服，不需要一點理由。

他看到夏明朗伸出手，張開手掌貼到自己的脖頸之後，溫柔然而有力地握住他的脖子，然後垂下眼眸注視他的嘴唇。

陸臻把自己的下唇咬出一道白痕，他閉上眼睛，感覺到夏明朗在接近他，彼此的鼻息在空氣中交錯，他感覺到自己胸口劇烈地起伏，然後那飽含熱情的火熱雙唇覆蓋了他。

夏明朗溫柔地吮吸著，品味那種細膩的觸感。他感覺到陸臻的嘴唇在顫抖，舌尖微涼，小心翼翼地，彷彿試探一般地舔舐著他的嘴唇。夏明朗忽然合上眼睛，在他的心底捲起一輪狂烈的風暴，他打開自己的嘴唇，近乎粗暴地把陸臻的舌頭捲了起來。

「唔……」陸臻感覺不能呼吸，他的頭顱被徹底固定住，不能移動分毫，連下顎抬起的角度都是最適於被掠奪的。陸臻認定如果人被咬碎了還能再拼起來，那夏明朗一定樂意把他先吃下去。

嘴唇，舌頭，耳垂，乳尖……他身上的每一個敏感點都被吮吸到發痛，那是一種甘美的痛意，讓人目眩。陸臻莫名其妙地看到黑暗中的任何一點光亮都拉出了弧線，深綠色，或者金色的光弧把他包圍起來，一起穿透他的心臟。

夏明朗再一次咬住他的耳垂。

「為什麼要那麼說？」

「啊？」陸臻詫異。

「為什麼要對查理那麼說？」

「誰？」為什麼忽然冒出個男人的名字。

「為什麼要咒自己？」夏明朗輕輕一咬，在細嫩的耳垂上留下一道紅痕。

什麼亂七八糟的東西？陸臻瞪大眼睛，滿心的茫然。

「你這個百無禁忌的臭小子。」

「我說什麼了？」

「你說你會死。」

「我哪有……啊……」這聲驚呼的最後化為細碎的呻吟，陸臻感覺到一節手指擠進自己的身體裡。

「我想要你。」夏明朗的嗓音帶著黏稠的磁性，灼灼燃燒的視線聚焦在陸臻茫然無辜的臉上。

陸臻強烈地猶豫著，是不是應該先把問題解釋清楚，可是他的嘴巴先於他的大腦做出了反應：「好，好啊。」他聽到他的聲音在顫抖，那麼簡簡單單的幾個字，在他發出最後一音節時甚至與心臟都發生了共振。

夏明朗終於露出了一絲笑意，他再一次吻住他，含糊不清地抱怨道：「我總得趁還活著的時候……把本兒先撈足。」

很疲憊，精疲力竭卻又欲罷不能，鼻腔裡灌滿了汗水的味道和各種令人瘋狂迷亂的曖昧的味道。陸臻不明白為什麼夏明朗要選擇一個這麼費勁的姿勢，明明床就近在咫尺。

「放鬆！」夏明朗抬起他一條腿盤到自己腰上，用沾滿防曬油的手指潤滑通道，「太緊了，你他媽的……」

陸臻只剩下足尖點地，完全無法支撐身體的重量，只能緊緊地貼著牆，用手臂攀住夏明朗堅實的肩膀。他惱怒的情人並不如平常那般體貼討好，有些霸道地……卻依舊溫柔。

可是，等等……他們已經有多久沒有這樣徹底地做愛了？用這樣耗費體力的方式去換取快感，如此的奢侈，這簡直有點罪惡。

「媽的！」夏明朗又抬起了陸臻的另一條腿，否則他根本無法進入。

陸臻驚呼了一聲，一雙長腿不自覺地絞纏到夏明朗的大腿上，現在他的整個人都掛到了夏明朗身上。

「我們……去床上，不好嗎？」陸臻一手撐住牆，有些可憐兮兮地看向夏明朗。

夏明朗仰起臉，瞳孔裡燃燒著來自天堂與地獄的火，他結實有力的胳膊牢牢地攬住了陸臻的腰，然後用一種不容置疑的態度宣告了自己的決定。

陸臻不知道是體位的問題，還是太久沒做了……那種硬生生揳入體內的存在感鮮明得讓人發瘋。他深呼吸努力放鬆自己，喉嚨口滾動著模糊的呻吟。

月光鋪地，喀蘇尼亞寧靜月色的襯托下，夏明朗的目光閃爍著奇異的黑色光芒。就像是槍口或者某種烏鋼的刀刃那樣鋒利的光彩，直指人心，簡潔得近乎純粹。

真是一個小心眼的男人啊……不過就是開錯了一句玩笑而已！

陸臻感覺委屈而又甜蜜。

有光，像水一樣在眼皮上流動，陸臻慢慢睜開眼睛，看到遠方扯起輕紗一般的薄霧，流動著輕盈的淡紫色。陸臻動了動脖子，肌肉還是很酸痛，好像前一天跑了五十公里的感覺，縱慾真是個耗費體力的運動。

夏明朗還在熟睡，皮膚上覆蓋著綿密的汗水，呼吸勻淨，大字形張開佔據了大半個地板。為了節省柴油，駐地定時在後半夜關閉空調，他們已經在水泥地上睡得很習慣了。

陸臻慢慢撐起自己的身體，像一隻蓄勢待發的貓科動物那樣弓起背，慢慢地，接近……夏明朗原本犀利的眉目在晨星的微光中看來很柔和。陸臻伸出爪子，在夏明朗脖子上裝模作樣地比劃了一會兒，忽然輕輕地笑了，帶著快意。

昨夜那種擊穿骨髓的快感還在腦中回閃，他彎下腰，輕吻夏明朗的嘴唇，像花瓣一樣溫柔，像羽毛一樣輕盈。夏明朗在睡夢中伸出手按到陸臻背上，慢慢廝磨著加深這個吻，然後，翻身壓到陸臻身上。

「嗯……早？」夏明朗慢慢睜開眼睛，目光因為迷茫而顯得越發溫柔，就像柔軟的黑色絲絨上閃爍的鑽石碎片。

「早！」陸臻微笑，看著夏明朗把自己撐起來，撐到一半時臉色微變，露出某種困惑的神氣，然後按住肩膀，輕輕呻吟了一聲。

陸臻哈哈大笑，非常歡樂，他就知道夏明朗絕不會比他好多少。

「我靠！」夏明朗坐到地上，用力轉動著脖子。

「你老了，真的不能這麼玩了！」陸臻很真誠地提醒他。

夏明朗凶巴巴地瞪了他一眼，陸臻連忙笑著站起身：「我去洗澡，我去洗澡……」他的確需要洗澡，非常需要。他還得好好檢查一下昨夜的激情有沒有給自己種上什麼不可告人的傷痕，以判斷今天、明天甚至後天應該穿什麼衣服。

夏明朗安靜地坐著，曲起一條腿，舒服地靠在床沿上。陸臻沒有關浴室的門，在一個屋簷底下待久了，人們會忽略很多禁忌。從他這個角度看過去，可以看到浴室的鏡子，晨光溫柔地鋪滿了整個空間，水珠濺到鏡子上，閃閃發亮。

夏明朗用鏡中模糊的掠影想像陸臻此刻的模樣，清涼的水流沿著他肌肉的線條蜿蜒而下，他結實的手臂、寬闊的肩膀與脊柱盡頭美妙的弧線……

浴室裡的水聲很快停止了，陸臻站到鏡子前面仔細地檢查自己的身體。柔淡的光線裡滲入了一點暗黃色的底調，像一張精緻的老照片，古典而又優雅。

夏明朗靜靜地抽著菸，時間像是停止了，窗外的風雲在變幻，而這一方空間裡……永恆不變。

「嘿……你幫我看一下，我的脖子。」

夏明朗看到陸臻轉過身，漆黑柔亮的頭髮濕漉漉地貼著額頭，目光清亮如水。他注意到那些亮晶晶的水珠細密地沾在他的皮膚上，從耳後順著發尾的弧度滑下去，沿著脖子，路過喉結，在鎖骨處略作停留，等待它的同伴一起，加速流過結實的胸膛和小腹……

夏明朗把菸頭咬進嘴裡，用力吸了一口，嗆辣的煙氣瞬間氤氳了他的雙眼。

「嗯？」陸臻睜大眼睛。

夏明朗微笑著擺了擺手，示意他沒問題。

陸臻放心地鬆了口氣，從桌上抽出一件T恤來穿：「還好，你要是坑得我穿三天長袖，我一定饒不了你！哎，你說，你好歹也是個共產主義戰士，黨章都要求我們，要不信牛鬼蛇神，不搞封建迷信……」

「我不喜歡聽。」夏明朗含糊地嘀咕著，每一個音節，每一個聲調都糾結在一起，帶著某種無力的痛楚，又好像撒嬌似的抱怨。

陸臻愣了一會兒，垂下頭，柔和了眉目。

「好啦！我以後會注意的。」

夏明朗微微笑一笑，仰起臉。

陸臻又笑了起來，一派燦爛的模樣，他彎腰吻過他的嘴角：「你先洗澡，我出去拿點吃的。」

夏明朗看著陸臻的背影在門外消失，最後吸了一口菸，把菸頭捏熄。

他很難向陸臻形容當時的心情，那種感覺，就像一道暗色的閃電劈中他的心臟，讓他的每一根血管都在驚痛中戰慄。他甚至不能在第一時間反駁，他根本不能……否則他擔心他瞬間的暴怒會傷害到誰。

那不僅僅是不吉利的問題，不是的……

那些語句就像一把鋒利的刀子，輕而易舉地劃開了他有意無意中為自己營造的假象。

夏明朗是一個只活在當下的人，他從不沉迷歷史，也不幻想未來。他只關心眼前，這一天，這一秒，所以他已經很久沒去想像過沒有陸臻的日子，或者，他從來沒去想像過。因為那沒必要，他理所當然地會死在陸臻前面，即使天崩地裂，他也會為他先擋住。

在他的人生中只有一次險些失去陸臻的經歷，可是當時十萬火急，他所有的思緒都在牽掛著陸臻，沒有一秒鐘顧得上分心想想自己。而從那以後，他再也沒讓陸臻有機會涉險。陸臻永遠會被他安放在最安全的地方，或者是他的視線之內，這一切完全出於下意識的考量，即使現在回想起來，都讓夏明朗感覺到不可思議。

他做得天衣無縫，瞞過所有人，連同他自己。而他所有的行為都源於他的懦弱，那是不可承受的痛苦，那是絕對不可以失去的人。

那種未來，就連稍微想像一下，都讓他痛不欲生。

3

在雨季的尾聲，天氣又開始熱起來。老爹帶上一瓶威士忌酒過來做了一次回訪，李國峰找人修好了被徐知著打壞的車載廣播，大家有商有量，氣氛極為和諧。

柳三變最近喜得貴子，每天都樂呵呵的，不停地追問所有人，他兒子應該叫柳思南還是柳思珈。夏明朗不屑地指出他的無恥，哪有人逼著家裡的老婆承認想自個兒的。柳三變嘿嘿笑，得意得很。

偵察機顯示老爹的營地裡人來人往，他們從不知名的地方趕來，往不知名的地方而去。而與此同時，曾經收回南珈的風箏們也悄然飄向遠方。蘇大叔托人傳了消息過來，最近有好幾批人在勒多港瘋狂融資，他們在尋找國際高利貸販子，抵押品是將來可能爭取到的土地、礦藏和石油。

南喀蘇尼亞正在醞釀一場全新的戰爭，這將是真正意義上的軍閥混戰，戰後利潤豐厚，全世界的軍火販子和雇傭軍都興致勃勃地湧過來準備分一杯羹。有南邊的軍閥宣佈他們抓到了軍情六處的人，隨即，英國政府宣佈那只是一個離職人員的個人行為。

秦若陽對這些新聞不屑一顧，他口氣平淡地告訴陸臻，事實上，就連中情局的特工也早已經進出過好幾次。

全球……是一個整體，一個渾圓的球體，在這顆地球上發生的任何一件事都不會是孤立的，背後總是與全世界有著千絲萬縷的聯繫。南喀蘇尼亞緊貼著河流，擁有大量可以耕種的土地、淡水還有石油，是一塊還沒有被充分開發的處女地。在這裡，未來有無限可能，誰都不願意放棄。無聲的較量，背後的廝殺，天空中懸著無形的絲線，有人在黑暗中亮出牙齒。

世界，對！

這才是政治家眼中的世界，國家與國家之間沒有道德，沒有規則，只有利益的爭奪與分割、觀念的輸出與反輸出。任何人都可以成為朋友，轉念又能翻臉為敵。那不是心思單純的人們可以理解的，卻是現實最本質的模樣。

無可迴避的現實。

好像洪水，它奔湧而來，無可阻擋，你只能站上船頭弄潮，又或者……被無力地捲走。

十月，在南珈人們碗中的南瓜第一次超過了飯，不過因為最近太多人離開，這個日子已經比預想中晚了好幾天。

西南部烽煙已起，夏明朗原本指著饑餓能逼跑一部分難民，畢竟他也不需要這麼多人來給撐門面。無奈事與願違，從各個方向逃難出來的老百姓聚集到南珈，遍地都是饑餓，至少這裡還安全。夏明朗已經無力向難民提供足夠的食物，只能最低限度地給孩子們發放一碗南瓜粥，附近所有能吃的動植物都被饑餓的難民啃食得乾乾淨淨。

不過即便是如此，同志們的鬥志仍然昂揚，守了太久，苦難已經成為了生活的常態，好像一切本應該如此。

「又要下雨了！」張浩江看到天空中奔跑著烏青色的雲朵，喀蘇尼亞沒有天氣預報，可是有經驗的人可以利用雲彩來判斷天氣。夏明朗下令各小組注意暴雨侵襲，遠處的天際傳來一聲沉悶的雷鳴，起初大家都沒有注意……沒有人注意到在這次雷聲轟轟之前——沒有閃電。

好幾分鐘以後，陸臻才從地動探測器的綜合資料裡讀出異常，直到半小時後，偵察機傳回第一組模糊的照片……

「呼叫隊長！」陸臻的聲音清晰鎮靜，「東北面兩點鐘方向，30公里左右，有車隊遭遇路邊炸彈襲擊，身分不明。」

沒有求救信號，照片中看不出東方人的臉，這讓人們感覺平靜很多。雖然這是南珈附近第一次發現路邊炸彈，可是這種事該來的總是會來，大家早有心理準備。

夏明朗點齊人馬，全裝出發，身為南珈的實際控制者，他必須去現場查看一下。

天色迅速地暗下來，沉悶的氣壓讓人呼吸困難，雲層壓得極低，幾乎觸地，半空流動的雲塊好像烏黑的奔馬，它們碰撞在一起，撞出雷鳴與閃電。

暴雨將至。

陸臻感覺到濕熱的風撞到自己的臉頰，帶起他鬢角的碎髮。窗外，遠處的青山氤氳著墨一樣濃重的暗色，夏明朗帶著車隊正在離開南珈，在他們的腳下是彷彿被無限拉伸的暗紅土地，暗綠色的車身在這裡凝縮成微小的色塊，看起來突兀而又鮮明。他有非常不祥的預感，那種感覺無法形容，雖然他極力地迴避。

一滴巨大的雨水被狂風從窗外捲進來，砸到陸臻臉上。他看到不遠處的河流在黑暗中閃爍細微的波光，車隊驚起了成片的鳥群。那種像麻雀一樣的小鳥是喀蘇尼亞最常見的飛鳥，成千上萬像從低空掠過的烏雲。有兩隻巨大的禿鷲混雜在它們中間，從陸臻眼前掠過，消失在遠方。

太暗了，駐地的街燈忽然同時亮起，四面八方的飛蛾蜂擁而至，還有那些長著長翅膀的白蟻，像雪片一樣在昏黃的燈光裡上下翻飛。

天已經快要黑了，烏雲在半空中飛馳、顫抖，失控地滴落雨水。陸臻聽說，在非洲，暴雨的夜晚是屬於魔鬼的。

在隨時有可能遭遇路邊炸彈的道路上，車隊前進得很慢，頭車是一輛老式的機械掃雷車，沉重的大鐵筒碾壓著路面，揚起細粉一般的紅土。

天空開始砸落雨滴，稀疏而沉重的雨點擊打在悍馬車頂上發出好像炒豆子一樣的爆響。紅土吸飽了雨水，蒸騰出迷茫的霧氣，好像滾開的水面。

「嘿，隊長，前方水深火熱啊！」沈鑫開著玩笑。

夏明朗微微笑了笑，示意大家加速前進。越過溪流，穿過密林，驚飛的小鳥呼啦啦地從茂密的叢林裡飛濺起來，在半空中聚集到一起，又從低空折返。烏雲中滾過玫瑰色的閃電，震徹天地的雷鳴，讓人們的心臟都跟著發抖。

夏明朗無奈地盯住半空中閃電的殘影，暗自祈禱讓雨再晚一點下下來。

然而雨勢突的一轉，前擋風玻璃上忽然暴起一片白光，雨水濺起的水花幾乎遮蔽了整個前方視線。雨刷好像已經不存在了一樣，大燈照不出五米以外，四周的一切景物在暴雨中失去了輪廓，變成模糊的影子。

遠山近樹，豔色的紅土與鐵色天幕通通都消失了，在雪亮的燈光中，雨水像一支支堅硬的水晶柱那樣從天際直插下來，泛出晶瑩的冷光。

「是秦若陽，是我們的車，是秦若陽……」陸臻的聲音從通話器裡撞出來，落地有聲的，以致於連旁邊的方進都驚訝地轉過了頭。

「全速前進。」夏明朗說道。

「我說隊長，我得說一句，咱這也得能看得清路，回頭別翻溝裡去，雖說也不遠了……」沈鑫一邊加速，一邊習慣性地嘮叨。

夏明朗苦笑，知道不用理他。

「隊長？你們那兒……」陸臻緊張地問道。

「繼續。」夏明朗答道。

「秦若陽說他目前能確定他的一個助手和兩個當地嚮導都已經死亡。」

「他的助手？」

「余傲添，二哥的人。」

夏明朗停頓了一秒鐘，然後說：「繼續。」

「據他說炸彈威力很大，破片很多……」

砰……砰……

陸臻耳邊猛然炸開兩聲巨響。

夏明朗在車身急轉的瞬間下意識地抬頭看去，一團白光混著火焰把前方的車子吞沒。通訊斷開前的最後一句話，是陸臻聽到夏明朗在吼：不許下車！

陸臻愣了差不多有三秒鐘，旁邊的郝小順大力推他：「組長？出什麼事了？」

陸臻感覺到心臟劇烈地跳動，手指震顫得幾乎連一個電鍵都按不下去，他雙手握拳大吼了一聲，瞬間緊繃的肌肉消除了那種無法自控的生理反射，接通基地廣播沉聲喊道：「全局戰備，第一批隊遭遇路邊炸彈襲擊，第二批隊準備出發。」

這句話在基地廣播中剛剛重複到第二遍，陸臻已經從二樓的窗戶跳了下去。雨水像小石子一樣打在他身上，作戰服瞬間濕透。

暴雨如注，天色漆黑如墨，只有高高的路燈上攏著一小圈光暈，卻映不到天，也照不亮地。遠處，又一道霹靂從天空砸向地面，金黃色的亮閃像網一樣罩住半個天幕，把烏雲燒灼出痕跡。驚雷從天際滾過來，隆隆作響。

通常，第一批隊出發以後，第二批隊的車輛都會加滿油整裝待發。

陸臻看到隊員們從樓道裡狂奔出來，他一把扯住張浩江嘶聲喊道：「我們需要更多的醫生，更多的醫生。」他的喊聲在暴雨中聽來幾乎有著幾分淒厲，張浩江像是被他嚇住了，忙不迭地點頭說好。

柳三變湊到陸臻耳邊吼道：「出什麼事了？夏隊怎麼了？」

「我不知道！」陸臻瞬間有些茫然，但是剎那間他又堅定起來，「我們馬上出發！」

暴雨之夜，能見度非常低，四下裡都是嘈雜的狂暴雨聲。要增加醫療人員，車隊的配比也必須要再調整，場面瞬間極度混亂，各隊的負責人忙著收束自己的隊員，雨水模糊了人們的視線，讓每個人的面孔如此相似。

砰砰砰……連續三響，紅、白、黃三色信號彈沒入天際。

都是軍人，聽到信號槍響都條件反射地停住，向槍聲響起處看去。

「安靜！」陳默森然冷喝道，「做好打硬仗的準備！」

陸臻用力咽了一口唾沫，深呼吸，好讓自己的心跳更平緩一些。

都是見過風雨的人，很快的，在幾位隊長的協調下重新分好了車次，醫療隊又一次開出了那輛廂式急救車，陸臻盯著那鮮豔的血色十字感覺到異常的刺目。

「家裡就靠你了！」陸臻趴住車窗，死死地盯住暴雨中的陳默。

陳默堅硬的神情沒有一點變化，只是微微地點了一下頭。陸臻一把甩掉臉上的水珠，命令車隊立即出發。

前方狂風如捲，暴雨如織，門口哨位的探照燈目送他們離開，雨水像鞭子一樣在光柱裡抽打來去。天色是墨一般翻湧的黑，地上亦是，大地一片汪洋，看不出路的邊際。

沒有掃雷車在前面壓著，即使是這樣狂風暴雨的夜晚，在技術高超的車手掌控下，輪式越野車仍然可以達到非常可觀的速度。當然，車內的所有人都得用安全帶把自己死死地綁在車上。

陸臻看到單兵電臺的紅燈在閃，他連忙接起來。

「是我！」夏明朗低聲道。

陸臻下意識地大喊了一聲：「隊長？」他看到身邊的所有人都變了臉色。

「情況不妙，趕緊過來。」夏明朗的聲音裡有種難言的悲愴。

「我們已經在路上了！」陸臻馬上答道。

「把老張他們都叫過來。」

「都在！」

「車載電臺毀了，用這條線聯絡。」夏明朗輕輕嘆息一聲。

「明白！」陸臻不知道自己為什麼下意識地挺起了胸，好像半空中有某沉重的東西在壓著他，雖然在那一刻，他還不太清楚頭頂上高懸的是什麼。他甚至忘記了去問一聲夏明朗，你現在是否還好，他已經身不由己地被捲入了那種巨大的悲愴中。

前方傳來一聲悶響，車隊忽然又停了下來，陸臻幾乎是下意識地跳出了車門。還好，不過是一輛車翻進了路邊的水溝裡。訓練有素的隊員們迅速地從覆倒的車廂裡爬了出來，陸臻留下一輛車幫忙，指揮著剩下的車輛從水溝邊上繞了過去。

當陸臻趕到事發現場時，風已經停了，夏明朗已經完成了現場的初步處理，帶著剩下的精銳隊員前去營救秦若陽。暴雨筆直地從天上砸下來，近處的灌木都被壓得伏倒在地面上。

在車載探照燈的強光下，陸臻看到了那輛被炸彈撕碎的壓雷車，爆炸產生的大火早已徹底熄滅。堅硬的裝甲像一隻被打翻的紙燈籠那樣擰成一團，雨水從扭曲的鐵片上流淌下去，為每一條線、每一個面都鍍上一層晶亮水膜，在燈光下閃著慘白的光。

「怎麼會這樣？？」陸臻簡直不敢相信自己的眼睛。

「子母雷，第一個是埋在路邊的，他們壓到了第二個。然後一起爆了，車廂剛好正對著。」刑搏似乎在很平靜地解釋著，用那種巨大震驚之後的無痛無感式的平靜。

陸臻用三棱刺從破碎的車門上撬起一枚不到兩釐米長的細鋼筋。

「用迫擊炮彈改的，裡面塞了不下他媽的一千根這種東西。」刑搏仍然是冷冰冰的調子，幾乎沒有一點起伏。

看來全世界的土炸彈生產者都從萬惡的阿富汗那裡得到了寶貴的經驗，一個迫擊炮彈或者可以炸翻一輛裝甲車，可是如果在裡面摻上一千顆鋼珠或者鐵釘……

陸臻腮邊的肌肉繃起一條堅硬的線，半晌他問道：「傷亡呢？」

刑搏轉頭看了看他，沒有說話。

陸臻甩下他，往臨時搭起的急救帳篷跑去。還沒進門，陸臻就跟人隔著帆布撞在了一起，他聽到一聲變了調的咒罵，一股大力砸在他胸口，讓他連退了兩步。

裡面的人掀開帳門，是柳三變，一道霹靂閃過，陸臻只看清了他雙目似血。

陸臻沒有說什麼，又往後退開了一步。柳三變直勾勾地盯著他，似乎還回不過神來。陸臻再退開一步，終於，柳三變哆哆嗦嗦地蠕動著嘴唇說道：「你還是不要進去……」

「你說什麼？」陸臻沒聽清。

「我說，你還是不要進去！」柳三變嘶聲吼道。

陸臻上前抱住他，剛剛一拳幾乎打飛他的漢子好像崩潰似的軟化下來，痛哭失聲。

4

幾分鐘後，陸臻恍惚間感覺到，他也需要有一個人可以擁抱。壓雷車裡有一名海軍陸戰隊員，一名麒麟隊員和兩名當地嚮導。

全部犧牲！

在那個瞬間，成百上千根鋼釘帶著強大的衝擊力，用各種方式穿透了他們的身體，有些甚至帶著一個人的血肉，沒入另一個人的胸口。

醫療隊的醫生們一邊流著淚，一邊著手清理遺體，有幾個年紀小一些的，不斷地從陸臻身旁衝出去，過一會兒，又眼眶紅紅地跑回來。陸臻定了定神，脫下手套和沉重的作戰服，拿起放在一邊的乾淨紗布擦拭手指。

一位名叫程徹的醫生詫異地看著他。

「我幫忙。」陸臻小聲說道。

程徹略皺了一下眉，卻沒說什麼，給陸臻讓出一個位置。陸臻發現他比想像中懦弱，他只能參與處理喀蘇嚮導的遺體。

也不知道過了多久，可能很快，也可能很慢。陸臻看到方進從無菌棚下的手術室裡走出來，兩隻胳膊上纏滿了繃帶。

「侯爺！」陸臻連忙喊住他。

方進茫然不知所措地站定，眼睛紅通通的。

「裡面，還好嗎？」陸臻試探地。

「我不知道！」方進忽然放聲大哭，「那傻帽兒幹嘛轉向，他一轉，全轉他那邊兒去了……他不轉，爺不就跟他一起背了，什麼玩意啊？不是一直說他的命比咱們值錢嗎，最值錢的……」

陸臻聽了好一會兒，才從方進支離破碎的陳述中明白過來。原來，在爆炸發生的瞬間，沈鑫扭轉方向盤，將車身45度角迎向爆炸產生的破片，而他……也就成了那輛車上唯一一個直面死神的人。

「那沈鑫後面坐著誰？」陸臻問道。

「隊長。隊長還好，就是左邊胳膊擦到一片，問題不大。」方進呆了一會兒，眼淚又滾下來，「其實我問題也不大。」

張浩江的助手鍾立新正捧著一盤帶血的紗布從無菌棚裡出來，連忙喊道：「陸隊長，你不要刺激他，他現在需要休息。」

「爺不需要！」方進大吼。

陸臻馬上按住他，遞了一個眼神看向無菌棚：「別吵著醫生。」

方進無力地低下了頭。

「怎麼樣，我們那個隊員？」陸臻問道。

「手臂有兩個穿透傷，盆骨邊沿有一小塊骨折，大腿骨有一段粉碎性骨折，但最嚴重的問題在膝蓋上……」

陸臻的臉色漸漸地白透了。

「他需要馬上被送回國，至少送到和平號上去。」鍾立新錯開視線沒有再看陸臻，「否則他後半輩子可能……就得靠輪椅過日子了。」

「我明白了！」陸臻聽到自己異常清晰地回答了他。

沈鑫的手術持續了差不多有兩個小時，從手術室裡推出來時人還是清醒的。他左腿上包著層層紗布，用夾板牢牢固定著，嘴裡喋喋不休地反覆叮囑張浩江不要把他的那塊骨頭給扔了，洗乾淨要記得還給他，要留下來做紀念的。

沈鑫一晃眼看到陸臻在，又連忙招手：「來來來……」

「沈少？怎麼了？」陸臻連忙走過去。

「幫哥查一下，咱那個防彈衣誰做的，哥要送面錦旗給他們，牛B……救了哥一命！」

「一定一定！」陸臻伸出手才發現指尖上全是血，連忙在自己T恤上蹭乾淨。

「對了，對了……還有頭盔！我操，你是沒看到啊，那紮得像刺蝟一樣啊！暴雨梨花釘！！這絕逼是唐門出手……」沈鑫激動地攥著陸臻的手，臉色灰白黯淡，那是大量失血的痕跡。

「是啊，那是，絕對的！」陸臻忍不住想哭，眼淚含在眼眶裡微笑。

「可憐哥英雄一世，栽在這種無恥暗器手裡。」沈鑫遺憾地咂了咂嘴，沉默了好一會兒，「哥重傷，看來得下火線了。」

「沒事，沈少，有我們在……」陸臻連忙說道。

「切……」沈鑫有些不屑地擺擺手，又把視線轉到方進身上，「哥用千金之軀保了你，要感恩！」

「滾！」方進流著淚反駁，「小爺我名門之後，能幫爺擋槍子兒是你的榮幸！」

沈鑫哈哈大笑，笑到一半時扯動傷口，又連忙愁眉苦臉地止住了。他支起身子看了看自己的兩條腿，嘆息道：「還好是左邊，將來不影響開車。」

「哪邊兒都不會影響開車的。」陸臻很堅定地說。

沈鑫看了陸臻一會兒，笑了：「承您吉言。」

帳篷門又一次被掀開，帶入一絲清涼的水氣。陸臻看到秦若陽披著雨布走進來，帶著恍惚的神情。

「你怎麼樣？」陸臻很驚訝秦若陽現在居然還能走。

似乎今天晚上所有人都遲鈍了三分，看人都是一模一樣的直勾勾的眼神。

「你怎麼樣了，你看起來好像沒有受傷？」

秦若陽忽然退了兩步，急促地說道：「我當時在後面睡覺，事情發生了以後，他們都壓在我身上。」

陸臻愣了一下，接連不斷地有人走進來，手裡抬著沉甸甸的裝屍袋，秦若陽忽然偏過頭，好像躲避瘟疫一樣，連連退到了帆布牆邊。

「嘿，兄弟……」陸臻試著走過去，「你別這樣，活下來不是你的錯。」

「我知道！」秦若陽瞪了他一眼，眼神有種幽冷的寒氣，「不用管我，你的隊長在外面。」

「可是……」

「我看他也不怎麼好。」秦若陽偏過臉去不再看他。

「你先出去吧！」鍾立新剛剛給沈鑫注射完鎮靜劑，好讓他先休息。

「好。」陸臻輕輕點頭，帳篷裡現在變得越發擁擠，狹小的空間裡充斥著讓人崩潰的死亡的氣息，潮濕而冰冷。陸臻鄭重地向鍾立新敬了一個軍禮，說道：「辛苦你們了。」

「這是我們應該做的。」鍾立新把秦若陽拉到一邊，檢查他的內臟是不是有損傷。

外面還在下著雨，好像無休無止。到處都是水，上下左右全都是，天和地都是一樣的漆黑陰冷，就像行走在一個可以呼吸的深海。

陸臻看見夏明朗獨自坐在路邊。

安靜地，看著……

隊員們還在忙碌，各司其職。

好像這就是他的王國，那都是他的臣民。而他們的國王，獨自一人坐在路邊，孤獨地，疲憊著。雨水落在他凝固的身體上，沖刷著他的每一根線條。陸臻看到夏明朗抬起頭，很快被雨水倒嗆著咳嗽了起來。

陸臻慢慢走了過去，抽出防彈衣的背後插板，擋在夏明朗的頭頂上方。雨點砸在鋼板上，發出清脆的聲響，在夏明朗眼前彙集成一個光滑的小瀑布。透過這層水膜看出去，天地變得越發模糊，好像從海底看到的世界。

夏明朗感覺到有人在他身邊，他知道那是誰。雖然陸臻什麼話都沒有說，沒有安慰，沒有勸說，甚至沒有彎下腰來擁抱他。他知道夏明朗什麼都不需要，他只是站著，替他擋住一方風雨，默默無聲。

好像有人拉低了這個世界的音量鍵，風聲，雨聲，人聲……所有的喧囂都漸漸散去了，這世界只剩下他和他，如此安靜。

夏明朗恍惚間好像又回到了曾經那個暴雨的夜晚，陸臻抱著他，乘風破浪。

他說：我只問你想不想。

他永遠在……

我們的人生中總是有那麼多莫名其妙的恐懼，即使你知道為什麼，亦永遠無可解脫。夏明朗相信自己永遠都不能像陸臻那樣無畏，他看似脆弱的外表下隱藏著連他自己都還不甚明瞭的堅強。那個百無禁忌的臭小子，擁有比花崗岩更堅定的靈魂。

暴雨忽然停止了，那麼倉促，以致於每一個人都詫異地抬頭看著天。烏雲乾脆俐落地散了個乾淨，冥藍色的夜幕純淨而空靈，月光如洗。大路上的雨水飛快地流走，只剩下好像漿汁一樣濃稠的紅色泥漿汪在路面上，明天，等太陽升起來，這些水分會被迅速烤乾，變成塵土飛揚的路面。陸臻收起了自己的防彈插板，然後把它收拾好重新穿到了身上。暴雨時神仙都難瞄準，可是現在……就難說了。

有人開始嘗試發動車子，一聲聲引擎的轟鳴打破這夜的寂靜。

「夏隊長！」秦若陽走到夏明朗面前，他的頭髮已經半乾了，但是身上還在滴著水。

夏明朗抬起頭來看向他。

「我需要一輛車，兩個人，還有一個嚮導。」秦若陽面無表情地說道。

「老秦你這是要幹嘛？你需要休息！」陸臻急道。

「我沒空休息，我本來應該在明天晚上到達朱坦，現在已經耽擱太久了。」

「可是，醫生……」

夏明朗慢慢地站了起來，他很緩慢地敬了一個軍禮，說道：「沒有問題，你可以自己挑。」

「謝謝。」秦若陽飛快地還了他一禮，轉身就要走。

「等一下。」陸臻連忙喊道。

秦若陽有些警惕地看著他。

陸臻衝對他笑了笑，抬起手，做出那個好戲即將開場，兄弟們請盡情表演的手勢。秦若陽的臉色終於變得柔和起來，他微微笑了笑，像十年前那樣，與陸臻在半空中擊掌。

「路上小心。」陸臻說道。

「你們也一樣。」

陸臻看著秦若陽瘦削的背影融進黑暗裡，眼中飽漲著酸澀的自豪感。

「嘿……」他看著夏明朗，「這是我哥們兒，當年我們一起組樂隊，他是我的主唱。」

夏明朗疲憊地笑了笑：「是條漢子。」他拍了拍陸臻的後背，拉著他轉過身，走向他的戰場。

這一次，整個麒麟隊員甚至是所有的軍人們都鎮定了很多，沒人有空哭泣、悲傷甚至叫罵什麼，一切有條不紊。

你將用什麼方式習慣死亡？用更多的死亡。

如果你曾經站到一百米高空，就不會在五十米腳軟。

這是最殘忍卻唯一的辦法。

5

南珈的生活仍在繼續，方向卻是未知，似乎冥冥中有一隻無形的手在操控這一切。

秦若陽那邊一直也沒送來什麼新消息，大家都在猜度著那天的汽車炸彈究竟是誰放的，又是針對誰的。這樣的猜測非常動搖人心，讓南珈上下都充斥著一股子惶惶不可終日的味道。畢竟，軍人只是這個地方的一小部分存在。夏明朗和柳三變可以讓自己堅強，卻很難勸所有人平靜，老百姓是沒有義務悍不畏死的。

周邊的戰火日益臨近，一些搞不清字型大小的人馬在離開他們不到50公里的地方激烈戰鬥著。偶爾也會有跑偏的炮彈落到南珈附近，即使是遠遠的一聲巨響，也會讓大家心驚肉跳好一陣子。到最後，炮彈居然擊中了一口油井，熊熊的大火映紅了半個天際，李國峰領著一大幫人費了九牛二虎之力才把油井重新堵上。

陸臻在例行通話中向聶卓報告流彈造成的各種損失，臨了到收線時，卻也忍不住抱怨：「已經死去的我們就不麻煩組織了，但是還活著的同志，能不能請組織上稍微關心一下，他現在還能走，再過幾天，可能就得截肢了！」

聶卓沉默了一會：「陸臻，你眼中只有你一個兄弟，而我眼中有一百個士兵，最近到處都打得很亂。」

「我們需要更多的大型直升機。」

「你明知道我們沒有更多的直升機。」

「就不能從國內調一點過來嗎？」陸臻幾乎絕望地，「我們又不需要國會批准。」

「陸臻，別這麼幼稚。」聶卓沉聲道，「他們給我的排序是四到五天以後會輪到你們。」

「我們需要有直升機，自己的。」陸臻連忙說道。

「等你們進入激戰期的時候，我會給的。」聶卓意味深長地說道。

「激戰期……」陸臻放下耳機，喃喃重複著這句話。像是為了注解陸臻心底的疑問，一發炮彈帶著尖嘯落到了駐地門外的廣場上。陸臻站在窗邊，看到不遠處騰起豔麗的火光，神色間只剩下極度煩躁的憤怒：媽的，這記流彈也打得太準了！

駐地上空迴響起一級戰備的尖利警報聲，陸臻很輕巧地從視窗跳了出去。為了減少炮火誤傷，他們已經把辦公室全部搬到了一樓和帳篷裡。

廠區大門告急！

那是必然的，那發炮彈給廣場留下一個寬達兩米的深坑，被炮彈撕碎的人體碎塊散落到方圓好幾米以外。

受驚過度的難民奪路狂奔，那是成百上千人在逃命，剎那間根本建立不起任何秩序，守門的哨兵條件反射式地關上了大門。難民淒聲叫喊著，擁擠在大門口。他們壓上自己全身的力量搖撼著大門，發出咣咣咣的聲響。高聲喇叭在繼續不斷地反覆叫喊著，呼籲大家要冷靜，要鎮定……

當然，那基本全是廢話。

當你發現自己隨時都有可能變成碎塊的時候，那是無論如何都不可能鎮定的。人們嘶聲尖叫著，把石頭和樹枝砸到門內來，甚至有人試圖爬上六米的高牆從上面跳下來。

夏明朗讓人開了車過來抵住大門，門軸在大力的搖晃下簌簌地掉著水泥粉末，夏明朗開始朝天鳴槍，並向人群中拋擲催淚瓦斯。

「我有兩車人馬上要過來！」海默焦慮地把夏明朗拉到一邊。

「讓他們去找你爹！」

「我爹前天晚上就徹底拔營了，你是知道的，要不然這批人也不會送到我這裡來！」海默低吼。

夏明朗站到車頂上張望，不斷有小石塊砸到他的頭盔上，震得他頭暈腦脹。不遠處，有兩輛中型麵包車進退不得地卡在人群中央。

「讓他們先離開這兒，這裡沒有人是冷靜的。」夏明朗從車上跳下來，「我就算是開門他們也進不來。」

「可是你這要堵到什麼時候？天就快黑了，天黑了以後只有魔鬼才知道會發生什麼事！我不能讓他們在野外過夜。」海默顯然是急了，「上校，我希望你明白，我們必須並肩作戰，單靠我，或者你的力量都無法守住這裡！」

「這外面差不多有兩千人，你告訴我，怎麼把你的車子放進來？」夏明朗沒有跟海默比音量。

「我不知道，所以我問你。」

「你讓他們從後面繞進來。」陸臻插入了他們的對話。

「見鬼，除了正門這一條路，整個生活區外面都是地雷，怎麼可能繞得進來？」

「我出去接他們，雷是我埋的，我知道怎麼走。」陸臻的表情很輕鬆，陽光照亮了他的下巴，在他的嘴角邊留下一點陰影，看起來幾乎像是在笑。

海默盯著他看了一會，最後說道：「我跟你一起去。」

夏明朗瞇起眼睛有些意外地：「看來這些人很值錢。」

在他們身後，大塊大塊的鋼板和原木被釘到門上，大門被徹底封死。夏明朗萬分無奈地看著這扇破門，這下子連他們自己出去都有麻煩了。

海默本以為帶他們繞進來的意思是真的會有一條路，萬萬沒想到這路真的是要靠自己的雙腿走出來。她萬分緊張地跟在陸臻身後，看著他悠然自得地擺弄著自己手裡的古怪儀器，然後像玩遊戲那樣一步一步曲折地往前走。

「踩著我的腳印，記住！」

「你確定你不會走錯嗎？」海默感覺到大量的汗水從她背上滾下來。

「放心，這是我的花園，怎麼會有人不瞭解他親手種下的玫瑰呢，對嗎？」陸臻轉過頭，眨了眨眼睛。

前方大門外那兩輛被圍困的車子已經慢慢退了出來，夏明朗通知刑搏他們協助放行，看著徐光啟爬上了副駕駛座。一切還算順利，夏明朗又把目光投向了大門邊騷動的人群。擠在最深處的人已經開始出現虛脫的徵兆，張浩江正組織人力從門後往外灑水，米加尼已經喊成破鑼的嗓子撕心裂肺地咆哮著。

「我們不能放他們進來。」柳三變站在夏明朗身後說道，神色焦慮。

夏明朗看了看他，心情有些複雜。有時候人會變得很快，一日千里地轉變，如果把現在的柳三變推到一年前那個總是溫和地淺笑著，總是猶豫不決的柳三變面前，不知道他們是否還能相認。

「是啊……」夏明朗嘆氣，「這群人會把駐地衝得亂七八糟。」

陸臻在駐地西北角一個無人問津的角落裡接到了海默的「錢」們，與他想像中不一樣，這群人裡主要是少年，只有少數幾個的婦女與兩個看起來非常強壯的男人。徐光啟指揮司機把車子停到附近的林子裡，這種小破車看起來並不太值錢，真要是被偷了……也就偷了吧。

陸臻拍一拍手，讓人群聚攏過來，那些人大都警惕地審視著他，飽含各種深意。

「跟著我的腳印走！一步都不能走錯，不要東張西望，不能走錯，否則……砰！」陸臻表情凝重。

人們驚慌失措地討論起來，有些母親在安慰孩子，也有些孩子在安慰母親。海默吆喝著，叫喊著，強制性地把那些人拉成一排，有一個婦女忽然與她爭吵起來，被海默毫不留情地一巴掌打在臉上。

人群的喧囂忽然停止了，被打倒在地的女人一臉驚恐地抬頭看著她。海默虎著臉看了看四周，彎腰把那個女人提起來，大聲咒罵了一句，人們終於安靜下來。

「你剛才說什麼？」陸臻好奇地問道。

「我說，別用你的愚蠢害死所有人。」海默冷冷地審視著整個隊伍慢慢成形，並且隨時把她覺得不合適的順序調整過來。

陸臻看著徐光啟說道：「你斷後。」

徐光啟點了點頭，走到隊伍最後面。

正午的陽光明晃晃地照耀著大地，紅土泛著偏白的光。陸臻每走一步，都會用腳尖劃一個圈，然後隊末的徐光啟會把這個圈用鞋再蹭乾淨。回去比過來漫長得多，陸臻不時地停下來等待後面人跟上，看著隊伍裡那些哆哆嗦嗦的一邊顫抖著一邊面露驚惶的男男女女們。

陸臻打開對講機小聲問海默：「很值錢，這群人？」

「很值。」海默有時候會坦白得令人難以置信，尤其是在她心情不好的時候。

「什麼人？」

「一些軍閥礦主的兒子和老婆。」

「哇哦！」陸臻驚嘆，「他們是要大幹了嗎？」

「別走漏風聲，你懂的。」

「那是！」陸臻苦笑，南珈藏了好幾個小太子爺，這可不是什麼好風聲，「這筆有沒有二百萬？」

「你要分成嗎？」海默反問。

「好吧！」陸臻並不執著。

差不多走了半個小時，這支小隊安全走過雷區，陸臻剛剛做完安全的手勢，就有人癱倒在地，這種心理與生理上巨大的壓力畢竟不是普通人可以輕鬆承受的。

「嘿，中國人，你叫什麼？」一直跟在陸臻身後的一個小夥子好奇地問道。

「你可以叫我陸，你叫什麼？」陸臻很驚喜，這小哥英語不錯。

「我叫貝吉。」小夥子笑出一口亮白的牙齒。

「很高興認識你。」陸臻友好地笑了笑，與他握過手，用對講機通知牆內的人放繩梯下來把他們接過去。

任何時候，讓婦女與兒童先走，這是慣例，陸臻與徐光啟用力拽著梯子好讓它不會晃動。貝吉站在陸臻旁邊，顯出很感興趣的樣子。

「他們說你們是侵略者。」貝吉說這話的時候是笑著的。

「當然不！」陸臻很嚴肅地看著他，很快發現這個男孩子並沒有太大的敵意，「侵略的定義是佔有你們的土地，把它當成是自己的，佔有你們的人民，把他們當成是自己的。我們不幹這些。」

「噢！這你們當然不會！」貝吉驚呼，「你們中國人都很有錢，你們不會讓我們像中國人那樣好的。」

「唔？」陸臻有些困惑，不明白這孩子到底想表達些什麼。

「我想，你們應該不會對我們這麼好，把我們……都，嗯，都當成你們自己那樣。我聽說在你們中國是沒有人會被餓死的，嗯……我爸爸說。」

「你爸爸喜歡中國嗎？」陸臻仍然迷糊。

「嗯，他去過義烏。」

「呵呵。」陸臻笑了，「那他去過上海嗎？我是上海人。」

「上海？」男孩皺著眉頭想了半年，「沒聽說過，它離義烏很近嗎？」

「很近。」陸臻感覺很有趣。

「所以，那你們是為了石油嗎？」

陸臻的笑容又一次僵硬了，他有些受不了這個男孩總是用一種天真無邪好奇十足的表情來問這些尖銳的問題。

「他們說的。」貝吉連忙補充了一句。

「不是。」陸臻很謹慎地說道，他注意到海默的嘴角已經彎起了一點。

「我們是來做生意的。」陸臻決定無視海默的冷笑。

「噢！那……這和侵略有什麼分別？」

陸臻聽到身邊有人噗嗤一下笑了出來，貝吉很詫異地看向海默：「你為什麼笑了？」

「心情好。」海默笑得很妖嬈。

「OK，分別在於，如果是侵略的話，我們會希望你們死；如果來做生意的，最好大家一起活。」

「是這樣嗎？」貝吉露出困惑的樣子，「可是他們說，你們是為了石油才……」

「你應該慶幸你的國家值得被圖謀，這說明你們在這個世界上還有用，你們不會被遺忘，不會被世界所拋棄。」

「哇哦！你說得太多了，我需要想一想。」貝吉開始茫然。

陸臻拍了拍梯子說：「先走吧。」

翻牆的速度倒是還不錯，不愧是在兵荒馬亂中成長起來的，陸臻用力拉扯著繩梯，滿意地看著這些人一個接著一個地消失在高牆後面。

「我說，那小孩兒是不是缺心眼啊！」徐光啟小聲地用中文和陸臻感慨著。

「他只是看到的世界跟你不一樣。」海默淡淡地回答他。

「唔，妳覺得看他到了一個什麼樣的世界？」陸臻現在說話放鬆多了。

「千百年來，他們都習慣只為眼前能看到的人而戰。連國家對他們來說都是一個需要學習的概念……你不瞭解非洲。」海默神色凝重。

「妳很瞭解。」

「是的，我愛這裡。」

陸臻做出驚訝的樣子。

海默笑了起來：「因為他們單純。」

「可是這裡戰火紛飛，不過……」陸臻揚了揚眉毛，「剛好，妳也愛戰爭。」

「是的，我愛戰爭！」海默大笑。

「為什麼？」徐光啟大惑不解，「老子都快打得煩死了！」

「因為自由！有什麼時候，你可以真正用自己的雙手決定自己的命運？只有戰場……」海默把最後一個女人推上了梯子，自己緊隨著她爬了上去。

「好吧，我現在明白了……」陸臻喊道，「為什麼我和妳不一樣，因為我覺得，即使是在戰場上，人也不能隨心所欲地使用武力。」

海默停了下來，居高臨下地看著他，沉默了幾秒鐘以後，她輕描淡寫地拋下了一句話：「等你能做到再說吧。」

陸臻一直記得那個居高臨下的輕蔑的眼神，像一根鋼針插入人的心底，直白有力，像是要刺破人間所有的虛妄。而在當時，陸臻還不知道他這一生將會為了這句話付出多少，不過，後來每一次當他猶豫的時候都會再想起那個眼神，然後咬緊牙關。

6

遠空又傳來連續的尖嘯聲，陸臻和徐光啟習慣性地屏住呼吸判斷炮彈的落點。

「我操！」徐光啟目瞪口呆地看著一大片炮彈落進南珈。

陸臻和徐光啟不約而同地一人扯住梯子的一邊繩索，雙腳蹬在牆面上，兩三步就踩上了牆頭。

近處，海默從守衛手裡拿過一支自動步槍對天掃射，高聲叫喊著，要求所有人保持秩序；遠處，新鮮的碎牆裡騰起火光，接連不斷的爆炸聲震耳欲聾。陸臻從牆頭躍下，拔腿就跑：剛剛是試射，現在是齊射……

這不是誤擊，這是有人要開戰！

陸臻在狂奔中看到貝吉驚慌的臉孔如浮影掠過，他聽到海默憤怒咆哮的隻字片語，人們尖叫著顫抖著，雙手抱著頭，伏倒在地。陸臻從他們身上躍過去，連同所有沾著火焰的斷垣殘壁。

一發炮彈落到陸臻右前方不到十米的地方，黑色的煙塵包裹著火焰騰空而起，陸臻下意識地擋住頭，暗紅色的泥土與石塊像雨點一樣砸在他身上。

進入營區，眼前的一切頓時不同，沒有尖叫沒有驚慌，所有人都在奔跑，跑向自己的位置。陸臻用一個漂亮的跨欄動作從視窗回到中心控制室，郝小帥有些驚訝地看了看他，把一架無人機彈射升空。

陸臻晃掉頭盔上的泥土，馬上坐到了工作臺前。與此同時，在柳三變的指揮下，南珈基地內的炮隊開始進行警告性還擊。夏明朗即時通報了對方火炮的座標，要求空中支援。

在南珈駐地之外，有一共四重立體的偵察線，人工崗哨、地動探測器、紅外微光監視器以及無人機……現在，所有的偵察手段全都運轉起來，陸臻屏氣凝神，留意偵查圈內的任何一點異動。

南珈，當戰爭正式啟動，每一步都嚴絲合縫。

可是，屬於夏明朗的麻煩遠沒有結束，剛剛那一輪炮擊讓大門口的難民們徹底暴躁了。他們似乎開始明白，這塊土地已經不再是戰事中的避難所，它將捲入戰爭，比任何地方更激烈。他們毫無方向，四散著逃命，有幾批居然筆直地跑向了雷區。

「媽的……攔下他們！」夏明朗大吼。

米加尼的嗓子都快裂了，他瘋狂地嘶喊著，卻被更瘋狂的尖叫聲淹沒得一乾二淨。刑搏從哨位裡衝出來，連拉帶拽地把人往後推，往活路上踢，可是……更多的人繞過了他。張俊傑在情急之下開了槍，曳光彈劃出亮閃的軌跡，塵土飛揚，密集的子彈在大地上劃下一道筆直的線。終於有人停住了腳步，他們茫然無措地四下張望著。

可是在另一邊，張俊傑看不到的另一邊，有更多的人健步飛奔向死亡。

夏明朗握著槍的手在發抖。

米加尼絕望地閉上了眼睛，可能只有第一聲巨響才能把他們炸醒，可是他已經受夠了，不想再一次看著斷肢殘臂從半空中四散落下。

一發子彈沒入雷區的泥土裡，在這緊張錯亂的關頭，幾乎沒人注意到這一點細微的變化。

第二發，第三發……

夏明朗詫異地看向後方制高點的哨位：陳默想幹什麼？

然而，在他身後隨即傳來一聲巨響，夏明朗心頭一悸，連忙轉身看過去，人群奇蹟般地在離開雷區十米外的地方停了下來。陳默的盲目射擊在第七槍時終於撞上了一枚觸發式鋼珠雷，爆炸的地雷引起了一次小規模的連環殉爆，大片鋼珠橫掃出去，將跑在最前面的幾個人瞬間放倒。

還好……距離還遠！

米加尼抓住這千載難逢的安靜瞬間大喊了起來，被大爆炸驚呆了的難民們開始慢慢往後退去，他們把受了傷的同伴攙扶起來，在刑搏的引導下退向大門關卡。

夏明朗馬上下令開門，戰士們用最快的速度撬開了封門的鐵條。難民們一個一個地被放進來，神情呆滯麻木。張浩江的隊友們湧了上去，把各種輕重傷患與幼兒弱母分別安置。

而另一些人則離開了，帶著同樣麻木的神情；或者在他們看來，在哪裡都一樣，都是戰，都是火，都是死……

當他們的國家土崩瓦解時，他們就已經失去了生命的尊嚴，現在苦苦掙扎著的每一天，不過是本能。

炮彈如飛蝗掠過，四處開花，豔色的火流淌在焦黑的殘牆上，熱氣攪動著塵埃在半空中蒸騰。

夏明朗感覺到汗水從腮邊落下，滴到他的肩膀上，騰起一團火。正門外出準備出擊的部隊已經集結完畢，夏明朗不管另一邊是誰來了，他只知道誰都別想走！

「隊長，有人不請自到！」陸臻說道。

「很好。」夏明朗的瞳孔在烈日下收縮成不見底的深淵。

按偵察機上傳回的照片顯示，來人一共有兩輛裝甲車、三輛裝有無後坐力火炮的皮卡和兩車兵。以傳聞中的軍閥火力來看，似乎，也可以稱得上是先鋒精銳了。

夏明朗在地圖上畫下四條最可能的進攻路線，然後把這個任務交給了徐知著和方進，他打算親自去收拾山後那支轟炸的火炮部隊。

按理說，就方進現在這個狀態，他應該休息，可是擋不住他又罵又鬧，主動請纓。方進的右臂沒有需要縫合的傷口，左臂有一個穿透傷，夏明朗指著那針腳罵道：「別把它玩繃了！」

「知道！」方進極為不耐煩地把衣袖放下了。

幾分鐘後，一支小隊沿著陸臻剛剛走過的路溜出南珈，消失在灌木叢中。交火點被徐知著定在離開駐地三公里處，他們還有不到一個小時的時間趕到那裡佈置陷阱和詭雷。

「收圖！」徐知著的耳機裡傳出一個簡潔的指令。

徐知著馬上打開掌上電腦，一張全新的偵察地圖很快刷新了出來，紅色箭頭顯示對方已經兵分兩路。

「傳得好快啊！」徐知著驚喜地。

「聶老闆給我們加了五倍的衛星帶寬。」陸臻說道。

「好事啊！」

「可惜不是好兆頭。」陸臻嘆氣，「打得過就打，打不過就把人纏住，一小時後轟炸機就到，可以等他們清理完山那邊的炮兵陣地再回頭收拾這夥人。」

「至於嗎……就這麼幾個蟊賊還用轟炸機收拾？」徐知著把地圖轉發給方進，迅速地開了一個陣前小會，各領一路人馬分別設伏。

高空偵察機在所有人看不到的地方無聲地盤旋著，那些不速之客們放慢了速度，謹慎地前進著，全然不知道自己此刻已經成了砧板上的肉，一舉一動都有如明火執仗。

徐知著蹲在離開地面十五米的空中一動不動，一隻毛毛蟲在他的衣袖上緩慢地蠕動著。這種軟蟲是喀蘇南部特有的，被它爬過的皮膚會很快潰爛，反反覆覆地瘙癢。徐知著用眼角的餘光留意它前進的方向，慢慢把手指縮進了手套裡。毛毛蟲從戰術手套的邊緣爬到槍管上，然後順著覆蓋在槍口上的樹枝慢慢地離開了。

「到了……」陸臻在提醒他。

「明白。」

徐知著看著腳下的車隊緩緩前行，大地是平靜的，好像睡著了一樣。

「頭車歸我。」徐知著說道。

「加我一個。」

「第二輛車歸我。」

「有炮那車歸我……」

「我跟小張管人最多那輛。」

戰士們在分配自己鎖定的目標，在同一時刻緩慢拉動槍栓的感覺令人血脈賁張，戰火一觸即發。

第一輛越過了爆炸線，然後是第二輛，他們的車隊陣形比預想的更緊湊，這是個好現象。徐知著盯著頭車的前輪，象徵引爆線的那棵小樹已經近在咫尺。

徐知著將扳機扣下第一道火，他聽到自己的呼吸聲，緩慢而平穩地覆蓋整個天地間，就連最猛烈的爆炸聲也無法衝破這個穩定的節奏。

爆炸產生的衝擊波挾裹著彈片與土石向四面八方射去，在徐知著腳下綻開兩朵豔麗的花。離爆炸中心最近的一輛車被高高地拋起，在半空中解體，落下一堆金屬碎片撕成的雨。

還活著的人開始驚慌地尖叫，他們朝各種方向開槍，並且逃跑。

徐知著從瞄準鏡裡看到自己的目標胸前騰起血霧，他沒有再多看一眼，把準心瞄向下一個。

不遠處的爆炸聲顯然驚動了眼前的目標，方進非常鬱悶地看著他們停下，離開爆炸線尚有幾步之遙。這是個賭人品的時刻，顯然他輸了。

「第二套方案！」方進怒道。他最後看了一眼自己的備用陣地，抬起槍口向車隊中間的那輛皮卡車掃射。明晃晃的子彈像沾了火的上帝之鞭，一鞭子抽下去，人已經倒下一片。剩下的人尖叫著從車斗裡跳出來，就地尋找掩護，槍聲驟起，子彈橫飛。

遭遇戰，永遠都會遵循一個最殘酷的守則：擁有更強大火力的一方將主裁一切。方進、武千雲和林南構成了密集的交叉火力逼得人抬不起頭來，血水從皮卡車的車鬥裡流下來，潑到路面上。終於有人掙扎著轉過無後坐力火炮調頭指向方進的方向。

「侯爺小心！」薛偉出聲示警，同時打出了一發榴彈。

榴彈越過炮手的頭頂撞在一棵矮樹上，彈片四散飛旋，與此同時，對方的第一發炮彈也衝出了炮膛。方進並不在意，看炮口的角度就知道跟自己沒關係。

人在拼命時的潛力到底是無窮的，一炮落空之後，對方炮手又頑強地填上了第二發。方進最後拋出一條長點射，翻身躍起，滑入早就看準的備用陣地裡。十幾發子彈在空中連成一塊長方形的死亡區域，像死神之手，將對方一個機槍手從車上直接拍了下去。

原來方進趴著的地方落下一顆炮彈，火光沖天，驚飛的碎石像雨點一樣砸到方進背上。大地搖晃不止，方進用四肢支撐軀幹趴跪著，防止瞬間的衝擊力震壞內臟，左臂上炸開一點隱約的刺痛。

方進喃喃地罵了一句：「我操……」

完蛋了，回去又得挨訓了。

像炒豆子一樣的槍聲從密集漸漸變稀疏，在狙擊手的監視下，武千雲和林南拔出手槍從兩翼貼近戰場，開始最後的清場工作。其實不像電視裡拍得那麼講究，著彈點在眉心、腦幹、心臟都可以……9毫米的子彈近距離擊中完全可以保證一槍斃命。

方進忽然想起了什麼，連忙喊道：「隊長說他要兩個活的！只要兩個！」

武千雲用冰冷的槍口逼著一個被打斷了腳的投降者從車上爬下來，把自己挪動到空地上，然後一槍擊斃了旁邊正在呻吟的重傷患。這個人的傷太重了，恐怕抬不回駐地。

林南耳邊忽然掠過一聲子彈的尖嘯，車門下方，沉重的人體像一個布口袋那樣砸出來，血水從他身下慢慢洇開。

「謝了。」林南向嚴炎的方向敬了半個禮。

嚴炎沒有出聲，只是彈了下話筒表示收到，他們狙擊組的人都跟陳默學了一些壞習氣。

清場完畢，戰士們把屍體抬到空地上，準備澆上汽油焚燒，剩下的車輛也會被徹底地引爆，現場不會留下任何可供調查的痕跡。這是麒麟的風格，即使此刻毫無必要，他們也習慣性地這麼幹。

嚴炎把警戒任務交給武千雲，從樹上溜下來給俘虜止血，那是個又黑又乾瘦的男人，四肢細長，肋骨清晰可辨。

「只有一個活口怎麼辦？」方進從血堆裡把屍體又翻了一遍，確定沒有躲在血泊裡裝死的，也沒人被漏了槍。

「你問一下徐子那邊唄！」嚴炎提醒他。

事實證明徐知著永遠是靠譜得多的青年，他那裡有兩個活口。

「那我們這個怎麼辦？」方進又犯愁了。

那名俘虜似乎是感覺到了什麼，他斷斷續續地叫嚷著沒有人聽得懂的句子，手臂在空中無助地劃來劃去。

方進從他眼中看出了恐懼，那種驚慌失措到絕望的樣子。

天氣乾熱，方進手上沾染的血液迅速乾涸，像個手套那樣包裹著他，帶來一種很不舒服的緊縛感。

「帶回去吧！」方進搓動著雙手，血繭簌簌地掉下來。

遠處，山巒的背後掠過一組銀鳥，一些黑糊糊的東西從半空中落下去，爆炸地動山搖。把彼方激烈的槍聲遮蓋了下去，很快也歸於沉寂。

方進不自覺地眺望了一會兒，便沒心沒肺地帶上兄弟們回營了。大概在方進眼裡，夏明朗是不需要任何人擔心的。

7

雖然來敵在麒麟強大的戰鬥力面前沒能討到半毛錢便宜，但是南珈仍然傷亡慘重。對方用大口徑榴彈炮在二十公里以外偷襲，這根本防不勝防。南珈城小，巴掌大的地方，幾輪炮火覆蓋下來，遍地都是彈坑。行政主樓正立面整整挨了七炮，樓房的一角徹底崩塌，斷裂的鋼筋扭曲支張著，裸露在空氣裡。

傷患眾多，張浩江的眼睛裡自然看不到其他事，馬上拉開架勢救治。林珩給他們準備下的重傷救援箱這次徹底發揮了功用，耗材都被通通用盡，一點也沒能剩下。李國峰和米加尼忙得團團轉，領著人在炮火中穿梭，疏散人群，安置傷者。他們把所有的傷患都抬到了食堂裡，偏偏柴油發電機受損，電壓不足，空調一直都啟動不了。在陽光下，室內高溫蒸騰，鮮血與腐敗肉體的氣味在高溫下發酵，令人作嘔。

夏明朗清剿完殘寇回來，乍一眼看到李國峰差點沒認出。不到半天的工夫，老李已經老了十歲，滿頭的枯髮沾著塵土，嘴唇乾裂流血，一雙眼睛裡只有紅血絲看不到眼白。

「怎麼樣？！」李國峰大喊，驚喜交集，心情之激動絕不亞於紅一方面軍在會寧見著紅四。他並不是個軍人，在生死關頭硬挺了太久，已經瀕臨崩潰。

「沒事了。」夏明朗傾身過去給了他一個擁抱。

「真的？」李國峰呼呼地喘著氣，胸口像風箱一樣起伏著。

「沒事了。」夏明朗急於安慰他，異常肯定地點了點頭。

李國峰像是忽然脫了力，整個人鬆垮下來，神色迷茫地兜了幾圈，忽然又跳起來嚷道：「哎呀，我得去修發電機。」說著，急匆匆喊上幾個人又狂奔而去。

情況如此糟糕，這讓夏明朗根本顧不上糾結兩個俘虜還是三個俘虜這種小問題，只是意味深長地盯著方進的傷口說：「你一定會後悔的！」

方進只覺得背後發毛，一迭聲地保證自己最近一定會很乖，然後頭也不回地跑向醫護中心。

「你又在嚇唬他。」陸臻把初步審訊到的口供交給他。

夏明朗略微翻看了一下，苦笑道：「我保證我沒有！」

遠遠近近的槍炮聲又消停了，柳三變終於騰出了人手清理戰場殘局。大門外的臨時難民收容點血流成河，一些人不幸正面中彈，被炸得粉身碎骨，殘斷的肢體被乾涸的血黏在大地上。戰士們不得已，只能把沾了血的泥土也鏟起來，放進裝屍袋裡。

天氣炎熱，遇難者的遺體需要儘快處理，喀蘇本地人就地入葬，而中國籍的員工則在一定的防腐處理後暫時凍入冰櫃。

李國峰從一個死理性派的角度討論過是否需要為了這些已經離世的人浪費電力，就地火化把骨灰帶回去也是一樣的。當然，像李國峰和陸臻那樣不在乎死後容顏的人畢竟是少數，夏明朗的決定得到了更多人的支援。很多事深究起來的確沒必要，不過是為了讓人舒服一點，好像安慰劑的效果。人心畢竟不是機器。

按本地習俗，意外身亡的人需要在天黑之前入土，葬禮儀式是由米加尼主持的，他脫了制服，換上傳統的裹身布與長刀。

平心而論，李國峰從沒有遭遇過這樣的情形，他有些困惑地看向夏明朗，幾乎搞不清楚他現在應該流淚還是不流淚。可是當他看到夏明朗也眼角濕潤泛著淚光，所有的驚慌與苦痛齊齊湧上心頭，禁不住失聲痛哭。人群邊緣那些失去了親人的婦女似乎也被他觸動，她們尖聲哭喊，差點蓋過米加尼低沉的吟唱。

安葬了屬於神靈的死者，剩下這些屬於人間的生者情況也不容樂觀。好在張浩江經驗豐富，救助傷患的部分並不需要夏明朗分心關照。

此刻的南珈生活區裡全是呻吟全是血，絕大部分的空房間都被打開了，用以容納難民。偏偏雙方語言不通，維持秩序便成了一件非常麻煩的事。那些驚恐萬狀的女人和小孩兒，還有那些失去了親人的憤怒青年亂糟糟地混在一起，氣氛壓抑而危險。

夏明朗這一次連海默的人手都沒放過，通通抽到第一線監管，畢竟他們對本地人會有更多的經驗。

傍晚時分，神秘的秦若陽匆匆回到南珈。即使看慣了戰火，眼前的慘相還是讓他吃了一驚。斷肢與殘血，哭泣的孩子身邊坐著目光呆滯的老婦人。

有時候你會相信，所謂人生而平等就是一句屁話。

人怎麼可能，生而就是平等的！

「怎麼會這樣……」秦若陽喃喃自語。

「有人偷襲。」張浩江領著一隊人正在救治傷患，給那些還挺得過去的人縫合傷口並分發藥品。

「我知道。」秦若陽輕聲說道。

張浩江並沒有聽清，不過他也忙得顧不上，只是隨便找了個隊員把秦若陽帶進去。

高層緊急會議，除了張浩江所有的校級軍官齊聚，夏明朗在看到秦若陽的第一眼就敏感地盯住了他空蕩蕩的身後。

「我把高翔跟何勇留給吉卜裡列訓練軍隊了。」秦若陽注意到他的眼神，馬上解釋道。

「你把人都留下了？那你怎麼回來的？這太危險了……」陸臻急了。

「我們不說這個。」秦若陽做出一個安靜的手勢，「剛剛得到的消息，南喀蘇目前最大的反對武裝『臨時戰線』，最近分裂成兩派，一撥人決定保持中立，另一撥人準備反攻北方，同時他們宣稱要把所有的帝國主義都趕出去……」

「我們是共產主義戰士！」陸臻鬱悶地抱怨，「他們打錯人了！」

「呃……」秦若陽終於笑了笑，「人家不管的。」

「下午剛逮著三個，說他們的老大叫雷特！」

「對，就是他！」秦若陽震驚而內疚，「我來晚了。」

「就這事，你打個電話過來就行了，還專門跑一趟？」夏明朗坐下點菸，隨手彈出一支扔給秦若陽。秦若陽卻沒有伸手，雪白的菸捲滾到地上，沾了一層微紅的塵埃。

夏明朗一愣。

「我是因為沒有想到他們敢直接這麼魯莽地過來，而且，我這次過來是……」秦若陽忽然激動地解釋道。

「行了行了，秦哥。」陸臻攬住秦若陽的肩膀，「這裡沒人怨你。」

「沒有傷亡吧？」秦若陽小聲問道。

「我們沒有。」陸臻斬釘截鐵的。

秦若陽終於平靜了一些。

根據老秦帶回來的消息，再結合三名戰俘的口供，他們拼出了一幅完整的圖景。雷特目前與他的老戰友們已經分道揚鑣，當然，你並不知道他們是真的鬧翻了，還是不想把雞蛋只放在一個筐裡。

眼下，雷特手上有三萬人，其中兩萬五千人揮師北上，另外五千直撲南珈。南珈城是插在他們後背上的刀子，他們絕不相信一心要儘快重建新秩序的中國人會同意這個瘋狂的點子，而不在關鍵時刻捅他們一刀。與其坐以待斃，還不如先下手為強。

這是個非常合理的戰爭邏輯。在戰場上討論正義、法理、應不應該都是很愚蠢的。即使用再多美好的辭彙來裝飾，戰爭第一原則是贏；第二原則，是看起來更漂亮地贏。

「我沒想到他們的膽子那麼大。」秦若陽連聲感慨。

夏明朗不以為然地笑了：「連塔利班都敢跟美軍對著幹，中國人又有什麼可怕的？」

秦若陽苦笑，也是，他是情報官的思維，總是習慣憑現有的情報用理性看問題，卻沒想過，戰爭本來就是人類最大的賭博。美軍在阿富汗征戰十年，現在追著塔利班討論和談，戰場上沒有對錯，只有實力。勝者為王，敗者寇。

「但是，五千人……」夏明朗在衛圖地圖上畫下一個巨大的黑色箭頭，「我們不可能擋得住。」

會議室裡寂靜無聲，所有人對此心知肚明，只是出於軍人的自尊心，他們並不想親口承認這一點。

「要麼增兵，要麼棄守。」夏明朗把記號筆平穩地放到桌子上，然後坐下。只有他不畏懼說實話，他已經過了靠強撐來長臉的時候。

「總不能，就這麼走吧……」柳三變感覺難以接受。

夏明朗默然無言，只是看著秦若陽。

「我們在交涉，但是……」秦若陽滿臉凝重，「這是一件麻煩事，我們能看得穿的，他們也看得穿。誰都知道南珈守不住，我們也不可能拉下臉來大規模參戰。所以他才會過來，死點人，賺一份大名聲。」

眾人皆是沉默，的確，這是一件麻煩事，直接退不好，抵死一戰更不好……戰爭不是請客吃飯，更不是小孩子的意氣用事。這是性命攸關的大事，必須謹慎地權衡利弊。

「聶將軍有什麼想法？」陸臻忍不住問道。

「聶將軍的想法是，最低限度不能丟臉。」秦若陽嘆氣，「具體，就看你們了。」

陸臻倒是輕鬆了一些，聶卓是一個好的統帥，好統帥懂得什麼該管什麼不應該管。

「那麼就……」夏明朗伸出食指在頸邊劃過，「先下手為強！」

所有人的眼睛都亮了起來，一個個目光如炬，聚焦在夏明朗臉上。

「你有把握？」秦若陽激動得連聲音都在微微發抖。

「至少把這五千人廢掉一半，沒有問題。」夏明朗半眯著眼睛，單手劃燃一支火柴點菸，把一個煙圈緩緩地吹出去，「我說過的，方進一定會後悔的。」

陸臻微微一愣，轉瞬間醒悟過來，哭笑不得。

夏明朗刻意的玩笑並沒有沖淡這間會議室裡的殺氣，白天經歷的一幕幕燃燒在每一個人心頭。相關戰術討論即刻開始，大家心裡都憋著一團火，這團火必須有個合理的出口。而與此同時，臨時充當了醫院的食堂裡徹夜燈火通明。

一些人在討論怎麼殺人，一些人在忙著怎樣救人。

這才是現實。

黎明時分，夏明朗散會出來，看到張浩江坐在食堂門口的一塊空地上抽菸。他的褲腳和鞋面上全是血，白大褂卷好放在了膝蓋上。四下裡靜悄悄的，天邊青灰色的雲際染著一絲紅邊。

夏明朗剎那間有種複雜難言的蒼涼感，他走到張浩江身邊坐下，摸出菸來點燃。

老張轉頭看了他一眼，沒有吭聲。

不一會兒，一支菸燃盡，張浩江拿起白大褂走了回去，在未來的八個小時內，他都沒有機會再抽過菸。張浩江在那一天一夜裡做了八台大手術，最後救回來三個人，現代武器的威力令人咋舌，觸之即亡，一不小心便血肉成泥。

沒多久，夏明朗也抽完了他那支菸，頭也不回地走向了他的戰場。

方案一定，昨天下午逮回來的那三名戰俘就成了金貴貨，他們的存在讓秦若陽不必再費心思造個理由給麒麟出兵用。聶卓馬上下令把人送回勒多港，這三個人將是名正言順的出師表，不可閃失。

沈鑫沾了一份小光，直升機提前兩天飛抵了南珈。

陸臻瞇起眼，看著那巨大的螺旋槳攪動氣流，驚得砂石橫飛，他忽然也理解了一些聶卓。

大型運輸直升機一共才兩架，還全是借的，用的是人道主義救援的幌子，不時還要幫聯合國辦點小差，估計飛機計畫表上早已經排出好幾頁。那麼大個飛機飛一趟，總得多裝點。你以為你這裡已是十萬火急，其實別處早就生命垂危，誰比誰更慘一點？大家都站在自己的立場上說話罷了。

飛機落定，等塵土揚散了一些，張浩江馬上把沈鑫抬了過去，連同兩名留守石油工的重傷患。機艙裡跳下幾名戴紅十字肩章的軍醫過來接手。陸臻聽不懂他們那些醫學術語，只知道張浩江在向和平號的人介紹沈鑫的傷勢。

那兩撥人馬討論得激烈，陸臻得空最後握了握沈鑫的手，笑道：「沈少走好，沈老闆發財！」

沈鑫哈哈大笑：「好說好說，回頭一起喝酒。」

那一邊的討論終於告了個段落，張浩江激動地衝著沈鑫喊道：「你知道誰來了嗎？賀建章賀老親自在船上壓陣，那可是海軍總院的骨科聖手啊！你將來別說走，我估摸著跑都成。」

「是嗎！」沈鑫連眼睛都亮了。

陸臻微微笑著把眼底的濕意強忍回去，他有止不住的心酸，但不必在此刻表露。一位軍醫似乎有些不好意思地過來拉了拉他的袖子，陸臻一時間看不清「他」的面目，茫然問道：「有事嗎？」

「陸臻啊，徐知著現在能有空嗎？」

「啊？」陸臻停了停神，這才看清了，眼前這位滿臉風塵嘴唇乾裂爆皮的軍醫其實是個姑娘，更要命的是，她是梁一冰。

「他出任務了嗎？」梁一冰的臉色還是變了。

「不不，不是，怎麼，妳還在啊？」

「你這什麼意思？你不也還在嗎？」梁一冰明顯有些不悅。

「不，我不是這意思。」陸臻掩飾性地直撓頭，「怎麼妳今天過來，妳也沒通知他一下呢？」

「我給他寫郵件了，他一直沒回。」

「那就是了。」陸臻苦笑，「最近為了打仗，把所有的衛星帶寬全佔了。」

「可是，那他現在……」梁一冰微微紅著臉，露出忐忑的模樣。

「妳還能待多久？」

「半小時吧。」梁一冰回頭看了看，大家正忙著把機艙裡的東西往外搬，那是各種苦逼的口糧和成箱成箱的消炎藥、止血帶還有紗布，小山似的堆在那裡，看著讓人絕望。

「行，妳跟我過來！」陸臻向張浩江眨了眨眼，拉上梁一冰就跑。半道上他給郝小順發了個口信，讓他通知徐知著趕緊地，隊長急召，火速！

他們還是先到了一步，夏明朗大模大樣地坐在控制室，賊眉鼠眼地偷偷瞥著。

梁一冰喘勻氣，有些羞澀地問陸臻：「你有水嗎？」

「渴？」陸臻把自己的水壺遞過去。

「我想擦把臉。」

嗯？陸臻愣了半天，梁一冰的臉上慢慢紅起來。夏明朗咳嗽了一聲，把陸臻的水壺塞到她手裡：「妳就拿這洗，比妳的洗臉水乾淨不了多少。」

陸臻這才回過神來，默默感慨到底是姑娘，這做人就是仔細。

梁一冰用沾濕的三角巾擦乾淨臉，手指沾水理順了剛剛被直升機的大風捲成草窩的亂髮，然後偷偷從口袋裡摸出一支唇膏來，小心翼翼地抿上一點點……

陸臻感覺真是神乎其技，女人都是魔術師，她們只要一杯水和一支口紅就能化腐朽為神奇。

徐知著從門外撞進來，上氣不接下氣地喊著報告問道：「隊長，你有事找我？」

「我才沒事找你呢！」夏明朗慢條斯理地拉長了調子。

徐知著一愣，莫名其妙地看向陸臻。陸臻笑呵呵地站了起來，在他面前晃了晃，然後嘩的一下跳開。滿心歡喜地看著他的兄弟從茫然到驚訝，從驚訝到喜悅，再從喜悅到不知所措……

「隊長……」徐知著很小聲地詢問著，漂亮的大眼睛裡滿是燦爛的期待。

夏明朗看了看陸臻，陸臻敲一敲手錶，豎起兩根手指。

「我給你20分鐘時間，送梁醫生去停機坪。」夏明朗笑道。

「哎！」徐知著心花怒放地蹦了起來。

夏明朗與陸臻看著他們匆忙跑走的背影相視而笑，就聽著背後有人在罵。

「我操！」郝小順極為羨慕嫉妒恨地，「老子一定得給他抖出去，看兄弟們回頭整不死他的……」

陸臻忍不住笑，即使世道如此艱難，也總有一些美妙的事物令人心動。

徐知著那天晚上讓人海扁了一頓，然後被踢出去守了一晚上的外哨位。徐知著卻樂得眼角眉梢裡都是笑，其實兄弟們心裡也都很開心的。

不知有誰忽然提了一句：「哎呀，梁醫生可是參謀長家的千金啊！」

馬上有人隨口附和，嘖嘖地稱讚起來，不是有誰要吹捧那些聲名顯赫的將軍們，只是，在這種時刻聽到這樣的消息，終究是讓人興奮的。

8

奇襲雷特右路大軍的作戰計畫做了一天一夜，每一個環節都要設計好，各個方面，層層把關。聶卓很乾脆地通過了這個計畫，這正是他想要的。進可攻，退可守，功名赫赫，亦不虧實利。

按計畫，陸臻將鎮守南珈負責所有的物資與資訊調配，除了行動不便的大口徑火炮，陸臻還能依靠的力量就不太多了，說不得，到時候還得向海默收點租子。

聶卓為夏明朗調集了四架武裝直升機，這將是一次高度機動的立體式進攻。他們將充分利用空中優勢，採取「迅速投送，就地戰鬥，迅速脫離」的空中游擊戰術。同時戰鬥機群會一直戰備在港，隨時準備起飛。

另外……他們還有最神秘的武器秦若陽，秦若陽在雷特軍中埋了內線，對敵軍的動向盡在掌握，在一支三萬多人的臨時軍隊裡插幾枚釘子進去並不是什麼難事。陸臻現在對秦若陽很佩服，總覺得他才是真正的英雄，孤身一人地行走在這個危機四伏的國度裡，背負著巨大的秘密，而他的名字卻無人知曉。

這半年來，南珈上下都憋得很難受，他們將打一場1:50的殲滅戰，而夏明朗對此信心十足。

按照慣例，秦若陽需要單獨彙報情況，當他最後一個從通訊室裡走出來，看著在走廊裡等他的陸臻說道：「聶將軍有話要對大家說。」

大家是個什麼樣的概念？陸臻茫然地眨了眨眼睛。

秦若陽笑道：「越多越好。」

最後，連窗臺上都趴了一夥人，當兵這麼久，將軍還是比較不常見的，能參觀一個也好。

加強過的衛星流量很給力，聶卓的臉在螢幕上看起來十分清晰，他看著那小屋裡沙丁魚罐頭似的景象微微笑了笑，在整理好自己的軍裝儀容之後也站了起來。聶卓總是能在一些細微之處做得很漂亮，是真正貼身帶過兵的人。

「諸位！放鬆點，只是幾句心裡話。」聶卓目光如炬，「有人說，服從命令是軍人的本份，就不能問為什麼……一派胡言！只有對自己沒信心的軍官，才害怕面對下屬的疑問。這些日子，我不知道諸位心中是否也有所疑惑。你們沒有問，因為你們信任我。我也不知道我聶某接下來說的這番話，可否解盡諸君疑竇，但，我保證，都是實話！」

陸臻聽到有人在笑，帶著善意的，其實士兵有時候的要求很簡單，他們甚至只需要有人能對他們說幾句人話。

「南珈，這個地方，說實話，一開始就丟了，也沒什麼。我們不是沒有丟過地方，幾百億投資而已，還丟得起。但是現在……錢，永遠都不是大問題，尊嚴才是大問題，榮耀是大問題。我們已經走出了這一步，全世界都盯著這裡，看我們怎樣灰頭土臉地退回去，或者昂首挺胸地站起來。」

聶卓頓了一頓，等著他的兒郎們燃燒起戰意，而後他滿意地笑了：「這個世界的格局在一百年前就已經劃好了，我們要衝出去，衝出他們為我們劃下的包圍圈，靠的是什麼？人民養著我們這些軍人幹什麼？每年六千億軍費啊，只是為了十年閱一次兵嗎？這個世界終究還是強者為王的世界！一百年了，從巴黎和會到現在都快一百年了，難道還不能爽快點讓他們知道：我們中國人，有能力保護自己的利益和人民！嘴皮子磨到破，也得有一杆鋼槍在背後挺著！」

「說得太好了！」

陸臻猛然聽到背後有人大力鼓掌，回頭就看見方進兩眼星星般閃亮。

聶卓自然不覺惱怒，只是抬了抬手示意安靜，方進連忙立正站好，顯出最有紀律的模樣來，陸臻簡直哭笑不得。

「三十年前，我在老山，那時候我還只是個連長。我有個大哥帶著兵到前線去了，回來時只剩下了一半人。當然，所有犧牲在前線的全是英雄，可是有誰知道，他們中有一半是可以不用當這個英雄的！後勤、情報、訓練、器械……沒有一條線上不出錯。我們贏了，當然，我們贏了。中國軍人贏過全世界，可是……我們都知道，那不是因為我們裝備好，也不是因為我們戰術精，而是……因為我們戰士夠聽話，我們的人命不值錢！」

陸臻無比驚訝地盯著螢幕，他沒有想到聶卓會在這樣的場合說這樣的話，他感覺到全身的血液都在向心臟集中，那種怦怦怦的撞擊幾乎要把他的胸膛震破。

「這麼多年來我一直在問自己，時代變了，變了！當我們的戰士已經不再那麼聽話，當我們的人命也開始值錢了，我們還能贏嗎？你們還能贏嗎？」聶卓忽然拔高了音量，一聲反問引出了沖天的吼聲。

「能！」

「很好，我相信你們！我給了你們最好的裝備，我能給的，我相信你們有最好的戰術，中國最好的。」聶卓深吸了一口氣，目光越發的銳利，「一直以來都有人勸我。算了，我賺這三分，抵不上有些人散出去五分。

可是我說不行！這國家就像一台車，有人往前拉，也有人往後拉。我再撒開手，這車可就真得倒著開了。所以你們必須堅持住，這不光是給世界看，也是要讓國內的那些人看一看：你我……尚可一戰！」

「同志們！讓這塊地方平靜下來，讓各方面都能坐下來，這絕不會是一件容易的事。但是，我們不會放棄！八十年來你們的先輩戰勝全世界就只靠這一句話：中國軍人，永不言棄！」

聶卓把桌上的軍帽端正戴好，然後鄭重地行了一個軍禮。

一時間眾人的右手打成一團，很多人行了一生中最不成形的一次軍禮，卻也可能，是最難忘的。

大概是聶卓說的這番話太讓人震撼了，以致於在他說完再見，從螢幕上消失以後很久屋子裡都是靜悄悄的，直到，夏明朗漫不經心地湊到方進耳邊輕輕說了一句什麼……

「啥！」方進一聲驚叫，吸引了所有人的注意。

「你的傷還沒好。」夏明朗嚴肅地。

「可是，隊長……你這，你看你這……你這這這……它會好的啊！」方進急得眼淚都要流下來了。

「可是我們後天就要出發了。」夏明朗遺憾地，「我讓你那天不要去，你一定要去；我跟你說不許把傷口玩崩了，你還是玩崩了；我說你一定會後悔的……我跟你說什麼你都不聽，你牛啊！」

「隊長，你不能不帶上我啊！」方進這會兒哪裡還敢申辯，連忙抱上大腿撒嬌。

夏明朗搖了搖頭，故作嘆息，活脫脫的小人嘴臉，那個幸災樂禍的模樣簡直讓人毛骨悚然。

「隊長……」方進這下真哭了。

夏明朗摸了摸方進的腦門，大搖大擺地走了。

「臻兒……」方進眼淚汪汪地看著陸臻。

陸臻好不容易忍住笑，給方小侯爺一個戰友式的擁抱，無比真誠地說道：「革命只有分工不同，你看小生這不是也被留下了嗎。」

「默默！」方進知道這下全完了，哭喪著臉哀嚎一聲，一頭紮進陳默懷裡。人民群眾紛紛表示同情，但是考慮到夏明朗居然如此處心積慮地算計一個人，人民群眾也紛紛表示這都是你活該的，誰讓你最近這麼折騰都不聽隊長的話。

陸臻憋不住笑，連忙跑了出去。

憑良心講，在這種備戰備荒的緊張時刻，有方進這樣的活寶過來插科打個諢還是相當能調節氣氛的。這小子哭天抹淚地把他能求的人馬都求了個遍，各路大佬們都不約而同地表示：你看，我們都提醒過你的；你看，隊長當初給過你機會的……

陸臻在背地裡樂了個半死，終於知道為什麼方進對夏明朗如此死心塌地，唯馬首是瞻……原來，但凡翹一點尾巴都能落這麼個慘痛的下場，還怎麼敢不聽話。

一切準備工作都在有條不紊地進行著，像一組嚴絲合縫的齒輪一環卡著一環。

聶卓的戰前動員相當有效，所有年輕的熱血都被燒沸了起來，變成了荷爾蒙與腎上腺素的高濃度溶液。

夏明朗的心情於是就有了那麼一點小複雜，當然，聶卓是有力的，他的力量來自於他無與倫比的驕傲與真誠。可是，身為一隻同樣善於蠱惑人心的妖孽，夏明朗總是羞於承認他也會被旁人的語言所誘惑，那種意意思思的小模樣在陸臻看來非常可愛。

精英盡出，南珈駐地幾乎就成了一個空城。為了防止再一次的炮襲與空中襲擊，麒麟在臨走之前要把所有的要害部門與精密儀器全部搬入地下室。夏明朗用報銷子彈等戰鬥消耗和一個人情的代價換到了查理的回防協助，讓他多少放心了一些。

夏明朗沒費任何口舌，陸臻主動要求了留守，畢竟這是他的玫瑰莊園，沒有人比他更瞭解這裡的每一根刺都朝向哪個方向。他們將在不同的天空下戰鬥，即使沒有站在一起，也能生死與共，陸臻覺得這沒什麼。

即使南珈變成一座空城，也有鐵打的城牆。

所有的裝備：器械、子彈、食物、藥品、車輛……一切的一切都被集中起來，一遍遍地檢修，一遍遍地核查。他們已經不再是半年前那些，在忐忑不安中闖向奈薩拉的青澀「老兵」，他們已經變了，在不知不覺中成為了那種只要一聲令下，就連眼神都會馬上不一樣的鐵血戰士。

柳三變把他的遺書又改了一遍，他追著夏明朗要他幫忙。

夏明朗極不耐煩地埋汰他：「每天改一遍你煩不煩哪，我怎麼把你帶過來了呢？我當初應該把你老婆帶過來才對！」

「寫完能踏實點，真的！」柳三變露出一種莫名其妙的幸福笑容，「你不懂，你沒家沒口，沒心事。」

夏明朗看了他一會兒，只能把他看過無數遍的東西再瞧一次。他有時候也挺佩服柳三變，居然每次都能寫出不一樣的感覺來。那麼多雞毛蒜皮的叮囑，事無鉅細。家裡有多少錢，怎樣分配；我有幾件衣服，哪些要留給兒子……

「挺好！」夏明朗有些粗魯地把那頁紙拍到柳三變胸口。

這個男人正在用一種對自己的人生徹底清盤的方式在對抗未來，這是無與倫比的勇氣，讓夏明朗總是不敢再多看一次。

人們都在交換一些情緒，無聲地。抓緊一切時間吃飯，睡覺，休息……與眺望遠方。

聶卓還在他的位置上忙碌著，為這一場準備就緒的戰鬥，製造合理性。

當然，那並不難找。

相比起國際上各種莫名其妙的武力干涉來，雷特簡直罪無可恕。他公開反對和平路線圖，破壞地區穩定；他襲擊聯合國難民營，屠殺自己的同胞；他毫無理由地攻擊中國維和員警，利用汽車炸彈和各種恐怖手段製造大量的傷亡。

外交部配合地開始了他們又一輪套話與車　轆話的滾動播放……

國內國外瞬間又沸騰了，群情激昂。

這世界，有人反對，就會有人支持；反對有多激烈，支持就會有多狂熱……偏執是最容易被煽動的一種情緒，它簡直一觸即發。在外界各種喧囂吵鬧中，一條冷冰冰的指令悄然送進了南珈地下陰冷的聯絡室裡——

「一切就緒，按原計畫進行，直升機晚上八時到！」

陸臻四處找了一會兒，才發現夏明朗一個人站在了大門邊，那兩扇鐵門已經被各種鋼筋鐵皮和原木裝飾得分外猙獰。夏明朗從門間的縫隙中往外看，一位單薄稚嫩的母親正抱著她四肢乾枯的孩子。

生長在和平年代的人恐怕永遠不能夠想像什麼叫戰火，什麼叫窮困，什麼叫漫無止境的絕望……

夏明朗聽到身後的腳步聲，輕聲嘆道：「我怎麼都想不通，怎麼有人會隨隨便便就要打起來。」

「很簡單，因為他們不知道現實是什麼樣子，因為他們不關心人應該怎麼活著。」

夏明朗轉身看過去，明烈的陽光照亮了陸臻年輕的臉龐，他更黑了，卻襯得眼睛更亮。那是一種意氣風發的帥，目光專注，帶著隱約溫柔的笑意。微微敞開的領口露出汗濕的脖頸和鎖骨，一條暗銀色的鏈子貼在皮膚上，泛著細膩的光芒。

夏明朗伸手挑出那條銀鏈子，把兩塊金屬牌捏到掌心細細摩挲，然後解下了其中一塊，換上自己的。

現在這兩個名字又貼在了一起，他的，和他的！

夏明朗張開雙臂把陸臻抱進懷裡：「要保重！」

「你也是！」陸臻反手抱住他。

這就夠了，不需要再多言辭，不用閉上眼睛，都能聽見彼此心臟跳動的聲音。

夏明朗感覺陽光刺進了他的眼眶裡，讓他眼睛酸澀。

我怎麼可能遇到你？

我怎麼會如此幸運！

9

天氣很好，淨透的夜空就像一塊巨大的冥藍色冰塊，繁星伸手可摘。夏明朗乘著風，掠過起伏的群山與叢林。

這是一條精心選擇過的路線，以盡可能地維持在直升機經過的五公里以內沒有雷特控制的村莊可以為他通風報信，當然……人事的盡頭還有天命。

夏明朗看著腳下漆黑的大地，遠遠近近都看不到一盞燈。

「你確定他們，真的，不會發現？」

「我不能確定。」秦若陽說道，「說不定就在這下面，就有一個親雷特的村莊，告訴他，有四架飛機從他的頭上飛過去了。我不能假設任何未經確定的事不會發生。」

夏明朗點了點頭：「我明白。」

這一次，夏明朗設計了一個非常精巧的進攻方案，有些類似毛澤東思想與現代特種戰術的混合體。他要打垮這支部隊，讓他們明白，有些人不可為敵！

為了確保這次奇襲的突然性，夏明朗將突擊分了兩撥進行，第一批戰鬥人員將被投送到離開敵軍駐地10公里以外的地方，使用最原始也最隱蔽的方式接近目標；直升機返場加足油以後，再回南珈把剩下的人全帶上，等第一輪戰況膠著時，他們就是從天而降的死神。

「各單位注意。」夏明朗再一次重複戰鬥目標，「此次，我們不追求一時的勝負，也不在乎一地的得失，旨在消耗對方的有生力量與戰鬥意志。請各位注意，在條件允許的情況下，盡可能使用殺傷性方案，我們需要製造更多的重傷患，而不是直接擊斃。注意戰損比，保護好自己。」

這是秦若陽第一次在現場聽到戰鬥命令，讓他感覺到一種徹骨的寒意。

平心而論這個命令並沒有那種血腥味十足暴虐的殺氣，而正是如此才更讓人膽顫，它甚至抽空了最後一絲憤怒的痕跡，不帶一丁點人類的情感，把生命凝縮成一個砝碼，放在天平上稱量。

月夜。

直升機低空掠過，由螺旋槳攪起的狂風讓灌木像麥浪一樣伏倒。超低空飛行的機身壓得越來越低，終於穩穩地懸停住，艙門大開，拋出幾條繩索，幾個黑點迅速地滑了下去。

夏明朗將親自領兵打這場先鋒，現在集結在他身邊的是十二名麒麟隊員與二十名最精銳的陸戰隊員。

秦若陽就站在夏明朗身後很近的地方，暗夜裡模糊的輪廓讓他看起來凝重而莊嚴，屬於軍人的狂熱在秦若陽心底湧動著，讓他不自覺地握緊了自己手中的槍。

夏明朗他們花了兩個小時的時間來穿越那片黑漆漆的叢林。沒有道路，人跡罕至，沿途繞過的村鎮破敗得看不到半個活人，只有村邊的大樹孤獨地站立著，枝杈上還展示著幾具新鮮的屍體，投影在暗夜的星空上。

「誰幹的？」夏明朗小聲問道。

「不知道。」秦若陽嘆氣，「順我者昌，逆我者亡……都這樣。」

前方的尖兵傳回來一聲低低的咒罵。

夏明朗馬上敏感地追問道：「怎麼了？」

「有沼澤。」

很快，四個方向的尖兵陸續回報：沼澤！

秦若陽躲在陰影中研究衛星地圖，最後確定，這不是一個沼澤區，而是一條正在乾涸的季節性河流，但是泥漿狀河床在這個時刻非常危險，誰也不知道它有多深，是不是會吞沒生命。

夏明朗已經開始組織人手強渡，大枝大枝的灌木被砍下來鋪到河床上，隊員們用尼龍繩把自己綁成一串，在緩慢流動著的泥漿中匍匐前進。白天被烈日充分炙烤過的爛泥散發著刺鼻的腥臭味，那些斷枝殘木和各種動物的屍骸，被卷裹在泥漿裡靜靜地腐爛著。

好在這條破河不像尼羅河那麼寬……

夏明朗在地圖上重重地劃了一筆，把這條河道圈起來。這裡離開雷特右路軍的營地只有一公里，這是個絕妙的好地方，他不能白沾這一身臭泥。

再往前，叢林變得稀疏起來，林間的小道顯示出這附近有人類在活動，沒有走太久，他們就看到了遠處瞭望臺上閃爍的白光。

這是一個名叫洪斯的鎮子，建築物已經被連日的戰火毀去了一大半，沒有燈，也聽不到人聲。在午夜的星光下，只有一大片烏麻麻的軍用帳篷安靜地躺在空地上。陣地雷達掃描出大量人員信號，右路軍的主力果然全在這裡。

雷特今天早上剛剛宣佈承認對南珈的炮擊，但是此刻的營地戒備稀鬆，看來他們中間隔著的那300多公里廣袤叢林與中國政府一貫的克制麻痺了他們。

是啊，誰會相信中國人除了抗議還會幹點什麼別的呢？

突在最前方的偵察尖兵很快就帶回了營地的周邊草圖，夏明朗結合白天拍下的衛星照片仔細地比對，把停機坪與軍火庫這些關鍵設施的位置一一圈畫出來，將地形圖和撤退路線傳到每個人手上。

狙擊手就地分散，尋找合適的狙擊陣地。剩下的戰士們三三兩兩地坐在一起，一邊補充著食物和水，一邊抽出軍刀慢慢擦拭，鍍過鈦的刀體正是子夜的顏色，握在手裡……就像是隱形的。有人開始拆解保養自己的槍械，雖然所有的槍都經過防泥沙檢測，但是剛剛那條爛泥河還是讓人心有餘悸。

凌晨3點15分，明月滑入西邊的山頭，現在是黎明前最黑暗的時刻。

偌大的直升機坪四角守著七八個精神困頓的哨兵，幾條黑影無聲無息地從黑暗中滑出來，趁巡邏兵背對背分開時貼近目標，輕巧得好像影子那樣，一觸即收。四下裡很安靜，幾乎無聲，只有血液從血管裡噴出時的嘶嘶輕嘯。

刑搏將刀子插回腿袋裡，拿起自己的微聲衝鋒槍，警惕地監視著近在咫尺的軍營。鮮血沾透了他的作戰服，黏糊糊的，濃重的血腥味和爛泥的臭味混合在一起，令人作嘔，這讓他很希望自己的鼻子能暫時失效。

他的同伴正在給直升機安裝引爆器，這工作很簡單，把C4的小炸彈貼在油箱上，只需要一點點。

徐光啟很快跑了回來。

與此同時，另一隊人馬正在給軍火箱子和大桶的燃油上黏貼同樣的黑色小方塊。

夏明朗聽到耳機裡陳默平靜的聲音：「我們要到了，20分鐘！」

夏明朗把一顆強力薄荷糖塞到嘴裡，狠狠地抿緊了雙唇，注視前方。不遠處，探照燈的光柱從半空中投下來，圈出一個渾圓的光斑，在地面上無聊地劃動著，這座軍營仍然在沉睡。

「行動！」夏明朗沉聲說道。

驚天動地的爆炸只用了千分之一秒就打破了眼前這一切，烈焰捲起濃重的黑煙沖天而起，形成一個巨大的蘑菇雲。各種殉爆的炮彈和子彈劈裡啪啦響個不停，像焰火一樣從玫瑰金色的火團裡沖出來，照亮天際。

跟它比起來，那兩架直升機簡直就像是還沒開始燃燒就消失了。

整個軍營在火光中顯出了它的輪廓，探照燈像瘋了一樣飛快地掃動著，光斑掠過火光中的軍帳。一些慌了手腳的士兵從帳篷裡衝出來，目瞪口呆地看著眼前的一切，然後被狙擊手們像打靶那樣一個一個地清除掉。

一排高爆榴彈密集地落下，在左側的坡地上，兩個自動榴彈發射器正在瘋狂地吞吐著這些危險的小玩意。

一座接一座的營帳在火光中被掀翻，熱空氣托升起燃燒的帆布，在夜空中招展。

終於有人緩過了神，像潮水一樣稠密的子彈從軍帳裡潑出來，向四面八方掃射。

夏明朗緊緊地盯著自己的瞄準鏡，像這樣高頻的射擊通常只有一個目的──火力掩護。很快，從右側的營房裡衝出一撥人，夏明朗隨意選定了一個目標，扣下扳機，瞄準鏡裡的人影就像是被絆了一跤那樣栽倒了，幾乎不需要調整，夏明朗就把槍口對準了下一位。

秦若陽聽到一長串震耳欲聾的槍聲在耳邊響起，從草叢背後竄出半米長的火舌，那是武千雲的機槍正在開火，他沒有加曳光彈，暗色的子彈融化在夜色裡，像割草一樣收割著遠處的人命。秦若陽深深地吸了一口氣，空氣裡的火藥味刺激得他血脈賁張，他湊近瞄準鏡，套住一個人的胸口，然後輕輕一扣……

秦若陽在三分鐘之內打破了他人生的兩個非常重要的紀錄。

1.向有生目標開槍的次數。

2.擊中。

然而，還沒等他再興奮到三分鐘，迫擊炮陣地發射時的哨聲從軍營的方向傳來，炮彈尖叫著劃破夜空。看來，敵人在挺過最初最混亂的十幾分鐘，在新兵蛋子和傻帽兒們都消耗得差不多以後。

反擊！

終於開始了。

「炮襲！」整個無線電通路裡都在喊。

狙擊手們馬上從樹上跳了下來，夏明朗把秦若陽一把拽起拖到空地上：「不要靠著樹！」大面積覆蓋的炮彈撞在樹冠上爆開，破片激射，混著被炸碎的斷枝殘木四散飛濺，樹下是最危險的地方。

秦若陽被巨大的爆炸聲震得腦中嗡嗡直響，他幾乎站立不穩，大聲喊著問夏明朗：「什麼？」

夏明朗拉著他的衣服把他扔到另一個人的身邊：「你跟著他。」

秦若陽慌亂中只來得及看到半張還不算陌生的臉，再回頭看去，夏明朗已經沒了蹤影。

「宗澤。」對方很簡潔地介紹了自己，連看都沒有多看他一眼。

連續不斷的炮擊逼得大家抬不起頭來，只能連連後退。左側坡地上的榴彈陣地也啞了火，被追得滿山亂竄，找不到一個消停的地方可以開一炮。

從軍營裡湧出來的士兵越來越多，烏壓壓地漫過來，給人一種鋪天蓋地的錯覺。這個軍營裡聚集著接近五千名戰鬥人員，即使在第一輪的毀滅性打擊下傷亡過千，夏明朗他們仍然需要面對百倍於自己的敵人。

宗澤抬手又擊斃了兩個趁著炮火掩護衝到近前的士兵，拉上秦若陽換一個陣地。

一發迫擊炮彈擊中了他們身邊的大樹，整個樹冠都被炸得粉碎，大大小小的枝幹落掉到地上。宗澤靈活地在這樣複雜的地形上奔跑，秦若陽卻被一根斷藤重重地絆了一跤。

「小心！」宗澤連忙扯住秦若陽的背包帶，把他提了起來。

子彈貼著頭皮從他們身邊掠過去，宗澤根本不敢停留，拉著人就跑；秦若陽來不及調整重心，被宗澤提在手裡跌跌撞撞地狂奔。

隨著一連串的巨響，在叢林與鎮子的交界處燃起一片火海，這是夏明朗引爆了事先佈下連環地雷。被斷了後路的追兵更是像瘋了一樣衝進林子裡，他們舉槍掃射，向所有會動或者不會動的影子開響。

到處都是子彈破空的嘯聲和擊中樹幹時的那種噗噗的聲響，秦若陽感覺到有子彈削過自己的頭盔發出刺耳的尖叫，他大聲嚷嚷著：「慢一點，讓我站起來！」

忽然，他聽到一聲輕響，一蓬熾熱的血水濺到他臉上，宗澤前傾的身體搖晃了一下，一頭撲倒在地。

「我靠，我靠……操，媽的！」宗澤滾在地上掙扎，疼得咒罵不止。

秦若陽嚇得大喊，連忙地抓住宗澤的背包帶子把他拖到一截倒地的大樹後面。

「你怎麼樣，怎麼了，怎麼了？打到哪兒了？」秦若陽在夜視鏡裡只看到一條長長的亮色光帶，一時手忙腳亂，甚至找不出宗澤中槍的地方。

「開槍！」宗澤忽然握住秦若陽的槍身，把槍口扭向後方。

秦若陽下意識地扣動了扳機，震耳欲聾的槍聲就在耳邊炸響，子彈從槍口噴出時激散的氣流幾乎燙傷了他的脖子。秦若陽嚇得連忙側身讓開，在慌亂中看到十幾米外幾個敵軍陸續栽倒在草叢裡。

半匣子彈幾秒鐘就打了個乾淨，槍聲一停，宗澤就抓住秦若陽的肩頭把他甩到身後，同時一隻手操作步槍頂上了這個缺口，繼續火力壓制。

秦若陽幾乎不可思議地盯著宗澤，所幸激烈的槍聲令他瞬間恍悟，他迅速換好彈夾，拉槍栓上膛待擊，等待宗澤的子彈打盡的瞬間。

黑暗的樹叢裡不斷地亮起火光，那是麒麟們剛剛撤退時佈下的詭雷正在接連不斷地被引爆。然而前面的敵人卻越來越多，越來越近，秦若陽深深懷疑如果對方也有一樣的夜視設備，他早就被打成了漏勺。

宗澤把所有的手雷都拿了出來，通通碼在手邊，然後一個接著一個地扔出去。秦若陽瞪大了眼睛往前看，他幾乎已經能看到一大群人衝過火線向自己殺過來的情景，腦子像是凍住了，身體只有瞄準和射擊的機械反應。

宗澤感覺到有風從背後掠過來，越來越猛烈，眼前的草葉漸漸貼地伏倒，他忽然笑了起來……曳光彈在夜空中劃出美麗的光弧，從天而降！

援軍！終於到了！

宗澤藉著直升機捲起的旋風扔出兩枚催淚瓦斯，然後拽出防毒面具貼到臉上。秦若陽伸出手來拉他，把他的半個身子架到肩上，連跑帶跳地退到了一塊大石的後面。

總算是安全點了！

秦若陽長長地呼出一口氣，這才發現含了滿口的血腥味兒，看來，剛剛過分劇烈的運動讓他喉頭的毛細血管爆了大半。

陳默靠在機艙門邊向下射擊，身邊滾落一地黃澄澄的彈殼。他看著下方烽火連天的戰場，無序的火光給他確定目標帶來了一些麻煩。陳默微微皺起眉頭，再一次貼近瞄準鏡，那裡的一切都與世隔絕。

陳默從不會去計算自己消滅了多少目標，他只是單純而平靜地遵循著某種規則在射擊：對最近處的目標，瞄準頭部；對中程的目標，瞄準胸口；對遠端的目標，瞄準軀幹的中心。

有兩發火箭彈從他腳下激射出去，這是一次聯合齊射，從四架直升機上飛來的火箭在半空中彙集成一行，一頭紮進洪斯鎮上最後一片石頭建築裡。據說，那裡是指揮部的所在地。

高射機槍拉出一條燦爛的光弧向他們追過來，陳默感覺到機身一側，向左路飛出一道圓弧，一排子彈射到機艙底板上，留下一長串的彈坑。低空盤旋時，高射機槍是直升機最大的威脅。

「放平！」陳默鎖定機槍手，直升機機師配合地飛出一條直線，陳默連連扣動扳機，有至少五發子彈向那個方向飛過去，在空中劃出一個死亡的區域，嚴嚴實實地罩住了他。

共同盤旋在左路的三架直升機結成一個品字形的攻擊性陣形，火箭彈拖著長長的尾跡接連不斷地飛出去，將對方的迫擊炮陣地炸得人仰馬翻。

武裝直升機……所有陸軍的天敵。

10

等催淚彈的煙幕漸漸散去，槍聲也像是遠去了似的。宗澤又開始感覺到劇痛，那顆子彈還卡在他的肌肉裡，就像是被一根燒紅的鐵棍活生生捅進肉裡。

「幫忙！」宗澤從胸袋裡扯出一個小包砸給秦若陽，這是林珩的作品，這一包裡彙集了處理一次槍傷的所有材料。

秦若陽定了定神，把夜視儀和防毒面具都扔到一邊，空氣裡還殘留著一些刺鼻的瓦斯氣味，這讓他的眼前有些模糊。秦若陽把小手電筒咬在嘴裡，用刀子割開了宗澤的作戰褲。

傷口在大腿上，被撕破的皮膚和肌肉外翻著，血水不斷地湧出來，像一張血淋淋的大嘴，秦若陽只覺得無比愧疚，視野越發模糊了起來。他用力擦了擦眼睛，找出鹽酸利多卡因在傷口邊緣扎了一針，然後抽出一塊消毒紙巾，仔細地擦拭起手指。

「好了？」宗澤感覺到疼痛減輕，詫異地問道。

「沒，剛剛上了麻藥。」

「速度！」宗澤有些焦躁，警惕地觀察著四周的動靜。

秦若陽沒有理睬宗澤，他用消毒紗布擦乾破洞裡汪著的血，拆出一枚刀片將傷口豁開一個小小的十字，然後把鑷子探進去夾住了子彈的尾部。

「忍著點。」秦若陽手下微微旋轉，感覺著彈道的軌跡把子彈往外拖。

「我靠……」宗澤嘶聲咒罵。

「放鬆！」秦若陽感覺到他手下的肌肉繃得像石塊一樣堅硬。

「我知……知道。」宗澤咬牙切齒。

秦若陽只覺得全身是汗，鑷子汗津津的捏在手裡幾乎要滑脫，只能狠狠心閉上眼睛不聽也不看……忽然手上一空，就聽到宗澤長長地喘了一口氣。秦若陽睜開眼睛，看到一枚血糊糊的子彈頭夾在鑷子上。

「給！」秦若陽隨手把子彈扔到宗澤胸口。

「啊？」宗澤莫名其妙，也懶得去撿。

秦若陽顧不上說話，連忙拆開止血粉灑到傷口上，然後拆出一根帶線的針，粗針大腳地把傷口縫合了起來，最後塗上消炎藥膏，端端正正地貼上了一塊防水膠布，用長紗布徹底地裹了起來。

「呼……好了！」秦若陽把手電筒吐出來，看了看錶，驚訝地發現自己原來只忙了不到十分鐘。

「技術不錯！」宗澤豎起大拇指，湊到秦若陽鼻子底下去。

「得了，」秦若陽把宗澤的手推開，「要不是我……」

「行行，咱們什麼都不說了。」宗澤撐起上半身。

秦若陽看著那枚子彈從宗澤身上滾下來，連忙撿了起來：「不要啦？留著做個紀念吧！」

「也是哦，這還是我第一次挨槍子兒呢。」宗澤捏起那枚小東西對光看了看，小心翼翼地塞進內袋裡。

「撤吧。」秦若陽抓住宗澤的手腕架著他站起來，他一向覺得自己軍事技能過硬，可是現實讓他清醒地認識到有些戰場是不屬於正常人的，他已經夠累贅了，不能再把人累贅死。

宗澤試著走了幾步，無奈地點了點頭，拿出GPS校正當前座標。撤退路線和集合點是早就定好了的，夏明朗一向不贊同隊員們硬撐，用他的話來說，一個傷患的任務就是少給人惹麻煩。

宗澤核對完地圖，確定離他們最近的集合點就在剛剛趟過來的那條河邊，秦若陽有些不解，那條河有多難渡夏明朗是知道的。但是宗澤沒表現出任何疑問，秦若陽發現夏明朗所有的部下都彷彿天然地信任著他。

夜色黑沉，伸手不見五指，連星光都無法透入這濃密的叢林，然而這才是最安全的時刻。身後並不太遠的地方傳來大大小小的爆炸聲，硝煙與戰火一刻都沒有停歇過。

走了好一陣子，眼前的樹叢終於稀疏起來。

「快到了。」宗澤小聲提醒。

河邊是一個開闊帶，這種地方最危險，秦若陽不自覺地緊張著。他們趴伏到一個草叢後面，屏氣凝神地觀察四周的動靜，河床兩岸靜悄悄的，看不到一點人跡。

來早了？秦若陽有些疑惑。

「先歇會兒，他們要再等等。」宗澤已經和夏明朗溝通完畢，輕車熟路地佈置起暫時掩護陣地。

秦若陽連忙啃了一根能量棒，然後痛痛快快地灌下去幾口水，他也不明白為什麼就這麼餓，明明一個多小時前剛剛吃飽。

槍聲從洪斯那個方向傳過來，越來越激烈，越來越近。兩架直升機齊齊躍出林梢，盤旋在河谷裡。

「他們來了！」宗澤喜不自勝。

天色已經漸漸開始亮了，不帶夜視儀的視野甚至要更舒服一點，秦若陽看到一小隊人馬從林子裡竄出來，一架超低空貼地飛行的直升機從他們頭頂掠過，然後這些人全都飛了起來。

秦若陽用力眨了眨自己的眼睛，這才看清機艙下面還垂著幾根長繩，戰士們抓住繩索輕鬆飛過了河谷。秦若陽有些想笑，有時候你得承認夏明朗真他媽是個天才。

眼看著又一撥人馬飛過了河，秦若陽聽到背後的槍聲越發稠密起來，交火線越來越近，他連忙架著宗澤站起來，兩人三腳連跑帶跳地向夏明朗他們衝過去。

「怎麼？」

秦若陽遠遠地就看到夏明朗目光一凜，宗澤已經連聲回答了：「小事小事，皮肉傷，沒傷到骨頭。」秦若陽只覺得臉上發燒，難受得連呼吸都有些困難。

一架直升機火力壓制，另一架直升機又貼地盤旋過來。

「上！」夏明朗推了秦若陽一把。

「可是，你的腿……」秦若陽忽然慌了，一把拉住宗澤，「你等下怎麼落地？」

「沒事沒事，我們有辦法。」宗澤連忙解釋道。

「速度！」夏明朗一腳踹在秦若陽屁股上。

秦若陽下意識地跳了起來，雙手抱住了繩子。就像串蚱蜢一樣，聚集在河邊的戰士們一個接一個地飛了起來。秦若陽看到機艙裡正有人把宗澤往上拉，心裡終於安定了一些。

眨眼的工夫，追兵已經貼近了河道邊緣，對天掃射的確是很不容易打準的，但是擋不住他們槍多，半空中的流彈幾乎結成了網。秦若陽從來沒有在同一時間面對過如此眾多的子彈，「嗖嗖嗖」的破空聲像尖厲的哨子那樣切割著他的耳膜。

不過幾十秒鐘的飛行時間，此刻變得比一個世紀還要漫長。忽然背上一股大力撞上來，把他凌空拋起，像個陀螺那樣在半空中打轉。

秦若陽的雙手雙腳都緊緊地纏住繩索，慘叫連連。

我中彈了……還好，我有穿防彈衣。

「穩住……」夏明朗懶洋洋的調侃裹在狂風中砸向秦若陽。

秦若陽咬牙切齒地瞪過去。

懸在夏明朗下方的一個戰士忽然驚呼了一聲，秦若陽看到一箭血水從他肩膀上射出來，雙手瞬間鬆脫，整個人直直跌下去兩米，在慌亂中，只來得及用步槍堪堪卡住繩索，搖搖欲墜……

「小心！」秦若陽大吼。

就在他全身熱血上湧卻束手無策之際，夏明朗已經像一隻靈巧的鳥那樣仰面倒懸下去，他用小腿絞住繩索，雙手穩穩地拉住了那位戰士肩上的背包帶。

秦若陽咽了一口唾沫，目瞪口呆地看著這一切。

河道的另一邊，在他們自己的陣地上，兩架火神炮驟然響起，槍口吞吐著半米長的火舌，曳光彈在光滑的河床上鋪出一片珠光，半陷在淤泥裡的敵人根本來不及避閃，像秋天的麥子那樣一片一片地倒下去……

秦若陽終於明白夏明朗想幹什麼了。

誘敵深入，半渡而擊！

這是最完美的伏擊時刻。

直升機帶著他們飛過河谷，在離開交火線稍遠的一塊空地上壓下高度，繩子上的蚱蜢們迅速跳下去，甚至包括那位剛剛手臂中彈的戰士。

秦若陽連連吸氣，鬆手從三米多高的地方跳下，雖然他按標準做完了全套落地動作，雙腿還是被震得發麻。

戰士紛紛跑向自己的陣地，他們在火光交織中隔岸相望，好像不要錢似的傾瀉著子彈。

機槍手永遠是最引人憎恨的存在，秦若陽親眼看著一名操作火神炮的槍手被子彈掀翻了出去。然而，根本不需要半秒鐘，馬上就會有人頂起那個位置，粗大的彈子源源不斷地被吞入那頭巨獸，化為足可摧毀一切的利器。

幾枚RPG彈拖著長長的黑煙在天空織出一張網，直升機艱難地躲避著，拉高機身，然後再俯衝，做出漂亮的弧線。夏明朗現在充分相信聶卓派出了他最好的，像這種水準的機師，在中國部隊裡並不多見。

忽然，一架飛機被高射機槍擊中，在半空中旋轉起來。

「A3請求返航，A3失去戰鬥能力，請求返航。」

耳機裡傳來的聲音聽起來有點脆，似乎不是主機師在說話，夏明朗來不及細想，只是簡單回覆道：「同意。」

現在是最關鍵的時刻，夏明朗緊張地看著河對岸，剩下的三架直升機又一次列出品字形攻擊陣形，強火力壓制，12.7毫米的機槍彈好像犁地一樣濺得泥水橫飛，順利掩護著失事飛機脫離戰場。

天已經徹底亮了起來，清晨的薄霧彌漫在這片河谷裡，天邊燃燒著血色的紅光，看不清是朝霞……還是火焰。

「準備撤了。」夏明朗緩緩沉聲道。

知道什麼時候開始，知道什麼時候結束……這是屬於戰爭之王的天分。

大量的瓦斯彈從直升機上拋下去，那種令人崩潰的煙氣與晨霧融合在一起。直升機以20公里為一個區段，以「蛙跳」戰術帶著戰士們分批脫離戰場。

這是一次不對等的作戰，以裝備、技術與戰術的絕對優勢壓倒作戰人數的絕對劣勢。當夏明朗指揮這一次戰鬥完美收官時，還沒有意識到這一仗會成為一個標本，被後來的中國陸軍研究上好多年。

在離開洪斯不到一百公里的一片坡地上，幾個大型軍用帳篷次第排開，這是個依山臨水的好地方，易守難攻，而且有罕見的大片平地，方便直升機起落。這裡是夏明朗撤退的終點，張浩江已經準備好了一切在等待他們。

當宗澤乘坐的直升機最後停穩，在機艙門打開的瞬間軍醫官們就湧了過來，還能行走的戰士們把重傷患抬下飛機。宗澤自己撐住機艙地板跳了下去，左腿著地時的劇痛讓他一下子仆倒在地。

反正不著急，宗澤決定先趴一會兒，在他眼前是一條條飛快移動的腿，戰士們忙著把飛機上卸下的擔架分門別類。得益於出色的防護裝備和夜視的優勢，陣亡人數並不如想像中那麼多；但是現代武器威力巨大，動輒斷手斷腳，大量的重傷患湧入，野戰醫院裡充斥著濃烈的血腥氣。

軍醫官程徹站在帳篷前面分揀傷患，在他的身後是重傷患，讓他揮手抬向另一邊的是輕傷患，當他沉默時……

宗澤確定這就是他需要靠近的方向，他深吸了一口氣向程徹爬過去，一個聲音從身後響起來：「嘿，你們誰幫他一把。」無數隻手伸了過來，宗澤看到自己離開了地面。

翻過身，刺目的目光讓他一下子瞇起了眼睛，宗澤躺在擔架上，抬手擋住了眼睛。一個戰士遞給他一支點著的菸，宗澤把菸咬在嘴裡深深地吸了一口，腎上腺素迅速消退的感覺讓人有些暈眩。

「嘿！帶感啊！嗯？」宗澤只覺心潮澎湃。

「嗯，是啊！」戰士很激動，這是一名海陸的一級士官，還很年輕。

「當兵一輩子，得有這麼一次。」宗澤重重地說道，他仍然慶幸他被帶了出來，那種戰鬥的熱血是一個軍人無法抵擋的誘惑。

「都沒想過還能這麼來一次。」小士官感慨地，「我本來以為，能拉去西邊剿個匪就不錯了。」

宗澤被抬到程徹面前，程徹非常俐落地剪開了他腿上包裹的紗布，宗澤很得意地笑了笑：「手藝不錯吧？」

「自己幹的？」程徹有些驚訝。

「不，兄弟幹的。」

「不錯！」程徹微微笑了笑，揮手讓人把他抬到另一邊去。

宗澤一路上都在很努力地左右看，迫不及待地想知道他的兄弟們是否還好，這對他很重要。直升機一批接著一批地把人送過來，柳三變開始清點人員名單。

正午十二點，中國軍方發佈緊急通告，證明我軍在昨天晚上對輸油管線的一次臨時突擊巡查中，遭遇到叛軍的猛烈襲擊。我軍在警告未果的情況下，對這種破壞和平進程的行為進行了堅決有力的反擊。中方再次呼籲各方保持克制與冷靜，回到和平路線圖所劃定的框架中來……

陸臻坐在控制室裡聽完了這份輕描淡寫例行公事的報告。

一直站在一邊的海默似笑非笑地說道：「真會說話。」

「沒辦法，這是全世界公認的語法。」陸臻很平靜。

「嘿，我記得你原來很有追求的。」

陸臻失笑：「我仍然很有追求，只是明白了……現實比我想像得更兇殘。我只知道如果我們不這麼幹，等雷特打過來，門外那兩千多口人，恐怕一個都剩不下來。」

「哇哦，我還記得之前有人和我討論過叢林法則與西方的偽善。」

「妳要知道，我是個民族主義者。既然這個世界是叢林的，與其讓世界控制中國，不如讓中國控制世界。」陸臻笑道，「我想讓我的同胞更幸福一些。」

海默不以為然地吹了一聲口哨。

陸臻並沒有再多做解釋，他的神情漸趨寧靜，只留下一點自信的笑容在唇邊，胸口有一個東西在燙著他。

我這裡一切都好，夏明朗……你那邊還好嗎？

頻道裡安安靜靜的，沒有一點聲音，有時候，沒有消息可能就是最好的消息了。

11

戰鬥人員已經完全撤退出來，直升機還在繁忙地起起落落，大型運輸直升機帶來了大量的藥品和食物，成箱成箱的瓶裝水從機艙裡搬下來。

柳三變已經清點完名單站到夏明朗面前：「我這邊失蹤了兩個。」

夏明朗的臉色大變，誰都知道在這種時候失蹤意味著什麼。

「你確定？」夏明朗咬住下唇。

「嗯！」

「把他們的編號給我……」夏明朗接通陸臻。

每一個戰士在出征前都隨身攜帶了主動式的衛星定位系統，方便在失蹤時搜索座標。半小時以後，陸臻用一張直觀的衛星圖片撕開殘酷的現實。他們失蹤的兄弟，目前正在洪斯城外的那片空地上，那是傳統部落舉行祭祀活動的地方。

高解析度的衛星照片清晰得令人髮指，夏明朗腦中不自覺地閃過那些懸掛在樹杈上的屍體。

「他們，不會，還活著吧！」柳三變臉色發白。

「我去把他們帶回來。」夏明朗關上手持電腦。

「夏隊？」柳三變震驚地盯著他。

「我去把他們帶回來，」夏明朗平靜地，「無論他們是不是還活著。」

柳三變抿緊了唇。

夏明朗輕輕拍了拍他的肩膀：「看好家，我去說服聶總。」

聶卓答應得出人意料地爽快，他甚至只問了一句話：「有沒有把握？」

夏明朗淡淡地回答他：「當然。」

四架武裝直升機，兩架無人偵察機，夏明朗都不知道聶卓已經在喀蘇尼亞佈置了這麼多東西。當然所有這些加起來也比不上美軍半個營，但是以中國的家底來說，也已經算是能投到非洲的重注了。陸臻提醒夏明朗，這兩架無人偵察機都有高速攝像功能。

夏明朗聞言笑了笑：「把方進叫過來看著。」

方進蹲在屋角撓牆。

當然，此時此刻在看著他們的，並不僅僅是方進而已。

下午兩點，這是陽光最猛烈的時候，熾熱的空氣好像有形的實質，像膠水一樣在皮膚上流動。麒麟的隊員們又被召集起來，精神飽滿的，好像幾個小時前的硝煙戰火通通是浮雲。他們都受過好幾天不睡覺的訓練，注意力高度集中時甚至可以忽略外界的冷熱，那是一種心靈的狀態。

陸臻看著偵察機傳回的畫面，那是非洲大地廣袤無邊的叢林與山巒，他的夏明朗……還有他的兄弟們又在奔赴沙場。

這一次，是為了兩位同袍的尊嚴。

海默收到風聲專程趕來捧場，這女人現在一想到夏明朗連眼神都是綠的，就是那種綠油油浸透了美鈔油墨的色調。那些麒麟的戰將們在她眼睛裡都像是會走路的自動提款機，一個個價值連城。卻偏偏傻傻的要為國效忠，不能在她手上轉化為實際購買力，這根本就是對戰鬥力的可恥浪費。

錢哪，這都是錢啊！

夏明朗越是神勇，海默越是看到大把的美元在黃河入海流。這會兒，她就像一個極度愛美的女人看到某個醜婦身披名牌珠寶在得瑟（得意洋洋），被嫉妒折磨得要發瘋。

「前幾天，我們從南中國海偷渡了一個人出來，順便幫他洗了一筆錢。」海默看著螢幕彷彿不經意似的說道，

「妳真是越來越讓人討厭了。」陸臻無奈地。

「什麼人啊？妳搞違法行為，當心我舉報妳……」方進好奇地。

「據說是做石油生意的，某公司高層。」海默作出神秘莫測的樣子，她知道什麼話最刺激人。喵了個咪的，做人絕不能獨自鬱悶！

「夠了，這麼跟妳說吧……」陸臻嘆了一口氣，「就算老子豁出命去搶回來的東西讓一群混蛋糟蹋了一半，甚至糟蹋光了，我也一定要搶回去，絕不便宜老外。我這個人的觀點一向都是這樣的：寧與家奴，不給友邦。」

「哇哦……」海默表無表情地聳了聳肩，好像沒事人一樣看著監視器。

我靠！居然沒戳中痛點！

「臻兒，你這也太傻了，這都看不出來？出來之前謝頭兒反覆強調過，這妞就是在挖牆腳。對吧？」方進

忽然得意洋洋地插嘴，「你不就是想說有人坐家裡狂撈錢，哥幾個在這邊出生入死也賺不了多少，還不如跟著你吃香喝辣的去？」

陸臻和海默齊齊挑眉。

「這難道不是事實嗎？」海默從牙縫裡蹦出一句話。

「幹嘛？是又怎麼樣啊？有人當漢奸，咱就不抗日啦？都這麼想，一百年前就亡國滅種了！哎！你這就是瞧不起人，這麼點覺悟都沒有，咱還怎麼幹革命啊？第一輪政審早刷下去了！我跟你說，你還別激我，這是哥還沒空，等哥將來空了，就那幫拿人錢不幹人事的，哥一個一個收拾去。給我黨清理門戶！」方進驕傲地。

「我黨……」陸臻指了指自己胸口，「你還沒寫過入黨申請書……」

「沒事，幫貴黨清理，一樣的。」方進很大方。

海默左右看了看，苦笑著嘀咕了一句：「Interesting！」

「我說，你們看電影看得挺高興啊！」夏明朗終於有些受不了了，雖然這種插科打諢很大程度上緩解了人們的緊張情緒，但是，兄弟們好歹也是在幹一票高風險的活兒，連老婆都這麼不上心，這可怎麼好。

「還缺一桶爆米花。」陸臻笑道。

「抽死你。」夏明朗不屑地。

「哦，夏隊長……」直升機機師遲疑不決地打斷了他們的對話。

「怎麼了？」

「還有半小時，可以開始準備了。」

「嗯。」夏明朗略頓了一頓，只覺得這聲音耳熟，「你那個A3怎麼了？」

「嗯，哦……飛機得送回國大修了，廖機長的情況還可以，醫生說還可以。」

「行。」事到如今，人生除死無大事，夏明朗自然不會特別掛心，只是隨口說道，「以後說話聲音敞亮點兒，別像個丫頭似的。」

夏明朗聽到頻道裡一聲輕笑，似乎是另一位飛行員忍不住了。

機師沉默了一會兒，說道：「我，嗯，我本來就是個丫頭。」

機艙對話走的是揚聲器，這下子整個機艙裡的小夥子們都來了精神，夏明朗左右瞅了瞅，不得不承認對於一群老光棍來說，一個丫頭的吸引力是無敵的，尤其是，這丫頭還能開飛機。

夏明朗花了一分鐘時間認真考慮了一下，決定回國以後勸嚴頭招點女飛進來，硬碰硬的粗活兒女人幹不來，開飛機還是可以的。男女搭配，到底幹活不累。

夏明朗拿定了主意，低低咳嗽了一聲：「準備戰鬥！」他停下來看著眾人的神情，很滿意自己這張老臉的影響力。

還有二十分鐘，又到了讓世界消失的時候了！

夏明朗的方案很簡潔，然而詭秘。

據說，早在朝鮮戰爭的時候，中國軍人的騙術與奇襲就震驚過美國聯軍，是時候讓這個看家寶再現江湖了，戰爭是死亡的藝術，而不是粗笨的碾壓。

獵獵的風從夏明朗腳下流過，天空藍得發白，不遠處是他們剛剛戰鬥過的地方，大地與樹木都染著戰火的焦痕，怵目驚心。

常濱和武千雲在給自己加防護，他們將用兩套防彈衣把自己的整個軀幹與大腿都包裹起來。

一些遠離營地搜索的雷特軍發現了他們的蹤跡，零星的子彈飛向天空，還沒碰到直升的艙底就已經沒了力道。而在遠處的營地裡，則是一片人仰馬翻的末日景象。

夏明朗四機編組排成一個正方形的防禦方陣，迅速地向洪斯掠過去。

在他們腳下的叢林裡，一些士兵正拿著槍彷徨無依地仰望天空，在戰鬥與逃亡中猶豫不決著。機群從他們頭頂飛過去，螺旋槳捲起的氣流吹動了他們身邊的樹葉，遠處的高射機槍與僅存的幾門防空火炮整裝待發。

「開火！」夏明朗沉聲下令。

第一次齊射，十二枚火箭彈次第發出，爆炸出橘紅色的火焰，在陽光下閃過，像一朵朵豔烈的花。加掛在武裝直升機下方的火神炮開始吞吐火舌，明晃晃的彈殼像黃金瀑布那樣從半空中傾瀉下來，強火力壓制，讓下方的雷特軍四散逃亡，方圓一公里以內的人都無力抬頭放上一槍。

夏明朗站在艙門邊給並排飛行的陳默一個行動的手勢，四架直升機馬上換了一個編組飛行的方式。以夏明朗的座機居中，另外三架飛機在周邊呈等邊三角形，拱衛保護，穩穩地懸停在祭壇的上方。

這是一個用石頭圍起來的小片空地，一棵乾枯的老樹孤獨地站在這血與火之間。在樹下，有兩個用原木搭起來的門字形木架，橫樑上高懸著他們的兄弟……即使是屍體。

大量的催淚瓦斯和煙幕彈像下雹子一樣從投彈器裡落下去，引出濃煙滾滾。這些可怕的煙霧被直升機下壓的氣流挾裹著向四圍飛奔而去，形成一個巨大的煙霧的漩渦。

常濱和武千雲各自深吸了一口氣，向夏明朗做出一個「可以」的手勢，從機艙兩側迅速滑降，這種高速繩降的速度簡直比跳樓慢不了多少。幾乎在他們落地的瞬間，陳默與徐知著同時開槍，一邊一個，12.7毫米的重狙子彈輕而易舉地轟碎了木架的橫樑……

常濱和武千雲齊齊衝了過去，搶在屍體落地之前把人撈進懷裡。

「收！」夏明朗看到武千雲他們一把拉住繩索絞到手臂上，果斷下令。電機迅速地帶動絞盤拉著他們像飛一般地拔地而起……眨眼間已經收入機艙內。

這一切都是一瞬間的事，如果你說句話，眨一下眼，吃一顆爆米花可能一切就晃過去了，只留下你對著螢幕茫然的困惑……噫？

在幾百公里以外的南珈，有三個人也是這樣大眼瞪小眼地沉默著，直到海默忽然激動地喊道：「我的天，他值一百萬，你相信嗎？他一年起碼可以值一百萬……我完全沒想到，他怎麼能這麼幹？」

陸臻輕輕呼出一口氣，微笑著：「我從來不會去想像他要怎麼幹。」

只有方進哭喪著臉，傷心得好像有生以來存下的所有A片都被格式化了一樣。

在遠方，千里之外的地方，一個警衛森嚴的辦公室裡，聶卓的手指輕輕敲擊著桌面。他的心情很複雜，有那麼一個瞬間他甚至希望親臨現場，他看過夏明朗給他發過來的行動計畫，但是那遠遠比不上親眼目睹時的震撼。太快了，太精準，每一個細節環環相扣，像一場掐著碼錶計時的雜技，一氣呵成。

在萬里之外的地方，一個更為警衛森嚴的辦公室裡，一位面目溫和的中年男人低聲問道：「這是成功了嗎？」

「看起來沒有。」操作儀器的少將很有禮貌地回答道。

「沒有傷亡吧？」

「應該是的。」

柳三變站在停機場的邊緣，機群從地平線以下升上來。他有一種說不上來的感覺，呼吸困難，好像有什麼東西在跟他的肺爭奪著空氣。他並不想哭，眼沒有一點濕意，他並沒有想過會這樣，曾經他是以「心軟」而聞名整個連隊的。他只是站在那裡等待著，一種比愛恨更沉重的東西壓在他的胸口。他依稀記起小時候和爺爺聊天，那是位參加過抗美援朝的老兵。

「打仗的時候會害怕嗎？」

「不怕，子彈響起來，就什麼都不怕了。」

「看到死人也不怕嗎？」

「來不及啊，臭小子，得先把仗打完。」

……

國家圖書館出版品預行編目資料

麒麟：戰爭之王—浴血南珈／桔子樹著.
－－第一版－－臺北市：宇河文化 出版；
紅螞蟻圖書發行，2013.2
面　公分－－(Homogeneous novel；6)
ISBN 978-957-659-927-9（平裝）

857.7　　101027864

Homogeneous novel 06
麒麟：戰爭之王—浴血南珈

作　　者／桔子樹
責任編輯／韓顯赫
美術構成／Chris' office
校　　對／楊安妮、朱慧蒨、桔子樹
發 行 人／賴秀珍
總 編 輯／何南輝
出　　版／宇河文化出版有限公司
發　　行／紅螞蟻圖書有限公司
地　　址／台北市內湖區舊宗路二段121巷19號（紅螞蟻資訊大樓）
網　　站／www.e-redant.com
郵撥帳號／1604621-1　紅螞蟻圖書有限公司
電　　話／(02)2795-3656（代表號）
傳　　真／(02)2795-4100
登 記 證／局版北市業字第1446號
法律顧問／許晏賓律師
印 刷 廠／卡樂彩色製版印刷有限公司
出版日期／2013年 2 月　第一版第一刷

定價 360 元　港幣 120 元

ISBN 978-957-659-927-9　　Printed in Taiwan